삼총사 2

삼총사 2

알렉상드르 뒤마 · 이규현 옮김

Les Trois Mousquetaires

민음사

2권 차례

윈터 백작 부인 · 7

메를레종 발레 · 21

밀회 · 31

별장 · 48

포르토스의 애인 · 63

아라미스의 논문 · 90

아토스의 아내 · 115

귀환 · 144

장비 사냥 · 166

밀레디 · 179

영국인과 프랑스인 · 190

소송 대리인 집의 만찬 · 202

몸종과 여주인 · 216

아라미스와 포르토스의 장비 · 231

밤에는 고양이가 모두 잿빛이다 · 244

복수의 꿈 · 256

밀레디의 비밀 · 268

아토스, 가만히 앉아서 장비를 갖추다 · 279

유령 · 294

추기경 · 307

라 로셸 공격 · 319

앙주 포도주 · 337

콜롱비에 루주 주막 · 349

윈터 백작 부인

런던으로 돌아가는 길에 공작은 다르타냥에게서 사건의 전모라기보다는 다르타냥이 알고 있는 이야기들을 자세히 듣게 되었다. 이 젊은이가 말한 내용에 자신의 기억을 연결시켜 보자, 왕비가 쓴 그토록 짧고 불분명한 편지로는 확실히 알 수 없었던 사태의 심각성에 대해 가닥을 잡게 되었다. 그러나 그가 가장 경탄한 것은 이 젊은이가 영국 땅에 발을 들여놓을 수 없기를 간절히 바랐을 추기경이 그를 저지하지 못했다는 점이었다. 공작이 이토록 놀라자, 그때서야 비로소 다르타냥은 여러 가지로 신중을 기했으며 도중에 세 친구가 차례로 피투성이가 되어 흩어졌는데 그들의 희생 덕분에 자신은 왕비의 편지에 구멍을 뚫은 그 칼에 베이는 것을 피할 수 있었다는 것, 대신에 바르드 백작에게 톡톡히 앙갚음을 해주었다는 것 등을 공작에게 이야기해 주었다. 공작은 조금도 꾸밈이 없는 그의 이야기를 들으면서, 아직 스무 살도 안 되어 보이는 이 얼굴의 어디에 그런 신중함과 용기와 충성심이 깃들어 있는지 이해할 수 없다는 듯이, 때로는 경탄스러운 표정으로 젊은이를 바라보곤 했다.

말들이 바람처럼 달렸다. 몇 분 만에 그들은 런던 시내로 들어섰다. 다르타냥은 시내에 도착하면 공작이 말의 속도를 늦추리라 생각했지만 공작은 여전히 전속력으로 말을 달렸다. 길가에 행인을 쓰러뜨리는 것쯤은 아랑곳하지 않았다. 실제로 도심을 가로지를 때 그런 사고가 서너 번이나 일어났지만 버킹엄은 넘어진 사람들이 어떻게 됐는지 돌아보지도 않았다. 다르타냥은 저주와도 같은 사람들의 외침을 뒤로하고 공작을 따라갔다.

버킹엄은 저택 마당에 들어서자마자 말에서 뛰어내렸다. 말이야 어찌 되건 신경도 쓰지 않고, 고삐를 말 목 쪽으로 던지고는 현관으로 뛰어갔다. 다르타냥은 그대로 따라하면서도 이런 훌륭한 말들을 저렇게 내버려두면 어쩌나 싶어 조금 걱정스러웠다. 그러나 벌써 주방과 마구간에서 하인들이 여러 명 뛰어나와 이내 말들을 붙잡는 모습을 보고 마음이 놓였다.

공작이 어찌나 빨리 걸어가는지 다르타냥은 따라가기조차 힘들 정도였다. 공작은 프랑스 일류 귀족들이라도 상상하기 어려울 정도로 우아한 객실 여럿을 차례로 지나치더니 마침내 경이로운 고상함과 화려함을 갖춘 침실로 들어갔다. 이 침실 안쪽에는 휘장을 드리운 문이 있었다. 공작은 금목걸이에 걸고 있던 조그만 황금 열쇠로 문을 열었다. 다르타냥은 예의상 좀 떨어져서 있었다. 안으로 들어가려던 버킹엄이 머뭇거리는 젊은이를 돌아보았다.

"자네도 이리 오게나." 그가 젊은이에게 말했다. "만약 왕비 마마를 알현하는 행운을 얻게 된다면, 여기에서 본 것을 말씀드려주게."

이 말에 용기를 얻은 다르타냥이 공작을 따라 들어가자 공작이 문을 닫았다.

두 사람이 들어간 곳은 조그만 예배당이었다. 금으로 수를 놓은 페르시아 산 비단 휘장이 사방에 둘러져 있었고, 수많은 촛불이 환하게 밝혀주고 있었다. 제단처럼 생긴 계단 위에는 붉은색과 흰색의 깃털로 장식된 푸른 벨벳의 닫집이 마련되어 있었고, 이 닫집과 제단 사이에는 안느 왕비의 전신 초상화가 걸려 있었다. 어찌나 실물과 꼭 닮았는지, 다르타냥은 금방이라도 걸어 나올 것만 같은 그 모습에 자기도 모르게 경탄에 찬 외침을 내질렀다.

제단 위의 초상화 아래에 작은 상자가 있었다. 바로 다이아몬드 장식끈이 들어 있는 상자였다. 공작은 제단으로 다가가더니, 마치 그리스도 수난상 앞의 사제처럼 그 앞에서 무릎을 꿇었다. 그러고는 작은 상자를 열어 다이아몬드가 번쩍번쩍 빛나고 있는 커다란 푸른색 장식끈을 상자에서 꺼내면서 다르타냥에게 말했다. "자, 이것이 바로 내가 땅에 묻힐 때 함께 묻히기로 마음속으로 맹세한 하나뿐인 장식끈일세. 왕비께서 내게 주셨는데, 다시 가져가려 하시는군. 왕비의 뜻이라면 하느님의 뜻처럼 받들어야지."

그러고 나서 그는 헤어져야만 하는 장식끈의 구석구석에 입을 맞추더니 별안간 무서운 고함을 질렀다.

"무슨 일입니까?" 다르타냥이 불안해하면서 물었다. "무슨 일이 생겼습니까, 공작님?"

"큰일이다." 버킹엄의 얼굴이 시체처럼 새파래지면서 외쳤다. "다이아몬드 두 개가 없어졌어. 열 개밖에 없어."

"공작님께서 잃어버리셨을까요, 아니면 누군가가 훔쳐갔다고 생각하십니까?"

"누군가가 훔쳐갔어." 공작이 말했다. "추기경의 짓이야. 자, 이것 보게. 리본이 가위로 잘려 있지?"

"누가 훔쳐갔는지 혹시 짐작하시는 자라도 있다면…… 어쩌면 훔친 사람이 아직까지 가지고 있을지도 모릅니다."

"가만! 기다려봐!" 공작이 외쳤다. "일주일 전 윈저에서 열린 국왕의 무도회에서 달았었는데, 그때 말고는 단 적이 없어. 나와 사이가 틀어진 윈터 백작 부인이 그 무도회에서 내게 접근했었는데, 그게 질투하는 여자의 복수심이었던 거야. 그날 이후로는 그 여자를 보지 못했지. 그 여자가 추기경의 앞잡이인 게 틀림없어."

"그러니까 추기경의 밀정이 천지에 깔려 있군요!" 다르타냥이 외쳤다.

"오! 그래, 그렇고말고!" 버킹엄이 분노로 이를 악물면서 말했다. "정말 끔찍한 사람이야. 그런데 그 무도회는 언제 열리기로 되어 있나?"

"다음 주 월요일입니다."

"다음 주 월요일! 아직 닷새가 남았군. 닷새면 충분하겠지. 패트릭!" 공작이 예배실 문을 열면서 외쳤다. "패트릭!" 그러자 그의 시종이 나타났다.

"보석상과 비서관을 불러오너라!"

시종은 대답도 하지 않고 얼른 나갔다. 그는 평소에 말대꾸하지 않고 일단 복종하는 습관이 몸에 배어 있었다.

보석상을 먼저 불렀는데, 비서관이 먼저 나타났다. 비서관은 이 저택에서 살고 있으니 당연한 일이였다. 그가 들어와 보니 버킹엄은 침실의 탁자 앞에 앉아 손수 명령서를 쓰고 있었다.

"잭슨!" 공작이 그에게 말했다. "지금 당장 대법관에게 가서 이 명령을 집행하도록 전해 주게. 즉각 공포하라 했다고 말하고."

"그런데 각하, 대법관이 비상 조처를 취하시게 된 이유를 물으면 뭐라고 대답할까요?"

"내 뜻이라고 대답하게. 나는 누구에게도 내 뜻을 설명하지 않는다고 말해."

"국왕께도 그렇게 전달될 텐데요." 비서관이 빙그레 웃으면서 말했다. "영국 항구에서 모든 배의 출항을 금지하는 이유가 무엇인지 만약 국왕께서 물으시면 어쩌지요?"

"음, 자네 말이 맞아." 버킹엄이 대답했다. "그런 경우라면 내가 전쟁을 결심했으며, 이 조처는 내가 프랑스에 대해 취하는 최초의 적대 행위라고 아뢰라고 해."

비서관이 인사하고 나갔다.

"이제 안심이야." 버킹엄이 다르타냥 쪽을 돌아보면서 말했다. "다이아몬드 장식끈이 아직 프랑스로 떠나지 않았다면, 자네가 먼저 도착하게 되겠지."

"어떻게 그럴 수 있습니까?"

"현재 국왕 폐하의 항만에 정박하고 있는 모든 선박에 대해 출항 금지령을 내려놓았으니까, 특별한 허가가 없는 한 어떤 배도 닻을 올릴 수 없네."

다르타냥은 국왕의 신임으로 주어진 무한한 권력을 자신의 사랑을 위해 사용하는 이 사나이를 어이없다는 표정으로 바라보았다. 버킹엄은 젊은이의 표정에서 그가 무슨 생각을 하고 있는지 눈치 채고는 빙그레 웃었다.

"그래, 그렇고말고." 공작이 말했다. "안느 왕비는 나의 진정한 여왕일세. 그분이 한마디만 하시면, 나는 내 나라도, 내 국왕도, 내 하느님도 배반할 것이네. 라 로셸의 신교도들에게 원조를 약속했네만, 그분이 원조하지 말라고 요청하셨기에 그들에 대한 원조를 중단했어. 약속을 어긴 셈이 됐지만, 무슨 상관인가! 나는 그분의 소원을 들어드린 것이네. 그렇게 복종한 결과로 충분한 보답을 받지 않았던가? 그분의 초상화를 얻을 수 있었으니까."

다르타냥은 한 민족의 운명과 무고한 생명들이 매달려 있는 실타래가 얼마나 하찮고 끊어지기 쉬운지 놀라울 따름이었다. 이러한 생각에 빠져 있는 사이 금은 세공사가 들어왔다. 이 사나이는 최고의 기술을 지닌 아일랜드인으로, 버킹엄 공작한테서만도 일 년에 10만 리브르를 벌어들인다고 자기 입으로 떠벌리곤 하는 사람이었다.

"오레일리!" 공작이 그를 예배실로 데리고 가면서 말했다. "이 다이아몬드 장식 하나의 값이 얼마나 나갈지 봐주게."

세공사는 다이아몬드의 우아한 세팅을 쓱 훑어보더니 값을 계산하여 조금의 망설임도 없이 대답했다. "하나에 1,500피스톨입니다, 각하."

"이것과 똑같은 것을 두 개 만드는 데 며칠이나 걸리겠나?

보다시피 두 개가 모자라거든."

"일주일은 걸릴 것입니다."

"하나에 3,000피스톨씩 내겠네. 모레까지 해주게."

"그렇게 하겠습니다."

"자네는 정말 능력 있는 사람이로군, 오레일리. 그러나 내 주문은 이게 다가 아닐세. 이 장식은 다른 사람의 손에 들어가서는 안 되는 물건이니까, 이 저택 안에서만 만들어야 하네."

"불가능합니다, 각하. 누구도 구별할 수 없을 정도로 똑같이 만들 수 있는 사람은 소인밖에 없습니다."

"그러니 오레일리, 자네는 여기 갇혀 있어야 해. 이젠 여기서 나가고 싶어도 그렇게는 안 돼. 자, 각오하게. 자네가 필요로 하는 직공들의 이름을 대고, 그들이 가져와야 할 연장을 말해 주게."

세공사는 공작의 성격을 익히 잘 알고 있었다. 아무리 저항을 해봤자 소용없다는 것도 잘 알고 있었으므로, 즉시 결정을 내렸다.

"마누라에겐 알려도 되겠습니까?" 그가 물었다.

"아내야 만날 수 있네, 오레일리. 갇혀 있어야 한다고 했지만, 일시적인 일이니 안심하게. 자유를 구속하는 만큼 보상해 줄 테니까. 두 개의 다이아몬드 값 말고도, 나 때문에 겪는 불편을 보상하는 차원에서 자, 1,000피스톨의 어음을 주지."

다르타냥은 이 귀족이 숱한 사람들과 거액의 돈을 마음대로 움직이는 모습을 보고 놀라움을 금치 못하고 있었다.

한편 세공사는 아내에게 1,000피스톨의 어음과 함께 편지를 보내, 가장 솜씨 좋은 직공과 자신이 지정하는 종류와 중량의 다이아몬드 한 벌, 그리고 필요한 연장들을 보내라고 전했다.

버킹엄은 세공사가 전용으로 쓸 수 있는 방으로 그를 데려갔다. 반 시간 후에는 이 방이 작업실로 변해 버렸다. 그런 뒤에 공작은 문마다 보초를 세우고, 시종인 패트릭 이외에는 아무도 들여보내지 말라는 명령을 내렸다. 당연하게도 세공사 오레일리와 그의 조수에게는 이유 여하를 막론하고 밖으로 나오지 말라는 엄명이 떨어졌다.

공작은 지시를 마치자 다르타냥에게 돌아왔다. "자, 젊은 친구." 그가 말했다. "이제 영국은 우리 두 사람의 손에 달렸네. 자네는 뭘 원하는가, 바라는 것이라도 있는가?"

"침대가 필요합니다." 다르타냥이 대답했다. "솔직히 말씀드려서 지금 제게 가장 필요한 것은 잠입니다."

버킹엄은 자신의 침실에 맞닿은 방을 다르타냥에게 내주었다. 그는 이 젊은이가 자신의 손이 미치는 곳에 머물게 하고 싶었다. 그를 의심해서가 아니라 왕비 이야기를 계속 나눌 수 있는 상대가 필요했기 때문이다.

한 시간 후, 프랑스로 가는 배는 우편선까지 포함하여 일절 출항하지 못한다는 포고문이 런던 전역에 나붙었다. 이는 누가 보더라도 두 나라 사이의 선전 포고로 생각할 만했다.

그로부터 이틀 후 11시경에 두 개의 다이아몬드 장식이 완성되었다. 어찌나 똑같게 만들었던지, 버킹엄은 예전 것과 새로 만들어진 것을 분간할 수 없었다. 아무리 예리한 보석 감정가라 할지라도 버킹엄처럼 완전히 속아 넘어갈 것이다.

그가 다르타냥을 불러오게 했다.

"자, 받게." 그가 말했다. "자네가 가지러 온 다이아몬드 장식끈이 여기 있네. 사람의 힘으로 할 수 있는 일이라면 내가 다 했다는 증인이 되어주게나."

"염려 마십시오, 공작님. 제가 본 바를 그대로 전하겠습니다. 그런데 상자 없이 이것만 주시는 겁니까?"

"상자는 도리어 귀찮을 거야. 게다가 상자는 내게 소중한 물건일세. 왕비한테서 받은 것이라고는 그 상자가 유일하니까. 내가 고이 간직하겠다고 했다고 전해 드리게."

"각하의 말씀을 그대로 전하겠습니다."

"자, 이제……." 버킹엄이 젊은이를 뚫어지게 바라다보면서 다시 말을 이었다. "자네에게는 어떻게 감사해야 좋을지 모르겠군?"

다르타냥의 얼굴이 온통 새빨개졌다. 그는 공작이 자신에게 주려고 하는 것이 무엇인지 알고 있었다. 친구들이 흘린 피와 자신의 피에 대한 대가가 영국인의 돈으로 지불되려 한다는 생각을 하자, 이상하게도 불쾌해졌다.

"공작님!" 다르타냥이 대답했다. "오해가 없으시기 바랍니다. 또한 실정을 잘 헤아려주시기 바랍니다. 저는 프랑스의 국왕 폐하 내외분을 섬기고 있는 사람으로서, 데제사르 씨의 근위대에 소속되어 있습니다. 저의 대장님은 의형제인 트레빌 씨와 마찬가지로 폐하 내외분에게 충성을 다하고 있는 분입니다. 그러므로 저는 오직 왕비 마마를 위해 일했을 뿐, 공작 각하를 위해 일한 것은 전혀 아닙니다. 게다가 각하께서 왕비님을 사모하듯이 저도 어떤 부인을 흠모하고 있습니다. 그 부인을 기쁘게 해드리려는 것이 아니었다면, 어쩌면 이런 일을 맡지 않았을지도 모릅니다."

"그래." 공작이 빙그레 웃으면서 말했다. "나도 그 부인을 알 듯한데, 그 부인은……."

"공작님, 저는 그분의 이름을 말씀드린 적이 없습니다." 젊은이가 얼른 말을 가로막았다.

"옳은 말이야." 공작이 말했다. "그러니 자네의 충성에 대해 내가 감사드릴 분은 그 부인이겠군."

"그렇습니다, 공작님. 왜냐하면 전쟁 이야기가 나오고 있는 마당에 솔직히 말씀드려서, 저는 공작 각하를 한 영국인으로, 따라서 한 사람의 적으로밖에 보지 않고 있기 때문에 각하를 윈저 궁의 정원이나 루브르 궁의 복도에서 만나 뵙는 것보다는 전쟁터에서 마주치는 것이 더 기쁠 것입니다. 그렇기는 하지만, 저의 임무를 확실히 수행할 것이며, 필요하다면 이 목숨까지 바칠 각오가 되어 있다는 데에는 변함없습니다. 그러나 거듭 말씀드립니다만, 언젠가 처음으로 각하를 만나 뵈었을 때 각하께 해 드린 일에 대해 감사하실 필요가 없는 것은 말할 나위도 없을 뿐만 아니라, 이번에는 특히 저를 위해 하는 일인 만큼 더군다나 감사하실 필요가 없습니다."

"우리 영국인들은 이럴 때 '스코틀랜드 사람처럼 당당하다.'고 말하곤 하지." 버킹엄이 중얼거렸다.

"저희 프랑스인들은 '가스코뉴 사람처럼 당당하다.' 고 합니다." 다르타냥이 응수했다. "가스코뉴 사람은 프랑스의 스코틀랜드 사람과 마찬가지지요."

다르타냥은 공작에게 인사하고 물러나려 했다.

"아니, 그렇게 그냥 갈 텐가? 어디로, 어떻게 가려고 하나?"

"정말 그렇군요."

"원 세상에! 프랑스 사람들은 정말 막무가내로군!"

"영국이 섬나라라는 것과 각하께서 이곳의 최고 권력가이시라는 것도 깜빡 잊어버렸습니다."

"항구에 가서 범선 '선드' 호를 찾아 선장에게 이 편지를 건네주게나. 그 선장은 어느 조그만 항구로 자네를 데려갈 걸세. 거기는 아주 안전한 곳이라네. 평소에는 고기잡이배밖에는 접근하지 않는 항구야."

"그 항구의 이름이 무엇인지요?"

"생 발르리라 하네. 하지만 좀 더 들어보게. 거기에 도착하면, 이름도 간판도 없는 허름한 여관으로 들어가게. 진짜 뱃사람들의 주막집인데, 딱 한 집뿐이니 못 찾을 리가 없을 거야."

"그런 다음에는요?"

"여관 주인을 만나, '포워드'라고 말하게."

"무슨 뜻입니까?"

"'앞으로'라는 뜻이야. 암호라네. 그러면 주인은 안장 얹은 말을 내주고 자네가 갈 길을 가르쳐줄 거야. 이런 식으로 도중에 네 군데 역참에 들리게. 역참마다 자네의 파리 주소를 남겨놓고 가면, 자네가 타던 네 마리 말을 나중에 자네에게 보낼 걸세. 그중에 두 마리는 일전에 우리가 탔던 것으로, 자네도 알고 있는 말이야. 자네는 말의 애호가로서 그놈들을 높이 평가하는 것 같던데. 나를 믿고 내 말대로 하게나. 나머지 두 마리도 결코 그놈들에 못지않은 준마야. 이 네 마리는 모두 전투용으로 훈련된 말이네. 자네 자존심이 아무리 세더라도, 한 마리쯤은 거절하지 않겠지. 나머지 세 마리는 자네 친구들이 받아주었으면 좋겠어. 물론 우리와 전쟁하는 데 씨주게. 프랑스 속담 중에 목적을 위해서는 수단을 가리지 않는다는 말이 있지 않나?"

"감사히 받겠습니다, 공작님." 다르타냥이 말했다. "신을 기쁘게 해드릴 수 있다면 유용하게 쓰도록 해야지요."

"자, 그럼 이만. 어쩌면 머지않아 싸움터에서 만나게 될지도 모르겠어. 그러나 지금은 좋은 친구로 헤어지기로 하세."

"좋습니다, 공작님. 그러나 머지않아 전장에서 만나 뵙기를 바랍니다."

"안심하게. 약속하네."

"각하의 말씀만 믿겠습니다, 공작님."

다르타냥은 공작에게 인사하고 온 힘을 다해 급히 항구로 떠났다. 런던 탑 맞은편에서 공작이 말한 배를 발견하고는 선장에게 편지를 주었다. 선장은 이 편지에 항만 사령관의 서명을 받고 곧장 떠날 준비를 했다.

쉰 척의 배가 출항 준비를 한 채 대기하고 있었다. 다르타냥은 그중의 한 척 옆으로 지나가면서 어떤 여자를 보고 뫵의 여자 같다는 생각을 했다. 미지의 귀족이 '밀레디'라고 불렀던 여자, 그리고 다르타냥 자신이 여간 미인이 아니라고 생각했던 바로 그 여자가 아닌가 했다. 그러나 배가 물살과 순풍을 따라 빠르게 항해하기 시작했으므로, 순식간에 멀어져 아예 사라져버렸다.

배가 생 발르리에 도착한 것은 이튿날 아침 9시경이었다.

다르타냥은 즉시 여관을 찾아 나섰다. 여관 쪽에서 떠들썩한 소리가 들려왔기 때문에, 쉽게 찾을 수 있었다. 곧 영국과 프랑스 사이에 전쟁이 일어날 거라는 이야기꽃을 피우면서 뱃사람들이 흥겹게 술판을 벌이고 있었다.

다르타냥은 사람들 사이를 헤치고 여관 주인 앞으로 걸어나가, '포워드'라고 말했다. 그러자 당장 주인이 따라오라고 손짓하더니 다르타냥과 함께 마당으로 통하는 문을 열고 밖으로 나갔다. 그러고는 다르타냥을 마구간으로 데려갔다. 마구간에는 여행 채비를 완벽하게 갖춘 말 한 마리가 기다리고 있었다. 주인이 그 밖에 더 필요한 것이 없는지 물었다.

"어떤 길로 가야 할지 가르쳐주면 고맙겠소." 다르타냥이 말했다.

"여기서 블랑지까지 간 다음에 거기서 다시 뇌샤텔로 가시오. 뇌샤텔에 도착하면 '에르스 도르' 여관으로 들어가세요. 거기 주인에게 암호를 말하면 여기에서처럼 말을 내줄 것입니다."

"얼마를 주면 되겠소?" 다르타냥이 물었다.

"벌써 다 받았습니다. 그것도 아주 두둑하게." 주인이 말했다. "그럼, 어서 떠나세요. 부디 조심하십시오!"

"고맙소!" 젊은이는 대답하자마자 말을 달렸다.

네 시간 후에는 뇌샤텔에 당도해 있었다. 다르타냥은 여관 주인이 가르쳐준 대로 했다. 여기에서도 생 발르리에서처럼 떠날 준비를 다 갖춘 말 한 마리가 기다리고 있었다. 타고 온 말의 안장에서 권총을 꺼내 새로 탈 말의 안장으로 옮겨놓으려 했다. 그런데 가죽 주머니 속에 이미 똑같은 권총들이 들어 있었다.

"파리의 주소가 어떻게 되시는지요?"

"데제사르 근위대 본부."

"알겠습니다." 주인이 대답했다.

"어떤 길로 가면 좋겠소?" 이번에는 다르타냥이 물었다.

"루앙 가도로 가세요. 하지만 꼭 오른쪽으로 루앙 시를 끼고 가다가 에쿠이라는 조그만 마을에서 내리셔야 합니다. 거기에는 '에퀴 드 프랑스'라는 여관 하나밖에 없습니다. 겉모양만 가지고 판단하시지 마세요. 거기에도 이만한 말이 마구간에서 기다리고 있을 테니까요."

"암호는 같나요?"

"똑같습니다."

"그럼 주인, 안녕히 계시오!"

"안녕히 가십시오, 귀족 양반! 그 밖에 필요한 건 없습니까?"

다르타냥은 머리를 가로저어 없다고 대답하고는 다시 전속력으로 말을 달렸다. 에쿠이에서도 똑같은 일이 되풀이되었다. 역시 친절한 여관 주인과 튼튼한 준마가 있었다. 거기에서도 다음 주소를 가르쳐주었다. 다시 퐁투아즈를 향해 전속력으로 달려가 그곳에서 마지막으로 말을 바꾸어 탔다. 그래서 9시에는 트레빌의 저택 안마당으로 말을 몰고 들어갈 수 있었다. 열두 시간 동안 거의 290킬로미터에 달하는 거리를 달린 셈이었다.

트레빌은 마치 그날 아침에 만나기로 약속되어 있던 것처럼 반갑게 그를 맞아주었다. 보통 때보다도 다르타냥의 손을 더 꼭 쥐어주면서 데제사르 씨의 부대가 루브르 궁의 경비를 서고 있으니 바로 가봐도 좋다고 말했다.

메를레종 발레

이튿날 파리에서는 가는 곳마다 시의 행정관들이 국왕 내외를 위해 개최하는 무도회가 화젯거리였다. 더구나 이 무도회에서는 국왕이 가장 좋아하는 유명한 메를레종 발레를 국왕 내외가 출 예정이다.

실제로 시청에서는 일주일 전부터 이 중요한 파티를 위해 만반의 준비를 갖추고 있었다. 시의 목공은 초대받은 귀부인들이 앉을 좌석을 제작했고, 시의 자재 담당자는 무도회가 열릴 장소에 하얀 밀랍 촛대를 200개나 설치해 놓았는데, 당시로서는 유래를 찾아볼 수 없는 사치였다. 그리고 바이올린 연주자도 스무 명이나 준비되어 있었다. 그들은 밤새도록 연주한다는 조건으로 평소의 곱절에 해당하는 보수를 받기로 했다.

오전 10시가 되자 근위대의 기수인 라 코스트가 두 명의 하사

관과 여러 사수를 거느리고 시청 서기인 클레망으로부터 시청의 모든 방과 사무실 열쇠를 받아 갔다. 열쇠 하나하나에는 식별할 수 있는 표를 붙였고, 그때부터 모든 문과 거리의 경비 책임을 라 코스트가 맡았다.

11시가 되자 이번에는 근위대장 뒤알리에가 쉰 명의 사수를 거느리고 와서 시청의 각 문에 배치했다.

3시에는 근위대 두 부대가 도착했다. 하나는 프랑스인 부대였고, 다른 하나는 스위스인 부대였다. 프랑스인 부대는 반은 뒤알리에의 대원으로, 나머지 반은 데제사르의 대원으로 구성되어 있었다.

오후 6시가 되자 초대받은 손님들이 입장하기 시작했다. 그들은 들어오는 대로 커다란 홀에 마련된 자리로 차례차례 안내되었다.

9시에는 법무 대신 부인이 도착했다. 그녀는 이 연회에서 왕비 다음으로 중요한 인물이었다. 시청의 고관들이 그녀를 맞이하여, 왕비가 앉을 좌석의 맞은편 자리로 안내했다.

10시에는 생 장 성당 쪽의 작은 방에서 국왕을 위해 간단한 간식이 차려졌다. 네 명의 사수가 시청의 은제(銀製) 찬장 앞에 있는 이 방을 경비하고 있었다.

자정이 되자 환호성과 박수 소리가 요란스럽게 들려왔다. 국왕이 루브르 궁에서 온갖 빛깔의 등으로 환히 밝혀진 길을 지나 시청을 향해 오고 있었다.

이윽고 예복을 차려입은 행정관들이 햇불을 하나씩 손에 든 여섯 명의 관원을 앞세우고 계단까지 나가서 국왕을 맞이했다. 그 자리에서 파리 시장이 환영의 인사를 올렸다. 국왕은 늦어서 미안하다고 대답했다. 국사를 의논하느라 11시까지 추기경에게 붙들려 있었기 때문이라고 변명했다.

예복 차림의 국왕을 수행한 사람은 왕제(王弟) 전하, 수아송 백작, 수도원장, 롱그빌 공작, 되뵈프 공작, 아르쿠르 백작, 라 로슈 기용 백작, 리앙쿠르 씨, 바라다스 씨, 크라마유 백작, 수브레 기사 등이었다. 누가 보아도 국왕은 무언가에 정신이 팔린 듯 멍해 보이는 표정이었다.

국왕과 왕제를 위해 각각의 탈의실이 준비되어 있었다. 두 방에 모두 가장(假裝)할 의상이 마련되어 있었다. 왕비와 법무 대신 부인을 위해서도 같은 준비가 되어 있었다. 왕을 수행한 귀족들과 귀부인들은 두 사람씩 방 하나를 이용하여 옷을 갈아입게 되어 있었다. 왕은 사무실에 들어가면서 추기경이 나타나면 곧장 알려달라고 일렀다.

왕이 입장한 후 반 시간 정도 지났을 무렵 또다시 환호성이 울려퍼졌다. 왕비가 도착한 것이었다. 행정관들은 앞서 국왕을 맞이했을 때처럼 관원들을 앞장세우고 왕비를 맞이하러 나갔다. 연회장에 들어서는 왕비의 표정에는 왕과 마찬가지로 침울하고 피곤한 기색이 역력했다.

왕비가 들어왔을 때, 그때까지 닫혀 있었던 조그만 단의 휘장이 걷히면서 에스파냐 기사로 분장한 추기경의 창백한 얼굴이 나타났다. 그의 눈이 왕비의 눈을 뚫어지게 응시하더니 이윽고 그의 입가에 진한 기쁨의 미소가 떠올랐다. 왕비가 다이아몬드 장식끈을 달고 있지 않았던 것이다.

왕비는 한동안 시청 고관들의 인사를 받고 귀부인들의 인사말에 답했다. 그때 갑자기 왕이 추기경과 함께 연회장 문 앞에 나타났다. 추기경이 아주 낮은 목소리로 왕에게 무언가를 속삭이자 왕의 얼굴이 새파랗게 질렸다.

왕은 가면도 쓰지 않고 상의의 리본도 제대로 묶지 않은 채로 사람들 틈을 헤치고 왕비에게 다가갔다. "부인." 왕이 여느 때와는 다른 목소리로 말했다. "왜 다이아몬드 장식끈을 달지 않았소? 짐이 보고 싶어한다는 것을 알면서도 말이오."

왕비가 주의를 둘러보았다. 추기경이 국왕 뒤에서 흉악한 미소를 짓고 있었다.

"폐하." 왕비가 더듬거리는 음성으로 대답했다. "이렇게 사람이 많은 곳에서 행여 무슨 안 좋은 일이라도 일어날까 싶어 그리하였습니다."

"부인의 생각이 틀렸소. 짐이 그것을 선물한 것은 당신이 달아주기를 바랐기 때문이오. 그런데도 어찌 이렇게 내 뜻을 거스를 수가 있단 말이오!"

왕의 목소리가 분노에 떨리고 있었다. 사람들은 모두 어찌된 영문인지도 모른 채 그저 놀란 눈으로 국왕 내외를 바라보면서 이야기를 듣고 있었다.

"폐하, 그러시다면 루브르 궁으로 찾으러 보낼 수 있습니다." 왕비가 말했다. "그렇게 하면 폐하의 소원대로 해드릴 수 있습니다."

"그렇게 하오, 그렇게 해. 가능한 한 빨리. 한 시간 후면 무도회가 시작되니까."

왕비가 분부대로 하겠다는 뜻으로 고개를 숙이고는 시녀들의 안내를 받아 탈의실로 들어갔다. 왕도 자기 탈의실로 돌아갔다.

한순간 장내가 웅성거리면서 소란이 일었다. 국왕과 왕비 사이에 무슨 일이 있다는 것을 한눈에 알 수 있었다. 그러나 둘 다 워낙 작은 목소리로 이야기한 데다 모두들 예의를 갖추느라 몇 걸음씩 떨어져 있었으므로, 이야기 내용을 들은 사람은 아무도 없었다. 바이올린이 힘껏 울리고 있었지만, 귀를 기울이는 사람은 아무도 없었다.

왕이 제일 먼저 탈의실에서 나왔다. 아주 우아한 사냥복 차림이었다. 왕제와 다른 귀족들도 모두 비슷한 옷차림이었다. 왕에게 가장 잘 어울리는 의상이었다. 그렇게 차려입고 나니 나라에서 제일 멋진 귀족처럼 보였다.

추기경이 국왕 옆으로 다가오더니 상자 하나를 국왕에게 바쳤다. 왕이 상자를 열어보자 거기에는 다이아몬드 두 개가 들어 있었다.

"이게 무엇이오?" 왕이 추기경에게 물었다.

"아무것도 아닙니다." 추기경이 대답했다. "다만 왕비 마마께서 다이아몬드 장식끈을 달고 나오신다면, 제 생각으로는 달지 않으실 것 같습니다만, 다이아몬드의 수를 세어보십시오, 폐하. 그래서 만약에 열 개밖에 없다면, 여기에 있는 두 개를 훔쳐 간 것이 누구냐고 왕비 마마께 여쭤보십시오."

왕은 뭔가를 물어보려는 듯한 표정으로, 추기경을 바라보았으나 질문할 겨를이 없었다. 여기저기서 감탄의 외침이 터져 나왔기 때문이다. 왕이 프랑스 왕국의 으뜸가는 귀족처럼 보였다면, 왕비는 정녕 프랑스에서 제일가는 미인이었다.

왕비에게는 사냥 옷차림이 놀랍도록 잘 어울렸다. 푸른 깃털 장식이 달린 펠트 모자를 쓰고, 다이아몬드 단추가 달린 진한 진주빛 벨벳 망토에 은실로 수놓은 푸른 새틴의 드레스를 입고 있었다. 왼쪽 어깨 위에는 깃털과 드레스와 같은 색깔의 매듭 장식에 달린 다이아몬드들이 반짝반짝 빛나고 있었다.

왕은 기쁨에 몸이 떨렸고 추기경은 화가 나서 몸이 떨렸다. 그러나 왕비로부터 상당히 멀리 있는 탓에 다이아몬드가 몇 개인지 세어볼 수가 없었다. 왕비가 그 장식끈을 달고는 있지만 과연 다이아몬드는 열 개일까, 열두 개일까?

이때 발레의 시작을 알리는 바이올린 연주가 들려왔다. 왕은 함께 춤추기로 되어 있는 대신 부인 쪽으로, 왕제는 왕비 쪽으로 각각 걸어나갔다. 모두 제자리를 찾는 순간 발레가 시작되었다.

왕은 왕비를 마주 보고 춤을 추면서 옆을 지나갈 때마다 다이아몬드 장식끈을 뚫어지게 쳐다보았다. 그러나 다이아몬드가 몇 개인지는 알 수 없었다. 추기경의 이마에 식은땀이 흘렀다.

16막으로 구성된 발레는 한 시간 동안 계속되었다. 사람들의 우렁찬 박수 속에 발레가 끝나자 남자들은 각각 자신의 파트너를 처음 있던 자리로 바래다주었다. 그러나 왕만은 자신의 파트너를 그냥 놓아둔 채 얼른 왕비를 향해 걸어갔다.

"내 뜻을 들어주어 고맙소, 부인." 왕이 왕비에게 말했다. "그런데 장식끈에 다이아몬드가 두 개 모자라는 것 같아 여기 가져왔소."

왕은 이렇게 말하면서, 추기경이 건네준 다이아몬드 두 개를 왕비 앞에 내밀었다.

"어머나, 폐하!" 왕비가 놀라는 시늉을 하면서 외쳤다. "두 개를 더 주시다니, 그러면 열네 개가 되겠는걸요?"

과연 왕이 세어보니, 왕비의 어깨 위에 놓인 다이아몬드는 모두 열두 개였다.

왕은 추기경을 불렀다.

"아니! 어떻게 된 거요, 추기경?" 왕이 준엄한 어조로 물었다.

"다름이 아니오라, 폐하." 추기경이 대답했다. "두 개의 보석을 왕비 마마께 드리고 싶었으나 소인이 손수 바칠 수는 없는 일이어서 이런 방법을 사용한 것이옵니다."

"그렇다면 추기경 예하께 더욱 감사드려야 하겠군요." 안느 왕비가 방긋 웃으면서 대답했다. 이 미소는 그런 교묘한 친질에 속아 넘어가지 않는다는 뜻을 분명하게 보여주고 있었다. "틀림없이 이 두 개만으로도 폐하께서 주신 열두 개의 보석만큼의 값을 치르셨을 테니까요."

그러고는 왕과 추기경에게 인사를 한 뒤 옷을 갈아입을 방 쪽으로 걸어갔다.

우리는 이 장(章)의 첫머리에서 무도회에 등장하는 유명 인사들에게 주의를 기울이느라 안느 왕비가 추기경을 상대로 얻어낸 놀라운 승리의 은인을 잠시 제쳐놓았다. 그는 문 앞에 빽빽이 들어차 있는 군중 틈에 남몰래 숨어서, 오직 네 사람, 곧 왕과 왕비, 추기경, 그리고 자기 자신밖에는 이해할 수 없는 그 장면을 바라보고 있었다.

왕비가 탈의실로 돌아가자, 다르타냥도 막 떠나려 했다. 그때 누군가가 가만히 자기 어깨를 잡는 느낌이 들었다. 돌아보니 마스크를 쓴 젊은 여자가 따라오라는 손짓을 했다. 그보다는 다른 사람들을 경계하는 듯한 모습에도 불구하고, 그는 순간적으로 그 여자가 자신의 인도자인 민첩하고 재치 있는 보나시외 부인임을 알아보았다.

전날 저녁 문지기 제르맹의 방에서 다르타냥이 그녀를 불러 내어 만나보긴 했으나 아주 잠시 동안이었다. 보나시외 부인은 전령이 무사히 임무를 마치고 돌아왔다는 낭보(朗報)를 왕비에게 얼른 전해 주려고 서두르는 바람에 두 연인은 겨우 서너 마디밖에 주고받지 못했다. 다르타냥은 사랑과 호기심이라는 두 가지 감정에 휩싸여 보나시외 부인의 뒤를 쫓았다. 뒤를 따라가면서 복도에 점차 사람이 드물어지자 다르타냥은 잠깐만이라도 여자를 붙잡아 세우고 얼굴을 들여다보려고 했다. 그러나 여인은 번번이 새처럼 날쌔게 그의 손에서 빠져나가 버렸다. 그리고 말을 걸려고 할 때마다 입에 손가락을 대면서 매력에 넘치는 몸짓으로 그를 제지했다. 그럴 때마다 그는 자신이 어떤 커다란 힘에 사로잡혀 불평 한마디 하지 못하고, 그저 맹목적으로 복종할 수밖에 없다는 것을 깨달았다. 복도를 돌아다닌 지 약 일이 분 만에 마침내 보나시외 부인이 문 하나를 열고 캄캄한 방으로 젊은이를 인도했다. 그곳에서 또다시 그에게 잠자코 있으라는 신호를 하고는 휘장에 가려진 또 하나의 문을 열었다. 그러자 갑자기 밝은 불빛이 흘러 들어왔는데, 불빛 속으로 여자는 사라졌다.

다르타냥은 잠시 가만히 서서, 여기가 어디일까 하고 생각했다. 오래지 않아 그 방에서 새어나오는 불빛과 자기에게까지 퍼져 오는 훈훈한 향기, 그리고 두세 명의 여자가 공손하고도 우아한 말씨로 '마마'라는 말을 되풀이해서 이야기하고 있는 점으로 미루어 볼 때, 자기가 왕비의 방 옆에 딸린 작은 방에 있다는 것을 분명히 알 수 있었다. 젊은이는 어둠 속에서 가만히 기다렸다.

왕비는 명랑하고 즐거운 표정으로 나타났다. 왕비는 대개 슬프고 근심에 찬 표정만 짓는다고 알고 있는 측근들에게는 이 밝은 표정이 퍽 낯선 모양이었다. 왕비는 이 명랑한 감정을 축제의 아름다움과 발레의 즐거움 탓으로 돌렸다. 그러자 왕비가 웃건 울건, 왕비에게 반대 의사를 표시하는 것은 허락되지 않았으므로, 모두들 입을 모아 파리 시청 행정관들의 정중한 환대를 한술 더 떠 칭찬했다.

다르타냥은 아직까지 왕비를 뵌 적이 없었다. 그러나 왕비의 목소리에는 우선 외국의 억양이 약간 섞여 있고, 다음으로는 말 한마디 한마디마다 왕후다운 위엄을 자연스레 풍기고 있었기 때문에, 다른 여자들의 목소리와는 분명히 구별되었다. 그는 왕비의 말소리가 문 쪽으로 다가왔다 멀어졌다 하는 것을 듣고 있었다. 그리고 서너 번은 어떤 사람의 그림자가 불빛을 가리는 것도 보았다.

마침내 눈부시게 아리따운 새하얀 여자의 손과 팔이 문에 친 휘장 사이로 미끄러지듯이 들어왔다. 다르타냥은 이것이 왕비가 내리는 상임을 알아차리고는 얼른 무릎을 꿇고 그 손을 잡아 공손히 입술을 댔다. 그러자 그 아름다운 손은 그의 손에 무엇인가를 놓고 빠져나가 버렸다. 그것은 반지였다. 그런 뒤에 곧바로 문이 닫혔다. 다르타냥은 다시 캄캄한 어둠 속에 서 있게 되었다.

다르타냥이 반지를 손가락에 끼고 계속 기다렸다. 아직 다 끝나지 않은 것은 분명했다. 충성에 대한 상을 받았으니 이제 사랑에 대한 상이 주어질 것이었다. 게다가 발레는 끝났지만 야회는 이제 겨우 시작이었다. 3시에는 정찬이 마련되어 있었고,

생 장 성당의 괘종시계가 조금 전에 2시 45분을 알렸다.
 옆방에서 이야기 소리가 차츰 줄어들더니 마침내 멀어져갔다. 그러고 나서 다르타냥이 있는 작은 방의 문이 다시 열리더니 보나시외 부인이 뛰어들었다.
 "마침내 당신이!" 다르타냥이 외쳤다.
 "조용히!" 젊은 여인이 청년의 입술에 손을 댔다. "조용히 하세요! 오신 길로 다시 돌아가세요."
 "그럼 언제 어디서 또 만날 수 있겠소?" 다르타냥이 물었다.
 "돌아가시면 쪽지가 도착했을 거예요. 자, 어서 가세요. 어서!"
 그녀는 이렇게 말하면서 복도의 문을 열고 다르타냥을 문밖으로 밀어냈다. 다르타냥이 어린애처럼 시키는 대로 했다. 어떠한 저항도 반대도 하지 않는 것은 그가 정말로 사랑에 빠져 있다는 증거였다.

밀회

 다르타냥은 쉬지 않고 달려서 집으로 돌아왔다. 새벽 3시가 넘은 시각에 파리에서 가장 위험한 구역들을 지나가야 했다. 그러나 아무런 불상사도 일어나지 않았다. 널리 알려져 있듯이, 세상에는 주정뱅이와 연인들을 돌봐주는 신이 있다.
 그는 골목길 쪽으로 난 문이 빠끔히 열려 있는 것을 보고 계단을 올라갔다. 그러고는 하인과 약속해 둔 신호로 가만히 문을 두드렸다. 먼저 가서 기다리고 있으라고 두 시간 전에 시청에서 보내놓았던 플랑셰가 와서 문을 열어주었다.
 "누가 나에게 편지를 가져왔더냐?" 다르타냥이 황급히 물었다.
 "아무도 가져오지 않았는데요." 플랑셰가 대답했다. "그런데 저절로 온 편지가 한 통 있어요."

"그게 무슨 말이냐, 이 녀석아?"

"다름이 아니오라, 제가 돌아와 보니, 주인님 방의 열쇠는 늘 제가 몸에 지니고 있었는데도, 침실 탁자의 녹색 덮개 위에 편지가 한 통 놓여 있는 게 아니겠습니까?"

"그 편지 어디 있나?"

"그대로 놓아두었습니다. 편지가 그렇게 방으로 들어오다니 이상한 일입니다. 창이 열려 있었다거나 다만 방긋이라도 열려 있었더라면 아무 말 안 하겠어요. 그런데 그렇지 않았어요. 모두 꼭꼭 닫혀 있었거든요. 주인님, 조심해야겠습니다. 여기엔 분명히 무슨 마술 같은 것이 있는 겝니다."

플랑셰가 이렇게 말하는 동안, 다르타냥은 침실로 뛰어들어가 편지를 열어보았다. 보나시외 부인한테서 온 편지로 다음과 같은 사연이 씌어 있었다.

깊이 감사를 드려야겠습니다. 오늘 저녁 10시경에, 생 클루의 데스트레 씨 저택 모퉁이에 있는 별장 앞으로 오십시오.

C. B.

다르타냥은 이 편지를 읽으면서 연인들의 가슴을 아프게도 하고 어루만지기도 하는 부드러운 경련으로 자기 가슴이 부풀었다 죄어졌다 하는 것을 느꼈다.

이것은 그가 받은 최초의 연애편지였다. 그에게 주어진 최초의 밀회였다. 기쁨에 취한 그의 가슴은 부풀어올라, 사랑이라 부르는 지상 낙원의 문턱에서 금방이라도 터져버릴 것만 같았다.

"그것 보세요, 주인님." 플랑셰가 연방 붉으락푸르락하는 주인을 보고 말했다.

"그래 제가 정확하게 알아맞혔지 않습니까? 고약한 일이 생긴 것 아닙니까?"

"틀렸어, 플랑셰" 다르타냥이 대답했다. "그 증거로, 자, 은전 한 닢 받아라. 이걸로 내 건강을 기원하며 술이나 한잔 해라."

"주시는 은전은 고맙게 받겠습니다. 그리고 시키시는 대로 술도 마시겠습니다. 그러나 역시, 닫혀 있는 집에 그렇게 편지가 들어오다니 그건 필시……."

"하늘에서 떨어진 거야, 이 사람아, 하늘에서 말이야."

"그럼 주인님은 만족하시는 거군요?" 플랑셰가 물었다.

"그래, 플랑셰, 나는 이 세상에서 가장 행복한 사람이다!"

"그렇다면 주인님의 행복을 틈타 그만 가서 자도 괜찮습니까?"

"아무렴, 가서 자거라."

"하늘의 축복이 온통 주인님에게 내리기를! 그래도 역시 그 편지는……."

플랑셰가 다르타냥의 너그러움만으로는 의심이 완전히 풀리지는 않았다는 듯이 고개를 갸우뚱거리면서 물러갔다.

다르타냥은 혼자 남아 편지를 읽고 또 읽었다. 그러고 나서 아름다운 애인의 손으로 씌어진 글에 수없이 입을 맞추었다. 마침내 잠자리에 들자 즐거운 꿈만 꾸었다.

다르타냥은 아침 7시에 일어나서 플랑셰를 불렀다. 두 번째로 부르는 소리에 문을 열고 들어온 플랑셰의 얼굴에는 아직도 전날의 걱정이 싹 가시지 않은 기색이 역력했다.

"플랑셰." 다르타냥이 그에게 말했다. "오늘은 아마 하루 종일 밖에 나가 있을 거야. 그러니 너는 저녁 7시까지 자유다. 그러나 저녁 7시에는 말 두 마리를 준비하여 나갈 채비를 갖추고 있도록 해라."

"아니!" 플랑셰가 말했다. "그럼 우리 몸은 또다시 상처투성이가 되는 건가요?"

"네 소총과 권총도 준비해라."

"그것 보세요, 제가 뭐랬어요?" 플랑셰가 외쳤다. "확실해요, 망할 놈의 편지!"

"글쎄 걱정하지 말라니까, 이 친구야, 그저 소풍 나가는 것뿐이야."

"그러시겠죠! 일전의 유람 여행과 마찬가지로 말이에요. 그때도 총알이 비 오듯 쏟아졌고, 여기저기에 함정이 도사리고 있었는 걸요."

"플랑셰, 그렇게 무섭다면 나 혼자 가겠네." 다르타냥이 말을 이었다. "달달 떠는 사람과 같이 다니느니 차라리 혼자 가는 편이 더 낫겠다."

"저를 모욕하시는군요." 플랑셰가 말했다. "제가 일 처리하는 솜씨를 잘 보셨을 텐데요."

"그야 그렇지만, 그때 한 번으로 너의 모든 용기가 다 바닥난 것 같은데."

"기회가 오면 아직 남아 있다는 걸 보여드리겠어요. 다만 오래오래 남아 있게 하려면 너무 함부로 써먹지 말아야죠."

"오늘 저녁에 써먹을 만큼은 아직 남아 있을까?"

"그러길 바랍니다."

"음, 그래! 그렇다면 너를 믿겠다."

"말씀하신 시간에 완전히 준비를 갖추고 있겠습니다. 그런데 부대의 마구간에는 주인님 말이 한 마리밖에 없는 걸로 알고 있었는데요."

"지금은 한 마리밖에 없을지 모르지만, 오늘 저녁에는 네 마리가 있을 거야."

"저번의 우리 여행은 말을 보충하기 위한 여행이었던 모양이죠?"

"맞았어." 다르타냥이 대답했다.

그리고 플랑셰에게 마지막으로 다시 한 번 단단히 이르고는 밖으로 나갔다.

보나시외가 문 앞에 서 있었다. 다르타냥은 그에게 아무 말도 하지 않고 그냥 지나쳐버리려고 했다. 그러나 그가 하도 상냥하고 다정스럽게 인사를 했으므로, 그의 집에 세 들어 살고 있는 사람으로서 부득이 그의 인사에 답례를 해야 했을 뿐만 아니라, 이야기도 좀 나누지 않을 수 없었다.

게다가 바로 그날 저녁 생 클루의 데스트레 씨 별당 앞에서 만나기로 약속한 여자의 남편에게 어떻게 뽐내고 싶은 마음이 생기지 않을 수가 있겠는가? 다르타냥은 가능한 한 가장 상냥한 표정으로 그에게 다가갔다.

당연히 이 가련한 남자의 투옥이 화제였다. 보나시외는 자신과 뫙의 낯선 사람이 나눈 대화를 다르타냥이 들었다는 사실을 모르고 있었으므로, 셋방의 젊은이에게 인정사정없는 라프마에게 받은 고문에 관해 이야기했다. 그는 라프마가 추기경 직속의 사형 집행인이라며 줄곧 욕을 해댔다. 그러고는 바스티유 감옥, 감방의 빗장, 음식 넣어주는 쪽문, 환기창, 쇠창살, 고문 도구에 관해 장황하게 이야기를 늘어놓았다.

다르타냥은 친절의 화신이라도 된 양 그의 말에 얌전히 귀를 기울였다. 마침내 그의 이야기가 끝나자 다르타냥이 입을 열었다.

"그런데 보나시외 부인은 누가 자기를 납치했는지 아십니까? 내가 댁을 알게 된 것도 실은 그 유감스러운 상황과 관계가 있다는 것이 생각나서 하는 말입니다만."

"아, 글쎄!" 보나시외가 대답했다. "그들이 말해 주려고 하질 않았습니다. 마누라 역시 도무지 알 수 없다는군요. 그런데 나리는 요 며칠 동안 어떻게 되신 겁니까?" 보나시외가 아주 순박한 말투로 물었다. "나리도 친구분들도 통 뵐 수가 없으니 말입니다. 그리고 어제 플랑셰가 닦고 있던 나리의 장화를 보니, 아무래도 흙먼지가 파리 시내에서 묻은 것은 아니라는 생각이 들던데요."

"맞소, 보나시외 씨. 친구들과 함께 여행을 좀 했죠."

"먼 데로 가셨나요?"

"아니, 아니오! 200킬로미터도 떨어져 있지 않은 곳이오. 아토스를 포르주 광천까지 데려다주었죠. 내 친구들은 아직도 거기에 머물고 있습니다."

"나리만 돌아오셨다 그런 말씀이군요." 보나시외가 아주 교활한 표정을 지으면서 말했다. "나리 같은 미남은 애인이 금방 또 만나고 싶어하겠죠. 파리에서 애타게 기다리고 있겠군요, 그렇지 않습니까?"

"정말, 보나시외 씨에게는 아무것도 감출 수가 없다니까." 다르타냥이 웃으면서 말했다. "사실대로 말하죠. 사실 그렇소. 나를 기다린 사람이 있었소. 당신 말대로 애타게 말이오."

보나시외의 이마에 가벼운 그늘이 드리워졌다. 그러나 아주 희미한 것이어서, 다르타냥은 알아차리지 못했다.

"이렇게 빨리 돌아오셨으니 곧 보답을 받으시겠군요?" 잡화상이 말을 이었다. 그의 목소리가 약간 변했다. 그러나 다르타냥은 조금 전에 이 불쌍한 남자의 얼굴을 순간적으로 흐리게 했던 그늘을 알아차리지 못했던 것처럼 목소리의 변화도 눈치 채지 못했다.

"아니! 상당히 엉큼한 구석이 있군요!" 다르타냥이 웃으면서 말했다.

"아닙니다." 보나시외가 말을 이었다. "나리가 늦게 돌아오실지 어떨지 그걸 알고 싶어서 그랬을 뿐입니다."

"그건 왜 알고 싶은 거죠, 주인 양반?" 다르타냥이 물었다. "나를 기다릴 생각이오?"

"아닙니다. 그런 게 아니라, 체포당하기도 하고 집에 도둑을 맞기도 한 뒤부터는, 문 여는 소리가 들릴 때마다 무서워져서요. 밤에는 더욱 그렇습니다요. 정말이지, 별수 없지 않습니까! 소인은 군인이 아니니 말입니다!"

"아, 그래요! 내가 새벽 1시에 돌아오건, 2시나 3시에 돌아오건 무서워하지 마시오. 또 돌아오지 않는다 해도 두려워하지 마시고."

이번에는 보나시외가 너무나 창백해져서 다르타냥도 알아차리지 않을 수 없었다. 다르타냥이 그에게 왜 그러냐고 물었다.

"아무것도 아닙니다." 보나시외가 대답했다. "아무것도 아니에요. 이번에 흉한 일을 겪고 난 뒤부터는 몸이 약해져서 걸핏하면 정신이 왔다 갔다 하곤 합니다. 방금도 몸이 오싹해졌습니다. 그런 건 개의치 마십시오. 나리는 자신의 행복에만 신경 쓰기도 바쁘실 테니까요."

"사실 그렇소. 볼일이 있어 가봐야겠소."

"아직은 아니지 않습니까, 좀 더 계셔도 괜찮지 않겠어요? 볼일은 오늘 저녁이라고 하셨잖아요."

"하지만 오늘 저녁도 금방이오. 다행이지 뭡니까! 그리고 댁에서도 아마 나와 마찬가지로 오늘 저녁을 초조한 마음으로 기다리겠죠. 아마 오늘 저녁에는 부인이 돌아오실 테니까요."

"제 아내는 오늘 저녁에 근무가 있습니다." 남편이 정색을 하고 대꾸했다. "일 때문에 루브르 궁에 잡혀 있으니까요."

"거 참 낭패로군요, 주인 양반. 안됐습니다. 내가 행복할 때는 모두 다 행복했으면 합니다. 하지만 그렇게는 안 되는 모양이군요."

다르타냥은 혼자서만 이해할 수 있다고 생각한 농담에 폭소를 터뜨리면서 멀어져갔다.

"재미 많이 보십시오!" 보나시외가 음산한 말투로 대답했다.

그러나 다르타냥은 벌써 멀리 떨어져 있어서 보나시외의 말을 들을 수 없었다. 설령 들었다 하더라도, 그가 어떤 기분이었는지는 알아차리지 못했을 것이다.

그는 트레빌의 저택으로 향했다. 전날의 방문은 너무 짧았고 제대로 설명할 여유도 없었기 때문이다.

다르타냥은 트레빌이 무척 기뻐한다고 생각했다. 트레빌이 보기에 무도회에서 국왕도, 왕비도 유쾌했었다. 추기경만 침울한 기분이었다.

새벽 1시에 추기경은 몸이 불편하다면서 물러가 버렸다. 한편 국왕 내외는 새벽 6시가 되어서야 루브르 궁으로 돌아갔다.

"여보게, 다르타냥." 트레빌은 방 안에 또 누가 없는지 구석구석 둘러보고는 목소리를 낮추었다. "이제 자네 이야기를 해보세. 왕이 그렇게 기뻐하셨고 왕비가 그렇게 의기양양하신 반면에, 추기경이 그렇게 굴욕감을 느낀 이유는 분명 자네가 무사히 돌아왔다는 것과 관계가 있어. 그러니 조심하지 않으면 안 돼."

"제가 무엇을 조심해야 하죠?" 다르타냥이 대꾸했다. "국왕 폐하와 왕비 마마의 총애를 받을 터인데, 걱정할 것이 있겠습니까?"

"모든 걸 걱정해야지. 알겠나? 추기경은 자기가 속임수를 당했을 때, 상대방에게 복수를 하지 않는 한, 그 속임수를 잊어버릴 사람이 아니야. 그런데 그를 속인 사람은 내가 보기에 틀림없이 내가 잘 아는 어떤 가스코뉴의 젊은이 같은걸."

"추기경도 대장님처럼 영민해서, 런던에 갔다 온 사람이 저라는 걸 알고 있을까요?"

"저런! 런던에 갔었군. 자네 손가락에서 반짝이고 있는 그 아름다운 반지도 런던에서 가져왔는가? 여보게, 다르타냥, 조심해야 하네. 적의 선물이란 좋은 게 아니야. 그런 내용의 라틴어 시도 있지 않나, 뭐더라……."

"예, 있는 것 같습니다." 다르타냥이 대답했다. 그러나 다르타냥으로 말하자면 라틴어 문법의 기본적인 규칙 하나도 암기하지 못해 라틴어 교사에게 절망감을 안겨주던 전적이 있는 인물이었다. "예, 아마도 있을 것입니다. 틀림없이 그런 시가 한 편 있는데……."

"확실히 있어." 트레빌이 말했다. 그는 어느 정도 문학적 소양이 있는 사람이었다. "언젠가 방스라드 씨가 나에게 들려주었는데…… 뭐더라…… 옳지! 생각났네. '티메오 다나오스 에트 도나 페렌테스(Timeo Danaos et dona ferentes).' '선물하는 적을 경계하라.'는 뜻이야."

"이 다이아몬드는 적에게 받은 것이 아닙니다." 다르타냥이 말했다. "왕비 마마께서 내리신 겁니다."

"왕비 마마께서! 오! 이런!" 트레빌이 말했다. "과연 왕실의 보석이 틀림없군. 돈으로 치면 1,000피스톨은 되겠어. 왕비는 누구를 통해서 그 선물을 자네에게 전하셨나?"

"손수 건네주셨습니다."

"어디서?"

"의상실 옆에 붙어 있는 작은 방에서요."

"어떻게 주시던가?"

"손에 입을 맞추게 하시면서요."

"자네가 왕비 마마의 손에 입을 맞추었어!" 트레빌이 다르타냥을 바라보면서 외쳤다.

"왕비 마마께서 그런 영광을 내려주셨습니다."

"사람들이 보는 앞에서? 그렇다면 경솔하셨어, 정말 경솔하기 짝이 없는 일이었다고!"

"아닙니다, 대장님. 안심하십시오. 아무도 못 봤으니까요." 다르타냥이 트레빌에게 자초지종을 이야기했다.

"정말, 여자들이란! 여자들이란!" 늙은 군인이 외쳤다. "여자들은 소설 같은 생각을 한단 말이야. 뭐든지 신비로운 것에 매력을 느끼지. 그러니까 자네는 팔만 뵈었을 뿐이군. 자네는 왕비를 만나도 알아보지 못하겠고, 왕비께서도 자네를 알아보지 못하시겠군."

"그렇습니다. 그러나 이 반지로 해서……." 젊은이가 대답했다.

"이봐." 트레빌이 말했다. "자네에게 충고 하나 해도 될까? 친구로서 유익한 충고를 말일세."

"부디 해주십시오." 다르타냥이 말했다.

"자, 그럼! 아무 데나 보석상에 가서 그 다이아몬드를 팔아버리게. 값은 주는 대로 받고. 아무리 욕심 많은 상인이라도 넉넉잡아 800피스톨은 주겠지. 돈이야 이름이 없지만, 그 반지는 무서운 이름이 있어. 그걸 끼고 다니는 사람을 배반할지도 모르네."

"이 반지를 팔아버리라고요! 왕비 마마께서 주신 이 반지를요! 절대 그럴 수는 없습니다." 다르타냥이 말했다.

"그렇다면 반지에 얹어진 보석이라도 안쪽으로 돌려놓거나, 어리석은 사람아. 가스코뉴 출신 청년이 그런 보석을 자기 어머니의 보석 상자에서 찾았을 리 없다는 것은 누구나 다 알지 않겠는가."

"그러니까 제가 경계해야 할 일이 있다고 생각하시는군요?" 다르타냥이 물었다.

"다시 말해서, 도화선에 불이 붙은 폭탄 위에서 자는 사람이라도 자네보다는 안전하다고 할 수 있지."

"이런! 야단났군요!" 다르타냥이 말했다. 그는 트레빌의 자신만만한 어조에 걱정이 들기 시작했다. "그럼 도대체 어떻게 하면 좋겠습니까?"

"무엇보다도 늘 조심해야지. 추기경은 기억력이 좋고 권력도 있으니, 분명히 무슨 계략을 쓸 거야."

"어떤 계략을 말입니까?"

"그건 내가 잘 알아! 그는 악마의 갖은 간계를 다 부리지 않는가? 우선 제일 간단한 방법은 자네를 체포해 버리는 것이겠지."

"아니! 국왕에게 봉사하고 있는 사람을 함부로 체포한단 말인가요?"

"물론 그렇고말고! 아토스의 경우를 생각해 봐. 그를 체포하면서 조금이라도 망설이는 것 같던가! 아무튼 삼십 년 넘게 궁정을 드나들고 있는 사람의 말을 믿어주게나. 절대로 안심하고 잠을 자서는 안 되네. 그랬다간 끝장이야. 똑똑히 말해 두지만, 가는 곳마다 적뿐이라고 생각해야 하네. 싸움을 걸어오는 사람이 있으면 열 살 먹은 어린애라 할지라도 피해야 해. 밤낮을 막론하고, 공격을 받으면 부끄러워할 것 없이 도망치게. 다리를 건널 때는 발아래 널빤지가 휘거나 부러지지 않을지 하나하나 확인해 보게. 건축 중인 집 앞을 지나갈 때는 머리 위에서 돌이라도 떨어지지 않을지 잘 살펴보게. 밤늦게 돌아올 때는 뒤에 하인을 데리고 다니고, 하인에게도 반드시 무장을 시켜야 해. 물론 하인은 확실한 사람을 써야겠지. 모든 사람을 경계하게. 친구도 형제도 애인도 믿지 말게. 특히 애인은 믿을 것이 못 돼."

다르타냥이 얼굴을 붉혔다.

"애인을요?" 그가 무의식적으로 되물었다. "왜 특히 애인을 경계해야 하는 겁니까?"

"추기경이 가장 즐겨 쓰는 수단 중 하나이기 때문이야. 애인보다 더 빠른 수단은 없어. 여자라는 건 불과 10피스톨에도 자네를 팔아버린다는 말일세. 데릴라가 그 증거야. 성서의 얘기는 알고 있겠지, 그렇지?"

다르타냥은 보나시외 부인과 그날 저녁 만나기로 한 약속을 떠올렸다. 그러나 우리의 주인공을 칭찬하는 의미에서 반드시 말해 둘 점은, 트레빌이 일반적으로 여자에 관해 좋지 않은 견해를 지니고 있음에도 불구하고, 그는 자신의 아리따운 애인에게는 조금도 의심을 품지 않았다.

"그런데 자네의 세 친구는 어떻게 되었나?" 트레빌이 다시 말을 이었다.

"그렇지 않아도 혹시 대장님께서 무슨 소식이라도 듣지 않으셨는지 물어보려던 참이었습니다."

"아무 소식도 못 들었는데."

"그래요? 사실은 다들 도중에 떨어져나갔습니다. 포르토스는 샹티이에서 결투하고 있는 걸 그대로 두고 떠났고, 아라미스는 크레브쾨르에서 어깨에 총을 맞는 바람에 내버려두고 갔습니다. 그리고 아토스는 아미앵에서 위조범으로 몰려 곤란에 처했을 때에 그렇게 됐고요."

"아니! 그런데 자네는 어떻게 용케 위기를 모면했지?" 트레빌이 말했다.

"정말 기적이라고밖에는 말씀드릴 수가 없습니다, 대장님. 가슴팍을 한 번 찔렸습니다만, 바르드 백작이라는 자를 칼레 가도의 후미진 곳에다 마치 장식 융단에 꽂아놓은 나비처럼 꼼짝 못하게 해놓았습니다."

"잘 듣게! 바르드라는 자는 추기경의 심복으로, 로슈포르의 사촌이야. 옳지, 좋은 생각이 있어."

"말씀해 주시죠."

"내가 자네라면 한 가지 일을 처리할 걸세."

"뭔데요?"

"나라면 추기경이 파리에서 나를 찾아내려는 동안, 아무도 몰래 살짝 피카르디 가도를 다시 달리면서 세 친구의 소식이나 알아볼 것이네. 생각해 봐! 자네도 그들에게 그만한 성의쯤은 보여야 마땅하지 않겠나."

"지당하신 말씀입니다, 대장님. 내일 떠나겠습니다."

"내일! 왜 오늘 저녁엔 안 되나?"

"오늘 저녁엔 부득이한 일로 파리를 떠날 수 없습니다."

"아! 젊은이! 어쩔 수 없는 젊은이라니까! 분명 연애 사건 같은 것이겠군. 했던 말을 또 하네만, 조심하게. 남자를 파멸시킨 것은 여자라네. 우리는 모두 남자 아닌가. 남자를 파멸시킬 게 여자야. 자네도 남자 아닌가. 내 말만 믿고, 오늘 저녁에 출발하게."

"안 됩니다, 대장님!"

"그러니까 이미 약속을 했군?"

"예, 대장님."

"그렇다면 다른 문제지. 그러나 오늘 밤 죽지 않는다면 내일은 꼭 떠나겠다고 약속하게."

"꼭 그렇게 하겠습니다."

"돈이 필요한가?"

"아직 50피스톨 정도 남아 있습니다. 충분할 것 같습니다."

"그러나 자네 친구들은?"

"돈이 부족하지는 않았으리라고 생각합니다. 파리를 떠날 때 각자 75피스톨씩 나누어 가졌으니까요."

"떠나기 전에 또 만날 수 있을까?"

"못 볼 것 같습니다. 무슨 새로운 일이라도 생긴다면 모르겠습니다만."

"그럼 잘 다녀오게!"

"감사합니다, 대장님."

다르타냥은 총사들에 대한 트레빌의 어버이다운 마음씨에 이전보다 더 커다란 감동을 느끼면서 그에게 작별을 고하고 물러나왔다.

그러고는 아토스, 포르토스, 그리고 아라미스의 집을 차례로 둘러보았다. 아무도 돌아와 있지 않았다. 하인들도 역시 돌아오지 않았기 때문에, 아무런 소식도 들을 수 없었다.

그들의 애인에게라도 물어본다면 소식을 알 수 있었을지 모르나, 그는 포르토스의 애인도, 아라미스의 애인도 알지 못했다. 아토스는 아예 애인이 없었다.

근위대 본부 앞을 지나면서 마구간을 보니, 약속된 네 마리 중에서 세 마리가 이미 도착해 있었다. 플랑셰가 어리둥절한 표정으로 손질을 하는 중이었다. 벌써 두 마리는 끝내고 마지막 한 마리를 글겅이로 빗겨주고 있었다.

"아이고! 주인님." 플랑셰가 다르타냥을 보고 말했다. "얼굴을 뵈니 마음이 놓입니다."

"아니 왜, 플랑셰?" 젊은이가 물었다.

"집주인 보나시외 씨를 믿고 계십니까?"

"내가? 천만에!"

"오! 참 잘 하시는 일입니다, 주인님!"

"그런데 왜 묻지?"

"주인님이 그 사람과 얘기하고 계시는 동안 제가 몰래 엿보았는데요, 그의 얼굴빛이 서너 번이나 변했어요."

"난 또 뭐라고!"

"주인님은 막 받으신 편지에만 마음이 쏠려 있었기 때문에 그걸 알아차리지 못하신 겁니다. 그러나 저는 그 편지가 하도 괴이하게 집에 와 있었기에 경계하고 있었습니다. 그래서 그의 얼굴이 어떻게 변하는지 하나도 빠뜨리지 않고 살펴보았지요."

"그래 어떻게 생각했나?"

"음험한 얼굴이라고 생각했습죠."

"당연하지!"

"더군다나 주인님이 보나시외 씨와 헤어져서 모퉁이를 돌자마자, 보나시외 씨는 모자를 쓰고 문을 잠그고는 맞은편 거리로 뛰어가기 시작했어요."

"확실히 네 말이 옳다, 플랑셰. 모든 것이 퍽 수상해 보이는구나. 그러나 걱정할 건 없어. 모든 것이 분명히 밝혀질 때까지는 집세를 내지 않을 테니까."

"농담하시는군요. 하지만 두고 보면 알게 되실 겁니다."

"할 수 없지, 플랑셰, 어떻게 해도 피할 수 없는 것은 운명이야!"

"그러니까 오늘 저녁의 산책을 그만두지 않으시겠네요?"

"그만두다니, 정반대야, 플랑셰. 보나시외에 대한 의심이 클수록, 네가 그렇게 걱정하는 그 편지의 약속 장소로 가봐야 하지 않을까 생각해."

"그렇다면 주인님의 결심은……."

"요지부동이네, 이 사람아. 그러니까 9시에 여기 본부에서 준비하고 있어. 내가 데리러 올 테니까."

플랑셰는 아무래도 주인의 계획을 단념시킬 수 없다는 것을 깨닫고는 크게 한숨을 내쉬고 세 번째 말을 빗기 시작했다.

한편 다르타냥은 본래가 신중한 가스코뉴 청년인지라, 자기 집으로 돌아가지 않고 네 친구가 어려웠던 시절에 초콜릿으로 만든 죽으로 점심을 대접해 주었던 그 가스코뉴 출신의 사제를 찾아가서 저녁 식사를 했다.

별장

  9시에 다르타냥이 근위대 본부에 다시 도착했다. 플랑셰가 무장을 준비하고 있었다. 네 번째 말도 도착해 있었다.
  플랑셰가 소총과 권총으로 무장했다. 다르타냥은 칼을 차고 두 자루의 권총을 허리띠에 매달았다. 두 사람은 말을 타고 소리 없이 떠났다. 이미 날이 어둑어둑해진 뒤라 누구의 눈에도 띄지 않았다. 플랑셰가 주인으로부터 열 걸음 정도 떨어져 따라갔다.
  다르타냥은 강둑을 가로질러 가면서 콩페랑스 관문을 지나 생 클루로 통하는 길을 따라갔다. 당시에 이 길은 오늘날보다 훨씬 아름다웠다.
  시내를 지나가는 동안 플랑셰는 주인의 지시대로 간격을 충실하게 지켰다. 그러나 주변이 차츰 호젓해지고 어두워지자, 슬며시 간격을 좁혔다. 불로뉴 숲에 접어들었을 때는 어느덧 주인과 나란히 가고 있었다. 실제로 바람에 흔들리는 커다란 나무들, 어두운 숲에 비치는 달빛에 그는 몹시 불안해졌다. 누구나 이 사실을 눈치 챌 수 있을 정도였다. 다르타냥이 자신의 하인에게서 심상치 않은 기미를 눈치 챘다.

"이봐! 플랑셰, 무슨 일 있나?" 다르타냥이 플랑셰에게 물었다.

"주인님은 숲이 마치 성당 같다고 생각하지 않으세요?"

"왜 그렇지, 플랑셰?"

"성당이나 숲이나 감히 큰 소리로 말할 수 없는 곳이니까요."

"왜 큰 소리로 말하지 못하지, 플랑셰? 무서워서?"

"그래요, 누가 들을까 봐 무섭습니다."

"누가 들을까 봐! 그렇지만 우리가 못할 말을 하는 건 아니니까, 아무도 트집을 잡을 수는 없을 텐데 뭐."

"그렇지 않습니다, 주인님!" 플랑셰가 말을 이었다. "보나시외란 자는 양미간에 어딘지 엉큼한 구석이 있고 입술을 꿈틀거리는 모양이 아무래도 마음에 안 들어요."

"도대체 왜 자꾸 보나시외를 생각하는 거야?"

"주인님, 생각할 수 있는 것을 생각해야지, 생각하고 싶은 것을 생각하면 안 됩니다요."

"네가 겁쟁이라 그런 거야, 플랑셰."

"신중함과 비겁함을 혼동하지 마세요, 주인님. 신중은 미덕입니다."

"그러니까 너는 현명한 사람이란 말이지, 그렇지 않은가, 플랑셰?"

"주인님, 저기서 번쩍이고 있는 것이 뭐죠? 총대 아닙니까? 머리를 숙이는 것이 좋지 않을까요?"

"정말 그런 것 같구나." 다르타냥이 중얼거렸다. 트레빌의 충고가 떠올랐다. "정말이지, 이 녀석 때문에 나까지 무서워지는 걸."

그가 말을 빠르게 몰기 시작했다.

플랑셰도 마치 그림자처럼 주인의 움직임을 따라 그의 옆에서 빠르게 달렸다.

"밤새도록 이런 식으로 갈 겁니까, 주인님?" 그가 물었다.

"아니야, 플랑셰, 너는 다 왔다."

"아니, 저는 다 왔다고요? 그럼 주인님은요?"

"나는 좀 더 가야 해."

"저만 혼자 여기 내버려두시고요?"

"무서운가, 플랑셰?"

"아니요. 그러나 밤이 깊어가면 훨씬 추워질 것이고, 기온이 떨어지면 신경통이 일어나거든요. 그리고 신경통을 앓는 하인이란 참으로 처량하기 짝이 없습니다. 주인님처럼 날렵한 분께는 특히 그렇죠. 저는 다만 이 점을 좀 알아주셨으면 하는 것입니다요."

"음, 좋아. 추워지면 저기 보이는 술집들 중에서 아무 데나 들어가거라. 그리고 내일 아침 6시에는 술집 문 앞에서 나를 기다리도록 하고."

"주인님, 오늘 아침에 주신 돈은 시키신 대로 먹고 마시는 데다 써버렸습니다. 그러니 날이 추워져도 저에게는 한 푼도 없는데 어떡하죠?"

"자, 반 피스톨이다. 그럼 내일 만나자."

다르타냥이 말에서 내렸다. 말고삐를 플랑셰의 손에 던졌다. 그러고는 망토로 몸을 감싸고 재빠르게 멀어졌다.

"아이고 추워라!" 주인이 안 보이게 되자마자 플랑셰가 외쳤다. 그러고는 바로 몸을 녹이려는 급한 마음에 어느 술집으로 후다닥 뛰어가서 문을 두드렸다. 변두리 술집 같은 곳이었다.

그동안 다르타냥은 조그만 샛길로 들어서서 계속 걸어간 끝에 생 클루에 도착했다. 그러나 큰길로 가는 대신 성의 뒤쪽을 돌아 아주 외딴 골목길로 접어들었고, 얼마 가지 않아 지시된 별장 앞에 이르렀다. 인적이라곤 전혀 없는 곳이었다. 골목길 쪽으로 길게 이어진 높다란 성벽의 한쪽 모퉁이에 별장이 있었다. 다른 쪽으로는 행인들의 접근을 막는 산울타리가 쳐져 있었다. 산울타리 안쪽에 조그마한 정원이 있었고 조금 더 안쪽으로 초라한 오두막집이 한 채 솟아 있었다.

드디어 밀회의 장소에 도착한 것이다. 그러나 어떤 신호를 하라는 말이 없었으므로, 그는 마냥 기다려야 했다.

아무 소리도 들리지 않았다. 파리에서 160킬로미터쯤은 떨어져 있는 듯했다. 다르타냥은 뒤를 한 번 둘러보고서 산울타리에 기댔다. 산울타리와 정원과 오두막집 너머로, 광막한 공간 속에서 입을 크게 벌린 심연(深淵) 같은 파리가 컴컴한 안개에 싸여 잠자고 있었고, 지옥의 불길한 별과 같은 불빛만 듬성듬성 반짝이고 있었다.

그러나 다르타냥에게는 눈에 보이는 모든 것이 행복한 모양을 하고 있었고, 모든 생각이 미소를 띠고 있었으며, 어둠마저도 밝게 보였다. 약속 시간이 다가오고 있었다.

실제로 얼마 지나지 않아, 생 클루 종루(鐘樓)의 넓은 입에서 천천히 열 번의 종소리가 우렁차게 들려왔다.

한밤중에 이처럼 탄식하는 듯한 청동 종소리에는 어딘지 모르게 음산한 구석이 있었다.

그러나 다르타냥의 가슴에는 애타게 기다리던 시간을 서서히 알리는 열 번의 종소리 하나하나가 아름답게 진동했다.

그의 눈은 성벽 모퉁이에 위치한 조그만 별장에 고정되어 있었다. 별장의 창문은 모두 겉창으로 닫혀 있고, 2층의 창문 하나만이 열려 있었다.

이 창문으로 부드러운 불빛이 흘러나왔다. 정원 밖에 무리지어 서 있는 보리수나무 서너 그루의 간들거리는 잎사귀가 이 불빛에 은빛으로 물들어 있었다. 분명히 저토록 우아하게 불이 밝혀진 작은 창문 뒤에는 어여쁜 보나시외 부인이 그를 기다리고 있을 터였다.

다르타냥은 이 달콤한 생각에 가만히 사로잡혀서 조금도 초조한 기색 없이 반 시간을 기다렸다. 매혹적인 작은 창을 응시하는 다르타냥의 눈에 금박으로 장식한 천장의 일부가 보였다. 이것만으로도 나머지 부분의 우아함이 충분히 짐작되었다.

생 클루 종루에서 10시 반을 알렸다.

이번에는 다르타냥도 까닭 없이 온몸이 오싹해지는 것을 느꼈다. 어쩌면 밤 공기의 냉기가 몸에 스며들기 시작한 것인데, 이러한 육체의 감각을 그가 자신의 감정 상태로 잘못 받아들였는지도 모른다.

이윽고 자신이 편지를 잘못 본 것이 아닌가, 혹시 약속 시간이 11시가 아니었나 하는 생각이 떠올랐다.

그래서 창문 가까이, 불빛이 닿는 곳으로 가서 주머니에서 편지를 꺼내 다시 읽어보았다. 그러나 착각이 아니었다. 약속 시간은 분명히 10시였다.

다시 제자리로 돌아갔다. 주위의 고요함과 적적함에 마음이 제법 불안해지기 시작했다.

11시가 울렸다.

이제 다르타냥은 보나시외 부인에게 무슨 일이 일어난 것이 아닌가 하고 정말로 걱정하기 시작했다.

그가 손뼉을 세 번 쳤다. 연인들이 곧잘 하는 신호였다. 그러나 대답하는 이는 아무도 없었다. 메아리마저 울리지 않았다.

그래서 혹시 그 여자가 기다리다가 잠이 든 것은 아닐까 하고 좀 원망스러워지기도 했다.

그가 성벽으로 다가가 기어오르려 했다. 그러나 새로 회를 발라놓아서 손톱 하나 걸리지 않았다.

이때 불빛에 잎이 은빛으로 물들어 있는 나무들이 생각났다. 한 그루가 길 위까지 뻗어 있었으므로, 중간쯤까지 올라가면, 별장 안을 들여다볼 수 있을지도 모른다고 생각했다.

나무는 오르기가 쉬웠다. 게다가 다르타냥은 이제 겨우 스무 살인지라 어린 시절에 나무 타던 기술을 아직껏 잊지 않고 있었다. 눈 깜짝할 사이에 그는 가지의 중간까지 기어올라갔다. 투명한 창 너머로 별당의 내부가 들여다보였다.

참으로 해괴한 일이었다. 다르타냥은 발가락 끝에서 머리털 끝까지 소름이 끼쳤다. 그 부드러운 불빛, 그 고요한 등불이 비추고 있는 것은 무시무시한 난장판이었다. 창문의 유리 한 장은 깨져 있었고, 방의 문은 반쯤 부서진 채 돌쩌귀에 매달려 있었다. 우아한 밤참이 차려져 있었던 듯한 식탁은 방바닥에 나둥그러져 있었다. 산산조각이 난 병들, 짓이겨진 과일들이 마룻바닥에 깔려 있었다. 이 모든 상황으로 볼 때 이 방에서 격렬한 싸움이 벌어졌음은 의심할 여지가 없었다. 다르타냥은 이 난장판 가운데에서 찢어진 드레스, 커튼과 옷자락을 물들인 핏자국까지도 보이는 것만 같았다.

그는 몹시도 두근거리는 가슴을 안고 황급히 바닥으로 뛰어내렸다. 혹시 다른 폭행의 흔적은 없는지 살펴보려고 했다.

부드러운 불빛이 고요한 어둠 속에서 여전히 반짝이고 있었다. 다르타냥은 여태까지 살펴볼 생각조차 하지 않았기 때문에 몰랐던 사실, 즉 땅바닥 여기저기에 사람과 말의 발자국이 어지럽게 뒤섞여 있다는 것을 알아차렸다. 게다가 파리에서 온 것으로 보이는 마차의 바퀴 자국이 무른 땅에 깊이 패어 있었다. 바퀴 자국은 별당까지만 이어졌다가 다시 파리 쪽으로 나 있었다.

마침내 다르타냥은 계속 살펴보는 가운데 성벽 옆에서 찢어진 여성용 장갑 한 짝을 발견했다. 진흙이 조금도 묻어 있지 않은 새 장갑이었다. 남자들이 연인의 고운 손에서 벗기고 싶어하는, 향수를 뿌린 장갑이었다.

다르타냥은 조사를 진행함에 따라, 식은땀이 이마에 홍건히 맺히고, 무서운 고통으로 가슴이 죄어들어 가쁘게 숨을 몰아쉬었다. 그렇지만 그는 스스로를 안심시키기 위해, 이 별장은 보나시외 부인과 아무런 관계가 없을지도 모른다, 그녀가 자기와 만나기를 약속한 곳은 이 별장의 앞이지 안이 아니다, 그 여자는 일 때문에 또는 어쩌면 남편의 질투로 말미암아 파리에 붙들려 있는지도 모른다고 혼자 속으로 중얼거렸다.

그러나 이 모든 짐작은 내밀한 고통의 감정에 의해 맹렬히 공격을 받았고 산산이 부서졌으며 거꾸로 뒤집혔다. 마음속 깊은 곳에서 움트는 이런 고통은 경우에 따라서 우리의 존재 전체를 휘두를 뿐만 아니라, 우리의 마음속에 들려오는 모든 것에 대고 커다란 불행이 다가오는 중이라고 외쳐대기도 한다.

그러자 다르타냥은 거의 제정신이 아니었다. 정신없이 달려왔던 길로 접어들었다. 나루터에 다다르자 뱃사공에게 물었다.

뱃사공은 저녁 7시경에 검은 망토를 걸친 여자 한 사람을 건네주었다고 말했다. 그 여자는 사람의 눈을 몹시 경계하는 것 같았는데, 워낙 태도가 조심스러운 탓에 뱃사공이 더욱 주의해서 살펴보았더니 아주 젊고 아름다운 여자였다는 것이다.

오늘날과 마찬가지로 당시에도 사람들의 눈을 피해 생 클루로 오는 젊고 아름다운 여자들이 많았다. 그렇지만 다르타냥은 그 순간 뱃사공이 본 여자가 틀림없이 보나시외 부인이라고 믿어버렸다.

다르타냥은 뱃사공의 오두막에서 흘러나오는 등불을 사용하여 다시 한 번 보나시외 부인의 편지를 읽어보았다. 자신이 착각하지 않았고, 약속 장소는 틀림없이 생 클루, 데스트레 씨 저택의 별장 앞이라는 것을 확인했다.

다르타냥의 예감이 틀리지 않았고 커다란 불행이 닥쳤음을 그에게 말해 주고 있었다.

그는 또다시 성 쪽으로 달려갔다. 자기가 떠난 사이에 별장에 행여라도 무슨 새로운 일이 일어나서 상황을 밝혀줄 만한 단서가 나타나지나 않을까 하는 생각이 들었던 것이다.

그러나 골목에는 여전히 인적이 없었고, 창문에서는 아까와 같은 부드러운 불빛이 고요히 흘러나오고 있었다.

다르타냥은 그때 불 꺼진 조용한 오두막 한 채가 근처에 있었다는 생각이 떠올랐다. 오두막의 주인은 뭔가를 보았을지도 모르고, 어쩌면 단서가 될 만한 이야기를 해줄지도 모를 일이었다.

오두막집의 대문은 닫혀 있었다. 그는 산울타리를 뛰어넘었다. 개가 요란스럽게 짖어대는 데도 불구하고 오두막으로 다가갔다.

처음에 몇 번 창문을 두드려보았으나, 아무 대답도 없었다.

이 오두막도 별장과 마찬가지로 죽음 같은 정적에 휩싸여 있었다. 그렇지만 이 오두막이 그의 마지막 희망이었기에, 그는 집요하게 창문을 두드렸다.

이윽고 안에서 희미한 소리가 들리는 듯했다. 밖으로 새어나가지나 않을까 조심하는 소리인 것 같았다.

그래서 다르타냥은 두드리는 것을 그만두었다. 그러고는 아무리 겁이 많은 사람이라도 안심할 수 있을 만큼 상냥하고도 공손하며 하소연하는 듯한 어조로 애원했다. 벌레 먹어 낡은 겉창이 마침내 열렸다. 더 정확히 말하자면 빠끔히 틈이 생겼다. 방 한쪽에서 타고 있는 희미한 등불의 빛에 다르타냥의 칼에 달린 가죽끈과 손잡이, 그리고 권총 끝이 반짝이자, 겉창이 다시 닫혀버렸다. 그렇지만 다르타냥은 눈 깜짝할 사이에 늙은이의 얼굴을 얼핏 보았다.

"제발 부탁합니다. 내 말 좀 들어주시오!" 그가 말했다. "누구를 기다리고 있는데, 오질 않아서 불안해 죽겠습니다. 이 부근에서 무슨 안 좋은 일이 일어나지 않았는지요? 말씀 좀 해주세요."

창문이 다시 천천히 열리면서 아까와 같은 얼굴이 나타났다. 다만 아까보다도 더 창백했다.

다르타냥은 이름만 제외하고, 자초지종을 솔직하게 이야기했다. 저 별당 앞에서 젊은 여자와 만나기로 약속이 되어 있었는데, 그 여자가 오지 않아 보리수나무에 올라가 들여다보니, 등불에 비춰진 방 안은 난장판이 되어 있더라고 말했다.

늙은이는 바로 그렇다는 몸짓을 하면서 유심히 그의 말에 귀를 기울였다. 그러고 나서 다르타냥이 이야기를 끝마치자 절레절레 고개를 가로저었다. 아무래도 신통한 대답이 나올 것 같지 않았다.

"그게 무슨 뜻이오?" 다르타냥이 외쳤다. "이봐요, 제발 얘기 좀 해주시오."

"오! 안 됩니다, 나리!" 늙은이가 말했다. "묻지 마십시오. 만약에 소인이 본 걸 나리께 말씀드리면, 소인에게 나쁜 일이 닥쳐올 것이니 말입니다. 그건 너무나도 뻔한걸요."

"그러니까 뭘 보긴 보았군요?" 다르타냥이 다시 물었다. "그렇다면, 제발!" 그가 피스톨 금화 한 닢을 늙은이에게 던져주고 말을 계속했다. "말해 주시오, 본 대로 말해 줘요. 귀족의 명예를 걸고, 노인한테서 들은 얘기는 한마디도 입 밖에 내지 않을 것을 맹세하겠소."

늙은이는 다르타냥의 얼굴에서 매우 솔직하고 괴로워하는 빛을 읽어냈다. 그러고는 들으라는 손짓을 하면서 낮은 목소리로 말했다.

"9시쯤 됐을 때였죠. 거리에서 무슨 소리가 들려오기에 무슨 일인가 싶어서 문으로 다가갔더니, 누가 들어오려고 하는 것이 보였습니다. 이렇게 가난하게 살고 있으니 도둑을 맞을 염려는 없기 때문에, 나가서 문을 열고 보니 남자 셋이 거기 서 있었습니다. 어둠 속에는 마차 한 대와 말 몇 마리가 있었습니다. 기사의 옷차림을 한 세 남자의 말인 것 같았습니다.

'아이고 나리들! 무슨 일로 오셨습니까?' 하고 소인이 물었죠. 그랬더니, 일행의 우두머리처럼 보이는 사람이 '사다리가 있겠지?' 하고 물었습니다.

'예, 나리, 과일 딸 때 쓰는 것이 있습니다.'

'그걸 우리에게 갖다주고, 당신은 방에 들어가 있어. 자, 은화 한 닢이다. 당신에게 폐를 끼친 데 대한 사례금이다. 이제부터 당신이 보고 들은 것을(우리가 위협을 해도 당신은 보고 들을 테니 말이야) 한마디라도 입 밖에 내는 날에는 당신 모가지가 날아간다는 것을 잊지 마라.'

그렇게 말하고는 소인에게 은전 한 닢을 던져주고 사다리를 가져갔습니다. 소인은 그 돈을 주웠지요.

그러고는 울타리의 문을 닫고 집 안으로 들어가는 체했습니다만, 이내 뒷문으로 해서 밖으로 나와, 어둠을 타고 저기 딱총나무 덤불까지 갔습니다. 거기서는 아무도 모르게 죄다 엿볼 수가 있었습니다.

세 남자는 소리 나지 않게 마차를 끌고 가다가 검은 빛깔의 초라한 옷을 입은 사내를 끌어냈습니다. 그는 머리가 희끗희끗하고 체격이 땅딸막했죠. 이 사내가 조심조심 사다리를 타고 올라가 방 안을 살짝 들여다보고는, 다시 살금살금 내려와서 낮은 목소리로 중얼거렸습니다.

"그년입니다!"

그러자 아까 소인에게 말을 걸었던 사람이 곧장 별장의 문으로 다가갔습니다. 가지고 있던 열쇠로 문을 열고 안으로 들어가서는 다시 문을 닫았습니다. 그는 이내 보이지 않았죠. 동시에 다른 두 남자가 사다리로 올라갔습니다. 그 땅딸막한 늙은이는 마차 입구에 그대로 머물러 있었고, 마부는 마차의 말을 붙잡고 있었으며, 하인 한 사람이 말 세 마리를 지키고 있었습니다.

갑자기 별장 안에서 커다란 비명이 들려왔지요. 여자 하나가 창가로 달려와, 창문을 열고 뛰어내리려 했습니다. 그러나 두 남자를 보자마자, 다시 몸을 뒤로 뺐습니다. 두 남자는 그 여자의 뒤를 쫓아 창문을 통해 방으로 뛰어들어갔습니다.

그러고는 아무것도 보이지 않았습니다만, 세간살이들이 부서지는 소리가 들렸습니다. 여자는 사람 살리라고 고함을 질렀습니다. 그러나 오래지 않아 고함 소리는 그쳐버렸고, 세 남자가 그 여자를 안아서 창가로 다가왔습니다. 두 사람은 사다리로 빠져나와 여자를 마차에 실었죠. 땅딸보 늙은이가 그 여자 뒤에 올라탔습니다. 별장에 남아 있던 한 사람은 다시 유리창을 닫고, 잠시 후에 밖으로 나와서, 여자가 마차에 확실히 타고 있는지 확인했습니다. 다른 두 남자가 이미 말에 올라탄 채 기다리고 있었으므로, 그 남자도 마차에 올라탔습니다. 하인은 마부의 옆자리에 앉았죠. 세 기사가 호위하면서 마차는 달려가 버렸습니다. 그러고는 그만이었습니다. 그 후 소인은 아무것도 보지도 듣지도 못했습니다."

다르타냥은 너무나도 끔찍한 소식에 하도 어이가 없어서 우두커니 서 있었다. 그러나 마음속은 분노와 질투로 이글거리고 있었다.

"하지만 나리, 너무 상심하지 마십시오." 늙은이가 다시 말을 이었다. 다르타냥이 그렇게 하염없이 절망 속에 빠져 있는 모습에 깊이 감동을 받은 모양이었다. "그 여자를 죽인 건 아닙니다. 무엇보다도 중요한 건 바로 그 점입니다."

"그 잔악한 놈들을 지휘한 사람을 대충이라도 알겠소?" 다르타냥이 말했다.

"전혀 모르는 사람입니다."

"하지만 노인장에게 말을 걸었다니까, 얼굴은 볼 수 있었을 텐데."

"옳아! 그 사람의 인상 말씀인가요?"

"그렇소."

"큰 키, 마른 몸집, 그을린 얼굴, 새카만 콧수염과 눈, 귀족의 풍채, 이런 인상이었죠."

"그렇다." 다르타냥이 외쳤다. "또 그놈이다! 언제나 그놈이야! 그놈은 내 악마인가 보군! 그런데 또 한 놈은?"

"누구 말씀인가요?"

"땅딸보 말이오."

"아, 그 사람은 아무리 봐도 귀족은 아닙니다. 칼도 차고 있지 않았고, 모두 함부로 대했으니까요."

"하인인가." 다르타냥이 중얼거렸다. "아! 불쌍한 여자! 가련한 여자! 놈들이 그녀를 어떻게 했을까?"

"비밀을 지키기로 약속하셨습니다." 늙은이가 말했다.

"다시 한 번 약속하겠소. 걱정하지 마시오. 나는 귀족이오. 귀족은 약속을 꼭 지킵니다. 귀족인 내가 당신에게 약속했소."

다르타냥은 처연한 가슴을 안고 나루터로 걸어갔다. 마차에 실려간 여자가 보나시외 부인이 아닐 수도 있다는 생각이 들기도 했고, 내일이라도 당장 루브르 궁에 가면 그녀를 다시 만날 수 있으리라 생각해 보기도 했다. 또 그녀가 딴 놈과 바람을 피우는 것을 질투심 많은 남편이 알아채고 납치한 것은 아닐까 생각해 보기도 했다. 그는 흔들렸고 비탄에 잠겼으며 절망했다.

"아! 지금 친구들이라도 있다면!" 그가 외쳤다. "적어도 그 여자를 찾아낼 희망이라도 있으련만. 친구들마저도 어떻게 됐는지 알 수 없으니!"

거의 자정에 가까운 시간이었다. 이제 플랑셰를 찾는 일이 문제였다. 다르타냥은 조금이라도 불빛이 보이는 술집이면 모조리 문을 열어보았다. 그러나 어디서도 플랑셰는 보이지 않았다.

여섯 번째 집에 이르러서야 지금 플랑셰를 찾는 것이 헛수고임을 깨달았다. 다르타냥이 그와 다시 만나기로 약속한 시간은 아침 6시였다. 그러니까 그때까지는 어디에 있건 플랑셰가 자기 마음대로 할 일이었다.

게다가 사건이 일어난 현장 근처에 머물러 있으면, 혹시 이 괴이한 사건에 관해 어떤 실마리를 얻을 수 있을지도 모르겠다는 생각이 떠올랐다. 그래서 앞서 말했던 여섯 번째 술집으로 들어가, 최고급 포도주 한 병을 주문해 놓고, 가장 어두운 구석에 팔을 괴고 앉았다. 이대로 날이 새기를 기다리기로 마음먹었다. 그러나 이번에도 그의 기대는 어긋났다. 노무자들과 하인들과 짐수레꾼들의 추잡한 농담, 우스갯소리, 욕설 따위에 아무리 귀를 바짝 기울여보아도 납치당한 그 가련한 여자의 행방을 밝혀줄 만한 이야기라고는 전혀 들을 수 없었다. 그래서 그는 의심도 피하고 시간도 보낼 겸 술 한 병을 모두 마셔버리고는, 구석에서 가능한 한 편한 자세로 아무렇게나 잠을 잘 수밖에 없었다. 다르타냥은 스무 살의 젊은이였다. 이 나이에는, 아무리 절망에 빠져 있더라도, 사정없이 잠이 밀려오게 마련이다.

아침 6시경에 다르타냥이 잠에서 깼다. 기분이 엉망이었다. 고약한 밤이 지나고 날이 새면 몸이 개운치 않은 법이다. 간단하게 세수를 했다. 혹시 자고 있는 사이에 도둑이나 맞지 않았나 하고 얼른 몸을 살펴보았다. 손가락에는 다이아몬드가 있었고, 주머니에는 지갑이 있었으며, 허리띠에는 권총이 제대로 꽂혀 있었다. 그는 술값을 치르고 지난 밤처럼 아침에도 하인을 찾아낼 수 있을지 없을지 보자는 생각으로 술집에서 나왔다. 과연 축축한 잿빛 안개 속에서 제일 먼저 눈에 띈 것은 충실한 플랑셰의 모습이었다. 간밤에 다르타냥이 혹시 하는 생각도 하지 않고 지나쳐버린 작고 수상쩍은 술집 문 앞에서, 플랑셰가 말 두 마리의 고삐를 잡고 다르타냥을 기다리고 있었다.

포르토스의 애인

다르타냥은 곧장 집에 돌아가지 않고 트레빌의 집 앞에서 말을 멈추고 빠른 걸음으로 층계를 올라갔다. 이번에는 간밤에 일어났던 사건을 빠짐없이 그에게 이야기할 작정이었다. 트레빌이라면 이 사건에 대해 훌륭한 조언을 해줄 것이다. 그리고 거의 매일 왕비님을 만나 뵙고 있으니, 왕비에게 헌신한 대가를 치르고 있을 가엾은 여자에 관한 정보를 왕비의 입에서 얻어낼 수 있을지도 모른다.

트레빌은 젊은이의 이야기를 진지하게 들어주었다. 그런 모습은 그가 이 사건을 사랑의 불장난과는 다른 문제라고 생각한다는 증거였다. 다르타냥이 이야기를 마치자, 트레빌이 말했다.

"음, 아무래도 추기경의 냄새가 나는걸."

"그럼 어떻게 해야 하죠?" 다르타냥이 물었다.

"별수 없네. 지금으로서는 아무런 방법이 없어. 전에도 말했지만 파리를 떠나는 수밖에. 나는 왕비를 뵙고, 그 불쌍한 여자의 실종에 관해 자세한 이야기를 해드리도록 하지. 아마 모르고 계실 걸세. 자세히 말씀드리면 왕비께도 도움이 되겠지. 그리고 자네가 돌아올 때쯤은 좋은 소식을 전해 줄 수 있을지도 몰라. 하여튼 내게 맡겨줘."

다르타냥은 트레빌이 가스코뉴 태생이지만, 좀처럼 남에게 약속하는 법이 없다는 것을, 그러나 어쩌다 한번 약속을 하면 약속한 것 이상으로 해낸다는 것을 잘 알고 있었다. 그래서 과거와 미래에 대한 감사의 마음을 가득 담아 그에게 인사했다. 그리고 이 훌륭한 대장 역시 용감하고 결단력 있는 젊은이에게 열렬한 호의를 품고 있는 터라, 다정하게 그의 손을 잡으면서 무사히 다녀오라고 말했다.

다르타냥은 즉시 트레빌의 충고대로 따르기로 결심하고는 짐을 꾸리기 위해 포스와외르 가 쪽으로 향했다. 집 가까이에 이르자 보나시외가 아침 옷을 입고 문 앞에 서 있는 모습이 눈에 띄었다. 전날 현명한 플랑셰가 집주인의 엉큼한 성격에 대해 이야기한 내용이 모두 머릿속에 떠올랐다. 다르타냥은 어느 때보다도 더 유심히 그의 얼굴을 바라보았다. 사실 담즙이 혈액 속으로 침투했음을 알리는 증상인 누르스름하고 핼쑥한 얼굴빛 이외에도, 그의 얼굴에 잡힌 주름살 사이로 어딘지 엉큼하고 믿을 수 없는 구석이 엿보였다. 사기꾼은 정직한 사람처럼 웃지 않으며, 위선자는 성실한 사람처럼 눈물을 흘리지 않는다. 모든 거짓은 가면이다. 가면이란 아무리 정교하다 해도 조금만 주의해서 보면, 반드시 구별할 수 있다.

다르타냥은 보나시외가 가면을 쓰고 있다는 느낌이 들었다. 그의 가면은 언뜻 보기에도 불쾌하기 짝이 없는 것이었기에 이 남자가 몹시 싫어졌다. 말도 걸지 않고 지나쳐버리려는 순간, 전날과 마찬가지로 보나시외 쪽에서 그를 불렀다.

"야아! 젊은 양반!" 보나시외가 그에게 말했다. "우리 둘 다 진한 밤을 보낸 모양이군요. 어이쿠, 지금 7시네. 보통 사람들과 좀 다르신 모양이에요. 다른 사람들 같으면 나갈 시간에 이렇게 돌아오시는 걸 보니."

"당신은 나처럼 비난받을 일이 없겠구려, 보나시외 영감." 다르타냥이 말했다. "당신은 성실한 사람의 모범이니 말이오. 하기야 젊고 아름다운 아내가 있다면, 쾌락을 좇아 여기저기 방황할 필요가 없는 것도 당연하겠지. 찾아다니지 않아도 저절로 굴러 들어오니까. 안 그렇소?"

보나시외의 얼굴이 죽은 사람처럼 새파래졌다. 그가 억지로 미소를 지었다.

"아! 아!" 보나시외가 말했다. "참 재미나는 분이시네. 그런데 간밤엔 어딜 그렇게 쏘다니신 게요? 길이 좋지 않았던 모양이죠?"

다르타냥은 진흙투성이가 된 자신의 장화를 내려다보았다. 동시에 다르타냥의 시선은 보나시외의 구두와 양말로 향했다. 마치 똑같은 진창에 빠지기라도 한 것처럼, 두 사람의 구두에는 똑같은 진흙이 묻어 있었다.

그 순간 다르타냥의 머릿속을 스치는 생각이 있었다. 머리가 희끗희끗한 땅딸보, 기사들에게 함부로 취급받았다던 남자, 검은 옷을 입은 하인 같은 사나이는 바로 보나시외였다. 남편이 자기 아내의 납치를 지휘했던 것이다.

다르타냥은 보나시외의 멱살을 잡아 비틀어 죽여버리고 싶은 생각이 와락 치밀어 올랐다. 그러나 이미 말했듯이, 그는 매우 신중한 청년이었다. 살인 충동을 꾹 참았음에도 불구하고, 그의 얼굴에는 눈에 띄는 변화가 일어났다. 이 표정 변화를 보고 보나시외가 겁을 먹고 한 걸음 물러서려 했지만 마침 바로 문 앞이었기 때문에, 더 이상 물러나지 못하고 그 자리에 꼼짝없이 서 있을 수밖에 없었다.

"아, 이것 말이군! 영감 참 농담도 잘하시는군." 다르타냥이 말했다. "내 장화도 닦아야겠지만, 당신 구두나 양말도 만만치 않은데. 당신은 어디를 쏘다닌 거요, 보나시외 씨? 당신 같은 나이에 그러면 안 되는데. 더구나 그토록 젊고 어여쁜 부인이 있는데 말이야."

"맙소사, 그게 아닙니다!" 보나시외가 말했다. "아무래도 하녀가 없어서는 안 되겠기에 어제는 하녀를 좀 알아보려고 생 망데에 갔었죠. 그런데 땅이 몹시 질어서, 이렇게 진흙투성이가 되어버렸어요. 닦을 겨를이 없었지 뭡니까."

보나시외가 다녀왔다는 곳은 다르타냥의 의심을 뒷받침하는 또 하나의 새로운 증거였다. 보나시외는 생 망데가 생 클루와 정반대쪽에 있기 때문에 생 망데에 갔었다고 한 것이다. 다르타냥은 이러한 개연성에까지 생각이 미치자 비로소 조금 위안이 되었다. 자기 아내가 어디 있는지 보나시외가 알고 있다면, 극단적인 수단을 써서라도 그의 입을 열게 하여 비밀을 털어놓게 할 수 있을 것이다. 다만 이 개연성을 확실한 사실로 바꾸는 것이 문제였다.

"미안합니다만, 보나시외 씨, 허물없이 말하죠." 다르타냥이 말했다. "잠을 못 자면 몹시 갈증이 납니다. 그래서 지금 목이 말라 죽겠어요. 댁에서 물 한 잔 마십시다. 이웃사촌이란 말도 있는데 설마 거절하지 않으시겠죠."

다르타냥은 주인의 허락을 기다리지도 않고 얼른 집 안으로 들어갔다. 재빨리 침대를 살펴보았는데, 침대는 깨끗이 치워져 있었다. 보나시외는 여기에서 자지 않았다. 그러니까 겨우 한두 시간 전에야 돌아왔다는 이야기였다. 그는 아내가 끌려간 곳까지 따라갔거나 적어도 첫 역참까지는 따라갔던 것이었다.

"고맙소, 보나시외 씨." 다르타냥이 물을 다 마시고는 말했다. "난 이제 그만 집에 돌아가 플랑셰에게 장화를 닦게 해야겠군. 내 장화를 다 닦고 나면 당신 구두도 닦아주라고 할까요?"

이렇게 말하고 다르타냥이 떠나자 보나시외는 이 특이한 작별 인사에 어리둥절해진 나머지 자신이 성급했던 것은 아닌지 곱씹어 보았다.

다르타냥은 계단을 다 올라갔다. 당황하여 어쩔 줄 모르고 있는 플랑셰가 보였다.

"아, 주인님." 플랑셰가 자기 주인을 보자마자 외쳤다. "이상한 일이 또 하나 일어났습니다. 영영 안 오시는 줄 알았어요."

"도대체 무슨 일인데 그래?" 다르타냥이 물었다.

"밖에 나가 계시는 동안 누가 찾아왔는데, 누군지 절대로 알아맞히지 못하실 겁니다."

"언제 왔는데?"

"반 시간 전이오. 주인님이 트레빌 씨 댁에 가 계시는 동안입니다."

"그래 누가 왔단 말이냐? 어서 말해 봐."
"카부아 씨입니다."
"카부아 씨가?"
"몸소 오셨습니다."
"추기경의 근위대 대장이?"
"그렇습니다."
"나를 체포하러 왔구나?"
"저도 그렇게 생각했습니다. 태도는 상냥했습니다만."
"태도가 상냥했다고?"
"솔직히 그렇게 상냥할 수가 없었어요."
"그래?"
"추기경님이 주인님에게 매우 두터운 호의를 갖고 있다면서, 추기경님의 명령으로 왔으니, 루아얄 궁까지 같이 가주셨으면 좋겠다는 거였어요."
"그래서 뭐라고 대답했느냐?"
"보시다시피 주인 양반이 안 계시기 때문에 그럴 수 없다고 대답했지요."
"그러니까 뭐라고 하더냐?"
"오늘 중으로 꼭 추기경님 댁에 들러달라고 하더군요. 그러고는 목소리를 낮추어 '추기경 예하께서는 네 주인에게 진심으로 호의를 갖고 계시니 네 주인의 운명은 이번 알현에 따라 달라질지도 모른다고 전해라.' 하고 말했습니다."
"추기경의 함정치고는 꽤 서투르군." 젊은이가 빙그레 웃으면서 말했다.
"저도 함정이라고 생각했습니다. 그래서 '주인께서 돌아오시면 퍽 섭섭하게 여기실 겁니다.'라고 대답했지요. 그랬더니, '어딜 가셨느냐?'고 카부아 씨가 묻더군요. '샹파뉴의 트루아에 가셨습니다.'라고 제가 대답했습니다. '언제 떠나셨느냐?'고 또 묻기에, '어제 저녁입니다.'라고 대답했습니다."

"플랑셰, 이 사람아!" 다르타냥이 플랑셰의 말을 끊었다. "자네는 정말 쓸 만한 사람이야."

"주인님은 이해하시죠? 그러니까 주인님이 카부아 씨를 만나고 싶으시다면, 제가 말을 잘못했다고 핑계를 대시고 떠나신 적이 없다고 말씀하시면 된다고 생각했습죠. 그렇게 되면, 제가 거짓말한 꼴이 되기는 하지만, 저야 귀족이 아니니까 거짓말할 수도 있잖습니까."

"안심해, 플랑셰. 너는 진실한 사람이라는 평판을 잃지 않을 거다. 십오 분 후에 떠나자."

"저도 그러는 편이 좋겠다고 말씀드리려던 참이었습니다. 그런데 어딜 가는 겁니까? 가르쳐주셔도 괜찮으시다면······."

"아무렴, 괜찮고말고! 네가 조금 전에 내가 갔다고 말한 곳과는 반대쪽이야. 아토스, 포르토스, 그리고 아라미스가 어떻게 됐는지 내가 빨리 알고 싶은 것처럼 너도 그리모, 무스크통, 그리고 바쟁의 소식을 빨리 듣고 싶을 것 아니야?"

"그렇고말고요." 플랑셰가 말했다. "주인님이 원하실 때라면 언제든지 저도 떠나겠습니다. 게다가 요즘 같으면 주인님과 제겐 시골 공기가 파리의 공기보다 더 나을 것 같습니다. 그러니까······."

"그러니까 짐을 꾸려라, 플랑셰. 그리고 떠나자. 나는 빈손으로 먼저 가마. 아무도 눈치 채지 못하게 말이야. 너는 나중에 근위대 본부로 와서 나를 만나면 된다. 그런데 플랑셰, 집주인에 관해 네가 한 말은 맞는 것 같다. 확실히 지독한 악당인가 봐."

"아하! 이제는 제가 하는 말을 모두 믿어주셔야 합니다. 저는 타고난 관상쟁이라니까요."

계획대로 다르타냥이 먼저 내려갔다. 그는 나중에 후회하는 일이 없도록 마지막으로 다시 한 번 세 친구들의 집에 가보았다. 그러나 그들 모두 감감무소식이었다. 다만 아라미스 앞으로 편지 한 통이 도착해 있었다. 우아하고 고운 글씨체로 씌어진 봉투에서 향수 냄새가 진하게 풍겼다. 다르타냥은 이 편지를 주머니에 집어넣었다. 십 분 후에 플랑셰가 근위대 본부의 마구간에서 다르타냥과 합류했다. 다르타냥은 시간을 허비하지 않기 위해 자기 손으로 말에 안장을 달고 있었다.

"됐다." 말에 가방을 달고 나서 그가 플랑셰에게 말했다. "이제 다른 세 마리에도 안장을 얹고 떠나자."

"말이 두 마리가 있으면 더 빨리 갈 수 있으리라고 생각하십니까?" 플랑셰가 짓궂은 표정으로 물었다.

"아니네, 재치 넘치는 양반." 다르타냥이 대답했다. "네 마리를 끌고 가면 세 친구를 데리고 돌아올 수 있지 않겠어? 물론 살아 있어야 하겠지만 말이야."

"그럴 수 있다면 오죽이나 좋겠습니까!" 플랑셰가 대답했다. "하지만 무슨 일이 있더라도 하느님의 자비를 포기해서는 안 됩니다."

"아멘!" 다르타냥이 안장에 걸터앉으면서 말했다.

두 사람은 근위대 본부를 나선 뒤 서로 헤어졌다. 한 사람은 라 빌레트 성문을 통해, 다른 한 사람은 몽마르트르 성문을 통해 파리를 떠나 생 드니 너머에서 다시 합류하기로 약속되어 있었기 때문이다. 이러한 전략은 지난번과 마찬가지로 정확히 실행되어 아주 만족스런 결과를 낳았다. 다르타냥과 플랑셰는 피에르피트에 함께 들어갈 수 있었다.

여기서 말해 둘 것은, 플랑셰는 밤보다 낮에 더 용감하다는 점이다. 그렇지만 그의 타고난 조심성은 잠시도 그를 떠나지 않았다. 그는 지난번 여행 때 있었던 일을 하나도 잊지 않았으며, 노상에서 만나는 사람들을 모두 적이라고 생각했다. 그래서 줄곧 모자를 벗어들었는데, 이 때문에 다르타냥으로부터 호되게 꾸지람을 들었다. 다르타냥은 지나치게 예절 바른 태도 때문에 플랑셰를 하찮은 귀족 나부랭이의 하인으로 여길까 봐 염려했다.

그렇지만 정말로 행인들이 플랑셰의 공손한 태도에 감동한 것이든 아니면 이번에는 길을 막는 방해자들이 없었던 것이든, 두 나그네는 아무런 사고 없이 샹티이에 도착했고 '그랑 생 마르탱' 여관에서 멈췄다. 지난번 여행 때 들렀던 여관이었다.

여관 주인이 하인과 두 마리의 말을 거느린 젊은이를 보고는 공손히 문간까지 걸어 나왔다. 다르타냥은 이미 50킬로미터를 넘게 왔으므로 포르토스가 여관에 있건 없건, 이 여관에서 쉬어 가는 편이 낫겠다고 판단했다. 그리고 대뜸 그 총사가 어떻게 되었느냐고 묻는 것은 신중하지 못한 처사일 거라고 생각한 다르타냥은 어느 누구의 소식도 묻지 않고 말에서 내렸다. 그러고는 하인에게 말들을 맡기고 작은 방으로 들어갔다. 그리고 제일 좋은 포도주와 최고급 식사를 주문했다. 첫눈에 이 손님을 좋게 보았던 주인은 이러한 주문을 받고 나자 그에 대해 더욱더 좋은 인상을 갖게 되었다.

포르토스의 애인 **71**

그래서인지 음식은 놀랄 만큼 빨리 차려져 나왔다.
근위대원은 나라에서 으뜸가는 귀족들 중에서 선발되었다. 게다가 다르타냥은 하인을 거느리고 훌륭한 말 네 마리와 함께 여행 중이었으니, 입고 있는 제복의 상태는 변변치 못했지만 융숭한 대접을 받았다. 여관 주인이 직접 시중을 들려고 하자 다르타냥이 술잔을 두 개 더 가져오라고 시키고는 여관 주인과 대화를 시작했다.

"그런데 주인 양반!" 다르타냥이 두 잔을 가득 채우면서 말했다. "나는 이 집에서 제일 좋은 포도주를 주문했소. 만약에 나를 속였다면 죗값을 톡톡히 치를 테니 그리 아시오. 나는 혼자 술 마시는 걸 싫어하니, 나와 함께 한잔 합시다. 자, 당신 술잔이오. 마십시다. 민감한 문제를 건드리지 않으려면, 음, 무엇을 위해 건배하면 좋을까? 옳지, 이 여관의 번창을 위해 건배합시다!"

"다시 없는 영광입니다, 나리." 주인이 말했다. "저희 여관의 번창을 기원해 주시다니, 진심으로 감사드립니다."

"그러나 오해하지 마시오." 다르타냥이 말했다. "내가 이 건배를 권하는 데에는 어쩌면 당신이 생각하는 것 이상의 꿍꿍이가 있어요. 번창하는 여관에서는 손님 대접도 잘하지만, 몰락해 가는 여관에서는 모든 것이 혼란스러운 법이죠. 손님은 여관 주인이 처한 곤경에 덩달아 희생당하게 마련이오. 그런데 나는 여행을 자주 하고 특히 이 길을 자주 지나다니니까, 어느 여관집이나 번창하기를 바라는 것이오."

"그러고 보니 이번이 초면이 아닌 듯합니다." 주인이 말했다.

"그럼. 샹티이는 아마 열 번쯤 지나갔을걸. 그리고 열 번 중에 적어도 서너 번은 당신 여관에서 쉬었소. 이봐요, 대충 열흘이나 열이틀 전에도 이 집을 이용했소. 친구인 총사들을 안내하여 여기에 왔었지. 그때 총사들 중의 한 사람이 어떤 이방인과, 그러니까 무엇 때문인지는 모르지만 싸움을 걸어온 사람과 말다툼을 한 일이 있었소."

"아, 정말 그랬어요!" 주인이 말했다. "이제 다 기억이 납니다. 바로 포르토스 씨에 관해 말씀하시려는 것 아닙니까?"

"저런! 바로 나와 함께 여행했던 친구의 이름이오. 주인 양반, 말해 보시오. 그에게 무슨 안 좋은 일이라도 생겼던가요?"

"그분이 여행을 계속하지 못한 건 나리께서도 틀림없이 아셨을 텐데요."

"맞아, 나중에 따라오겠다고 약속했는데, 그 후로는 만나지 못했소."

"여기에 묵고 계시는걸요."

"뭐라고! 여기에 묵고 있어?"

"그렇습니다. 이 여관에 묵고 계십니다. 그래서 무척 걱정하고 있습니다."

"걱정이라니, 무슨 걱정이오?"

"그분이 치러야 하는 돈 때문이죠."

"흐음, 숙박비가 얼마나 나왔는지는 모르겠지만, 그가 지불할 것 아니오."

"아이고! 나리 말씀을 들으니 속이 다 시원합니다. 저희들은 이미 그분을 대신해서 많은 돈을 지불했답니다. 오늘 아침에도 의사가 경고하기를, 만약 포르토스 씨가 치료비를 지불하지 않는다면, 자기를 불러온 건 소인이니, 소인이 대신 지불해야 한다는 겁니다."

"아니, 포르토스가 다쳤나?"

"그건 나리께 말씀드릴 수 없는데요."

"뭐라고, 나에게 말할 수 없다니? 당신이 누구보다 더 잘 알고 있을 텐데."

"그야 그렇지만, 저희들은 알고 있는 일이라 해서 다 말할 수는 없습니다. 더군다나 함부로 입을 놀리다가는 이 귀때기가 온전하지 못할 것이라는 말을 들었으니 더더욱 말할 수 없는 일 아닙니까?"

"음, 뭔가 이상하군! 포르토스는 만나볼 수 있겠소?"

"물론입니다. 계단으로 해서 2층으로 올라가 1호실 문을 두드리십시오. 나리라는 걸 꼭 알리고 그렇게 하셔야 합니다."

"뭐야? 나라는 걸 알리라니?"

"그렇습니다. 그렇지 않으면 봉변을 당하실지도 모르니까요."

"봉변이라니, 무슨 봉변이란 말이오?"

"포르토스 씨가 나리를 여관 사람으로 잘못 아시고 화가 난 김에 나리를 칼로 찌르거나 권총으로 머리를 박살낼지도 모른다는 말입니다."

"도대체 당신들이 그에게 어떻게 했길래 그러는 거야?"

"돈을 내라고 했을 뿐입니다."

"아, 그렇다면 알겠어. 포르토스란 사람은 수중에 돈이 없을 때 계산해 달라고 하면 몹시 불쾌해하거든. 하지만 틀림없이 돈이 있었을 텐데."

"저희들도 그렇게 생각했습니다, 나리. 저희 여관에서는 매

주 여관비 정산을 합니다. 여드렛날째 청구서를 드렸는데, 공교
롭게도 시기가 좋지 않았던 것 같습니다. 제가 돈 얘기를 한마
디 꺼내자마자 호통을 치며 쫓아내시더군요. 하기야 그 전날 노
름을 하셨거든요."

"아니, 그 전날 노름을 했다고! 도대체 누구와 노름을 했단
말이오?"

"그건 알 수 없습니다만, 여하튼 길 가던 어떤 귀족이었는데,
그분에게 트럼프를 치자고 청하셨지요."

"그러면 그렇지, 그래서 홀랑 날렸겠지."

"말까지 잃었어요. 트럼프를 치시던 다른 손님이 떠나려고
하실 때, 그의 하인이 포르토스 씨의 말에 안장을 얹으려는 걸
보고 한마디 했더니, 공연한 참견하지 말라고, 이 말은 이제 자
기네 것이라고 하더라고요. 그래서 곧장 포르토스 씨에게 알렸
더니, 귀족의 말을 의심하는 상놈들 같으니, 그분이 자기네 말
이라고 말했으면 그런 줄 알라고 말씀하시던데요."

"그러고도 남았을 거야." 다르타냥이 중얼거렸다.

"그래서 숙박비 문제가 합의되지 않을 것 같으면, 제 동업자
가 운영하는 '에글 도르' 여관으로 옮겨주셨으면 좋겠다고 했
죠. 그랬더니 포르토스 씨는 이 여관이 제일 좋으니까 여기 그
냥 묵고 싶으시다는 거였습니다. 그런 칭찬을 듣고 보니 나가달
라고 고집을 부릴 수도 없었습니다. 그래서 겨우, 이 여관에서
제일 좋은 그 방은 내어주시고, 4층에 있는 작지만 깔끔한 방을
사용해 주십사 하고 부탁드렸습니다. 그랬더니 포르토스 씨는
자신의 연인인 귀부인이 이제 곧 찾아오기로 되어 있는데, 그렇
게 높은 신분의 부인을 맞이하기에는 지금 기치하고 계시는 방

도 허름하다는 것이었습니다.
 그분 말씀이 맞는 걸 알면서도, 소인은 계속 고집할 수밖에 없다고 생각했습니다. 그러나 소인의 얘기를 들어주시기는커녕, 권총을 꺼내어 탁자 위에 올려놓더니 이 여관의 안팎을 막론하고 딴 데로 옮기라는 말을 한 번만 더 해봐라, 그건 자기가 알아서 할 일이니 주제넘게 그 따위 참견을 하는 놈은 이 권총으로 대갈통을 부숴놓을 테다, 글쎄 이러시지 않겠습니까? 이렇게 되니 그때부터는 그분의 수종 외에는 아무도 그 방엘 들어가지 못하고 있습니다.”
 "그럼 무스크통도 여기에 있다는 말인가?"
 "예, 떠난 지 닷새 만에 그 친구도 아주 언짢은 표정으로 돌아왔습니다. 역시 여행 중에 불쾌한 일을 당한 모양입니다. 불행하게도 그는 주인보다 다리가 더 튼튼해서, 주인을 위해서라면 무슨 일이든 하고, 자기가 주문을 해봤자 거절당할지도 모른다고 생각하고는, 필요한 것은 무엇이든 아무 말 없이 가져가 버리는 판국입니다.”
 "사실 나는 전부터 무스크통이란 녀석에게서 탁월한 충성심과 총명함을 알아보았소.” 다르타냥이 대꾸했다.
 "그럴지도 모르겠습니다만, 생각 좀 해보십시오. 그렇게 충실하고 재치 있는 사람이 일 년에 네 번만 나타났다가는 저희 집은 파산해 버릴 지경입니다.”
 "그렇게 되지는 않을 것이오. 포르토스는 돈을 치를 테니까.”
 "음, 과연 그럴까요!" 여관 주인이 의심스럽다는 어조로 말했다.
 "그를 아끼는 귀부인이 그렇게 곤궁에 빠져 있는 그를 그냥 내버려두지는 않을 거야."

"그 점에 관해선 소인도 생각하는 바가 있습니다만, 차마 말씀드리기가……."

"생각하는 바가 있다니?"

"생각하고 있다기보다는 알고 있는 바가 있다고 하는 게 맞을 겁니다."

"뭘 알고 있다는 거요?"

"그건 확실합니다."

"뭐가 확실하다는 것이오, 글쎄?"

"실은 그 귀부인을 알고 있다는 말입니다요."

"당신이?"

"예, 소인이."

"어떻게 그 부인을 알고 있소?"

"그건 나리가 이 얘기를 입 밖에 내지 않으신다고 약속하셔야만……."

"이야기하시오. 귀족의 명예를 걸고, 나를 믿어도 아무 탈 없을 테니까."

"그렇다면 말씀드리겠습니다. 이해하시겠지만, 불안하면 별의별 짓을 다 하는 법이죠."

"무슨 짓을 했는데?"

"하지만 빚쟁이의 권리에서 벗어나는 짓은 조금도 하지 않았습니다."

"여하튼 말해 보시오."

"포르토스 씨가 그 공작 부인에게 부치는 편지를 우체통에 넣어달라고 하면서 주셨습니다. 하인은 아직 돌아오지 않았고,

당신은 방에서 나오실 수가 없었으므로, 저희들에게 그 심부름을 시킬 수밖에 없었던 겁니다."

"그런 다음에?"

"우체통에 넣는 건 아무래도 불안하기 때문에 그렇게 하지 않았습니다. 때마침 저희 집 하인 하나가 파리에 갈 일이 생겼기에 공작 부인에게 직접 전하라고 일렀습니다. 그러는 편이 그 편지를 단단히 부탁하신 포르토스 씨의 뜻을 따르는 일이라고 생각했습니다."

"그렇게 생각할 수도 있겠지."

"그런데 말이죠, 그 높은 신분의 귀부인이 누군지 아십니까?"

"아니, 포르토스가 얘기하는 걸 들었을 뿐이오."

"소위 공작 부인이라는 사람이 글쎄 어떤 사람인지 아시느냐고요?"

"모른다고 말하지 않았소."

"알고 보니, 그랑 샤틀레(파리 최고 재판소——옮긴이)에서 소송 대리인으로 일하는 사람의 늙은 부인입니다. 코크나르 부인이라고 불린다는군요. 적어도 쉰 살이나 먹은 주제에 아직도 질투를 하고 있는 눈치예요. 실은 공작 부인이라는 사람이 우르스가에 살고 있다는 말부터가 아무래도 수상쩍다 싶었습니다."

"하지만 그런 사정을 어떻게 다 알게 된 거요?"

"그 여자가 편지를 받아보고는 노발대발했다지 뭡니까. 포르토스는 바람둥이다, 또 어떤 계집 때문에 칼에 찔렸겠지 하고 말했다는군요."

"그러니까 포르토스가 칼에 찔렸었군?"

"이런 맙소사! 내가 무슨 말을 한 거지?"

"포르토스가 칼에 찔렸다고 하지 않았소?"

"그건 그렇습니다만, 그런 말을 해서는 안 된다고 단단히 주의를 받았거든요!"

"무엇 때문이오?"

"그럴 수밖에요! 포르토스 씨는 상대방을 자기가 무찔렀다고 자랑하고 계시지만, 사실은 그 낯선 사람이 그분을 땅바닥에 쓰러뜨렸던 것입니다. 포르토스 씨는 워낙 허세 부리기를 좋아하시는 분이라, 누구에게도 자기가 칼을 맞았단 말은 하시려고 하지 않습니다. 다만 공작 부인에게만은 예외였죠. 그 여자에게 사실대로 얘기하면 동정을 살 것이라고 생각하셨을 겁니다."

"그러면 부상 때문에 자리에 누워 있는 거로군?"

"그것도 중상입니다요. 나리의 친구 양반은 불사신이 틀림없습니다."

"그럼 당신은 거기에 있었군요?"

"예, 호기심에 끌려서 몰래 싸우는 걸 구경했지요."

"그래, 싸움이 어떻게 진행되었소?"

"승부는 오래가지 않았습니다. 서로 자세를 취했는데, 상대방이 치는 척하다가 오른쪽 발을 내디디며 찔렀습니다. 그의 동작이 어찌나 날쌨는지, 포르토스 씨는 몸을 피할 겨를도 없이 가슴을 세 군데나 찔리고 나자빠져 버렸습니다. 상대방은 곧바로 그의 목에 칼끝을 들이댔습니다. 그러자 포르토스 씨는 적의 손에 자신의 목숨이 달린 걸 알고 항복했습니다. 그러자 낯선 사람이 그분에게 이름을 물었지요. 이내 다르타냥이 아니라 포르토스라는 사람이라는 걸 알아내고는 포르토스 씨를 부축해 일으켜 여관에 데려다 놓고는, 말을 타고 사라져버렸습니다."

"그렇다면 그 낯선 사나이는 다르타냥이라는 사람을 찾고 있었던 것이로군?"

"그런 것 같습니다."

"그래, 그 사람은 어떻게 됐는지 아시오?"

"아니요. 그때가 처음이었고, 그 후로는 한번도 본 적이 없습니다."

"좋아, 이제 알고 싶었던 건 다 알았소. 그런데 포르토스의 방은 2층 1호실이라고 했소?"

"예, 이 여관에서 제일 좋은 방이올시다. 그동안 다른 손님에게 열 번이라도 빌려줄 수 있었을 텐데."

"그리 걱정할 건 없소!" 다르타냥이 말했다. "포르토스가 코크나르 공작 부인의 돈으로 다 갚아줄 테니까."

"그야 소송 대리인의 부인이건 공작 부인이건 돈주머니만 내준다면야 무슨 문제가 있겠습니까? 그러나 그 여자는 포르토스 씨의 요구나 배신에는 이제 진절머리가 나니까 한 푼도 보내주지 않겠다고 똑똑히 대답했습니다."

"그래, 그녀의 회답을 본인에게 전했소?"

"그러질 못했습니다. 그랬다간 편지를 직접 전달한 사실이 탄로 날 테니까요."

"그러면 그는 여전히 돈 오기를 기다리고 있겠군?"

"예, 그렇습니다! 어제도 그분은 편지를 쓰셨습니다. 이번에는 그분의 하인이 우체통에다 갖다 넣었습니다."

"그런데 소송 대리인의 부인이 늙고 못생긴 여자더란 말이지?"

"파토의 말에 따르면 적어도 쉰 살은 먹었고, 조금도 아름답지 않다고 합니다."

"그렇다면 걱정할 것 없소. 그 여자는 곧 마음이 누그러질 거야. 게다가 포르토스가 당신에게 그다지 큰 빚을 지고 있는 건 아닐 테니까."

"무슨 말씀입니까, 큰 빚이 아니라뇨! 의사에게 줄 돈을 제외하더라도, 벌써 20피스톨 가량이나 됩니다. 그분은 전혀 절약하실 줄 모르는 양반이에요. 상당히 사치스런 생활을 해오셨던 모양입니다."

"음, 그런가. 그러나 설령 연인이 그를 저버린다 하더라도, 그에게는 친구들이 있을 것이오. 이 점에 관해서는 내가 보증하겠소. 그러니까 주인 양반, 조금도 걱정할 것 없소. 그가 요구하는 대로 계속 잘 돌봐주시오."

"소송 대리인의 부인에 관한 말도, 부상 이야기도 절대로 입밖에 내지 않겠다고 약속하셨다는 것 잊지 마십시오, 나리."

"그럽시다, 당신에게 약속했으니까."

"오! 자칫 잘못하다간 소인을 죽여버리실 것 같아요. 꼭 부탁드립니다!"

"무서워하지 마시오. 보기와는 달리 그렇게 나쁜 사람은 아니니까."

다르타냥은 이렇게 말하면서 계단을 올라갔다. 여관 주인은 몹시 신경이 쓰이는 두 가지 일, 곧 받을 돈과 자신의 생명에 관해 조금이나마 안심할 수 있었다.

계단 위의 복도에서 가장 눈에 잘 띄는 문에 검은 글씨로 커다랗게 1호실이라고 쓰여져 있었다. 다르타냥은 문을 두드리고는 안에서 들어오라는 대답을 듣고 들어갔다.
 포르토스는 솜씨가 녹슬까 걱정이라도 되었는지, 누운 채로 무스크통과 트럼프를 치고 있었다. 한편 불 위로는 자고새 고기를 꿴 쇠꼬챙이가 돌아가고 있었고, 커다란 벽난로의 양쪽 구석에 있는 두 개의 냄비에서는 스튜가 부글부글 끓고 있었다. 이 두 냄비에서 풍기는 백포도주를 넣은 프리카세 요리와 생선 요리의 구수한 냄새에 군침이 돌았다. 게다가 책상 위와 대리석 서랍장 위에는 빈 포도주병이 가득 했다.
 포르토스는 친구가 들어오는 모습을 보고 환성을 질렀다. 무스크통은 공손히 일어나서 자리를 내어주고는 냄비를 살펴보러 갔다. 요리에 각별히 신경을 쓰는 듯했다.
 "아이고! 난 누구라고! 자네로군!" 포르토스가 다르타냥에게 말했다. "잘 왔네. 나가서 맞이하지 못해 미안하네." 그가 무슨 걱정이라도 있는 듯이 다르타냥의 얼굴을 바라보면서 덧붙였다. "그런데 나에게 무슨 일이 일어났는지 알고 있나?"
 "아니요."
 "여관 주인이 아무 말도 안 하던가?"
 "포르토스 씨가 있느냐고 물어보고는 곧장 올라왔지요."
 포르토스가 안도의 한숨을 내쉬는 듯했다.
 "무슨 일이 있었나요, 포르토스?" 다르타냥이 계속했다.
 "무슨 일이 있었는가 하면 말이야, 상대방에게 이미 세 차례나 공격을 하고 나서, 네 번째로 마지막 공격을 하려고 오른쪽 발을 내딛다가 그만 돌에 걸려 무릎이 삐어버렸어."
 "그러셨어요?"
 "아무렴, 그렇고말고! 그 불한당에겐 다행이었지. 안 그랬더라면 그 자리에서 죽어버렸을 테니 말일세. 암, 영락없었지."

"그래서 그자는 어떻게 됐죠?"

"그건 나도 모르겠어. 하여튼 충분히 혼났을 거야. 아무 말 없이 줄행랑을 놓아버렸으니까. 한데 다르타냥, 자네한테는 무슨 일이 있었나?"

"그래서, 포르토스, 무릎이 삐어서 자리에서 일어나지 못하는 거예요?" 다르타냥이 계속 물었다.

"아, 그렇지! 그뿐이야. 며칠만 지나면 걸어 다닐 수 있어."

"그렇다면 왜 파리로 보내달라고 하지 않았어요? 여기선 꽤나 심심할 텐데."

"그럴까 했는데 말이야, 한 가지 솔직하게 말할 게 있네."

"뭔데요?"

"다름이 아니라, 자네 말마따나 무척 심심한 데다가, 주머니에는 자네가 나눠준 75피스톨의 돈이 있어서, 기분 전환이나 할까 해서 지나가는 귀족 한 사람을 올라오라고 해서, 주사위 놀이 한판 하자고 청했더니, 응해 주더라고. 그래서 그만, 제기랄, 그 75피스톨이 내 주머니에서 그 사람 주머니로 들어가 버렸어. 게다가 말도 잃었어. 그 녀석이 내 말까지 가져가 버렸거든. 시세보다 더 받기는 했지만."

"할 수 없네요, 포르토스. 모든 면에서 특권을 누릴 수는 없는 노릇이니까요." 다르타냥이 말했다. "'노름에 지면 연애에 좋다.'는 속담도 있잖아요? 당신은 연애에서 너무 승승장구를 하고 있으니까 노름에서 보복을 당하는 거예요. 재수가 없는 것쯤은 당신에게 아무것도 아니잖아요! 당신에겐 공작 부인이 있으니까요. 틀림없이 그 부인이 와서 도와줄 거예요."

"아무렴 그렇지, 다르타냥." 포르토스가 더할 나위 없이 기운차게 대답했다. "노름에서 불운이 계속되어, 그녀에게 50루이만 보내달라고 편지를 부쳤어. 내 입장에 비추어 볼 때 아무래도 그 정도 돈은 있어야겠더라고."

"그런데요?"

"그게 그러니까, 그 부인은 틀림없이 영지(領地)에 나가 있을 거야. 답장을 보내지 않는 걸 보면 말일세."

"그래요?"

"응, 그래. 그래서 어제 또 첫 번째 편지보다 더 절박하게 두 번째 편지를 보냈어. 그건 그렇고, 이렇게 자네가 왔으니 이제 자네 얘기를 해보게. 그렇지 않아도 자네 일을 걱정하던 판이야."

"그런데 여관 주인이 당신에게 썩 잘해 주나 봐요, 포르토스." 다르타냥이 음식이 가득한 냄비와 빈 술병을 가리켜 보이면서 말했다.

"그럭저럭!" 포르토스가 대답했다. "사나흘 전에는 여관 주인이 감히 계산서를 갖고 오지 않았겠나. 그래서 계산서와 함께 문밖으로 내쫓아 버렸지. 그래서 승리자처럼, 정복자처럼 이러고 있어. 그러나 언제 또 쳐들어올지 모르니까, 완전 무장을 갖추고 있다네."

"그래도 가끔씩 외출도 하는 모양이에요." 다르타냥이 웃으면서 말했다.

그러면서 다시 손가락으로 술병과 냄비를 가리켰다.

"아니야, 불행히도 내가 아니야." 포르토스가 말했다. "이렇게 무릎이 삐는 바람에 난 침대를 떠나지 못하고 있지만, 무스크통이 돌아다니면서 먹을 것을 가져오고 있어. 이봐, 무스크통." 포르토스가 계속했다. "보다시피 원군이 왔으니까 식량을 보충해야겠다."

"무스크통, 내 부탁 한 가지만 들어주겠어?" 다르타냥이 말했다.

"무슨 부탁입니까?"

"너의 요리 솜씨를 플랑세에게도 가르쳐주었으면 해. 나도 포위당할 때가 있을 수 있으니까, 그럴 땐 나도 네 주인처럼 이렇게 덕을 보면 좋지 않겠어?"

"아이고 참!" 무스크통이 겸손한 태도로 말했다. "이보다 쉬운 일도 없습니다. 솜씨만 좀 부리면 됩니다. 저는 시골서 자랐는데, 아버지는 한가할 때면 밀렵(密獵)을 좀 하셨거든요."

"그 밖의 시간에는 뭘 하셨는데?"

"제가 보기엔 제법 수익성 있는 사업을 하셨습니다."

"무슨 사업인데?"

"당시는 신교도와 구교도 사이의 종교 전쟁이 한창인 때였죠. 아버지는 신교도들과 구교도들이 종교의 이름 아래 서로 죽고 죽이는 것을 보았기 때문에, 뒤섞인 신앙을 갖게 되었습니다. 다시 말해서 어떤 때는 구교도 노릇을 하고 또 어떤 때는 신교도 노릇을 한 거죠. 보통 소총을 어깨에 메고 길가의 울타리 뒤를 얼쩡거리다가 구교도가 혼자 오는 걸 보면, 곧바로 신교의 정신에 지배당했습니다. 그래서 길 가던 사람 쪽으로 총부리를 겨누고 열 걸음 정도 거리까지 접근하면 대화를 시작했는데, 결과적으로 언제나 나그네가 목숨을 건지려고 지갑을 내던지는 것이었습니다. 신교도를 볼 때는 또 어찌나 열렬한 구교도의 정열에 사로잡히던지, 십오 분 전에는 자기가 왜 거룩한 구교의 우월성에 그렇게 회의를 품었었는지 잊어버릴 정도였습니다. 자신의 원칙에 충실한 아버지는 형을 신교도로, 저는 구교도로 키웠습니다."

"그 훌륭한 아버지는 결국 어떻게 됐나?" 다르타냥이 물었다.

"아이고, 말도 마세요! 가장 불쌍한 꼴을 당하고 말았지요. 어느 날 아버지는 골짜기 길에서, 전에 아버지에게 당한 적이 있는 신교도와 구교도에게 협공을 당했습니다. 그들은 힘을 합쳐 아버지를 나무에 매달아 버렸습니다. 그 뒤에 그들은 이웃 마을의 술집에서 자신들의 쾌거를 자랑했는데, 마침 거기에서 저희 형과 제가 둘이서 술을 마시고 있었습니다."

"그래서 자네들은 어떻게 했어?" 다르타냥이 말했다.

"그냥 지껄이게 내버려두었지요." 무스크통이 말을 이었다. "그러고 나서 그들이 술집을 나와 제각기 반대쪽 길로 헤어지는 걸 보고, 형은 구교도가 가는 길에, 저는 신교도가 가는 길에 숨어서 기다렸습니다. 두 시간 후에는 모든 것이 다 끝났지요. 저희들은 신중하게도 두 형제가 각각 다른 믿음을 갖도록 길러주신 아버지의 선견지명에 탄복하면서, 각자 복수를 했습니다."

"자네 말대로, 자네 아버지는 참으로 영리하고 쾌활한 분이었던 듯싶네. 그러니까 자네 아버지가 한가할 때에는 밀렵을 했단 말인가?"

"예, 그렇습니다. 제게 올가미 치는 법과 낚시를 가르쳐준 사람도 아버지입니다. 그래서 여관 주인이 촌놈들 입에는 맞아도 주인님과 저처럼 위가 약한 사람에게는 절대 맞지 않는 거친 고기만 내놓는 걸 보고, 옛날 솜씨를 좀 부려본 겁니다. 저는 왕자님 소유의 숲에서 산책하면서 짐승이 다니는 길목에 덫을 놓았고, 전하의 연못가에 드러누워 물속에 낚싯줄을 던지기도 했습니다. 그래서 지금 보시다시피, 자고새며 토끼며 잉어며 뱀장어를 비롯하여 환자에게 좋은 먹을거리들, 소화가 잘 되고 영양가도 풍부한 여러 가지 음식들을 마련해 두고 있습니다."

"그런데 술, 술은 누가 대주나?" 다르타냥이 말했다. "여관 주인인가?"

"그렇다고도 할 수 있고 안 그렇다고도 할 수 있죠."

"뭐라고, 그렇기도 하고 아니기도 하다니?"

"주인이 대주는 건 사실이지만, 본인은 그런 줄 모르고 있으니까요."

"설명해 봐, 무스크통. 네 얘기에서는 배울 점이 많구나."

"말하자면 이렇습니다. 제가 떠돌아다니던 시절의 일인데, 우연히 어떤 에스파냐 사람을 만나게 되었어요. 이 친구는 수많은 나라를 돌아다녔는데, 아메리카 대륙까지 가봤더군요."

"책상과 서랍장 위에 있는 술병하고 아메리카 대륙하고 무슨 관계가 있다는 거야?"

"잠시 기다려주세요. 일에는 다 순서가 있는 법이니까요."

"네 말이 맞다, 무스크통. 네게 맡길 테니, 어서 얘기해라."

"그 에스파냐 사람에게는 하인이 하나 있었는데, 주인을 따라 멕시코까지 갔다 온 사람입니다. 그 하인은 저와 동향인 데다가 성격도 저와 퍽 비슷했습니다. 저희 둘은 곧장 친해졌지요. 둘 다 무엇보다도 사냥을 좋아했기 때문에, 그 친구는 멕시코의 대초원에서 인디언들이 호랑이나 소 사냥을 할 때 그 사나운 짐승들의 목에 밧줄을 던져 간단히 잡는다는 얘기를 해줬습니다. 처음엔 저도 스무 걸음 내지 서른 걸음쯤이나 떨어진 데서 밧줄을 던지고 싶은 곳에 마음대로 던지는 재주를 부릴 수 있으리라고는 생각조차 못했습니다. 그러나 증거를 보니 그 얘기가 사실이라는 걸 인정하지 않을 수 없었습니다. 그 친구가 서른 걸음쯤 떨어진 거리에 술병을 세워놓고 밧줄을 던졌는데, 그때마다 병 모가지에 고리가 걸리더군요. 저도 연습을 했습니다. 워낙 소질이 있었던 모양인지, 지금은 누구 못지않게 올가미를 잘 던집니다. 이제 아시겠습니까? 이 여관의 지하실에는 포도주가 가득 들어 있습니다. 주인이 지하실 열쇠를 늘 몸에 차고 다니죠. 지하실에는 환기창이 하나 있는데, 그 환기창으로 올가미를 던지는 겁니다. 지금은 어느 구석에 좋은 포도주가 있는지 알고 있으니까, 거기서 끌어올리고 있습죠. 이제 아메리카 대륙하고 서랍장과 책상 위에 있는 술병하고 무슨 관계가 있는지 아셨지요? 자 그럼, 이 포도주 맛을 보시고 허심탄회하게 의견을 들려주시기 바랍니다."

"고맙네, 이 친구, 고마워. 그러나 불행히도 방금 식사를 마쳤다네."

"아, 그렇군. 식탁을 차려라, 무스크통." 포르토스가 말했다. "나와 무스크통이 식사하는 동안, 다르타냥, 자네는 우리가 헤어진 뒤 지난 열흘 동안의 이야기를 해주게나."

"기꺼이 그러지요." 다르타냥이 말했다.

포르토스와 무스크통이 회복기 환자의 식욕과, 불운에 빠진 사람들 사이의 동병상련의 분위기 속에서 식사하는 동안, 다르타냥은 아라미스가 상처를 입고 크레브쾨르에서 쉴 수밖에 없었던 일, 아토스가 아미앵에서 화폐 위조범으로 몰려 네 명의 사내와 싸우고 있는 것을 그냥 두고 갔다는 것, 그리고 자신은 바르드 백작을 짓밟고 간신히 영국에 건너갈 수 있었다는 것 등을 이야기했다.

그러나 다르타냥의 이야기는 여기에서 중단되었다. 다만 영국에서 돌아올 때 훌륭한 말을 네 마리 가져왔다는 것, 그중 한 마리는 자기 것이지만 나머지 세 마리는 친구들에게 각각 한 마리씩 주겠노라 했고, 끝으로 포르토스의 몫은 이미 여관의 마구간에 매어놓았다는 것을 얘기했을 뿐이다.

그때 플랑셰가 들어왔다. 말들이 충분히 휴식을 취했으니, 클레르몽까지 갈 수 있다고 말했다.

다르타냥은 포르토스에 관해서는 웬만큼 안심할 수 있었고, 한시바삐 다른 두 친구의 소식을 알고 싶었으므로, 포르토스에게 악수를 청하고는, 또다시 친구들을 찾아 떠나아겠다고 말했다. 그리고 돌아올 때도 같은 길로 올 생각이기 때문에, 한 일주일 후까지 포르토스가 '그랑 생 마르탱' 여관에 묵을 거라면, 들러서 같이 가겠다고 했다.

포르토스가 무릎의 상처 때문에 그때까지는 떠날 수 없을 것 같다고 대답했다. 게다가 공작 부인의 회답을 기다리기 위해서라도 샹티이에 머물러야 했다.

다르타냥은 포르토스에게 반가운 회신이 속히 오기를 바란다고 말하고 무스크통에게는 포르토스를 잘 돌보아주라고 다시 한 번 당부했다. 그러고 나서 여관 주인에게 숙박비를 치렀으며, 말 한 마리를 떼어놓고 플랑셰와 함께 다시 길을 떠났다.

아라미스의 논문

다르타냥은 포르토스에게 상처나 소송 대리인의 부인에 관한 이야기는 일언반구도 하지 않았다. 다르타냥은 나이에 비해 여간 현명한 게 아니었다. 비밀을 폭로하면, 더군다나 그 비밀이 자존심에 관계되는 경우에는 우정을 잃게 되리라 확신하고 자존심 강한 총사의 이야기를 곧이듣는 체했다. 상대방의 삶을 환히 알고 있는 사람은 그에게 어떤 정신적인 우월감을 느끼는 법이다. 그런데 다르타냥은 장래의 계획을 세우면서 세 친구를 출세의 발판으로 삼기로 결심했기에, 그들을 조종할 수 있는 보이지 않는 줄을 미리 손에 넣는 것에 대해 꺼림칙하게 생각하지 않았다.

그렇지만 길을 가는 내내 마음이 아팠다. 자신의 헌신적인 행동에 상을 주기로 했던 젊고 아름다운 보나시외 부인을 생각하고 있었기 때문이다. 그러나 미리 말해 두자면, 그의 이러한 슬픔은 자신의 잃어버린 행복에 대한 아쉬움 때문이라기보다는 그 가련한 여자에게 불행이 닥치지나 않았을까 하는 걱정 때문이었다. 그는 그녀가 추기경의 복수에 희생되었으리라고 확신했다. 그리고 누구나 알다시피, 추기경의 복수는 끔찍할 정도였다. 그런데 어떻게 그가 대신의 눈에 들었을까, 다르타냥 자신도 모를 일이었다. 만약 근위대장 카부아가 찾아왔을 때 그가 집에 있었더라면, 어쩌다 그렇게 되었는지 알려주었을 것이다.

 온 정신을 집중하여 골똘히 깊은 생각에 빠져 있을 때는 시간도 빨라지고 가던 길도 짧게만 느껴진다. 그럴 때 외부의 존재는 잠과 같고, 생각은 꿈이 된다. 시간에는 분초(分秒)의 구분이 사라지고, 공간에는 거리의 구분이 사라진다. 한 장소에서 출발하여 다른 장소에 도착할 뿐이다. 지나온 과정은 아무것도 기억에 남지 않는다. 오직 어렴풋한 안개만이 기억날 뿐이다. 나무와 산 같은 경치의 온갖 영상은 어렴풋한 안개 속에서 희미하게 서로 녹아들어 어디론가 사라져버린다. 다르타냥은 바로 이러한 환각에 사로잡힌 채로 샹티이에서 크레브쾨르까지 30~40킬로미터에 이르는 길을 말을 타고 지나쳤다. 그러므로 그가 크레브쾨르에 도착했을 때, 도중에서 마주친 것들은 아무것도 기억나지 않았다.

 다르타냥은 이 마을에 이르러서야 비로소 정신이 돌아왔다. 머리를 흔들면서 고개를 드는 순간 지난번에 아라미스를 남겨두었던 술집이 눈에 띄었다. 그는 급히 말을 몰아 문 앞에 멈췄다.

 이번에는 바깥주인이 아니라 안주인이 나와 맞아주었다. 다르타냥은 제법 관상을 볼 줄 아는 편이었는데, 안주인의 쾌활하고 오동통한 얼굴을 한번 쓱 보고는, 이렇게 명랑한 용모의 사람치고 악인은 없으니까 숨길 필요가 없겠다고 생각했다.

"아주머니, 한 열이틀 전에 어쩔 수 없어서 댁에 남겨진 친구가 있는데, 그 후에 어떻게 됐나요?" 다르타냥이 그 여자에게 물었다.

"스무서너 살쯤 된 온순하고 상냥하며 풍채가 좋은 미남자 말인가요?"

"그리고 어깨에 상처를 입었는데."

"맞아요!"

"바로 그 사람입니다."

"그분이라면 줄곧 여기에 묵고 계세요."

"거 참 잘 됐소, 아주머니." 다르타냥이 말에서 내려 말 고삐를 플랑셰에게 던져주면서 말했다. "덕분에 한시름 덜었소. 아라미스는 어디에 있죠? 급히 좀 만나야겠는데."

"죄송합니다만, 지금 그분이 나리를 만날 수 있을지는 모르겠네요."

"왜요? 여자하고 같이 있나요?"

"오, 주여! 무슨 말씀을 그리 하세요! 아! 가련한 총각! 아닙니다. 여자하고 같이 계시는 게 아니에요."

"그럼 도대체 누구와 같이 있단 말이오?"

"몽디디에의 본당 신부님과 아미앵의 예수회 수도원장님이와 계십니다."

"저런!" 다르타냥이 외쳤다. "상처가 더 심해졌나요?"

"아닙니다. 상처는 다 나았습니다만, 몸이 회복되고 난 뒤에 은총을 느끼셔서, 교단에 들어가기로 결심하셨습니다."

"맞아." 다르타냥이 말했다. "아라미스는 잠시만 총사직을 수행하고 있다는 것을 깜빡 잊었군."

"그래도 꼭 만나보시겠습니까?"

"물론이죠."

"그러시다면 마당 오른쪽 층계를 올라가시면 됩니다. 3층 5호실입니다."

여관 안주인이 가리키는 쪽으로 다르타냥이 뛰어갔다. 오늘날에도 오래된 여관의 마당에서 볼 수 있는 바깥 계단 하나가 눈에 띄었다. 그러나 미래의 신부님이 계신 방에 쉽사리 접근할 수 없었다. 아라미스의 방으로 통하는 좁은 복도를 마치 마녀 아르미드의 정원처럼 엄중히 지키고 있는 자가 있었으니, 바로 바쟁이었다. 바쟁으로서는 오랜 시련의 세월 동안 끊임없이 갈망해 왔던 소원을 바야흐로 성취하려는 순간이니 그럴 수밖에 없었다.

실제로 성직자의 시중을 드는 것이 바쟁의 오랜 꿈이었다. 그래서 그는 늘 아라미스가 총사의 제복을 벗어던지고 신부복으로 갈아입을 날을 초조하게 기다려왔다. 그럴 때가 머지않아 올 것이라는 다짐을 받으며 여태까지 이 총사의 시중을 들었던 것이다. 그는 이렇게 살다가는 틀림없이 영혼을 잃게 되리라고 말하곤 했다.

그러므로 바쟁은 한없이 기뻤다. 이번에야말로 자기 주인도 절대 마음을 바꾸지 않으리라고 생각했다. 육체의 고뇌와 정신의 고뇌가 결합되어 그토록 오랫동안 바라던 결과를 낳았다. 육체와 영혼으로 괴로워하던 아라미스의 눈과 정신이 마침내 종교를 향했다. 그는 자신에게 닥친 두 가지 사건, 곧 애인의 실종과 어깨 부상을 하느님의 계시로 여겼다.

이러한 꿈에 부풀어 있을 때 다르타냥이 찾아온 것이 바쟁으로서는 결코 달가울 리 없다는 것은 누구나 짐작할 만하다. 다르타냥 때문에 그의 주인이 그토록 오랫동안 휘둘려왔던 세속적인 생각의 소용돌이 속으로 다시 끌려 들어갈 수 있었기 때문이다. 그래서 그는 어떻게든 문을 지키려고 했다. 여관 안주인이 이미 입을 놀린 터라 이제 와서 아라미스가 없다고 할 수도 없었기 때문에, 신앙에 관해 토론 중인 주인을 방해하는 일은 더없이 경솔한 짓이라고 다르타냥을 설득하려고 애썼다. 바쟁의 말에 의하면, 토론은 아침부터 시작되었는데 저녁 전에는 끝날 리 없다는 것이었다.

그러나 다르타냥은 바쟁이 떠드는 얘기에는 조금도 신경 쓰지 않았다. 친구의 하인과 논쟁을 벌일 생각은 처음부터 없으므로, 다짜고짜 한쪽 손으로는 그를 밀어젖히고 다른 손으로는 5호실 문의 손잡이를 돌렸다. 문이 열리고 다르타냥이 방으로 들어갔다.

아라미스는 검은 가운을 입고 가톨릭 사제들이 쓰는 둥글넓적한 모자를 쓴 채 온갖 두루마리와 이절판 책이 가득 쌓여 있는 탁자 앞에 앉아 있었다. 그의 오른쪽에는 예수회 수도원장이, 왼쪽에는 몽디디에의 사제가 앉아 있었다. 커튼이 절반쯤 닫혀 있어 그 사이로 비쳐드는 한 줄기 햇살 덕에 종교적인 분위기가 물씬 풍겼다. 그리고 젊은 남자, 특히 젊은 총사의 방에서 볼 수 있는, 눈길을 사로잡는 세속적인 물건들이 마술처럼 자취를 감추어버렸다. 아마도 주인이 그런 것들을 보면 다시 속세의 일을 생각하지나 않을까 우려한 바쟁이 칼과 권총, 모자를 비롯하여 온갖 종류의 자수와 레이스 따위를 깨끗이 치워버린 모양이었다. 다르타냥은 이러한 세속적인 물건들 대신에 어두컴컴한 벽 한쪽에 채찍 같은 것이 걸려 있는 것을 다르타냥은 언뜻 보았다.

 아라미스는 문이 열리는 소리를 듣고 고개를 들더니 곧 친구를 알아보았다. 그러나 그를 보고서도 그다지 놀라는 기색이 없다는 사실에 다르타냥은 깜짝 놀랐다. 그만큼 아라미스는 지상의 사물들로부터 초연해 있었다.

 "어서 오게, 다르타냥." 아라미스가 말했다. "다시 만나서 반갑네."

 "저도요." 다르타냥이 말했다. "하지만 제 앞에 있는 사람이 아라미스가 맞는지 잘 모르겠네요."

 "틀림없이 내가 맞네. 그런데 왜 그런 생각이 들었나?"

 "방을 잘못 알고 들어왔나 했거든요. 처음에는 어느 성직자의 방에 들어온 줄 알았어요. 게다가 이분들과 같이 계시기에 착각했지요. 혹시 병세가 심각한가 해서요."

 검은 옷을 입고 있는 두 사나이가 다르타냥의 의중을 알아차리고는 위협적인 눈빛으로 다르타냥을 쏘아보았다. 그러나 다르타냥은 조금도 개의치 않았다.

 "아무래도 제가 방해한 것 같네요, 아라미스." 다르타냥이 계속했다. "보아하니, 당신은 이분들에게 고해를 하고 있었나 봐요."

 아라미스가 살짝 얼굴을 붉혔다.

 "자네가 나를 방해했다고? 아니, 그게 무슨 말인가! 절대로 그렇지 않아. 자네가 무사한 모습을 보고 이렇게 기뻐하고 있는데!"
 '아! 이제야 겨우 제대로 돌아왔군! 심각하진 않은 모양인데.' 다르타냥이 생각했다.
 "이분은 제 친구인데, 최근에 커다란 위험을 모면했습니다." 아라미스가 감동한 어조로 두 성직자에게 다르타냥을 소개했다.
 "하느님을 찬미하십시오." 두 성직자가 동시에 고개를 숙이면서 대답했다.
 "저는 하느님에 대한 찬미를 게을리 한 적이 없습니다, 신부님들." 다르타냥 역시 인사를 하면서 대답했다.
 "마침 잘 왔네, 다르타냥." 아라미스가 말했다. "자네도 토론에 참여하여 좋은 의견을 말해 주게. 아미앵의 수도원장님과 몽디디에의 신부님, 그리고 나는 오래전부터 관심거리였던 신학적인 문제에 관해 토론하고 있는 중일세. 자네 의견을 들을 수 있으면 기쁘겠네."
 "군인의 견해는 신뢰할 만한 것이 못 되잖아요." 다르타냥이 대답했다. 그는 이 자리의 분위기에 조바심이 나기 시작했다. "이분들의 학식만으로도 당신에겐 충분할 것 같은데요?"
 검은 옷의 두 사나이가 머리를 숙여 감사를 표했다.
 "그렇지 않아." 아라미스가 계속했다. "자네의 의견은 우리에게 귀한 자료가 될 거야. 문제는 이거야. 수도원장님의 생각으로는 내 논문이 무엇보다도 교의적이고 교훈적이어야 한다는 거야."
 "논문이라니! 그럼 논문을 쓰고 계셨어요?"
 "물론입니다." 수도원장이 대답했다. "서품식에 앞서 치러야 하는 시험을 위해 꼭 필요합니다."

"서품식이라니!" 다르타냥이 외쳤다. 여관 안주인과 바쟁이 한 말을 곧이듣지 않았기 때문이다. "서품식이라니!"

그러면서 어이없다는 듯이, 앞에 있는 세 사람을 둘러보았다.

"그런데 말일세." 아라미스가 말을 이었다. 그러면서 마치 침대에 누운 것처럼 안락의자에 앉아 우아한 자세를 취하고는, 피를 아래로 쏠리게 하기 위해 손을 들어올린 여자처럼 하얗고 포동포동한 자기 손을 만족스런 듯이 올려다보았다. "아까 얘기한 것처럼, 수도원장님은 내 논문이 교의적이어야 한다고 하시는데, 나는 관념적인 것이 좋겠다고 생각한단 말이야. 그런 까닭에 수도원장님은 아직 아무도 다룬 적이 없는 주제를 내게 내주셨어. 나도 이 주제에는 충분히 논의해 볼 만한 문제가 있다고 생각해. 바로 '우트라쿠에 마누스 인 베네디켄도 클레리키스 인 페리오리부스 네케사리아 에스트(Utraque manus in benedicendo clericis inferioribus necessaria est).'라네."

다르타냥의 학식은 익히 알고 있듯이 별 볼일 없는 것이었다. 그는 이 인용구를 듣고서 눈썹 하나 까딱하지 않았다. 일전에 트레빌이 다르타냥이 받은 선물을 버킹엄 공작에게서 받은 것이라고 오해하고 그에게 인용구를 들려줄 때와 똑같은 반응이었다.

"그게 무슨 뜻이냐면." 아라미스가 다르타냥을 위해 알기 쉽게 설명했다. "하위(下位)의 성직자가 축복하기 위해서는 양손을 사용해야 한다는 의미이네."

"존경스러운 주제입니다!" 수도원장이 외쳤다.

"존경스럽고 교의적입니다!" 사제가 되풀이했다. 사제의 라틴어 실력도 다르타냥과 엇비슷했으므로, 조심스럽게 수도원장을 살펴보면서 눈치껏 그의 말을 따라했다.

다르타냥은 검은 옷차림의 두 사나이가 감격하는 것을 보고도 여전히 무관심했다.

"아무렴, 존경스럽고말고! '프로르수스 아드미라빌레(prorsus admirabile)'!" 아라미스가 계속했다. "그러나 이 주제를 다루려면 교부(敎父)와 성서를 깊이 연구할 필요가 있어. 그런데 참으로 부끄럽지만, 여기 계시는 교회의 학자님들에게는 이미 고백했어. 부대의 근무와 국왕에 대한 봉사 때문에 공부를 약간 소홀히 했다는 것을. 그래서 나는 내가 선택한 주제를 다루고 싶다는 것일세. 나로서는 그게 더 편하니까. '파킬리우스 나탄스(facilius natans).' 내가 선택한 주제를 까다로운 신학상의 문제들에 비교한다면, 형이상학에 대한 도덕론의 관계와 같다고 할 수 있지."

다르타냥은 지루해지기 시작했으며 사제도 마찬가지였다.

"참 좋은 엑소르디움(exordium)입니다!" 수도원장이 외쳤다.

"엑소르디움(서론—옮긴이)." 사제가 뭐라고 한마디 해야 할 것 같아서 되풀이했다. "쿠에마드모둠 인테르 코일로룸 임멘시타템(Quemadmodum inter cœlorum immensitatem, 광막한 하늘에서처럼—옮긴이)."

아라미스가 곁눈으로 다르타냥을 슬쩍 보았다. 그의 친구는 턱이 떨어져라 하품을 하고 있었다.

"프랑스어로 합시다, 신부님." 아라미스가 수도원장에게 말했다. "그러면 다르타냥 씨도 대화에 더욱 흥미를 느낄 수 있을 테니까요."

"그래, 여독이 쌓인 것 같군요." 다르타냥이 말했다. "그래서인지 라틴어가 귀에 잘 안 들어오네요."

"좋습니다." 수도원장이 좀 섭섭한 듯 말했다. 그러나 사제는 한결 마음이 놓여 다르타냥에게 감사의 눈길을 보냈다. "그러면 이 주석은 어떻게 해석하면 좋겠소? 하느님의 종인 모세가…… 잘 새겨들으시오. 모세는 하느님의 종에 불과합니다! 모세가 양손으로 축복한다. 히브리 사람들이 적과 싸우는 동안, 그가 두 팔을 뻗치고 있다. 그러니까 그는 두 손으로 축복하는 겁니다. 게다가 복음서에도 '임포니테 마누스(Imponite manus)'라 나와 있지, '마눔(manum, '손'이라는 뜻으로 manus는 이의 복수형이다—옮긴이)'이라고는 씌어져 있지 않습니다. 한 손이 아니라 양손을 놓아라."

"양손을 놓아라." 사제가 몸짓을 하면서 되풀이했다.

"그런데 초대 교황인 성 베드로는 그렇지 않습니다." 수도원장이 계속했다. "'포리게 디기토스(Porrige digitos).' 손가락들을 내놓아라. 이제 이해가 됩니까?"

"물론입니다." 아라미스가 아주 즐겁게 대답했다. "하지만 퍽 미묘한 문제이지요."

"손가락입니다!" 수도원장이 말을 이었다. "성 베드로는 손가락으로 축복했습니다. 그러므로 교황도 손가락으로 축복합니다. 그러면 몇 개의 손가락으로 축복하는가? 세 개의 손가락입니다. 성부와 성자와 성령을 위해서입니다."

모두들 성호를 그었다. 다르타냥도 따라하지 않으면 안 되겠다고 생각했다.

"교황은 성 베드로의 후계자로 세 가지 신권(神權)을 대표합니다. 그 밖의 성직자들, 그러니까 성직자 위계의 '오르디네스 인페리오레스(ordines inferiores)'는 천사장(天使長)과 천사들의 이름으로 축복합니다. 부제(副祭)나 성당지기와 같은 최하급자들은 축복을 내리는 손가락 모양을 본뜬 수많은 관수기(灌水器)로 축복합니다. 바로 이것이 간략한 주제, '아르구멘툼 옴니 데누다툼 오르나멘토(argumentum omni denudatum ornamento, 어떤 장식도 없는 주제—옮긴이)'입니다." 수도원장이 계속했다. "나 같으면 이걸 가지고, 여기 이만한 크기의 책으로 두 권은 쓰겠습니다."

그는 열정에 사로잡혀, 탁자를 휘게 할 정도로 무거운 이절판의 성문집(聖文集)을 탁 쳤다.

다르타냥이 몸을 떨었다.

"물론 그 주제가 멋지다는 것을 인정합니다." 아라미스가 말했다. "그러나 사실 저에게는 힘겨운 주제입니다. 나는 이런 원문을 택했네, 다르타냥. '논 이누틸레 에스트 데시데리움 인 오블라티오네(Non inutile est desiderium in oblatione).' '주님에 대한 봉헌에도 다소의 회한은 무방하다.'는 뜻이네. 조금이라도 자네의 취향에 맞다면, 말해 주게나."

"잠깐!" 수도원장이 외쳤다. "그 견해는 이교도에 가깝습니다. 이단의 주창자 얀세니우스의 『아우구스티누스』에도 그와 비슷한 명제가 있습니다. 물론 얀세니우스의 그따위 책은 조만간 형리의 손에 불살라지겠지만, 하여튼 주의하시오! 당신은 잘못된 교의에 기울고 있어요. 그러다 큰일 납니다!"

"큰일 납니다!" 사제가 고통스러운 듯이 머리를 흔들면서 되풀이했다.

"당신 생각은 위험하기 짝이 없는 자유 의지의 사상에 가까워요. 동시에 펠라기우스 파와 유사 펠라기우스 파의 중상모략에 접근하고 있습니다."

"하지만 신부님······." 아라미스가 봇물처럼 쏟아지는 논란에 좀 어리둥절해져 말을 이었다.

그러나 수도원장이 아라미스에게 말할 틈조차 주지 않고 계속했다. "하느님께 몸을 바칠 때, 속세에 미련을 갖게 마련이라는 것을 당신은 어떻게 증명하겠습니까? '하느님은 하느님이고, 속세는 악마다.' 라는 양도 논법(兩刀論法)을 생각해 보시오. 속세에 미련을 둔다는 건 악마에 미련을 둔다는 것입니다. 이것이 내 결론입니다."

"내 결론도 역시 그렇습니다." 사제가 말했다.

"그러나 제 말씀을 좀······." 아라미스가 말했다.

"'데시데라스 디아볼룸(desideras diabolum)', 불쌍한 양반!" 수도원장이 외쳤다.

"악마에 미련을 두시다니! 아, 젊은 친구!" 사제가 비통한 소리를 질렀다. "악마에 미련을 두지 마십시오. 간절히 빕니다."

다르타냥은 얼떨떨해졌다. 미치광이의 집에 있는 듯했다. 자신마저 이 사람들처럼 미치광이가 될 것만 같았다. 그러나 앞에서 하는 말이 무슨 뜻인지 알지 못했으므로, 입을 다물고 있을 수밖에 없었다.

"그러나 제 말씀도 좀 들어주십시오." 아라미스가 다시 말을 이었다. 말투는 공손했으나 좀 안달이 나기 시작한 눈치였다. "미련을 둔다는 얘기가 아닙니다. 그렇게 교의에 어긋나는 말은 결코 하지 않을 겁니다······."

수도원장이 양손을 쳐들었다. 그러자 사제도 그대로 따라했다.

"아무렴, 하지 말아야죠. 그러나 자기도 불쾌한 것만을 주님께 바친다는 것은 주님께 좀 실례라고 생각합니다. 내 말이 맞죠, 다르타냥?"

"그렇고말고요!" 다르타냥이 외쳤다.

사제와 수도원장은 의자에서 벌떡 일어났다.

"여기에 제 출발점이 있습니다. 삼단 논법이죠. 속세에는 매력이 없지 않다, 나는 속세를 버린다, 고로 나는 희생하는 것이다. 그런데 성서에서도 똑똑히 말하고 있습니다. '주님께 희생을 하라.'고 말입니다."

"그건 사실입니다." 반대자들이 말했다.

"그래서." 아라미스가 손을 하얗게 만들려고 치켜서 흔들고, 귀를 빨갛게 만들려고 잡아당기면서 말을 계속했다. "그래서 작년에 저는 희생에 관한 단시(短時)를 지어 부아튀르 씨에게 보였더니, 그 위대한 시인이 크게 칭찬해 주었습니다."

"단시를!" 수도원장이 멸시하는 듯이 외쳤다.

"단시를!" 하고 사제도 기계적으로 되풀이했다.

"읽어보세요, 읽어봐요." 다르타냥이 외쳤다. "그러면 기분 전환이 좀 될 거예요."

"그렇진 않아, 종교적인 것이거든." 아라미스가 대답했다. "말하자면 운문의 신학이랄까."

"저런!" 다르타냥이 불만스럽다는 듯이 한마디 던졌다.

"자, 들어보세요." 아라미스가 살짝 겸손한 태도를 지어 보였다. 거기에는 어떤 위선의 기미도 보이지 않았다.

　　매력 넘치던 슬퍼하는 지난날의 당신
　　불행한 날들 더불어 살아가는구나

당신의 불행은 씻은 듯이 사라지리라
오직 하느님께만 눈물을 바칠 때
눈물 짓는 당신

다르타냥과 사제는 흥미로운 듯한 기색이었다. 그러나 수도원장은 자신의 의견을 굽히지 않았다. "신학에 세속의 취미를 끌어들이지 않도록 주의하시오. 실제로 성 아우구스티누스가 뭐라고 말합니까? '세베루스 시트 클레리코룸 세르모(Severus sit clericorum sermo, 성직자의 대화는 엄격해야 한다는 뜻으로 아우구스티누스의 말은 아니다—옮긴이).'"

"그렇습니다. 설교는 명료해야 한다는 거죠!" 사제가 말했다.

자신의 시종이 딴 길로 새는 것을 보고 수도원장이 얼른 끼어들었다. "하지만 당신의 이론은 여자들 마음에나 들 것이오. 파트뤼 씨가 변론으로 얻은 성공쯤은 거둘 것이오."

"그렇다면 오죽이나 좋겠습니까!" 아라미스가 흥분하여 외쳤다.

"그것 보시오." 수도원장은 외쳤다. "당신의 마음속에서는 아직도 세속의 세계가 큰 소리, '알티시마 보케(altissima voce)'로 말하고 있습니다. 당신은 세속의 세계를 따라가고 있습니다. 그래서는 은총도 아무런 효력이 없지 않을까 염려됩니다."

"걱정 마십시오, 신부님. 제 말에 책임을 지겠습니다."

"그건 속세의 자만심이오!"

"저는 저 자신을 잘 알고 있습니다. 저의 결심은 변하지 않습니다."

"그러면 기어이 그 이론을 밀어붙일 생각이오?"

"이 이론을 다루는 것이 저의 운명인 것 같습니다. 그러니까 계속할 작정입니다. 그리고 신부님의 의견을 따라 수정해서, 내일은 신부님이 좀 더 만족하시도록 해보겠습니다."

"꾸준히 정진하십시오." 사제가 말했다. "우리가 보기에 이만하면 훌륭합니다."

"이 지상에는 온통 씨가 뿌려집니다." 수도원장이 말했다. "씨앗의 일부가 돌 위에 떨어지지나 않을까, 또 일부가 길바닥에 떨어지지나 않을까, 나머지는 새에게 먹혀버리지나 않을까 '아베스 코일리 코메데룬트 일람(aves cœli comederunt illam, 하늘의 새들이 그것을 먹었다—옮긴이)'하고 걱정할 필요는 없습니다."

"빌어먹을 라틴어, 숨이 다 콱 막힐 지경이네!" 다르타냥이 참다 못해 그렇게 부르짖었다.

"자, 그만 가겠습니다." 사제가 말했다. "그럼 내일 또 만납시다."

"내일 또 만납시다, 무모한 젊은이." 수도원장도 말했다. "당신은 교회의 빛이 되기로 약속하셨습니다. 그 빛이 모든 것을 태워버리는 불이 되지 않기를 바랍니다."

한 시간 동안이나 안달을 하면서 손톱을 물어뜯던 다르타냥이 이제는 살을 쥐어뜯기 시작했다.

검은 옷차림의 두 성직자가 일어나서 아라미스와 다르타냥에게 인사하고는 문 쪽으로 걸어나갔다. 선 채로 신앙의 기쁨을 느끼면서 이제까지의 토론을 모두 듣고 있던 바쟁은 신부들 쪽으로 뛰어가 사제로부터 성무 일과서(聖務日課書)를, 수도원장으로부터 기도책을 받아들고는 공손하게 그들에게 길을 안내했다.

아라미스는 계단 아래까지 그들을 배웅하고는 아직도 멍하니 있는 다르타냥에게 돌아왔다.

이제 둘만 남게 되자 처음에는 서로 어색한 듯이 꿀먹은 벙어리가 되었다. 둘 중 누구라도 먼저 침묵을 깨뜨리지 않을 수 없었다. 다르타냥이 그 영광을 친구에게 돌리기로 결심한 듯했으므로, 아라미스가 먼저 입을 열었다.

"보다시피 나는 애당초 마음먹은 대로 돌아왔네."

"그래요, 은총의 영험이 당신에게 나타났군요. 조금 선에 그 신부도 말했지만 말이죠."

"아니야! 은퇴하려던 계획은 오래전부터 세웠던 거야. 자네에게도 얘기한 적이 있잖아?"

"그런 것 같아요. 하지만 그때는 농담으로 들었지요."

"이런 얘기를 농담으로 듣다니! 그럴 리가 있나, 다르타냥!"

"저런! 죽음에 관해서도 농담은 할 수 있는 겁니다."

"그건 잘못이야, 다르타냥. 죽음이란 파멸과 구원 사이의 갈림길이니까."

"좋아요, 좋아. 하지만 우리 제발 신학 이야기는 그만둬요, 아라미스. 이만하면 오늘은 충분하잖아요? 나는 본래 제대로 배우지도 못했던 라틴어마저 거의 다 잊어버렸거든요. 게다가 솔직히 말해서, 오늘 아침 10시부터 아무것도 먹지 않아 배가 고파 죽겠어요."

"곧 식사를 하세. 그러나 오늘은 금요일이라는 걸 잊지 말아줘. 오늘 같은 날에는 고기를 먹기는커녕 보지도 못해. 나와 같은 식사로 만족해 주겠나? 익힌 테트라고니와 과일인데."

"테트라고니가 뭐죠?" 다르타냥이 걱정스러운 듯이 물었다.

"시금치야." 아라미스가 말을 이었다. "하지만 자네 식사에는 달걀을 곁들여 주지. 중대한 계율 위반이긴 하지만, 달걀에서 병아리가 나오니까 달걀도 고기인 셈이거든."

"좋은 식사는 아니지만, 상관없어요. 당신과 함께 있기 위해 참기로 하지요."

"자네의 희생에 감사하네." 아라미스가 말했다. "몸에는 이롭지 않더라도, 영혼에는 틀림없이 이로울 거야."

"이렇게, 아라미스, 정말 성직자의 길에 들어서는 거예요? 우리 친구들이 뭐라고 할까? 트레빌 씨는 또 뭐라고 하실까? 미리 말해 두지만, 그들은 당신을 이탈자 취급할 거예요."

"성직자의 길에 들어서는 것이 아니라 그 길로 돌아가는 거야. 교회를 버리고 세속에 들어왔던 것이니까. 자네도 알겠지만, 총사의 제복을 입기 위해 여간 감정을 억제한 게 아니었다고."

"전 아무것도 모르는데요."

"내가 어떻게 신학교를 그만두게 되었는지 자네는 모르는가?"

"전혀 몰라요."

"실은 이렇게 된 거야. 성서에도 '너희들은 서로 고해를 하라.'는 말이 있잖는가. 그러니 자네에게 고해하겠네, 다르타냥."

"그러면 저는 미리 사면을 해드리지요. 어떻습니까, 저 꽤 친절한 사람이지요?"

"신성한 일에 농담하면 못쓰네."

"네, 알았습니다. 얘기하세요, 조용히 들을 테니."

"나는 아홉 살 때 신학교에 들어갔어. 스무 살 무렵에 신부가 되기로 정해져 있었네. 어느 날 저녁, 여느 때처럼 자주 놀러 가던 어느 집에 갔지. 젊을 때였으니 별수 없지 않는가, 마음이 약할 수밖에. 그런데 내가 그 집의 안주인에게 성자의 전기를 읽어주는 것을 질투하던 한 장교가 아무 예고 없이 느닷없이 들어오는 거야. 마침 그날 저녁 나는 유딧 이야기를 번역하여 거기에 실려 있는 시구를 부인에게 읽어주던 중이었는데, 그 부인은 나에게 칭찬을 아끼지 않으셨지. 내 어깨에 몸을 기대고 나와 함께 다시 읽기까지 했어. 그때 자세가 좀 흐트러졌던 건 사실인데, 그게 장교의 비위를 거슬렀던 거야. 그는 아무 말도 안 하더니 내가 그 집에서 나가자 내 뒤를 따라오는 거야.

'신부님, 지팡이로 얻어맞고 싶소?' 그가 말했어.

'그건 모르겠는데요. 이제까지 감히 나에게 그런 짓을 한 사람은 없었으니까.' 내가 대답했지.

'그렇다면 알아두시오. 오늘 저녁에 우리가 만난 그 집에 또 나타나면 내가 그렇게 해줄 테니.'

나는 무서웠던 모양이야. 얼굴이 새파랗게 질리고 다리가 후들후들 떨렸어. 뭐라고 대꾸하려고 했지만 말이 안 나와서 그냥 가만히 있었어.

장교는 대답을 기다리고 있었으나, 내가 좀처럼 입을 열지 못하는 걸 보고 큰 소리로 웃기 시작하더니, 홱 돌아서서 그 집으로 돌아갔어. 나는 학교로 돌아왔지.

나는 어엿한 귀족이고, 다르타냥 자네도 알다시피, 성미가 급하지 않는가? 그런 내가 지독한 모욕을 당한 거야. 누구의 눈에도 들키지는 않았지만, 그자로부터 받은 모욕이 내 가슴속에서 살아 꿈틀거리는 걸 느꼈어. 그래서 나는 교장에게 아직 서품받을 자격이 충분하지 않은 것 같다고 말하고는, 자원해서 서품식을 일 년 연기시켰어. 그러고는 파리에서 제일 뛰어나다는 검술 선생을 찾아갔지. 매일 검술 연습을 받기로 작정하고 말이야. 실제로 일 년 동안 매일 수업을 받았어. 그런 뒤에, 모욕을 받은 지 꼭 일 년이 되는 날에 신부복은 벗어 못에 걸고, 대신 기사의 복장을 갖추고서, 아는 숙녀분이 베푸는 무도회에 나갔어. 그 사나이가 거기에 나오리라는 걸 알고 있었거든. 포르스 감옥에 바로 인접한 프랑 부르주아 가였어.

과연 그 장교가 와 있더군. 그가 어떤 여자에게 추파를 던지면서 사랑의 노래를 속삭이고 있을 때 그에게 다가가, 한창 2절을 읽고 있는 것을 가로막고 말했어.

'당신은 지금도 내가 파이엔 가에 있는 집에 가는 것이 싫습니까? 그리고 내가 당신 말을 따르지 않는다면 지금도 나를 지팡이로 때리겠소?'

장교는 이상하다는 듯이 나를 바라보고는 말했지.

'무슨 일이시오? 나는 당신을 모르는데.'

'성자의 전기를 읽고 유딧을 운문으로 번역한 풋내기 신부요.'라고 내가 대답했어.

'옳다! 이제 생각나는군. 그래, 무슨 일이오?' 장교가 빈정거리듯 말했어.

'잠깐 나하고 나가서 산책이나 했으면 합니다.'

'내일 아침에나 합시다. 그때라면 흔쾌히 응해 드리겠소.'

'내일 아침엔 곤란한데. 지금 당장 합시다.'

'꼭 그래야 하겠다면……'

'그렇소, 꼭 그렇게 해야겠소.'

'그럼 나갑시다. 숙녀 여러분, 그냥 계십시오. 이분을 금방 죽이고 돌아와서 마지막 절(節)을 마저 불러드리지요.'

이렇게 해서 우리는 밖으로 나왔지.

나는 그를 꼭 일 년 전 바로 그 장소로 데려갔어. 아주 달 밝은 밤이었지. 우리는 동시에 칼을 빼들었는데, 내가 단칼에 그를 죽여버렸어."

"저런!" 다르타냥이 말했다.

"그런데." 아라미스가 계속했다. "노래를 부르던 사람이 돌아오지 않자, 여자들이 그를 찾아나섰어. 그가 파이엔 가에서 칼을 맞고 죽어 있었으므로, 내가 사주했다는 소문이 널리 퍼져버렸어. 그래서 나는 당분간 성직을 단념할 수밖에 없게 됐지. 그 무렵에 알게 된 아토스와 내게 검술 이외에도 여러 가지 재미난 일을 가르쳐준 포르토스의 권고로 나는 총사가 되기로 결심했어. 아라스의 공성(攻城)에서 전사한 우리 아버님이 국왕의 두터운 신임을 받았던 터라 나는 바로 총사대에 채용되었어. 그러니까 내게는 오늘이야말로 교회의 품으로 돌아갈 절호의 기회라는 점을 자네도 이제 알겠지."

"그렇지만 왜 어제나 내일이 아니라 하필이면 오늘이어야 한다는 거죠? 도대체 오늘 무슨 일이 있었어요? 누가 당신으로 하여금 그런 고약한 생각을 품게 한 거예요?"

"이 상처라네. 다르타냥, 이 상처가 내게는 하늘의 예고였어."

"그 상처가? 말도 안 돼요! 거의 다 나았는데 뭘 그러세요? 당신이 지금 고통당하고 있는 가장 큰 이유는 그 상처가 아니에요. 틀림없어요."

"그렇다면 뭔데?" 아라미스가 얼굴을 빨갛게 물들이면서 물었다.

"당신은 마음에 상처를 입은 거예요, 아라미스. 그 무엇보다 생생하고 고통스러운 상처, 여자 때문에 생긴 상처 말이지요."

아라미스의 눈이 자신도 모르는 사이에 반짝거렸다.

"아하." 그는 짐짓 무심한 척 마음을 감추면서 말했다. "그런 얘기는 그만두세. 내가 사랑의 고민을 가지고 있냐고? '바니타스 바니타툼(Vanitas vanitatum, 모든 것이 헛되도다! ― 옮긴이)!' 도대체 자네는 내가 누구 때문에 고민하고 있다고 생각하는가? 어느 바람난 여종업원이나 젊은 하녀 때문에? 당치도 않은 소리!"

"아니에요, 아라미스. 당신이 더 높은 곳에 뜻을 품고 있는 줄 알았는데요."

"더 높은 곳이라고? 내가 어떻게 그런 야심을 품을 수 있겠나? 한낱 가난하고 이름 없는 총사 주제에 별 볼일 없는 데다, 아첨하기도 싫어하니 사교계에는 통 어울리지 않는 그런 사람이 아닌가!"

"아니, 아라미스!" 다르타냥이 의심스러운 눈초리로 친구를 바라보면서 외쳤다.

"나란 존재는 먼지에 불과하니까 먼지 속으로 되돌아가는 거야. 인생은 굴욕과 고뇌로 가득 차 있어." 아라미스가 침울한 얼굴로 계속했다. "우리를 속세에 묶어놓은 줄은 사람의 손에 끊기게 마련이라네. 특히 황금의 줄은 더욱더 그렇지. 여보게, 다르타냥." 아라미스가 목소리에 고뇌의 빛을 띤 채 계속 말했다. "상처가 있으면 그걸 가만히 감추어두게. 침묵은 불행한 자의 마지막 기쁨이야. 고통의 흔적을 누구에게도 보이지 않도록 하게. 상처 입은 사슴에 달라붙어 피를 빨아먹는 파리들처럼 호기심 많은 인간들은 우리의 눈물을 빨아먹으니까."

"이런, 아라미스." 이번에는 다르타냥이 깊은 한숨을 쉬면서 말했다. "지금 당신이 하는 얘기는 꼭 내 신세를 말하는 것 같군요."

"아니, 그게 무슨 말이야?"

"정말이에요. 내가 사랑하던, 열렬히 사랑하던 여자를 누군가 납치해 갔어요. 지금 그 여자가 어디 있는지, 어디로 끌려갔는지도 모르고 있어요. 아마 감금당해 있겠지요. 어쩌면 죽었을지도 모르고."

"하지만 그 여자 스스로 자네를 버리고 간 것이 아니니까, 그것만으로도 위안이 되겠지. 소식이 없는 건, 그쪽에서 전하고 싶어도 전할 수 없기 때문이 아닌가? 그런데 나는……."

"그런데 당신은……?"

"아니야, 아무것도 아니야." 아라미스가 얼버무렸다.

"그래서 영원히 속세를 버리겠다는 거로군요. 그렇게 결정을 내렸단 말이죠?"

"그렇네, 영원히. 자네도 오늘은 내 친구지만 내일이면 내게 한낱 그림자에 불과하게 될 걸세. 아니, 차라리 자네 존재가 완전히 잊혀질 것이라고 말하는 편이 좋겠어. 이 세상은 모두 무덤이나 마찬가지야."

"제기랄! 당신 말을 들으니 너무 슬퍼져요."

"할 수 없지 않나! 하느님의 뜻인걸. 나의 소명이 나를 이끄는 것이네."

다르타냥은 빙그레 웃을 뿐 아무 말도 하지 않았다. 아라미스가 계속 말했다.

"하지만 아직 속세에 있는 동안은, 자네와 우리 친구들 얘기를 하고 싶었어."

"저도 마찬가지예요." 다르타냥이 말했다. "당신에 대해 얘기하고 싶었어요. 하지만 당신은 모든 것에서 초연해지셨나 보군요. 사랑 따위는 안중에도 없고, 친구는 그림자요 이 세상은 무덤이라고 하니."

"나로서도 유감이네. 그렇지만 자네도 언젠가는 내 마음을 이해하게 될 걸세." 아라미스가 한숨을 쉬면서 말했다.

"그 얘긴 그만두지요. 이 편지는 불살라 버려요." 다르타냥이 말했다. "기껏해야 어느 바람난 여종업원이나 젊은 하녀가 배신을 알리는 소식인 게 틀림없을 테니까요."

"무슨 편지인데?" 아라미스가 다급하게 물었다.

"당신이 집을 비운 동안 배달된 편지예요. 내가 전해 드리려고 찾아왔지요."

"누구한테서 온 거야?"

"글쎄요! 눈물에 젖은 어떤 하녀나 절망에 빠진 어떤 상점 계집종이겠지요. 어쩌면 슈브뢰즈 부인의 몸종일지도 모르겠네요. 주인 마님과 함께 투르에 돌아가지 않으면 안 되겠기에, 멋을 부린답시고 향수 먹인 편지지에다 후작 부인의 문장(紋章)을 빌려 봉했겠지요 뭐."

"그게 다 무슨 말이야?"

"이런, 잃어버렸나 보네!" 젊은이는 짓궂게도 편지를 찾는 척하면서 말했다. "그러나 이 세상은 무덤이고, 인간은, 따라서 여자도 그림자에 불과하며 사랑 따위는 안중에도 없다고 하셨으니 잘된 일이네요!"

"아! 다르타냥, 다르타냥!" 아라미스가 외쳤다. "나를 애태워 죽일 셈이야?"

"이런, 여기 있구나!" 다르타냥은 이렇게 말하면서 주머니에서 편지를 꺼냈다.

아라미스는 벌떡 일어나 편지를 덥석 빼앗아서는 정신없이 읽어 내려갔다. 그의 얼굴이 빛나기 시작했다.

"하녀가 글씨를 잘 쓰는 모양이네요." 편지를 날라다 준 심부름꾼이 능청스럽게 말했다.

"고맙다, 다르타냥!" 아라미스가 거의 미친 듯이 외쳤다. "그 여자는 어쩔 수 없이 투르로 돌아간 거야. 나를 저버린 게 아니야. 여전히 나를 사랑하고 있어. 고마워, 다르타냥. 난 행복으로 숨이 막힐 것만 같다."

두 친구는 거룩한 성문집의 주위를 돌면서 춤을 추기 시작했다. 마룻바닥에 떨어져 뒹구는 논문 종잇장들을 마음껏 짓밟았다.

그때 바쟁이 시금치 요리와 오믈렛을 들고 왔다.

"꺼져라, 이 녀석아!" 아라미스가 사제 모자를 그의 얼굴에 벗어 던지면서 외쳤다. "돌아가라, 그따위 끔찍한 채소와 소름 끼치는 음식은 가져가 버려! 그리고 베이컨을 채운 토끼와 살진 닭고기에 마늘 넣은 염소의 넓적다리 고기, 그리고 고급 부르고뉴 포도주 네 병을 주문하거라."

바쟁은 주인이 이렇게 돌변한 이유를 알지 못한 채, 하염없이 주인을 바라보고 있다가, 오믈렛을 시금치 접시에, 시금치를 마룻바닥에 스르르 떨어뜨렸다.

"이제야말로 왕 중의 왕께 몸을 바칠 때가 왔습니다." 다르타냥이 말했다. "물론 아직도 그럴 생각이 있다면 말이지만요. '논 이누틸레 데시데리움 인 오블라티오네(Non inutile desiderium in oblatione)'이니까요."

"라틴어 같은 건 지옥에나 떨어지라고 해! 자, 다르타냥, 마시자. 마시면서 친구들 소식이나 이야기해 보자고."

아토스의 아내

"이제 남은 건 아토스의 소식뿐이에요." 다르타냥이 활기를 되찾은 아라미스에게 말했다. 이렇게 말하기 전에 다르타냥은 그와 헤어진 뒤 파리에서 있었던 일을 아라미스에게 이야기해 주었다. 훌륭한 저녁 식사 덕택에 한 사람은 논문에 대한 걱정을 잊었고, 다른 사람은 여행의 피로를 풀었다.

"그 친구에게 무슨 나쁜 일이 생겼을까?" 아라미스가 물었다. "아토스는 성격도 냉정하고 용감한 데다 칼을 잘 쓰잖아."

"그래요, 의심할 나위가 없지요. 아토스의 용기와 칼솜씨는 누구보다 제가 잘 알고 있어요. 하지만 저라도 칼의 상대로는 곤봉보다 창이 더 낫거든요. 아토스가 그 하인 놈들에게 당하지나 않았나 걱정되네요. 하인 놈들은 무턱대고 후려갈길 줄만 알았지 끝낼 줄은 모르는 녀석들이거든요. 그래서 되도록 빨리 떠나고 싶은 거예요."

"나도 같이 가도록 해보겠네." 아라미스가 말했다. "아직 말을 타기가 어려울 것 같기는 하지만. 어제 저 벽에 걸려 있는 채찍을 한번 휘둘러 봤는데, 어찌나 아프던지, 계속할 수 없을 지경이었어."

"채찍으로 총상을 치료한다는 얘기는 여지껏 들어본 적이 없어요. 당신은 병자예요. 병을 앓으면 머리까지도 이상해지는 모양이니, 당신 탓은 아니지요."

"언제 떠나려나?"

"내일 아침 꼭두새벽에요. 오늘 밤은 되도록 잘 쉬세요. 그래서 내일 당신도 떠날 수 있다면 같이 떠나죠."

"그럼 내일 봐." 아라미스가 말했다. "자네도 아무리 강철 같은 몸이라 해도, 쉬지 않으면 안 되니까."

이튿날 다르타냥이 아라미스의 방으로 들어갔다. 그가 창가에 서 있었다.

"거기서 뭘 그렇게 바라보고 있죠?" 다르타냥이 물었다.

"저기 저 마구간지기가 고삐를 잡고 있는 훌륭한 말 세 마리를 보고 감탄하고 있는 중이야. 저런 말을 타고 여행한다면 굉장히 재미있을 거야."

"그렇다면 당신도 그런 재미를 누릴 수 있을 거예요. 저 말들 중 한 마리는 당신 것이니까요."

"아니, 어느 것 말이야?"

"세 마리 중에서 마음에 드는 놈으로 고르세요. 저는 어느 것이든 상관없으니까요."

"저 훌륭한 마구까지 내 것이란 말인가?"

"물론이죠."

"농담하는 것 아닌가, 다르타냥?"

"당신이 프랑스 말을 하게 된 뒤부터는 농담 같은 건 안 해요."

"금칠한 안장 주머니도, 벨벳 마의(馬衣)도, 은장식을 박은 안장도 다 내 것이란 말이야?"

"그래요, 당신 것이에요. 지금 앞발을 들고 서는 말이 제 것이고, 뛰고 있는 놈은 아토스의 몫이에요."

"저런, 굉장하군, 저 세 마리의 말!"

"당신이 좋아하니 저도 기쁘군요."

"국왕께서 자네에게 내리신 선물인가?"

"추기경의 선물은 확실히 아니에요. 그러나 어디에서 생겼든 걱정하지 마세요. 다만 저 세 마리 중의 하나가 당신 것이라는 것만 알아두세요."

"저 빨간 머리 하인이 잡고 있는 걸 갖겠네."

"좋아요!"

"정말 고마워!" 아라미스가 외쳤다. "덕분에 상처의 아픔도 날아가버렸어. 몸뚱이에 서른 방의 총알이 박혀도 저걸 타고 다닐 테야. 아, 참으로 훌륭한 등자야! 어이, 바쟁, 이리 오너라, 지금 곧."

바쟁이 기운 없는 우울한 얼굴을 하고 문 앞에 나타났다.

"내 칼을 닦고, 모자를 손질하고, 권총에 총알을 넣어둬!" 아라미스가 명령했다.

"마지막 명령은 필요 없어요." 다르타냥이 가로막았다. "당신 안장 주머니에 총알을 재놓은 권총이 이미 들어 있으니까."

아토스의 아내 117

바쟁이 한숨을 쉬었다.
"이봐, 바쟁, 걱정할 것 없어." 다르타냥이 말했다. "무슨 짓을 해도 천국에 갈 수 있어."
"나리는 이미 훌륭한 신학자가 되셨었는데!" 바쟁이 거의 울상으로 말했다. "주교도, 추기경도 되실 수 있었을 거예요."
"여보게 바쟁, 생각을 좀 해보게. 성직자가 된다고 해서 좋을 게 뭐가 있는가? 그렇다고 해서 전쟁에 나가지 않을 것도 아니고 말이야. 추기경이라도 투구를 쓰고 삼지창을 쥐고 제일 먼저 싸움터에 나가지 않는가? 노가레 드 라 발레트 씨는 어때? 그분도 추기경이야. 그분의 하인에게 물어봐, 주인의 부상을 몇 번이나 치료해 드렸는지."
"아! 한심한 일입니다!" 바쟁이 한숨을 쉬었다. "요즘 세상에 모든 것이 뒤죽박죽이라는 건 저도 알고 있습니다만."
두 젊은이와 애처로운 하인이 이러저러한 이야기를 하다 보니 어느새 아래에 도착해 있었다.
"등자를 잡아줘, 바쟁." 아라미스가 말했다.
아라미스가 여느 때와 같이 맵시 있게 사뿐히 안장 위로 뛰어올랐다. 그러나 말이 몇 번 돌고 뒷발로 일어서는 사이에 아라미스는 아픔을 견디지 못해 휘청거렸고 얼굴이 창백해졌다. 그렇게 되리라고 예상했던 다르타냥은 그를 줄곧 지켜보고 있다가, 이내 뛰어가 그를 안아서 방으로 데려다주었다.
"괜찮아요, 아라미스, 조리나 잘 하세요." 그가 말했다. "아토스는 저 혼자 찾아보겠어요."
"자네는 정말 강철 같은 사람이야." 아라미스가 그에게 말했다.

"아니요, 운이 좋은 것뿐이죠. 그런데 저를 기다리는 동안 어떻게 시간을 보낼 작정이세요? 이제는 논문도, 손가락과 축복에 관한 주석도 없을 텐데요, 안 그래요?"

"시나 짓고 있겠네." 그가 말했다.

"그래요, 슈브뢰즈 부인의 몸종이 보낸 편지처럼 향기를 풍기는 시나 짓는 거죠. 바쟁에게도 시작법을 가르쳐주세요. 그러면 그 녀석도 위안이 될 거예요. 말은 날마다 조금씩이라도 타보세요. 그러면 차츰 익숙해질 테니까요."

"오! 말타기는 염려하지 마." 아라미스가 말했다. "자네가 돌아올 때까지는 충분히 탈 수 있도록 해놓을 테니까."

그들은 작별 인사를 나누었다. 그러고 나서 십 분 후에 다르타냥은 바쟁과 여관 안주인에게 친구를 잘 돌보아달라고 당부하고는 곧장 아미앵을 향해 말을 몰았다.

어떻게 아토스를 찾을 것인가, 과연 그를 다시 만날 수 있을까? 아토스를 내버려두고 떠날 때의 상황은 매우 위험한 것이었다. 그는 쓰러져버렸을지도 모른다. 이러한 생각에 다르타냥은 눈앞이 캄캄해지고 한숨이 절로 나왔다. 나직한 목소리로 복수의 맹세를 하기도 했다. 아토스는 친구들 중에서 가장 나이가 많았다. 그래서 겉으로 보기엔 취미나 공감에서 다르타냥과 가장 거리가 먼 듯도 했다.

그렇지만 다르타냥은 아토스를 유달리 좋아했다. 우아한 풍채와 스스로 자처한 어둠 속에서 때때로 솟아오르는 위대한 반짝임, 사람들이 믿고 다가갈 수 있게 하는 한결같은 성품, 억지스러운 신랄함이 있는 쾌활함, 무모하다고 할 수도 있으나 사실은 세상에서 보기 드문 냉정함의 소산인 용맹성과 같은 자질을 아토스에게서 보면서, 다르타냥은 그에게 단순한 존경이나 우정 이상의 감정을 느꼈고 그에게 감복했다.

실제로 기분이 좋은 날의 아토스는 우아한 조신(朝臣) 트레빌과 견주어도 결코 뒤지지 않았다. 아토스의 키는 보통 정도였지만, 그의 체격은 늠름했고 균형이 잘 잡혀 있었다. 포르토스와 씨름할 때에도, 총사들 사이에서 힘이 장사이기로 소문난 거인 포르토스를 여러 차례 눕혀버렸다. 날카로운 눈과 오똑한 코와 브루투스처럼 번듯한 턱을 가진 그의 얼굴에는 뭐라 표현할 수 없는 위엄과 우아함이 넘쳐흘렀고, 한번도 신경 써서 가꾼 적 없는 손도 아몬드 반죽과 향유를 듬뿍듬뿍 사용하여 손질을 게을리하지 않는 아라미스를 실망시킬 정도였다. 또한 그의 목소리는 우렁차면서도 고왔다. 예의에 어긋나는 행동은 찾아볼 수 없고 늘 사람들의 눈을 의식하는, 무어라 형언할 수 없는 아토스의 분위기는 사교계와 상류 사회의 관습에 관한 빈틈없는 교양과 지체 높은 집안의 습관이 자기도 모르는 사이에 우러나오는 것에 불과했다.

식사 시간에도 아토스는 어떠한 사교계의 명사보다도 훌륭하게 식탁을 차렸고, 가문과 본인의 지위에 따라 손님들의 자리를 마련했다. 아토스는 프랑스의 모든 귀족 가문을 알고 있었다. 계보와 인척 관계, 문장, 그리고 가문의 유래에 이르기까지 모르는 것이 없었다. 예의범절이라면 아무리 사소한 것까지도 철저하게 지켰고, 대지주의 권리에 대해서도 잘 알고 있었으며, 사냥이라면 매사냥에 이르기까지 해박했다. 매사냥에 관해서는 언젠가 이 방면의 대가로 통하는 루이 13세마저도 놀라게 한 적이 있었다.

당시의 모든 제후들과 마찬가지로, 그는 기마술과 무술에서 완벽한 솜씨를 자랑했다. 게다가 교양에서도 빠지는 구석이 없었으며, 당시의 귀족에게서는 찾아보기 힘든 스콜라 철학까지도 터득하고 있었다. 아라미스가 라틴어 구절을 인용하면, 포르토스는 알아듣는 척할 뿐이었지만, 그는 빙그레 웃으면서 들었다. 아라미스가 초보적인 잘못을 저질렀을 때, 그는 라틴어 동사의 시제나 명사의 격 변화를 바로잡아 줌으로써 친구들을 크게 놀라게 한 적도 몇 번 있었다. 더군나나 당시 군인은 신앙과 양심을, 연인은 오늘날과 같은 엄격한 조심성을, 가난한 자는 일곱 번째 십계명을 너무나도 쉽사리 위반했다는 사실에 비추어, 아토스의 성실성은 그야말로 탓할 구석이 한 군데도 없었다. 실로 아토스는 매우 비범한 인물이었다.

 그렇지만 그 뛰어난 성품, 그 멋진 피조물, 그 섬세한 정신이 자신도 모르게 저속한 생활에 빠져버리는 때가 있었다. 마치 늙은이가 육체적으로나 정신적으로 우둔해지는 것과 같았다. 아토스는 이렇게 무기력 상태에 빠질 때가 종종 있었는데, 그럴 때면 그의 밝은 면은 마치 깊은 어둠 속에 빠져들어가듯, 싹 사라져버렸다.

 그러면 비범한 인물의 모습은 간데없이 사라졌고, 인간으로서의 모습도 겨우 남아 있을까 말까 했다. 고개를 축 떨어뜨렸고, 눈은 흐리멍덩했으며, 좀처럼 입 밖으로 말이 나오지 않았다. 이런 모습으로 아토스는 한참 동안 어떤 때는 술병과 술잔을, 또 어떤 때는 그리모의 얼굴을 바라보았다. 그리모는 그의 몸짓만으로 그에게 복종하는 데 길들어져 있었으므로, 주인의 무표정한 눈에서도 그의 욕망을 읽어내고 곧바로 만족시켜 주었다. 이러한 때에 네 친구가 모이기라도 하면, 아토스는 대화에 거의 끼어들지 않았다. 그의 입에서는 가까스로 한마디 정도 새어나올 뿐이었다. 대신 아토스 혼자서 네 사람 몫의 술을 마셨다. 그렇지만 그럴 때에도 여느 때보다는 좀 더 눈에 띄게 눈살을 찌푸리거나 좀 더 깊은 슬픔의 기색이 엿보일 뿐, 별다른 내색은 하지 않았다.

타고나기를 무슨 일에든 호기심이 많고 예리한 다르타냥은 어떻게 해서라도 아토스에 관한 자신의 호기심을 만족시켜 보려고 했으나, 아직까지 그가 침울해지는 이유를 조금도 밝혀낼 수 없었다. 아토스는 어떤 편지를 받거나 친구들이 모르는 행동을 한 적이 한번도 없었다.

그를 그렇게 침울하게 만드는 것이 술이라고 할 수는 없었다. 오히려 그는 슬픔을 잊기 위해 술을 마셨다. 다만 우리가 앞에서 말한 바 있듯이, 술 때문에 더 침울해진 것은 사실이다. 그러한 우울증의 원인을 노름 탓으로 돌릴 수도 없었다. 왜냐하면 운이 따라주고 안 따라주고에 따라 노래를 부르고 욕설을 해대는 포르토스와는 반대로, 아토스는 땄을 때나 잃었을 때나 얼굴빛이 전혀 변하지 않았기 때문이다. 어느 날 저녁 총사들의 모임에서 3,000피스톨을 땄다가, 다음에 3,000피스톨은 물론, 황금 자수를 놓은 의례용(儀禮用) 허리띠까지 잃은 적도 있었고, 또 다시 이 손실을 죄다 회복했을 뿐만 아니라 100루이를 더 딴 적도 있었지만, 그의 아름다운 검은 눈썹은 털 하나 까딱하지 않았고, 그의 손은 뽀얀 빛깔을 잃지 않았으며, 그날 저녁 유쾌했던 그의 대화는 계속 침착하고 밝았다.

또한 이웃 나라 영국 사람들처럼 대기 현상의 영향을 받는 것도 아니었다. 왜냐하면 그의 우울증은 대개 날씨가 좋은 계절에 더욱 심했기 때문이다. 6~7월이 아토스에게는 가장 고약한 달이었다.

현재로서는 그가 슬퍼할 일이 없었다. 누군가가 그에게 장래의 이야기를 했을 때, 그는 어깨를 으쓱했다. 누군가가 다르타냥에게 어렴풋이 말한 적이 있듯이, 그의 비밀은 과거에 있었다.

그의 온몸에 퍼져 있는 신비로운 기운은 아무리 교묘하게 질문을 해도, 비록 정신없이 취해 있을 때라도, 눈이나 입을 통해 밝혀진 적은 한번도 없기 때문에, 그는 그만큼 더 흥미로운 존재가 되었다.

"그래, 맞아!" 다르타냥이 말했다. "가엾게도 지금쯤 아토스가 죽었을지도 모르겠어. 만약 죽었다면 내 탓이야. 원인도 결과도 알려주지 않고, 아무런 이익도 없는 사건에 이 친구를 끌어들인 사람은 나였으니까."

"게다가 또 그분은 우리 생명의 은인인지도 몰라요." 플랑셰가 말을 받았다. "그분이 '달아나라, 다르타냥! 나는 잡혔어.'라고 고함을 지르신 걸 기억하시겠죠. 그리고 총을 두 방 쏘시고 나서 얼마나 무시무시한 칼소리가 났다고요! 마치 수십 명의 사나이가, 아니 수십 명의 악마가 격분하여 날뛰기라도 하는 것 같았어요!"

이 말에 다르타냥은 더욱더 열이 나서 말에 박차를 가했다. 말은 박차를 받을 필요도 없이 이미 전속력으로 질주하고 있었다.

오전 11시경에 아미앵이 보이기 시작했다. 11시 반에는 저주받을 여관의 문 앞에 도착했다.

다르타냥은 여관 주인의 배신에 대해, 원 없이 실컷 복수를 해줘야겠다고 단단히 벼르면서 왔다. 그래서 모자를 푹 뒤집어 쓰고 왼손은 칼잡이에 올려놓고 오른손으로는 채찍을 휘두르면서 여관으로 들어갔다.

"내가 누군지 알겠소!" 그가 인사를 하러 나오는 주인에게 말했다.

"처음 뵙는 것 같은데요, 나리." 주인이 다르타냥의 눈부신 행차에 눈이 휘둥그레져 대답했다.

"아! 나를 모르겠다고!"

"예, 나리."

"한마디만 하면 생각이 나겠지. 한 보름 전에 자네가 무엄하게도 위조범이라고 모함한 그 귀족을 어떻게 했나?"

주인의 얼굴이 새파랗게 질렸다. 다르타냥의 태도가 너무나 위협적인 데다가 플랑셰까지도 주인의 흉내를 내고 있었기 때문이다.

"아이고! 나리! 말씀 마십시오." 주인이 금세라도 울음을 터뜨릴 것만 같은 목소리로 외쳤다. "소인이 그때 잘못한 죄로 얼마나 벌을 받고 있는지 모릅니다! 참으로 톡톡히 죗값을 치르고 있습니다요!"

"그 귀족을 어떻게 했냔 말이야?"

"소인의 말씀을 좀 들어주십시오, 나리. 그리고 제발 용서해 주십시오. 자, 우선 앉으십시오!"

다르타냥은 분노와 불안으로 말도 나오지 않았다. 그저 재판관처럼 무서운 얼굴을 하고 앉았다. 플랑셰도 안락의자에 버티고 앉았다.

"지금부터 이야기해 드리겠습니다." 주인이 벌벌 떨면서 말을 이었다. "이제야 나리의 얼굴이 생각납니다요. 나리는 소인이 그 양반과 옥신각신하고 있을 때 여관을 떠나신 분이지요."

"그래, 그 사람이 나다. 그러니까 사실대로 죄다 말하지 않으면 그냥 두지 않을 테다."

"소인의 얘기를 들어주십시오. 모조리 말씀드리겠습니다."

"말해라."

"실은 사전에 당국으로부터 수 명의 위조범 일당이 총사나 근위대원으로 변장하고 저희 여관에 올 것이라는 통지를 받았습니다. 말, 하인, 나리들의 용모, 모든 것을 그린 그림이 소인에게 전달되었습니다."

"그 다음에는? 그래서?" 다르타냥이 말했다. 그토록 정확한 인상착의가 어디서 나왔는지 이내 알 수 있었다.

"당국에서 여섯 명의 지원병이 파견되었기 때문에, 소인은 당국의 지시에 따라 긴급하다고 생각한 조치를 취해, 이른바 위조범이라는 사람들을 확인하게 된 것입니다."

"아직도!" 다르타냥이 말했다. 위조범이라는 말이 그의 귀에 몹시 거슬렸다.

"죄송합니다, 나리. 그 말은 용서해 주십시오. 소인은 워낙 당국이 무서웠습니다. 나리도 아시겠지만, 여관을 하다 보면 당국의 비위를 거슬러서는 안 되니까요."

"다시 한 번 묻겠는데, 그 귀족은 어디 있어? 어떻게 됐느냐 말이야? 죽었느냐 살아 있느냐?"

"좀 기다려주십시오. 곧 말씀드릴 테니까요. 그래서 나리가 아시는 바와 같은 일이 벌어졌는데, 나리가 재빨리 떠나버리셨기 때문에, 그걸로 끝인 줄 알았습니다만." 주인이 교활하게 말했다. 다르타냥이 그걸 알아차리지 못할 리 없었다. "그런데 나리의 친구이신 귀족은 필사적으로 저항하셨습니다. 그분의 하인도 뜻밖의 일로, 마구간지기로 가장한 관원들과 싸움이 붙었습니다요……."

"아! 괘씸한 놈들!" 다르타냥이 외쳤다. "너희들은 모두 한통속이었구나. 어째서 나는 너희들을 깡그리 잡아 죽여버리지 않는지 모르겠다!"

"아니올시다, 나리. 저희들은 한통속이 아니었습니다. 금방 아시게 됩니다. 그래서 나리의 친구 양반은(아마 그 양반에게 귀족의 성이 있겠지만, 소인은 모르고 있어 성을 부르지 못하니 용서해 주십시오) 권총을 두 방 쏘아 두 사람을 쓰러뜨렸고, 그러고 나서는 칼을 휘둘러 피하면서 뒤로 물러나셨습니다. 그의 칼에 저희 집 하인 하나가 상처를 입었고, 소인도 칼등에 한 대 얻어맞고 정신이 아찔해져 버렸습니다."

"아니, 이런 망나니 같은 녀석! 그런 이야기를 언제까지 할 거야? 그래, 아토스는 어떻게 됐느냐고?"

"방금 말씀드린 바와 같이, 그분은 뒤로 물러나셨는데, 마침 그 뒤에 지하실 계단이 있고 지하실의 문이 열려 있었기 때문에, 지하실로 들어가서는 자물쇠를 걸어버렸습니다. 그래서 지하실에 계시다는 걸 확실히 알게 됐으니까, 그냥 그대로 내버려두었습니다."

"음, 그래." 다르타냥이 말했다. "완전히 죽여버리려고 하지는 않고, 다만 가두어두려고 했던 게로군."

"아이고! 정의로우신 하느님! 가두어두다니요? 스스로 갇혀버리신 거예요. 끔찍한 일을 저지르셨거든요. 한 사람은 즉사했고, 다른 두 사람은 중상을 입었으니까요. 시체와 두 부상자는 친구들이 떠메 갔는데, 그 후로는 아무 소식도 듣지 못했습니다. 소인도 정신이 들자, 총독을 찾아가서 자초지종을 아뢰고는, 갇혀 있는 사람을 어떻게 하면 좋겠느냐고 물었습죠. 그랬더니 총독은 어리둥절한 표정으로, 무슨 얘기를 하고 있는지 통 모르겠다, 그런 명령을 내린 일이 없다, 그런 싸움판에 자기가 무슨 관련이라도 있다는 말을 누구에게든지 함부로 지껄였다가는 그대의 목을 치겠다, 이렇게 말씀하시는 것이었습니다. 그러고 보면 소인이 잘못 알았던 듯싶습니다. 딴 사람을 붙잡은 것이 아닌가 합니다. 정작 잡아야 할 사람은 달아나버리고요."

"그런데 아토스는?" 다르타냥이 외쳤다. 당국에서 그냥 내버려두고 있다는 점 때문에, 더욱 조바심이 났다. "아토스는 어떻게 됐느냔 말이야?"

"부랴부랴 지하실로 내려가 저의 잘못을 바로잡고 꺼내드리려고 했습니다." 주인이 말을 이었다. "그런데 깜짝 놀랐습니다. 그분은 이미 사람이 아니라 악마였습니다. 나오시라고 말했더니 너희들이 함정에 빠뜨렸으니 나가기 전에 조건이 있다고 하시는 것이었습니다. 소인은 공손하게, 국왕 폐하의 총사에게 손을 댄 건 소인의 실수임이 틀림없었으니까요, 뭐든지 요구를 다 들어드리겠다고 했습니다. 그러자 그분이 말했습니다.

'첫째, 내 수종에게 무기를 들려서 내게로 보내라.'는 것이었습니다.

그래서 저희들은 부랴부랴 명령대로 했습니다. 나리도 아시겠지만, 뭐든지 친구 분이 바라시는 대로 해드릴 작정이었으니까요. 그래시 그리모 씨는(이분은 말수가 적었지만 자기 성을 알려주었습니다) 상처를 입었지만 지하실로 내려갔습니다. 그러자 주인 양반이 그리모 씨를 맞아들이고 나서 다시 문을 잠가버리고는, 저희들더러 가게에 가 있으라고 말씀하셨습니다."

"그래서 그는 지금 어디 있어?" 다르타냥이 외쳤다. "아토스는 어디에 있어?"

"지하실에 계십니다."

"뭐라고, 이런 못된 놈이 있다니! 그때부터 여태껏 지하실에 가두어놓고 있단 말이냐?"

"아이고! 원 세상에! 저희들이 지하실에 가두어놓고 있다니요! 그분이 지하실에서 어떻게 하시는지 모르셔서 하시는 말씀입니다! 정말 나리께서 그분을 지하실에서 끌어내주신다면, 그 은혜는 평생 잊지 않겠습니다. 수호성인처럼 경배하겠습니다."

"지금 거기에 있나? 가면 만날 수 있단 말이지."

"물론입니다. 절대로 나오시려고 하질 않습니다. 날마다 환기창으로 빵을, 그리고 원하실 때는 갈퀴 끝에 고기도 매달아 넣어드리고 있습니다. 하지만 빵이나 고기 값은 별것 아닙니다. 한번은 소인이 하인 둘을 데리고 내려가려고 하니까, 그분이 이만저만 화를 내시지 않았습니다. 그분은 권총에, 하인은 소총에 총알을 재는 소리가 들렸습니다. 저희들은 어떻게 하실 생각이냐고 물었더니, 글쎄 대답하시기를, 총알이 40방이나 있으니까, 단 한 사람이라도 지하실에 들어오지 못하도록, 마지막 한 방이 떨어질 때까지 쏘아댈 작정이라고 그러시질 않겠습니까. 그래서 소인은 총독에게 달려가 하소연을 했습니다. 총독은 당연한 일이다, 제 집에 묵는 귀하신 양반을 모욕했으니 고생을 해야지 하고 말씀할 뿐이더라고요."

"그러니까 그 후로……." 다르타냥이 말했다. 그는 울상이 된 여관 주인의 얼굴을 보고 웃음을 참지 못했다.

"그러니까, 그 후로 저희들은 세상에도 없는 비참한 생활을 하고 있습니다." 주인이 계속했다. "그럴 수밖에요. 식료품을 전부 지하실에다 넣어두고 있거든요. 병술도, 통술도, 맥주도, 기름도, 향료도, 베이컨도, 소시지도 다 거기에 있는데 내려가지 못하게 되어버렸으니, 여관에 오시는 손님들에게 마실 것도 먹을 것도 내드리질 못하고 있습니다. 그래서 여관은 날마다 손해를 보고 있는 형편입니다. 나리의 친구 분이 일주일만 더 지하실에 계시다간 저희들은 망해 버릴 겁니다."

"천벌을 받은 것이다, 악당 같으니라고. 우리 얼굴을 보면, 우리가 귀족이지 위조범이 아니라는 것쯤은 알 수 있지 않았겠느냐?"

"예, 그렇습니다. 옳은 말씀입니다." 여관 주인이 말했다. "그런데 저것 보세요. 또 화를 내고 계십니다."

"아마 누군가가 그를 귀찮게 했을 거야." 다르타냥이 말했다.

"하지만 그럴 수밖에 없습니다." 주인이 외쳤다. "영국의 귀족 두 분이 방금 저희 여관에 오셨거든요."

"아니, 그래서?"

"아이고! 아시다시피 영국 사람들은 좋은 포도주를 즐겨 찾지 않습니까? 그분들은 최고급품을 주문했습니다. 그래서 여편네가 그분들이 주문하신 것을 갖다드리려고 아토스 씨에게 제발 좀 들어가게 해달라고 사정했는데, 또 거절당했습니다. 아! 하느님 맙소사! 점점 더 시끄러워지는구나!"

실제로 다르타냥의 귀에도 지하실 쪽에서 큰 소리가 들려왔다. 그가 일어나서, 두 손을 비비고 있는 여관 주인을 앞세우고 소총을 손에 든 플랑셰를 뒤따르게 하여, 현장으로 다가갔다.

영국 귀족 두 사람이 미친 듯이 화를 내고 있었다. 먼 길을 왔기 때문에 배가 고프고 목이 말라 죽을 지경이었던 것이다.

"이런 횡포가 어딨어!" 그들이 고래고래 소리를 질렀다. 외국인의 악센트가 있었지만 썩 훌륭한 프랑스어였다. "여관 사람들이 술을 가져가지 못하게 하다니, 그 녀석이 미쳤군. 그렇다면 우리가 문을 때려 부숴주겠다. 떠들어대기만 하면 그냥 죽여 버리겠다."

"잘들 하고 있군요!" 다르타냥이 허리띠에서 권총을 빼들면서 말했다. "미안하지만, 아무도 죽일 수 없소."

"좋아, 좋아." 문 뒤에서 아토스의 침착한 목소리가 들렸다. "이 멍청이들아, 조금이라도 들어왔단 봐라. 가만두지 않을 테다."

두 영국 귀족은 꽤나 용감한 사람들인 듯했으나 그래도 망설이면서 서로 마주보았다. 마치 전설에 자주 등장하는 거대한 굶주린 식인귀(食人鬼)가 지하실에 있어서, 함부로 들어갔다가는 큰일이라도 날 것만 같았다.

잠시 침묵이 흘렀다. 그러나 이윽고 그대로 물러가는 것이 수치스럽게 생각되었는지, 두 영국인 중에서도 더 성깔머리가 사나운 사나이가 대여섯 계단쯤 내려가, 벽이 무너지도록 문을 찼다.

"플랑셰!" 다르타냥이 권총을 재면서 말했다. "나는 위에 있는 녀석을 맡을 테니, 너는 아래로 내려간 녀석을 맡아라. 이봐요! 당신들이 정 싸우고 싶다면, 좋아! 내가 상대해 주겠소!"

"이게 무슨 일이야!" 아토스가 얼빠진 듯한 목소리로 외쳤다. "다르타냥의 목소리 같은데."

"그래요, 저예요, 저!" 다르타냥이 목소리를 돋우어 외쳤다.

"옳지 됐다!" 아토스가 말했다. "그러면 이 녀석들을 혼내주자."

두 영국 귀족이 칼을 빼들었으나 협공을 당할 처지였기 때문에, 또 잠시 망설였다. 그러나 아까와 마찬가지로 자존심에 못 이겨 또다시 문을 찼다. 문에서 요란스럽게 소리가 났다.

"비켜라, 비켜, 다르타냥. 쏠 테니, 비켜라." 아토스가 소리쳤다.

"여러분!" 언제나 요모조모로 머리를 굴리는 다르타냥이 말했다. "좀 생각해 보시오! 그리고 아토스, 자네도 좀 기다리게. 여러분은 고약한 일에 걸려들었소. 이대로 가다간 당신들은 벌집이 되어버릴 거요. 당신들이 지하실에 들어가면, 이쪽에선 나와 내 하인이 세 방의 총알을 날릴 것이오. 게다가 우리에겐 칼도 있는데, 확실히 말해 두지만, 내 친구나 나나 꽤 쓸 만한 검객이오. 그러니 이러지들 말고, 이 일은 내게 맡겨주시오. 곧 마실 것을 드리도록 하겠소. 약속합니다."

"남아 있다면 말이지." 아토스가 빈정거리듯 소리쳤다.

여관 주인이 이 말을 들었다. 그의 등골에 식은땀이 흐르는 듯했다.

"뭐라고, 남아 있다면이라니!" 그가 중얼거렸다.

"제기랄! 남아 있을 거야." 다르타냥이 말했다. "걱정할 것 없소. 둘이서 지하실의 술을 다 마시지는 못했을 테니까. 여러분, 칼을 집어넣으시오."

"당신도 총을 도로 허리띠에 넣으시오."

"좋소."

다르타냥이 본보기를 보였다. 그러고 나서 플랑셰를 돌아보면서 총알을 뽑으라고 신호했다.

영국인들도 그제야 인정하고는 투덜거리면서 칼을 칼집에 넣었다. 아토스가 이렇게 갇히게 된 경위를 그들에게 이야기해 주니, 그들도 훌륭한 귀족이었던지라 여관 주인이 잘못한 것이라고 했다.

"이제, 여러분, 방으로 돌아가십시오." 다르타냥이 말했다. "십 분 후에는 틀림없이 주문하신 대로 가져다드릴 테니까요."

영국인들이 인사를 하고 물러갔다.

"아토스, 이제 저 혼자뿐이에요." 다르타냥이 말했다. "문을 열어줘요."

"그래, 곧 열게." 아토스가 말했다.

그러자 장작개비 부딪치는 소리, 서까래 삐걱거리는 소리가 들렸다. 아토스가 보루를 만들었던 외벽(外壁)을 안에서 부수고 있었다.

잠시 후 문이 흔들리더니 아토스의 창백한 얼굴이 나타났다. 그가 얼른 주위를 살펴보았다.

다르타냥은 그에게 달려가 반갑게 얼싸안았다. 그러고 나서 축축한 지하실에서 그를 끌어내려고 했다. 그때 아토스가 비틀거리는 것을 알아차렸다.

"다쳤나요?" 그가 물었다.

"내가? 천만에! 취했을 뿐이야. 이렇게 만취한 놈은 세상에 아무도 없을 거야. 고마우이, 여관 주인. 나 혼자만 적어도 백오십

병은 마셨을 거야."

"아이고, 큰일 났네!" 주인이 외쳤다. "게다가 하인이 그 절반을 마셨다면, 소인은 망했습니다."

"그리모는 명문가의 하인이라, 주인과 똑같이 먹지는 않아. 그 녀석은 술통에 직접 입을 대고 마셨어. 아니, 그 녀석이 마개 막는 걸 잊은 모양인데. 들리나? 술이 흐르고 있어."

다르타냥이 폭소를 터뜨렸다. 이 소리에 여관 주인은 부르르 떨다 못해 온몸에 열이 날 지경이었다.

바로 그때 이번에는 그리모가 주인 뒤에서, 어깨에 총을 메고, 마치 루벤스의 그림에서 보는 취한 사티로스처럼 머리를 건들거리면서 나타났다. 온몸이 기름투성이였다. 여관 주인은 그것이 자기 집에서 제일 값나가는 올리브기름임을 알 수 있었다. 일행은 줄을 지어 커다란 홀을 지나, 다르타냥이 제멋대로 점령해 놓은 제일 좋은 방에 가서 자리를 잡았다.

그동안 여관 주인 내외는 등불을 들고, 오래도록 들어가지 못했던 지하실에 뛰어들어갔다. 그곳에는 끔찍한 광경이 그들을 기다리고 있었다.

아토스가 빠져나온 요새는 장작개비, 널빤지, 빈 통 같은 것들을 병법(兵法) 규칙대로 쌓아올려서 만든 것이었는데, 안쪽에는 기름과 술의 늪 속에 다 발라먹은 뼈다귀가 여기저기서 둥둥 떠다니는가 하면, 지하실 왼쪽 구석에는 깨진 병이 산더미처럼 쌓여 있었고, 술통 하나는 마개가 열려 있어서 마지막 몇 방울이 흘러 떨어지고 있었다. 마치 옛날의 시인이 노래한 것처럼, 황폐함과 죽음으로 얼룩진 전쟁터를 방불케 했다.

서까래에 매달려 있던 소시지 쉰 개 중에서 남은 것은 겨우 열 개뿐이었다. 여관 주인 내외가 아우성치는 소리가 지하실 천장을 뚫고 들려왔다. 다르타냥은 그래도 측은한 마음이 들었다. 그러나 아토스는 돌아보지도 않았다.

그러나 여관 주인의 가슴속으로 괴로움에 이어 분노가 밀려왔다. 여관 주인이 자포자기 상태로 꼬챙이를 휘두르며, 두 친구가 들어앉아 있는 방으로 뛰어들어왔다.

"술 가져와!" 아토스가 여관 주인을 보고 말했다.

"술이라고요!" 주인이 어이없다는 듯이 외쳤다. "술이라면 당신이 100피스톨어치도 더 마셔버리지 않았습니까? 우리는 망했어요, 파산해 버렸다고요!"

"제기랄, 내가 알게 뭐야!" 아토스가 말했다. "우리는 아직도 목이 마른데."

"술을 마시기만 하셨어도 좋았겠어요. 병까지 다 부숴버렸으니 원."

"당신이 나를 술병더미 위로 몰아넣었기 때문이야. 그래서 무너진 거지. 당신 탓이야."

"기름도 다 없어져버렸어요!"

"기름은 상처에 참으로 좋은 약이야. 가엾게도 당신 때문에 상처를 입은 그리모가 그걸로 치료를 해야만 했던 거야."

"소시지도 다 먹어버렸잖아요!"

"지하실에 쥐가 어마어마하게 많더라고."

"모두 물어내요!" 주인이 화를 주체하지 못하고 외쳤다.

"이런 악당 같으니!" 아토스가 벌떡 일어나면서 호통을 쳤으나 이내 다시 앉아버렸다. 힘깨나 쓴다는 것을 좀 보여준 것이다. 다르타냥이 채찍을 휘두르며 응원했다.

여관 주인은 한 걸음 물러서서 울기 시작했다.

"이제, 하느님이 보내주신 손님들을 더 깍듯이 모셔야 된다는 걸 알았으렷다." 다르타냥이 말했다.

"하느님이 아니라 악마라고 하십시오!"

"여보게, 주인." 다르타냥이 말했다. "계속 성가시게 굴면 우리 넷이 다시 지하실에 들어가버릴 거야. 그래서 정말로 네가 말한 대로 그렇게 손해가 큰지 어떤지 조사를 하겠다."

"아닙니다. 소인이 잘못했습니다." 주인이 말했다. "하지만 아무리 큰 죄라도 자비라는 것이 있는 법이에요. 게다가 나리들은 귀족이시고 소인은 가련한 밥장수가 아닙니까? 제발 불쌍하게 여겨주십시오."

"좋아!" 아토스가 말했다. "네가 그렇게 말하니, 나도 가슴이 메는 것 같구나. 네 술통에서 술이 흘러내리듯 내 눈에서도 눈물이 흐르는구나. 우리도 그렇게 악한 사람은 아니거늘, 자, 이리 와서 얘기하자."

주인이 주저하다가 다가왔다.

"이리로 오라니까. 두려워할 것 없어." 아토스가 계속했다. "그때 내가 돈을 치르려고 했을 때 탁자 위에 지갑을 놓았겠다."

"예, 그렇습니다."

"지갑 속에 60피스톨이 들어 있었는데, 그건 어떻게 했나?"

"관청에 바쳤습니다. 위조 화폐라고 해서요."

"내 지갑을 찾아오너라. 그 60피스톨을 너에게 주겠다."

"허나, 나리도 아시다시피, 관청에선 한 번 들어온 것은 내놓지 않습니다. 그것이 위조된 돈이라면 희망이 있겠지만, 불행히도 진짜 돈이거든요."

"내 알 바 아니니, 네가 잘 교섭해 봐라. 내게는 남은 돈이 한 푼도 없으니까."

"이봐." 다르타냥이 말했다. "아토스의 말은 어디 있지?"

"마구간에 있습니다."

"그건 얼마나 나갈까?"

"기껏해야 50피스톨밖에 안 됩니다."

"아니야, 80피스톨은 된다. 그걸 네게 줄 테니, 이야기는 이것으로 끝내자."

"뭐라고! 내 말을 판다고?" 아토스가 말했다. "내 바자제를 팔아버리겠다는 거야? 그럼 나는 뭘 타고 싸움을 하나? 그리모라도 타라는 말인가?"

"당신을 위해서는 다른 말을 가져왔어요." 다르타냥이 말했다.

"다른 말이라니?"

"아주 굉장한 말이더군요." 여관 주인이 외쳤다.

"그렇게 굉장한 놈이라면 내 옛날 말은 너에게 주겠으니, 술을 가져오너라!"

"어떤 술을 가져올까요?" 주인이 환해진 얼굴로 물었다.

"저 안쪽으로 선반 옆에 있는 것을 가져와. 아직도 스물다섯 병이나 남아 있으니까. 다른 놈들은 내가 굴러 떨어졌을 때 다 깨져버렸다. 그걸로 열 병 가져오너라."

'정말 술통 같은 사람이구나.' 주인이 속으로 생각했다. '이 사람이 보름 동안만 더 우리 집에 묵으면서 술값을 치러준다면 손해 본 것을 보상받을 수 있겠는데.'

"그리고 말이야." 다르타냥이 말했다. "같은 술 네 병을 잊지 말고 두 영국 사람에게 갖다주어라."

"그러면 술을 가져오는 동안 친구들 소식이나 들려주게, 다르타냥." 아토스가 말했다.

다르타냥은 무릎뼈를 다치고 침대에 누워 있던 포르토스와 두 신학자와 같이 있던 아라미스를 만난 이야기를 해주었다. 이야기가 끝났을 때, 여관 주인이 주문한 술에다가, 다행히 지하실 밖에 있었던 햄을 곁들여 가져왔다.

"좋아." 아토스가 자기 잔과 다르타냥의 잔에 술을 가득 따르면서 말했다. "포르토스와 아라미스의 사정은 이제 알았어. 그런데 자네는 어찌된 거야. 그리고 무슨 일이라도 있었나? 안색이 안 좋아 보이는데."

"아! 이놈의 신세!" 다르타냥이 말했다. "우리들 중에서 제가 가장 불행한 사람이에요!"

"자네가 불행하다고, 다르타냥!" 아토스가 말했다. "이봐, 왜 불행하다는 거야? 말해 봐."

"나중에요." 다르타냥이 말했다.

"나중에? 왜 나중에 한다는 거야? 내가 취한 줄 아나, 다르타냥? 잘 알아둬, 나는 취했을 때만큼 정신이 맑을 때가 없다는 걸. 얘기해 봐. 정신 차리고 들을 테니까."

다르타냥은 보나시외 부인의 사건을 이야기했다.

아토스는 눈썹 하나 까딱하지 않고 들었다. 그러고 나서 이야기가 끝나자 말했다.

"모두 별일 아니야, 그런 건 다 시시해."

아토스가 입버릇처럼 하는 말이다.

"당신은 언제나 '시시하다'고 말하죠." 다르타냥이 말했다. "그렇지만 한번도 여자를 사랑해 본 적이 없는 당신이 그런 말을 하다니 당치도 않아요."

아토스의 눈이 불현듯 반짝였다. 그러나 일순간에 불과했다. 또다시 이전처럼 흐려졌다.

"그래, 사실이야." 그가 조용히 말했다. "나는 한번도 사랑해 본 적이 없어."

"그러니까 마음이 목석 같은 당신이 우리의 애틋한 마음을 냉혹하게 말하는 것은 잘못이란 말이에요."

"애틋한 마음, 헛된 마음." 아토스가 말했다.

"그게 무슨 말이죠?"

"사랑이라는 것은 복권이야. 당첨이 곧 죽음을 뜻하는 그런 복권이지! 자네는 당첨되지 않아서 참으로 다행이야, 다르타냥. 내가 자네에게 하고 싶은 충고는 언제나 당첨되지 않는 것이 좋다는 뜻이야."

"그 여자는 저를 진심으로 사랑하고 있는 듯했어요!"

"그렇게 보였겠지."

"정말 저를 사랑하고 있었어요."

"이런 어린애 같으니! 자네처럼 애인에게 사랑받고 있다고 생각하지 않는 사람은 하나도 없어. 그러면서도 누구나 다 자기 애인에게 속아 넘어간단 말이야!"

"당신은 예외겠죠, 아토스. 애인을 가져본 적이 한번도 없었으니까요."

"사실이야." 아토스가 잠시 침묵을 지키다가 말했다. "나는 한번도 애인을 가져본 적이 없지. 자, 술이나 마시자!"

"하지만 당신은 철학자이잖아요." 다르타냥이 말했다. "그러니 제게 가르침을 주세요, 도와달란 말이에요. 저는 깨달아야 하고 위안을 받아야 하니까요."

"무슨 위안?"

"제 불행에 대해 말이에요."

"자네의 불행이라니, 웃기는군." 아토스가 어깨를 으쓱하면서 말했다. "만약에 내가 사랑 이야기를 한다면, 자네가 뭐라고 말할지 정말 궁금하네."

"당신에게 있었던 일인가요?"

"나에게 있었든 내 친구에게 있었든 그게 무슨 상관인가?"

"말해 봐요, 아토스, 말해 봐요."

"술이나 마시자, 그게 더 낫겠다."

"마시면서 얘기해 주세요."

"그게 좋겠군." 아토스가 술잔을 들이켜고 나서 다시 잔에 술을 가득 따르면서 말했다. "술과 사랑, 이 두 가지는 참으로 잘 어울린단 말이야."

"자, 들려주세요." 다르타냥이 말했다.

아토스가 생각에 잠겼다. 그가 깊이 생각에 잠기자, 그의 얼굴이 창백해지는 것을 다르타냥은 얼핏 눈치 챘다. 보통의 술꾼이라면 쓰러져서 잠들어버릴 정도로 지독히 만취한 상태였다. 그러나 그는 멍하니 꿈을 꾸고 있는 듯했다. 그토록 만취하고도 몽유병자처럼 보이니, 끔찍한 구석이 있었다.

"꼭 듣고 싶어?" 그가 물었다.

"들려주었으면 좋겠어요, 부탁이에요." 다르타냥이 말했다.

"자네가 정 원한다면 얘기해 주지. 내 친구 하나가……. 알겠나! 내 친구지 내가 아니야." 아토스가 어두운 미소를 지으면서 말했다. "그는 내 고향 베리의 백작이야. 당돌로인지 몽모랑시인지 하는 귀족으로, 스물다섯 살에 열여섯 살 먹은 처녀를 사랑했어. 천사처럼 아름다운 아가씨였지. 그 나이 또래의 순진함으로, 여자의 마음이라기보다는 시인의 마음 같은 열정이 있었어. 그 여자를 좋아했다기보다는 그 여자에게 중독되어 버린 거지. 그 여자는 사제인 오빠와 함께 어느 조그만 읍내에서 살고 있었네. 둘 다 다른 지방에서 왔는데, 어디서 왔는지는 아무도 몰랐어. 그러나 아가씨는 아름다웠고 오빠는 신앙심이 두터운 사람이었는지라, 아무도 그들의 고향을 묻는 사람은 없었지. 게다가 소문에 의하면, 뼈대 있는 집안 출신이라는 거야. 내 친구는 그 고장의 영주였으니까, 그 여자를 유혹하건 강탈하건 마음대로 할 수 있었지. 지배자이니까 말야. 알지도 못하는 타관 사람을 누가 두둔해 주겠어? 그런데 내 친구는 불행하게도 너무나 정직한 나머지 그 아가씨와 정식으로 결혼했던 거야. 바보 천치였지!"

"왜 그러세요, 사랑했다면서요?" 다르타냥이 물었다.

"좀 가만히 있어봐." 아토스가 말했다. "내 친구는 그 여자를 저택으로 데리고 가서 그 지방에서 제일가는 부인으로 만들었던 거야. 그가 그렇게 한 건 잘한 일이었어. 그 여자는 새로 오르게 된 지위를 훌륭하게 지켰으니까."

"그런데요?" 다르타냥이 물었다.

"그러던 어느 날 그 여자는 남편과 함께 사냥을 하러 나갔어." 아토스가 목소리를 낮추고 매우 빠르게 말을 계속했다. "그런데 그만 말에서 떨어진 거야. 기절해 버렸지. 백작이 자기 부인을 구하러 뛰어갔네. 그 여자의 옷이 갑갑해 보여 단도로 옷을 찢었어. 그러자 어깨가 드러났는데, 그 어깨에 뭐가 있었는지 아나, 다르타냥?" 아토스가 껄껄 웃으면서 말했다.

"제가 어떻게 알겠어요?" 다르타냥이 대답했다.

"백합꽃이었네." 아토스가 말했다. "전과(前科)의 낙인이 찍혀 있었단 말이야!"

아토스가 손에 들고 있던 술잔을 단숨에 들이켰다.

"저런! 끔찍한 일이네요!" 다르타냥이 외쳤다. "그러니까 어떻게 된 거죠?"

"사실이야. 천사가 악마였던 거지. 그 가엾은 계집애가 도둑질을 했던 거야."

"그래서 백작은 어떻게 했나요?"

"백작은 그 지방의 제후였으니까, 자기 영토에서는 모든 재판권을 행사할 수 있었지. 그는 자기 아내가 입고 있던 옷을 다 찢어버렸어. 그러고는 두 손을 등 뒤로 묶어 나무에 매달아버렸지."

"그럴 수가! 아토스! 그건 살인이 아닌가요!" 다르타냥이 외쳤다.

"그렇지, 바로 살인이지." 대답하는 아토스의 얼굴이 죽은 사람처럼 새하얗게 질려 있었다. "그런데 술이 부족한 것 같다."

그러면서 아토스는 마지막으로 남아 있는 술병을 입으로 가져가더니, 마치 술잔을 들이켜듯 단숨에 마셔버렸다.

그런 다음에 두 손으로 머리를 감싸안았다. 다르타냥은 우두커니 겁에 질려 있었다.

"그래시 나는 예쁜 여자고 시적인 여자고 정다운 여자고 간에, 여자하고 관계를 끊었어." 아토스가 말하면서 일어났다. 백작에 대한 변명을 계속할 생각이 없었다. "자네도 그렇게 되기를 바라네! 술이나 마시세!"

"그래서 그 여자는 죽었나요?" 다르타냥이 더듬더듬 물었다.

"물론이지." 아토스가 말했다. "그건 그렇고, 술이나 마시게. 여봐라, 주인, 햄을 가져와. 술도 다 떨어졌다!" 아토스가 외쳤다.

"그런데 그 여자의 오빠는 어떻게 되었는지 모르세요?" 다르타냥이 망설이듯 물었다.

"오빠 말이야?" 아토스가 말했다.

"네. 사제라는 사람 말이에요."

"그 녀석을 교수형에 처하려고 찾아봤더니, 선수를 쳤더군. 전날 줄행랑을 놓아버렸지 뭐야."

"그 녀석의 정체는 알아냈나요?"

"그 녀석은 틀림없이 그 여자의 애인으로 한통속이었을 거야. 아마도 자기 정부(情婦)를 결혼시켜 팔자를 고쳐주려고 사제인 척했던 모양이지. 능지처참을 시켰더라면 좋았을 것을."

"아! 참으로 무시무시한 이야기로군요!" 다르타냥은 이 끔찍한 이야기에 넋이 빠져버렸다.

"자, 이 햄이나 먹게, 다르타냥. 맛이 좋군." 아토스가 한 조각을 베어내 젊은이의 접시에 놓아주었다. "이렇게 맛좋은 것이 지하실에 네 개밖에 남지 않았다니 참 섭섭한 일이야. 아직도 쉰 병은 더 마실 수 있을 텐데."

다르타냥은 더 이상 그와 대화를 계속할 수가 없었다. 꼭 미칠 것만 같았다. 그래서 두 손으로 머리를 감싸안고 잠이 든 체했다.

"젊은 애들은 술 마실 줄을 모른단 말이야." 아토스가 가엾다는 듯이 다르타냥을 바라보면서 말했다. "이건 여간 좋은 술이 아닌데!"

귀환

다르타냥은 아토스의 무시무시한 이야기를 듣고 어리둥절했다. 고백 비슷한 이야기 속에는 아직 의심스러운 부분이 많은 듯했다. 무엇보다 만취한 사람이 조금 덜 취한 사람에게 한 이야기였기 때문이다. 그러나 다르타냥은 부르고뉴 포도주를 두세 병 정도 마시고 머리가 어질어질했음에도 불구하고, 아토스의 입에서 떨어진 말 한마디 한마디가 마음속에 새겨졌던 모양인지, 이튿날 아침에 깨서도 그의 말을 또렷이 기억할 수 있었다. 그는 의심스러운 부분을 확실히 알아보고 싶었기 때문에, 아토스와 전날의 대화를 다시 계속할 생각으로 그의 방에 들렀다. 그러나 아토스는 완전히 냉정을 되찾은 상태였다. 다시 말해, 더없이 눈치 빠르고 속을 알 수 없는 냉정한 사람의 모습으로 되돌아가 있었던 것이다.

게다가 아토스는 악수를 나누자마자 상대방의 마음속을 알아차리고 선수를 쳤다.

"어제는 내가 정말 취했었어, 다르타냥." 그가 말했다. "오늘 아침까지도 혀가 부어 있고 열이 나는 것을 보고 알았지. 틀림없이 온갖 되지 않는 소리를 지껄였을 거야."

그는 이렇게 말하면서 친구의 얼굴을 뚫어지게 바라보았다. 다르타냥은 당황했다.

"아니, 천만에요. 그런 일 없었어요." 다르타냥이 대꾸했다. "제 기억으로는 아주 진부한 이야기밖에 하지 않으시던데요."

"아니, 그럴 리가 있나! 매우 비통한 얘기를 한 걸로 기억하는데." 그러면서 그는 마치 상대방의 마음속 밑바닥까지 읽어내려는 듯이 젊은이를 쳐다보았다.

"실은 제가 더 취했던 모양이에요." 다르타냥이 말했다. "아무것도 기억이 나지 않는 걸 보면."

아토스는 이런 말에 결코 만족하지 않고 다시 말을 이었다. "취하면 우울해지는 사람도 있고, 유쾌해지는 사람도 있지. 사람마다 다르다는 건 자네도 알 거야. 나는 취하면 우울해져. 술이 거나해지면, 어렸을 때 유모가 들려준 구슬픈 이야기를 이것저것 다 얘기하는 것이 내 술버릇이야. 그게 내 결점이라는 걸 나도 알고 있어. 그렇지만 그것만 빼면 나도 술버릇이 좋은 편이야."

아토스가 어찌나 자연스럽게 이야기하는지 다르타냥의 확신이 흔들렸다.

"오! 바로 그런 이야기였구나, 정말." 젊은이는 어떻게든 진상을 캐내려고 다시 말을 이었다. "우리가 교수형당한 사람들이야기를 했던 것이 꿈결처럼 어렴풋이 기억나는데, 그것이 바로 그런 이야기로군요."

"그래, 맞아." 아토스가 창백해진 얼굴로 억지 웃음을 지어 보이면서 말했다. "틀림없어. 목 매달려 죽은 사람들이 악몽처럼 내 머릿속에서 떠나질 않으니까."

"그래요, 그래." 다르타냥이 말했다. "그러고 보니까 이제 생각이 나네요. 옳지, 그건…… 가만있자, 뭐더라……. 아 참, 어떤 여자에 관한 이야기였는데."

"이보게." 아토스가 거의 납빛처럼 창백해진 얼굴로 대답했다. "금발 여자 이야기는 내가 아주 좋아해. 만취했을 때는 꼭 그 이야기를 하게 된단 말이야."

"그래, 그거예요." 다르타냥이 말했다. "금발 여자에 관한 이야기였어요. 키가 후리후리하고 눈이 파란 미녀랬지요."

"그래, 그리고 목 매달려 죽었지."

"당신이 잘 아는 영주인 자기 남편에 의해서 말이죠." 다르타냥은 아토스의 얼굴을 물끄러미 바라다보면서 계속했다.

"자네도 사람이 자기가 무슨 얘기를 하는지도 모르는 지경까지 취했을 때 어떻게 자기 합리화를 하는지 알겠지." 아토스가 어깨를 으쓱했다. 마치 자기 자신을 측은하게 여기는 듯했다. "정말 이제 다시는 취하지 않겠네, 다르타냥. 그건 참으로 나쁜 버릇이거든."

다르타냥은 잠자코 있었다. 그러자 아토스가 갑자기 화제를 바꾸었다.

"참, 말을 가져다주어 고맙네." 그가 말했다.

"마음에 드세요?" 다르타냥이 물었다.

"마음에는 들지만, 힘든 일을 감당하지 못하겠더군."

"그렇지 않아요. 전 그 말을 타고 한 시간 반도 안 되는 시간에 50킬로미터 가까이나 달렸는걸요. 그런데도 생 쉴피스 광장이나 한 바퀴 돌은 것처럼 멀쩡했어요."

"아 그래! 그렇다면 아까운데."

"아깝다니요?"

"그래, 실은 다른 이에게 줘버렸거든."

"어떻게 그런 일이 있었죠?"

"사실은 말일세, 오늘 아침 6시에 잠을 깨어보니, 자네는 세상모르고 자고 있더라고. 특별히 할 일도 없었지. 어제 폭음한 탓에 여전히 머리는 멍했고 말일세. 그래서 아래층에 내려갔는데 어떤 영국인이 말을 사려고 말 장수와 흥정을 하고 있더라고. 자기 말이 어제 갑작스런 뇌일혈로 죽었다는 거야. 그 영국인 옆으로 다가갔지. 그가 짙은 밤색 말 한 필에 100피스톨이나 내겠다고 하지 않겠어. 그래서 그에게 말했지.

'여보시오, 신사 양반, 내게도 팔 말이 있소.'

'아주 좋은 말이더군요. 어제 당신 친구의 하인이 붙잡고 있는 걸 봤습니다.' 그가 대꾸하더군.

'100피스톨은 나갈 것 같습니까?'

'그렇습니다. 그 값에 제게 넘겨주시겠습니까?'

'아니요. 그게 아니라 그 말을 걸고 노름을 합시다.'

'노름을 하자고요?'

'그렇소.'

'뭘로 할까요?'

'주사위로 합시다.'

그래서 주사위 게임을 했지. 그리고 나는 말을 잃었어. 그렇지만 마구만은 다시 땄네."

다르타냥의 얼굴이 시무룩해졌다.

"기분 나쁜가?" 아토스가 말했다.

"물론이지요." 다르타냥이 대답했다. "그 말은 훗날 싸움터에 나갔을 때 우리들을 알아보게 해줄 말이었어요. 담보이자 기념품이었다고요. 아토스, 당신이 잘못했어요."

"그랬었군! 하지만 이봐, 내 입장이 좀 되어보게." 총사가 대꾸했다. "나는 따분해서 죽을 지경이었네. 그리고 사실 나는 영국 말은 좋아하지 않거든. 그런데 우리를 알아보게 하는 것만이 문제라면 안장만으로도 충분해. 충분히 눈에 띌 만한 안장이니까. 말이 없어진 이유에 관해서는 무슨 핑계를 꾸며대면 되지 않겠나. 제기랄! 말이란 죽게 마련 아냐. 그러니 마비저(馬鼻疽)쯤에 걸려 죽었다고 해두자고."

다르타냥의 얼굴은 그래도 밝아지지 않았다.

"서운한걸." 아토스가 계속했다. "이런 말 따위에 자네가 그렇게 신경을 쓰다니. 내 이야기는 아직 다 끝난 게 아니거든."

"아니, 그럼 또 무엇을 했는데요?"

"10대 9로 내 말을 잃고 나자, 이번에는 자네 말을 걸어볼까 하는 생각이 떠오르더군."

"설마 생각만 하고 말았겠지요?"

"아니야, 곧 실행으로 옮겨버렸네."

"이런 설마!" 다르타냥이 불안한 표정으로 외쳤다.

"걸었어. 그리고 잃었지."

"내 말을?"

"그래, 자네 말을. 8대 7이었어. 한 점이 모자라서……. 자네도 그 속담("한 점 모자라서 마르탱이 당나귀를 잃었다."는 속담으로 제 버릇 개 못 준다는 뜻이다—옮긴이) 알고 있겠지."

"아토스, 당신 아직도 제정신이 아니군요!"

"그건 어제 이야기야. 자네에게 그런 어리석은 얘기를 했을 때는 그랬지만, 오늘 아침은 그렇지 않아. 그런데 말과 마구를 모조리 잃었어."

"그건 정말 너무하셨네요!"

"좀 가만있어 봐. 자네는 아직 몰라. 나도 고집만 안 부리면 훌륭한 노름꾼이 될 텐데, 꼭 고집을 부린단 말이야. 술을 마실 때도 마찬가지야. 그래서 고집을 부렸어……."

"하지만 더 걸 수 있는 게 있었나요? 남은 게 아무것도 없는데요."

"아니야, 있었어, 이 친구야. 자네 손가락에 반짝이고 있는 다이아몬드가 남아 있었지. 어제 내가 봐두었거든."

"이 다이아몬드요!" 다르타냥이 외치면서 얼른 반지로 손을 가져갔다.

"나도 다이아몬드를 가져본 적이 있어서 대충 볼 줄 알지. 1,000피스톨은 나갈 것 같던데."

"설마 내 다이아몬드 이야기는 입 밖에 내지 않았겠지요?" 다르타냥이 걱정스러워 죽겠다는 표정으로 심각하게 물었다.

"아니, 말했어. 그 다이아몬드가 우리의 마지막 재산이었는 걸. 그것으로 마구도 말도 되찾고, 더구나 노자까지 딸 수 있었지."

"아토스, 저는 이제 온몸이 으슬으슬해요!" 다르타냥이 외쳤다.

"그래서 그 친구에게 자네 다이아몬드 이야기를 했더니 그 사람도 이미 봐둔 모양이더군. 아니 글쎄, 하늘의 별처럼 반짝이는 것을 손가락에 끼고 있으면서 다른 사람들보고 쳐다보지 말라고 한다면 그게 말이 되나, 이 사람아!"

"끝까지 말해 줘요, 끝까지!" 다르타냥이 말했다. "그렇게 태연하시니 전 더욱 초조해 죽겠네요!"

"그래서 우리는 그걸 열로 나눠서 하나에 100피스톨씩 치기로 했네."

"아니! 저를 시험해 보려고 농담하시는 거죠?" 다르타냥이 말했다. 그는 『일리아스』에서 아테나가 아킬레우스를 덮쳤을 때처럼 화가 머리끝까지 치솟았다.

"아니야, 정말 농담이 아니야! 자네가 있었더라면 좋았을 거야! 보름 동안이나 사람 얼굴을 보지 못하고 술병만 맞대고 있었으니 머리가 이상해진 것도 무리가 아니야."

"그게 내 다이아몬드를 걸어야 할 이유는 안 되잖아요!" 다르타냥이 손을 불끈 쥐고 바르르 떨면서 대답했다.

"하여튼 끝까지 들어주게. 100피스톨씩 열로 나누어서 한 판에 하나씩 걸었지. 그런데 열세 번째 판에 싹 잃어버렸어, 열세 판째에! 13이라는 숫자는 언제나 재수가 없거든. 바로 7월 13일에……."

"제기랄!" 다르타냥이 외치면서 일어났다. 날짜 이야기 때문에 어제의 이야기를 잊어버렸다.

"좀 가만있어 봐." 아토스가 말했다. "내게도 계획이 있었어. 그 영국 사람은 괴짜더라고. 그날 아침 그리모와 얘기하고 있는 걸 보았는데, 그리모가 내게 와서 말하기를, 그 영국인이 자기 시중을 들어주지 않겠느냐고 제의하더라는 거야. 그런 말을 들었기 때문에 이번에는 조용한 그리모를 걸었지, 그것도 열로 나누어서."

"아니, 정말요?" 다르타냥이 자신도 모르게 웃음을 터뜨려버렸다.

"글쎄, 그리모를 걸었다고! 열로 쪼개서. 은전 한 닢도 안 되는 녀석을 말이야. 그러나 그리모를 걸고 다이아몬드를 되찾았지. 어때, 이 정도면 나의 참을성을 높이 살 만하겠지?"

"정말 어이가 없네요!" 다르타냥이 그제야 안심하고 배꼽을 잡았다.

"그래서 운이 돌아왔구나 싶어 또다시 바로 다이아몬드를 걸었지."

"아니, 뭐라고요!" 다르타냥이 다시 어두워진 얼굴로 외쳤다.

"그래서 자네의 마구를 되찾았고, 이어서 자네의 말을, 다음에는 내 마구를, 또 그 다음에는 내 말을 되찾았어. 그러고 나서 또 져버렸어. 요컨대 자네의 마구와 내 마구는 되찾았지. 현재는 이런 상태야. 굉장한 승부였지. 그래서 우선 그 정도로 해두었네."

다르타냥은 이 여관 전체를 얹어놓기라도 한 듯 무거웠던 마음이 가뿐해졌다. 안도의 한숨이 절로 나왔다.

"그러니까 다이아몬드는 저한테 남아 있는 거지요?" 그가 소심하게 말했다.

"고스란히 남아 있네! 게다가 자네 마구와 내 마구도 남았고."

"하지만 말도 없이 마구만 가지고 뭘 하겠어요?"

"좋은 생각이 있네."

"이봐요, 아토스, 놀라게 하지 좀 말아요."

"이보게, 다르타냥. 자네 노름 안 한 지 오래됐지?"

"노름할 생각은 추호도 없어요."

"어떤 것에 대해서도 단언하지 말게. 자네는 오랫동안 노름을 안 했으니까 재수가 있을 거야."

"그래서 어쩌란 말이죠?"

"그 영국인이 자기 친구와 함께 아직도 이 여관에 있어. 그들은 우리의 마구를 몹시 탐내는 눈치더라고. 그런데 자네는 말을 아깝게 생각하고 있지 않나? 내가 자네라면 마구와 말로 내기를 하겠네."

"하지만 마구 하나만을 건다면 그쪽에서 안 하려고 할걸요."

"내 것까지 두 개를 걸게. 정말이야, 나는 자네처럼 이기주의자가 아니니까."

"그렇게 해주겠어요?" 다르타냥이 여전히 망설이면서 말했다. 그는 자신도 모르는 사이에 아토스의 확신에 넘어가기 시작했다.

"단판에 다 걸어버리면 돼."

"하지만 이렇게 말을 잃고 보니 마구만이라도 꼭 보존하고 싶은데요."

"그럼 그 다이아몬드를 걸게."

"아니에요, 이건 안 돼요. 절대로 안 됩니다."

"제기랄!" 아토스가 말했다. "플랑셰를 걸라고 하고 싶지만, 그 수는 이미 써먹었으니까 영국인도 이젠 아마 싫다고 할 거야."

"이봐요, 아토스." 다르타냥이 말했다. "아무래도 모험은 하지 않는 게 좋을 것 같네요."

"유감스럽군." 아토스가 쌀쌀하게 말했다. "그 영국인은 돈이 많다고. 어때! 한 번만 해보게나. 단 한 판이면 돼."

"만약에 진다면?"

"이길 거야."

"그렇지만 만약에 진다면?"

"그렇다면 마구를 주지 뭐."

"딱 한 판만입니다!" 다르타냥이 말했다.

아토스가 영국인을 찾아나섰다. 그는 마구가 탐나는 듯 마구간을 살펴보고 있었다. 마침 좋은 기회였다. 아토스가 이쪽은 마구 두 벌을, 저쪽은 말 한 마리 또는 100피스톨을 건다는 조건을 내걸었다. 영국인은 재빨리 셈을 해보았다. 마구 두 벌이면 300피스톨은 나간다. 그가 동의했다.

다르타냥은 떨리는 손으로 주사위를 던졌다. 3이 나왔다. 그의 얼굴이 창백해졌다. 아토스가 놀란 표정으로 말했다.

"이 친구, 참 나, 한심한 솜씨로군. 말도 마구도 다 당신 차지가 되겠소."

영국인은 의기양양해서 주사위를 잘 흔들지도 않고 탁자 위로 쓱 던지고는 제대로 들여다보지도 않았다. 그만큼 자신이 이기리라고 확신하고 있었다. 다르타냥은 불쾌한 표정을 보이지 않으려고 고개를 돌려버렸다.

"이런, 이런, 이런." 아토스가 침착한 목소리로 말했다. "이런 희귀한 경우가 있나. 둘 다 1이 나왔어. 이런 경우는 내 생전에 네 번밖에 본 적이 없어!"

영국인은 깜짝 놀랐고, 다르타냥은 무척 기뻐했다.

"정말 꼭 네 번이야." 아토스가 계속했다. "한 번은 크레키 씨 댁에서, 또 한 번은 시골의 내 저택에서, 그때는 나도 영지가 있었는데……. 세 번째는 트레빌 씨 댁에서였는데, 그때는 모두들 깜짝 놀랐었지. 끝으로 네 번째는 술집에서였는데, 그때는 내가 던진 주사위의 숫자였어. 덕분에 100루이와 저녁 식사를 빼앗겼지."

"그럼 말을 다시 가져가시겠군요." 영국인이 말했다.

"물론입니다." 다르타냥이 말했다.

"그럼 복수전을 하지 않겠습니까?"

"복수전은 조건에 없었는데요."

"그렇죠. 그러면 댁의 하인에게 말을 돌려드리겠습니다."

"잠깐!" 아토스가 말했다. "실례합니다만, 제 친구에게 할 말이 있는데요."

"그러시죠."

아토스가 다르타냥을 따로 불렀다.

"아니!" 다르타냥이 그에게 말했다. "또 뭐예요, 이런 악마 같으니. 또 한 판 하라는 거죠, 맞죠?"

"아니야. 그게 아니라 잘 생각해 보라는 거야."

"뭘요?"

"자네는 말을 되찾으려는 거겠지, 그렇지 않아?"

"물론이지요."

"잘못 생각한 거네. 나라면 100피스톨을 갖겠어. 말이나 100피스톨 중에서 어느 쪽이든 자네 좋을 대로 선택한다는 조건이 아니었나?"

"그렇지요."

"나라면 100피스톨을 선택하겠어."

"아니요, 나는 말을 갖겠어요."

"다시 한 번 말하지만, 그건 잘못이야. 말 한 마리로 우리 둘이서 어쩌자는 거야? 내가 궁둥이에 탈 수도 없고 말이야. 그랬다가는 두 형제를 잃은 애몽의 두 아들 같은 꼴이 될 거야. 자네 혼자서 훌륭한 말을 타고, 나를 처량하게 걷게 할 수도 없지 않겠는가? 나라면 잠시도 망설이지 않고 100피스톨을 갖겠네. 파리에 돌아가는 데 돈이 필요하거든."

"나는 아무래도 말에 애착이 가는데요, 아토스."

"그건 잘못이라니까. 말은 이리저리 날뛰지, 발부리를 부딪히고 무릎에 상처나 입지, 그러다가 다리도 다치고 마비저에도 걸린단 말일세. 그런 날에는 말 한 마리, 아니 100피스톨을 잃는 셈이 되잖아. 그리고 또 말은 주인이 먹여 살려야만 하지만, 반대로 100피스톨은 주인을 먹여 살려주거든."

"말 없이 어떻게 돌아가려는 거예요?"

"그야 하인들의 말을 타고 가면 돼! 우리 모습을 보면 귀한 신분이라는 건 다들 알아줄 거야."

"그런 망아지를 타고 있으면 참 꼴 좋겠네요. 아라미스와 포르토스는 자기들 말을 타고 당당히 갈 텐데!"

"아라미스와 포르토스!" 아토스가 소리치더니 웃기 시작했다.

"왜 그러세요?" 다르타냥이 물었다. 친구가 그렇게 웃는 까닭을 전혀 알 수 없었다.

"좋아 좋아, 얘기를 계속해 보지." 아토스가 말했다.

"그래, 당신 생각은요?"

"나라면 100피스톨을 갖겠다, 다르타냥. 100피스톨만 있으면 월말까지는 마냥 먹고 마시고 놀 수 있을 거야. 우리 모두 지쳐 있으니 휴식을 취하는 편이 좋을 거야."

"내가 휴식을! 아니, 천만에요, 아토스! 나는 파리에 도착하는 즉시 그 가엾은 여자를 찾으러 다녀야 한단 말이에요."

"그럴 계획이라도 말이 금화만큼 쓸모가 있다고 생각해? 그러지 말고 100피스톨을 갖도록 하게, 100피스톨을 선택하라고."

다르타냥은 그럴 만한 이유가 한 가지라도 있으면 자기 생각을 굽힐 작정이었다. 그런데 아토스가 내세운 이유는 매우 타당해 보였다. 게다가 더 고집을 부리다간 아토스의 눈에 이기주의자로 보이지나 않을까 걱정이 되기도 했다. 그래서 그의 말에 동의하고 100피스톨을 선택했다. 영국인은 그자리에서 지불해 주었다.

그러고 나서 출발하려 했다. 아토스의 늙은 말에 6피스톨을 더해서 여관 주인과의 계산은 깨끗이 끝났다. 다르타냥과 아토스는 플랑셰와 그리모의 말을 탔고, 두 하인은 안장을 짊어지고 걸었다.

말을 탄 꼴은 우스웠지만, 두 친구는 얼마 안 가서 두 하인보다 훨씬 앞서 크레브쾨르에 도착했다. 멀리서 보니, 아라미스가 우울한 얼굴로 창가에 기대어 서서, 마치「푸른 수염」의 안느처럼, 지평선에 먼지가 일어나고 있는 모습을 바라보고 있었다.

"어이! 아라미스! 거기서 도대체 뭘 하고 있는 거야?" 두 친구가 외쳤다.

"아! 자네, 다르타냥! 자네, 아토스!" 젊은이가 말했다. "이 세상의 재산이 빨리 없어져버려야 한다고 생각하던 중이야. 내 영국 말이 저렇게 먼지를 일으키면서 사라져버리는 걸 보면서, 세상 만사가 얼마나 덧없는 것인가를 절실히 느끼고 있었지. 인생이란 '에라트, 에스트, 푸이트(Erat, est, fuit, '살고 있었다, 살고 있다, 살았었다'라는 뜻의 라틴어──옮긴이)'라는 이 세 마디로 요약될 수 있을 걸세."

"그러니까 그 얘기는……." 다르타냥이 물었다. 어렴풋이나마 진상이 짐작되기 시작했다.

"조금 전 흥정에서 내가 속임수를 당했다는 뜻이야. 저렇게 달려가는 모양을 보니, 한 시간에 24킬로미터는 달릴 수 있는 말을 글쎄 60루이밖에 못 받다니."

다르타냥과 아토스가 폭소를 터뜨렸다.

"다르타냥, 나를 너무 나무라지 말게, 부탁이네. 필요 앞에서는 법이 없다네. 게다가 벌받은 사람은 바로 나 아닌가. 그 야비한 말 장수에게 적어도 50루이는 도둑맞았으니까. 아니, 어쩌면 그렇게도 말을 아끼나! 자네들은 하인의 말을 타고, 자네들의 호화로운 말은 천천히 부드럽게 손으로 끌고 오게 하다니."

그때 얼마 전부터 아미앵 가도에 나타나 삐그덕거리며 오고 있던 짐수레 한 대가 멈추더니 그리모와 플랑셰가 안장을 메고 내렸다. 두 하인은 파리로 돌아가는 빈 수레를 보고 가면서 수레꾼의 목을 축여주기로 약속했던 것이다.

"이게 뭐야?" 아라미스가 이 광경을 보고 말했다. "안장밖에 없지 않은가?"

"이제 이해가 되나?" 아토스가 말했다.

"어이, 친구들, 나와 똑같은 신세로군. 나도 이상하게 마구만은 남겨두고 싶더라니만. 이이, 바쟁! 내 세 안장을 가져다 이

나리들의 안장 옆에 놓아라."

"그런데 신부님들은 어떻게 했나?" 다르타냥이 물었다.

"다음날 저녁 식사에 초대했지." 아라미스가 말했다. "말이 났으니 하는 말인데, 이 여관에는 맛 좋은 포도주가 있었거든. 그걸로 신부님들을 마냥 취하게 해주었지. 그랬더니 사제는 나더러 총사를 그만두어서는 안 된다고 만류하고, 수도원장은 자기도 총사가 되게 해달라고 부탁하더군."

"그럼 논문을 안 써도 되는 건가요?" 다르타냥이 외쳤다. "논문을 안 써도 되다니! 논문 같은 건 좀 금지했으면 좋겠어요!"

"그때부터 나는 즐거운 생활을 하고 있네." 아라미스가 계속했다. "1행 1음절의 시를 쓰기 시작했지. 꽤 어렵지만, 뭐든지 어렵다는 데에 가치가 있거든. 소재는 연애라네. 1절을 읽어줄게. 400행인데 일 분쯤 걸릴 거야."

"저런!" 거의 라틴어만큼이나 시를 싫어하는 다르타냥이 말했다. "어렵다는 장점에다 짧다는 장점을 보태면, 당신 시는 적어도 두 가지 장점이 있는 거네요."

"그렇고말고." 아라미스가 계속했다. "그리고 내 시에는 흠잡을 데 없는 정열이 있어. 두고 보라고. 아 그래! 여보게들, 이제 파리로 돌아가는 거지? 좋아! 난 준비 다 됐어. 포르토스도 다시 만날 수 있을 테니, 참 잘 됐어. 그 덩치 큰 바보가 없어서 얼마나 쓸쓸했는지 몰라. 그 친구라면 설령 왕국을 준다 해도 말을 팔지 않았을 거야. 그가 그 근사한 말과 빛나는 안장에 걸터앉아 있는 모습을 빨리 보고 싶군. 분명히 늠름한 몽고인 같을 거야."

그들은 말이 휴식을 취할 수 있도록 한 시간 정도 쉬었다. 아라미스가 셈을 치렀다. 바쟁이 제 친구들과 함께 짐수레에 탔다. 그러고는 포르토스를 만나러 가기 위해 길을 떠났다.

포르토스는 이제 병석에서 일어나 있었다. 다르타냥이 처음 찾아갔을 때처럼 얼굴이 창백하지도 않았다. 식탁에 혼자 앉아 있는데도, 네 사람 몫의 음식이 차려져 있었다. 그의 저녁 식사는 솜씨 좋게 조리한 고기와 까다롭게 고른 포도주, 그리고 훌륭한 과일로 차려져 있었다.

"아! 정말로 왔네!" 그가 일어서면서 말했다. "마침 잘 왔어, 친구들. 지금 수프를 먹고 있었지. 함께 식사를 하세."

"오, 이런!" 다르타냥이 말했다. "이건 무스크통이 올가미로 낚은 술병이 아닌데요. 그리고 저것은 베이컨을 넣은 프리캉도(송아지 넓적다리에 돼지 기름을 넣어 찐 요리—옮긴이)와 쇠고기 안심이네……."

"몸보신을 좀 하려고." 포르토스가 말했다. "몸을 좀 추스르려는 거야. 무릎을 뺀 것보다 몸을 허하게 하는 것은 없더군. 아토스, 자네도 어디 뼈어본 적 있어?"

"없네. 다만 기억나는 것은 페루 가에서 난투를 벌였을 때 칼을 맞은 상처가 보름 내지 열여드레쯤 후에는 접질린 것과 똑같이 되었다는 거야."

"그런데 포르토스, 설마 이 음식들을 혼자서 다 먹으려는 건 아니겠지요?" 다르타냥이 말했다.

"그래." 포르토스가 말했다. "근처에 사는 귀족들을 기다리고 있었는데 못 온다는 기별이 왔어. 자네들이 대신 먹게나. 그렇다고 해서 내가 손해 볼 건 없으니까. 어이, 무스크통! 의자를 가져오너라. 그리고 술도 더 가져오고!"

"지금 우리가 먹고 있는 게 뭔지 알겠나?" 아토스가 십 분쯤 지난 뒤에 말했다.

"그야 물론이지요." 다르타냥이 대답했다. "내가 먹고 있는 건 채소 넣은 송아지 고기예요."

"나는 새끼양의 등심살인데." 포르토스가 말했다.

"이건 닭고기 흰 살이야." 아라미스가 말했다.

"모두 틀렸어." 아토스가 대답했다. "모두 말을 먹고 있는 거야."

"설마!" 다르타냥이 말했다.

"말이라니!" 아라미스가 불쾌한 듯이 얼굴을 찌푸렸다.

포르토스만 잠자코 있었다.

"아무렴, 말이고말고. 안 그래, 포르토스? 우리가 먹고 있는 건 말이지? 어쩌면 마구까지 함께 먹고 있는지도 몰라!"

"아니야, 마구만은 남겨두었어." 포르토스가 말했다.

"모두 피장파장이로군." 아라미스가 말했다. "누가 보면 우리끼리 입을 맞춘 줄 알겠어."

"별수 없었어." 포르토스가 말했다. "나를 찾아온 손님들이 그 말을 보고는 모두 기가 죽어버렸거든. 난 그들을 모욕하고 싶지 않았던 것뿐이야!"

"그리고 공작 부인은 아직도 광천에서 돌아오지 않았겠지요?" 다르타냥이 말했다.

"아직까지는." 포르토스가 대답했다. "그런데 오늘 저녁에 오기로 되어 있던 귀족 중 한 사람인 이 지역 총독이, 제기랄, 내 말을 몹시 탐내는 것 같더라고. 그래서 줘버렸어."

"줘버렸다고요!" 다르타냥이 외쳤다.

"맙소사! 그래, 맞아. 줘버렸지!" 포르토스가 말했다. "확실히 150루이의 가치는 있었는데, 그 구두쇠가 겨우 80루이만 내려고 했거든."

"안장은 빼고?" 아라미스가 물었다.

"응, 안장은 빼고."

"자네도 곧 알게 되겠지만, 우리 중에서 역시 포르토스가 제일 장사를 잘했군." 아라미스가 말했다.

그러자 한꺼번에 웃음보가 터졌다. 포르토스가 어리둥절해하자 한 친구가 바로 이유를 설명해 주었다. 사연을 듣고 나자 그도 따라서 껄껄 웃었다.

"그렇다면 모두 돈이 있는 거지요?" 다르타냥이 말했다.

"나는 아니야." 아토스가 말했다.

"아라미스의 에스파냐 포도주가 하도 입에 맞아서, 하인들이 탄 짐수레에 예순 병쯤 실어버렸지. 그 바람에 빈털터리가 되었어."

"나도 그래." 아라미스도 말했다. "몽디디에의 성당과 아미앵의 예수회에 한 푼도 안 남기고 헌금해 버렸어. 그리고 나와 자네들을 위해서 미사를 드리기로 약속을 받아놓았어. 틀림없이 우리 모두에게 은총이 돌아올 것이네."

"나도 마찬가지네." 포르토스도 말했다. "자네들은 접질렸던 내 다리가 거저 나은 줄 아나? 게다가 또 무스크통의 부상은 어떻고? 그 녀석의 상처 때문에 의사를 하루에 두 번씩이나 불러야 했는데, 의사는 평상시라면 무스크통이 약국에 가기만 해도 될 만한 상처에 총알을 맞았다는 핑계로 치료비를 곱절이나 받아갔이. 그래서 무스크통에게 다시는 그런 데를 다쳐서는 안 된다고 잘 일러놓았지."

"그래, 잘한 거야." 아토스가 다르타냥과 아라미스하고 미소를 주고받으며 말했다. "가련한 녀석을 잘 돌봐주었군. 거 참 훌륭한 주인 노릇을 했네."

"결국 치료비를 치르고 나면 대략 30에퀴쯤 남을 거야." 포르토스가 말했다.

"나는 10피스톨쯤 될 거야." 아라미스가 말했다.

"자, 그럼 이중에서는 우리가 크로이소스(리디아의 왕이자 갑부—옮긴이)인 듯하네." 아토스가 말했다. "다르타냥, 100피스톨 중에서 얼마나 남아 있나?"

"내 100피스톨 중에서요? 우선 50피스톨은 당신에게 주었지요."

"그랬던가?"

"정말이에요!"

"아! 그래, 기억나네."

"다음에 여관 주인에게 6피스톨 지불했고요."

"고약한 놈이로군, 그놈의 주인 녀석! 6피스톨은 왜 주었어?"

"6피스톨을 그에게 주라고 말했잖아요."

"아무래도 나는 너무 호인인가 봐. 그래서 결국 잔액은?"

"25피스톨이지요." 다르타냥이 말했다.

"그리고 나는……." 아토스가 주머니에서 잔돈을 꺼내면서 말했다. "나는……."

"자네는 한 푼도 없단 말이지."

"정말 있으나마나야. 그러니까 내보일 것도 없어."

"그럼 전부 얼마나 되는지 계산해 보세. 포르토스는?"
"30에퀴."
"아라미스는?"
"10피스톨."
"그리고 자네, 다르타냥은?"
"25피스톨."
"전부 해서 얼마지?" 아토스가 말했다.
"475리브르." 아르키메데스처럼 계산이 빠른 다르타냥이 말했다.
"파리에 도착한 다음에도 400리브르는 남겠다." 아토스가 말했다. "게다가 마구도 있고."
"하지만 우리의 군마는 어떻게 하지?" 아라미스가 말했다.
"음, 어떻게 해결하지? 그래, 하인들의 말 네 마리 중에서 두 마리를 주인용으로 돌리자. 제비뽑기로 결정하세. 그리고 400리브르면 말 반 마리 몫은 될 거야. 다음에 우리의 주머니를 긁어모아 다르타냥에게 주자고. 이 친구는 솜씨가 좋으니까, 길을 가다가 첫 번째 도박장에 들러서 노름을 하는 거지. 이상이야."
"자, 그럼 식사들 하지." 포르토스가 말했다. "음식이 다 식기 전에 말이야."
네 친구들은 앞날에 대해 조금 마음을 놓고 마음껏 식사를 즐겼다. 남은 음식은 무스크통, 바쟁, 플랑셰, 그리고 그리모의 차지였다.
다르타냥이 파리에 도착해 보니, 트레빌로부터 편지가 와 있다. 다르타냥이 청원한 대로 얼마 전에 국왕이 총사대에 전입하도록 하는 호의를 베풀었다는 통지였다.

보나시외 부인을 만나보고 싶은 생각을 제외하고는, 이것이 야말로 다르타냥이 이 세상에서 무엇보다도 바라던 바였으므로, 그는 기쁨에 넘쳐 반 시간 전에 헤어진 친구들 집으로 달려갔다. 모두들 아토스의 집에 모여 무언가에 대해 의논하고 있었다. 심각한 일이 있을 때마다 그들은 이렇게 모이곤 했다. 다들 어쩐지 슬픈 분위기에 뭔가를 골똘히 고민하는 기색이었다. 국왕 폐하께서 드디어 5월 1일에 전쟁을 시작하기로 결심했으므로, 즉시 출전할 준비를 갖추지 않으면 안 된다는 통지가 얼마 전에 트레빌로부터 와 있던 것이었다.

네 친구들은 대경실색하여 서로 얼굴만 마주 보고 있었다. 트레빌은 군율(軍律)에 있어서만큼은 둘도 없이 엄격한 사람이었다.

"출전할 준비를 갖추려면 얼마나 들까요?" 다르타냥이 말했다.

"말할 것도 없어." 아라미스가 말했다. "방금 스파르타 식으로 필요한 것만 계산해 보았는데, 한 사람에 1,500리브르씩은 필요하네."

"네 사람이니까 6,000리브르야." 아토스가 말했다.

"내 생각으로는 1,000리브르씩이면 될 것 같은데요." 다르타냥이 말했다. "물론 스파르타 사람으로서가 아니라 소송 대리인으로서 하는 말이지만……."

소송 대리인이란 말에 포르토스는 문득 어떤 생각이 떠올랐다.

"자, 나한테 좋은 생각이 있어!" 포르토스가 말했다.

"그것만으로도 정말 대단하군. 나로서 생각할 엄두도 나지 않거든." 아토스가 냉정하게 말했다. "그나저나 다르타냥은 우리 총사대에 들어오게 된 바람에 머리가 돈 것 아냐? 1,000리브르라니! 나 혼자서도 2,000리브르는 필요하다고."

"2,000의 네 배라……." 그때 아라미스가 말했다. "우리의 군비 자금으로 8,000리브르가 필요한 셈이군. 물론 안장은 이미 갖추고 있지만 말이야."

"게다가." 다르타냥이 트레빌에게 인사를 하러 가려고 문을 닫고 나가자마자 아토스가 입을 열었다. "게다가 저 친구의 손가락에 반짝이고 있는 훌륭한 다이아몬드가 있잖아. 아! 얼마나 좋아! 다르타냥은 아주 착한 친구니 가운뎃손가락에 터무니없이 많은 금액을 지니고 있으면서, 형제들을 곤경에 내버려둘 리가 없어."

장비 사냥

다르타냥의 신분은 아직 근위대원이었다. 이미 거물급인 총사 나리들보다는 준비하기가 훨씬 더 쉬웠다. 그렇지만 네 친구들 중에서 가장 걱정이 많은 사람은 분명 다르타냥이었다. 누구나 알 수 있었듯이, 가스코뉴 출신인 막내 다르타냥은 주도면밀하고 인색한 데다가, 포르토스를 능가할 정도로 거만했다. 더군다나 지금은 허영심에서 비롯된 걱정거리에 개인적인 근심이 하나 덧붙여져 있었다. 그는 보나시외 부인에 관한 몇 가지 정보를 얻을 수 있었으나, 정작 그녀로부터는 아무 소식도 없었다. 트레빌이 그 사건에 관해 왕비에게 보고했다. 왕비도 보나시외 부인이 어디에 있는지 모르고 있었다. 다만 찾아보게 하겠노라는 약속만 받았을 따름이었다. 그러나 왕비의 약속은 매우 막연했다. 결코 다르타냥을 안심시키지 못했다.

아토스는 자기 방에서 나오지 않았다. 필요한 장비를 갖춘답시고 여기저기 돌아다니지만은 않기로 작심하고 있었다.
"아직도 두 주일이 남았네." 그가 친구들에게 말하곤 했다. "그런데 만약 두 주일이 지난 후에도 뾰족한 수가 없다면, 더 정확히 말해서 아무것도 굴러들어오지 않는다면, 착한 가톨릭 교도인 내가 내 머리를 총으로 쏠 수는 없으니까, 추기경의 근위대원 네 명이나 영국인 여덟 명쯤을 상대로 싸움을 걸겠어. 그렇게 해서 싸우다 보면 나를 죽여주는 놈이 하나쯤은 있을 거야. 그러면 내가 국왕을 위해 죽었다고들 할 거야. 그래서 출전 장비를 갖출 필요도 없이 임무를 완수한 셈이 되는 것일세."
포르토스는 뒷짐을 지고 머리를 끄덕거리면서 줄곧 밖으로 쏘다녔다. 그는 외출할 때마다 친구들에게 말하곤 했다.
"나는 끝까지 내 생각을 밀고 나갈 걸세."
아라미스는 머리를 헝클어뜨린 채 걱정만 할 뿐, 아무 말도 하지 않았다.
이처럼 처참한 형편을 자세히 들여다보면 그들 사이에 얼마나 침통한 분위기가 감돌고 있는지 알 수 있었다.
하인들 역시 히폴리투스의 준마들처럼, 주인들의 침울한 고통을 함께했다. 무스크통은 간단한 먹을거리를 충분히 마련해두었다. 여전히 신앙심으로 충만한 바쟁은 성당에서 살다시피 했다. 플랑셰는 날아다니는 파리를 멍하니 바라보고 있었다. 그리고 그리모는 모두가 침울해하는 분위기에서도 주인의 명령에 따라 침묵을 깨뜨릴 수 없어서, 연신 한숨만 내쉬고 있었다.
방금 말했듯이, 아토스는 장비를 갖추기 위해 한 걸음도 움직이지 않기로 작정했기 때문에, 나머지 세 친구들은 아침 일찍

나가서 밤늦게야 돌아오곤 했다. 그들은 거리를 헤매었다. 그러면서 사람들이 혹시 지갑이라도 떨어뜨리지 않았나 하고 길바닥을 유심히 살피곤 했다. 마치 사냥감의 발자취를 따라가듯이 가는 곳마다 주의를 소홀히 하지 않았다. 어쩌다가 서로 마주치면, 무언가 발견한 것 좀 있느냐는 의미의 서글픈 눈길을 주고받았다.

그렇지만 포르토스는 맨 먼저 기막힌 생각을 떠올렸고 자신의 생각을 고집스럽게 밀고 나갔으므로, 행동도 가장 빨랐다. 의연한 포르토스는 실천가였다. 어느 날 다르타냥은 생 뢰 성당 쪽으로 걸어가는 포르토스를 보고는 본능적으로 그의 뒤를 밟았다. 그는 콧수염을 쓸어올리고 뾰족하게 기른 턱수염을 쓰다듬은 후에 성당으로 들어갔다. 이 몸짓은 기어코 한 여자를 정복하겠다고 마음먹었을 때 그가 보이는 버릇이었다. 다르타냥은 들키지 않도록 조심했다. 그래서 포르토스는 누군가 자기를 지켜보고 있다는 생각은 꿈도 꾸지 못했다. 다르타냥이 그의 뒤를 따라 들어갔다. 포르토스가 기둥 옆으로 가서 등을 기댔다. 여전히 들키지 않은 다르타냥이 기둥의 반대쪽에 몸을 기댔다.

마침 강론이 열리고 있었다. 그래서 성당 안이 사람들로 북적거렸다. 포르토스는 붐비는 틈을 타서 여자들에게 추파를 던졌다. 무스크통이 잘 보살펴준 덕분에 궁색한 분위기가 겉으로는 조금도 나타나지 않았다. 펠트 모자가 좀 해졌고 깃털 장식의 색이 약간 바랬으며 제복의 자수 부분이 좀 꾀죄죄했고 레이스의 올이 살짝 풀어져 있었으나, 주위가 어두워서 그런 자질구레한 흠은 전혀 눈에 띄지 않았다. 포르토스는 여전히 미남으로 보일 뿐이었다.

포르토스와 다르타냥이 기대고 있는 기둥에서 가장 가까운 긴 의자에 앉아 있는 중년의 미인이 다르타냥의 눈에 띄었다. 얼굴색이 좀 노랗고 몸매가 마르기는 했지만, 검은 머리쓰개 아래 꼿꼿하고 거만한 자세로 앉아 있었다. 포르토스의 시선이 슬그머니 이 부인에게로 향했다가 다시 중앙 홀 쪽으로 멀리 훨훨 날아다녔다.

때때로 얼굴을 붉히던 부인 쪽에서 바람둥이 포르토스에게로 시선을 번개처럼 빠르게 던졌고, 그러면 포르토스의 시선이 이내 다른 곳으로 날아가 버렸다. 그 부인에게 이렇게 딴청을 부리는 것은 아픈 데를 건드리자는 술수임이 분명했다. 실제로 그녀는 입술에 피가 나도록 깨물었고 코끝을 긁어댔으며 완전히 좌불안석이었다.

포르토스는 부인의 이런 모습을 보고는 다시금 콧수염을 쓸어올렸고, 턱수염을 쓰다듬었다. 그러고 나서 성가대 옆의 한 아름다운 부인을 향해 추파를 던지기 시작했다. 그녀는 미인일 뿐만 아니라 아마도 대귀족의 부인인 듯했다. 그녀 뒤에는 흑인 시동과 하녀가 있었다. 흑인 시동은 그녀가 무릎을 꿇고 앉아 있는 방석을 가져왔고 하녀는 그녀가 읽고 있는 기도책을 넣는, 문장이 새겨진 가방을 들고 있었다.

검은 머리쓰개를 두른 부인은 포르토스의 시선을 끝까지 쫓았고, 그의 시선이 흑인 시동과 시녀를 거느리고, 벨벳 방석 위에 무릎을 꿇고 있는 귀부인에게 집중되고 있음을 알아차렸다.

포르토스는 신중하게 행동했다. 눈짓도 보내고, 입술에 손가락을 갖다대기도 했으며, 무시당한 여인의 마음을 아프게 하는 뇌쇄적인 미소를 짓기도 했다.

그런 만큼 그녀는 '내 탓이오.' 하는 듯 가슴을 치면서, 흠 하는 소리를 질렀다. 그 소리가 어찌나 컸던지, 모든 사람이 돌아보았다. 심지어는 붉은 방석에 앉아 있는 부인도 고개를 돌렸다. 포르토스는 단호했다. 분명히 알아들었지만, 못 들은 체했다.

검은 머리쓰개의 부인은 붉은 방석의 부인에게 깊은 인상을 받았다. 정말 무서운 연적이라고 생각했다. 포르토스도 강한 인상을 받았다. 검은 머리쓰개의 부인보다 아름답다고 생각했다. 다르타냥도 깜짝 놀랐다. 그를 성가시게 하던 흉터의 사나이가 밀레디라고 부르면서 인사했던 묑, 칼레, 도버에서 만난 부인이었기 때문이다.

다르타냥은 붉은 방석의 부인에게서 눈을 떼지 않으면서도, 포르토스의 흥미진진한 수작을 계속 지켜보았다. 그는 검은 머리쓰개의 여자가 우르스 가의 소송 대리인 부인이라고 짐작했다. 생 뢰 성당이 우르스 가에서 그다지 멀지 않기 때문에 그만큼 더 확신할 수 있었다.

그래서 그는 소송 대리인 부인이 금전 문제에 대해 고분고분하지 않았고, 곧 샹티이에서 당한 패배에 대해 포르토스가 복수하려고 한다고 짐작했다.

그러나 그 와중에도 여자의 환심을 사려는 포르토스의 수작에 어느 누구도 응하지 않고 있음을 다르타냥은 알아차렸다. 포르토스의 수작은 공상과 착각일 뿐이었다. 그러나 실제 사랑에서, 진정한 질투에서 착각과 공상을 빼면 남는 게 있을까?

강론이 끝났다. 소송 대리인 부인이 성수반(聖水盤) 쪽으로 걸어갔다. 포르토스는 그녀보다 먼저 가서 한 손가락이 아니라 한 손을 통째로 성수반에 집어넣었다. 소송 대리인 부인은 자신을 위해 포르토스가 저렇게 수고한다고 믿고서 미소 지었다. 그러나 이내 착각임을 깨달았다. 그녀가 서너 걸음쯤 떨어진 데까지 다가오자, 그는 얼굴을 돌렸다. 그의 눈은 변함없이 붉은 방석의 부인에게로 향했다. 그녀가 자리에서 일어나 흑인 시동과 몸종을 거느리고 다가왔다.

붉은 방석의 여자가 옆으로 오자, 포르토스는 성수반에서 손을 뺐다. 성수가 철철 흘러내렸다. 아름다운 여신도가 귀여운 손으로 포르토스의 큼직한 손을 만졌고 생끗 웃으면서 성호를 긋고 성당 밖으로 나갔다. 소송 대리인 부인에게 너무 심한 처사였다. 그녀는 붉은 방석의 부인과 포르토스가 정을 통하는 사이임을 더 이상 의심하지 않았다. 만약 높은 신분의 귀부인이었더라면 기절해 버렸을 것이다. 그러나 한낱 소송 대리인의 아내에 불과했는지라 포르토스에게 잔뜩 분개한 말투로 퍼붓고 말았다.

"아니! 포르토스 씨, 나에겐 주지 않을 건가요? 성수 말이에요."

포르토스가 그녀의 목소리를 듣고, 마치 백 년 동안의 잠에서 깨어나기라도 한 사람처럼 펄쩍 뛰었다.

"부, 부…… 부인!" 그가 외쳤다. "정말로 당신이오? 당신의 남편, 코크나르 씨는 안녕하시죠? 예전처럼 여전히 구두쇠인가요? 도대체 내가 눈을 어디 두고 있었을까? 두 시간이나 강론을 들었는데도, 당신을 알아보지도 못했으니 말입니다."

"당신 바로 곁에 두 걸음쯤 떨어져 있었어요." 소송 대리인 부인이 대답했다. "그런데도 아름다운 부인만 보느라 나를 알아보지 못하더군요. 조금 전에는 성수를 손에 묻혀 그 부인에게

드렸잖아요.”

포르토스는 당황하는 체했다.

“아! 봤군요······.” 그가 말했다.

“장님이 아닌 이상 누구라도 봤을걸요.”

“아, 예.” 포르토스가 건성으로 말했다. “나와 친한 공작 부인인데요, 남편의 질투 때문에 좀처럼 만나질 못하는 여자입니다. 오늘은 나를 잠깐이나마 만나보기 위해, 단지 그런 목적만으로 이런 후미진 동네의 초라한 성당에 오겠다고 나에게 알려 왔지요.”

“포르토스 씨!” 그녀가 말했다. “오 분 동안만 당신과 팔짱을 끼어도 되겠죠? 당신과 이야기하고 싶어요.”

“물론이죠, 좋습니다.” 포르토스는 상대방을 한바탕 속일 심산에 속으로 웃고 있는 노름꾼처럼 눈을 깜박이며 말했다.

이때 다르타냥은 밀레디를 뒤쫓아 지나갔다. 곁눈질로 포르토스 쪽을 슬쩍 쳐다보았다. 그의 의기양양한 눈빛이 보였다.

“그래! 그래!” 그가 이 문란한 시대의 타락한 도덕적 관점에서 따져보면서 중얼거렸다. “이제 한 사람은 기한 내에 준비를 갖출 수 있겠군.”

포르토스는 마치 배가 키를 따라 움직이듯이, 소송 대리인 부인의 팔에 이끌려, 생 마글루아르 수도원 경내의 기둥이 늘어선 회랑에 도착했다. 나무 회전문으로 양쪽을 막아놓아 거의 왕래가 없는 통로였다. 낮에는 거지들이 음식을 먹거나 어린이들이 놀거나 할 뿐이었다.

“아! 포르토스 씨!” 소송 대리인 부인이 거지들이나 어린이들 이외에는 아무도 보거나 들을 리 없다는 것을 확인하고서 말을 꺼냈다. "아! 포르토스 씨! 보아하니 당신은 대단한 호색한 이군요!"

"내가요!" 포르토스가 몸을 뒤로 젖히면서 말했다. "왜 그렇게 생각하죠?"

"조금 전의 눈짓이며 성수는? 그런데 시동과 시녀를 거느리고 있던 그 여자는 아마 왕녀겠죠!"

"아니, 그렇지 않아요." 포르토스가 대답했다. "그저 공작 부인에 불과합니다."

"그렇다면 문 앞에서 대령하고 있던 심부름꾼에다가, 제복을 입은 마부까지 대기하고 있던 마차는 뭐죠?"

포르토스는 심부름꾼도 마차도 못 보았다. 그러나 코크나르 부인은 질투에 사로잡힌 여자의 시선으로 모든 것을 보았다.

포르토스는 붉은 방석의 부인을 처음부터 왕녀라고 말하지 않은 것을 후회했다.

"아! 당신은 미인들의 사랑을 받는 응석받이로군요, 포르토스 씨!" 소송 대리인 부인이 한숨을 내쉬면서 말을 이었다.

"하지만 당신이 알다시피, 수려한 용모를 타고났으니 여복은 많은 듯해요." 포르토스가 대답했다.

"세상에! 남자들이란 어쩌면 이렇게도 빨리 잊어버릴까!" 소송 대리인 부인이 하늘을 올려다보면서 외쳤다.

"여자들보다는 덜 빠른 것 같은데요." 포르토스가 대답했다. "왜냐하면 결국 나는 당신의 희생자였다고 할 수 있으니까요. 상처를 입고 죽어가는데도 의사한테마저 버림을 받았을 때 말입니다. 명문의 자손이고, 당신의 호의를 믿고 있었던 나는 샹티이의 싸구려 여관에서 처음에는 상처 때문에, 다음에는 굶주

림 때문에 하마터면 죽을 뻔했죠. 그런데도 당신은 내가 보낸 애절한 편지에 답장조차 하지 않았었죠."

"하지만, 포르토스 씨……." 소송 대리인 부인이 중얼거렸다. 당시 귀부인이라면 마땅히 해야 하는 사회적 소임을 생각해 볼 때도 자신의 잘못을 인정해야 했다.

"당신을 위해 프냐플로르 백작 부인을 저버린 나……."

"그건 잘 알고 있어요."

"그리고…… 남작 부인도……."

"포르토스 씨, 나를 괴롭히지 말아요."

"그리고…… 공작 부인도……. "

"포르토스 씨, 부디 관용을!"

"당신이 옳습니다, 부인. 그만두죠."

"그런데 돈을 빌려주자고 해도 남편이 도무지 듣질 않아요."

"코크나르 부인." 포르토스가 말했다. "당신이 내게 처음으로 써보낸 편지를 생각해 보세요. 그 편지가 아직도 내 기억에 생생하답니다."

소송 대리인 부인이 신음을 하다시피 했다.

"하지만 그것 또한 당신이 빌려달라고 부탁한 돈의 액수가 너무 컸기 때문이었어요." 그 여자가 말했다.

"코크나르 부인, 당신에게 맨 먼저 부탁했던 거예요. 공작 부인에게 편지만 썼어도 다 해결되었을 텐데. 공작 부인의 이름을 말하고 싶지는 않아요. 분명 한 여자를 위태롭게 할 테니까요. 하지만 내가 알고 있는 것은 그 여자에게 편지를 쓰기만 했으면 1,500리브르쯤은 보내주었을 것이라는 점입니다."

소송 대리인 부인이 눈물을 쏟았다.

"포르토스 씨, 당신은 나에게 충분히 벌을 주었어요. 정말이에요." 그 여자가 말했다. "만약에 앞으로도 그런 곤경에 처한다면, 꼭 나에게 말하세요."

"체! 부인!" 포르토스가 격분한 듯 말했다. "돈 얘길랑 그만둡시다, 제발. 수치스러운 일이니까."

"그럼 이제 당신은 나를 사랑하지 않는군요!" 소송 대리인 부인이 서글픈 듯 천천히 말했다.

포르토스는 위엄 있게 입을 다물고 있었다.

"그런 식으로 대답하는 거예요? 아! 너무하는군요. 알았어요."

"당신이 나에게 준 모욕을 생각해 봐요, 부인. 아직도 여기에 상처로 남아 있습니다." 포르토스가 가슴에 손을 올려놓고 힘껏 눌렀다.

"사죄하겠어요. 네, 사랑하는 포르토스!"

"게다가 내가 당신에게 뭘 요구했나요?" 포르토스가 순박한 척 어깨를 들썩이면서 말했다. "그저 빌려달라고 했을 뿐입니다. 요컨대 나는 무분별한 사람이 아닙니다. 코크나르 부인, 나도 당신이 부자가 아니라는 걸 알고 있어요. 당신의 남편은 얼마 되지 않는 돈을 벌기 위해 가련한 의뢰인들의 피를 짜낼 수밖에 없는 사람이라는 것도 알고 있어요. 오! 당신이 백작 부인이나 후작 부인 또는 공작 부인이라면, 다른 문제겠죠. 그렇다면 용서할 수 없을 겁니다."

소송 대리인 부인의 자존심이 상했다.

"알아두세요, 포르토스 씨." 그 여자가 말했다. "제 금고는 비록 소송 대리인 여편네의 것이긴 하지만, 어쩌면 파산한 다른 새침데기들의 금고보다 더 넉넉할 거예요."

"그렇다면 당신은 나를 이중으로 모욕한 셈이죠." 포르토스가 소송 대리인 부인의 팔을 뿌리치면서 말했다. "당신이 부자라면, 코크나르 부인, 당신의 거절은 더 이상 변명의 여지가 없으니까요."

"부자라고 했지만." 소송 대리인 부인이 말을 이었다. 자신이 지나쳤음을 알아차렸다. "문자 그대로 받아들여서는 안 돼요. 큰 부자가 아니라는 말이죠, 그저 좀 넉넉하게 살고 있을 뿐이에요."

"자, 부인." 포르토스가 말했다. "이제 그런 얘기는 그만둡시다. 당신은 나를 오해했어요. 우리 사이에는 이제 공감의 불씨가 꺼져버렸어요."

"배은망덕한 사람!"

"아! 계속 불평하시오!" 포르토스가 말했다.

"아름다운 공작 부인한테나 가세요! 더 이상 붙잡지 않을 테니까."

"좋아요! 그녀는 이토록 매정하지 않을 거예요!"

"이봐요, 포르토스 씨, 다시 한 번, 이번이 마지막이니까, 말해 줘요, 네. 아직도 나를 사랑해요?"

"아! 부인." 포르토스가 가능한 한 한껏 애조를 띤 어조로 말했다. "오래지 않아 전투를 시작할 텐데, 이번 전쟁에서는 아무래도 죽을 것만 같은 예감이······."

"어머나! 그런 말은 하지 마세요!" 소송 대리인 부인이 흐느끼면서 외쳤다.

"아무래도 그런 예감이 들어요." 포르토스가 더욱더 우울한 표정으로 계속했다.

"차라리 새 애인이 생겼다고 하세요."

"그렇진 않아요. 정말입니다. 어떤 새로운 사랑도 내 마음에 와닿지 않아요. 내 마음 밑바닥에서는 당신에 대해 무언가를 느끼고 있어요. 그러나 보름 후면, 당신이 알지 모르겠으나, 대대적인 군사 작전이 시작됩니다. 나는 곧 장비 문제로 크게 신경을 쓰게 될 겁니다. 그리고 브르타뉴 아래에 있는 고향에 돌아가 필요한 돈을 마련해 와야겠어요."

포르토스는 사랑이냐 돈이냐 하는 마지막 한 판 전투가 벌어지고 있다는 것을 알아차렸다.

"당신이 성당에서 본 공작 부인의 영지가 내 영지 근처여서, 그녀와 함께 여행할까 합니다." 그가 계속했다. "아시다시피, 여행도 둘이 하면 훨씬 덜 지루하거든요."

"파리에는 친구가 없나요, 포르토스 씨?" 소송 대리인 부인이 말했다.

"있다고 생각했죠." 포르토스가 또다시 우울한 표정을 지으면서 말했다. "하지만 나만의 착각이었음을 알았습니다."

"당신은 파리에 친구가 있어요, 포르토스 씨, 있다고요." 소송 대리인 부인이 자신도 놀랄 만큼 흥분해서 말했다. "내일 저희 집으로 와주세요. 제 숙모의 아들, 그러니까 제 사촌동생이라고 하세요. 피카르디의 누아용이 고향이고, 파리에 소송이 여럿 있는데, 소송 대리인이 없다고 말하세요. 잘 알겠어요?"

"물론입니다."

"저녁 식사 시간에 오세요."

"네, 좋습니다."

"제 남편 앞에서 흔들리지 말고 확고하게 처신하세요. 일흔여섯 살의 나이에도 불구하고 음흉하거든요."

"일흔여섯 살이라! 정말 좋은 나이군요!" 포르토스가 다시 말을 이었다.

"나이가 너무 많다고 말하고 싶은 거죠, 포르토스 씨? 그래서 가련한 남편은 조만간 나를 미망인으로 남겨두고 떠날 거예요." 소송 대리인 부인이 포르토스에게 의미심장한 시선을 던지면서 계속했다. "다행히도, 결혼 계약에 의해, 살아남은 사람에게 모든 재산을 남기도록 되어 있어요."

"모두 다?" 포르토스가 물었다.

"전부요."

"보아하니 당신은 신중한 여자군요, 사랑하는 코크나르 부인." 포르토스가 소송 대리인 부인의 손을 정답게 쥐면서 말했다.

"그러니까 우리 화해한 거죠, 포르토스 씨?" 그 여자가 선웃음 지으면서 말했다.

"죽을 때까지." 포르토스도 같은 표정으로 말했다.

"그럼 안녕, 나의 엉큼한 기사여."

"안녕, 나의 무심한 부인."

"내일 봐요, 나의 천사!"

"내일 봐요, 내 생명의 불꽃!"

밀레디

다르타냥은 들키지 않게 밀레디의 뒤를 밟았다. 그 여자가 마차에 올라타는 모습이 보였다. 마부에게 생 제르맹으로 가라고 명령하는 소리가 들렸다.

힘센 말 두 마리가 끄는 마차를 걸어서 따라가는 것은 무리였다. 그래서 다르타냥은 페루 가로 돌아왔다.

거리에서 플랑셰를 만났다. 플랑셰는 과자점 앞에 서서, 맛있어 보이는 브리오슈를 넋 나간 표정으로 바라보고 있었다.

다르타냥은 플랑셰에게, 트레빌의 마구간에 가서 두 사람이 탈 말을 준비한 다음, 아토스의 집으로 오라고 일렀다. 다르타냥은 필요할 때는 언제든지 트레빌의 마구간을 써도 좋다는 허가를 받았다.

플랑셰는 콜롱비에 가 쪽으로 걸어갔고, 다르타냥은 페루 가

쪽으로 걸어갔다. 아토스는 집에 있으면서 피카르디 여행길에 가지고 돌아온 유명한 에스파냐 포도주를 처량하게 들이켜고 있었다. 그가 그리모에게 다르타냥의 술잔을 가져오라고 신호를 보냈다. 그리모는 여느 때처럼 말없이 그의 뜻을 받들었다.

다르타냥은 아토스에게, 성당에서 포르토스와 소송 대리인 부인 사이에 있었던 일을 다 이야기했다. 아마 지금쯤은 출진 준비를 갖추고 있을 것이라고 말했다.

"나는 마음 편하게 있네." 아토스가 그의 이야기를 다 듣고 나서 대답했다. "내 마구의 비용을 부담할 여자는 없을 걸세."

"그렇지만 당신처럼 잘생기고 예의 바른 대귀족이라면, 어떤 공주나 여왕이라도 당신의 매력에 빠져들지 않을 수는 없을 텐데요."

"자네는 아직 젊군, 다르타냥!" 아토스가 어깨를 으쓱하면서 말했다.

그리고 그리모에게 한 병 더 가져오라고 신호를 했다.

이때 빼꼼히 열린 문틈으로 플랑셰가 살그머니 얼굴을 내밀고는, 두 마리의 말을 준비해 놓았다고 주인에게 알렸다.

"웬 말들이야?" 아토스가 물었다.

"트레빌 씨가 산책하라고 빌려줬습니다. 생 제르맹을 한 바퀴 돌고 올까 합니다."

"생 제르맹은 왜 가는 거야?" 아토스가 또 물었다.

다르타냥은 성당에서 만난 여자에 관해 이야기했다. 그 여자는 관자놀이 근처에 흉터가 있는 그 검은 망토의 귀족과 더불어 자기로서는 영원히 잊지 못할 사람이라고 말했다.

"다시 말해서 자네는 그 여자에게 반했다는 말이지? 보나시외 부인에게 반한 것처럼?" 아토스가 마치 인간의 연약한 마음을 측은하게 여기는 것처럼 경멸하듯 어깨를 으쓱이면서 말했다.

"천만에요!" 다르타냥이 외쳤다. "다만 그 여자와 관계가 있는 비밀을 밝혀내고 싶을 뿐이죠. 저는 그 여자를 알지 못하고, 그 여자도 저를 알지 못하지만, 왠지 모르게 그 여자가 제 일생에 영향을 미칠 것만 같은 느낌이 든단 말이에요."

"사실 자네 말이 옳아." 아토스가 말했다. "사라져버린 여자를 일부러 찾아내려고 애쓸 건 없어. 보나시외 부인은 없어져버렸어. 불쌍하지만 별수 있나! 본인이 나타나면 되는 거니까."

"아니에요, 아토스, 그렇지 않아요. 당신이 잘못 생각한 겁니다." 다르타냥이 말했다. "저는 가엾은 콩스탕스를 어느 때보다도 더 사랑하고 있어요. 그 여자가 어디 있는지 안다면, 저는 이 세상 끝까지라도 찾아가서 적의 손아귀에서 구해 내겠어요. 그러나 아무리 찾아봐도 어디 있는지 알 수가 있어야죠. 할 수 있나요, 마음을 돌려야죠."

"그럼 밀레디와 재미 많이 보게, 다르타냥. 그렇게 해서 즐거울 수만 있다면, 난 진심으로 그렇게 되기를 바라네."

"이봐요, 아토스." 다르타냥이 말했다. "구금이라도 당한 것처럼 그렇게 틀어박혀만 있지 말고, 저와 함께 말을 타고 생 제르맹으로 산책이나 가지 않겠어요?"

"여보게." 아토스가 대꾸했다. "내게 말이 있으면 말을 타겠지만, 그렇지 않다면 내 발로 걷겠네."

"저는 닥치는 대로 잡아타요." 다르타냥이 말했다. 그러면서 아토스의 염세주의적 성격에 빙그레 웃음을 보냈다. 다른 사람이었다면 틀림없이 기분이 나빴을 것이다. "저는 당신네처럼 자존심 강한 사람이 아니니까요. 그럼 또 봐요, 아토스."
"다녀오게." 아토스가 그리모에게 방금 가져온 술병의 마개를 따라고 신호를 보내면서 말했다.
다르타냥과 플랑셰는 안장 위에 올라타고 생 제르맹을 향해 떠났다.
가는 내내, 보나시외 부인에 관해 아토스가 한 말이 다르타냥의 머리에 떠오르곤 했다. 다르타냥은 그다지 감상적인 사람은 아니었다. 그러나 잡화상의 어여쁜 아내인 보나시외 부인에게 진심으로 반했는지라, 아까도 말했던 것처럼 그녀를 찾기 위해서는 이 세상 끝까지라도 갈 작정이었다. 그러나 지구는 둥그므로, 이 세상 끝은 얼마든지 있다. 그래서 그는 가려고 해도 어디로 가야 할지 알 수가 없었다.
우선 그는 밀레디가 어떤 여자인지 알아볼 작정이었다. 밀레디는 검은 망토의 사나이와 이야기하고 있었으니까, 그와 아는 사이였을 것이다. 그런데 다르타냥은 보나시외 부인을 납치한 자는 처음이나 두 번째나 모두 그 검은 망토의 사나이라고 생각하고 있었다. 그러므로 밀레디를 찾는 것은 결국 콩스탕스를 찾는 것이나 마찬가지라는 다르타냥의 말은 큰 거짓말이 아니라 절반만 거짓이었던 셈이다.
이런 생각을 하는 동시에 때때로 말에 박차를 가하면서, 다르타냥은 길을 달려 생 제르맹에 도착했다. 십 년 후에는 루이 14세가 태어나게 될 별관 옆을 따라왔다. 아름다운 영국 여자가 지나간 흔적이 어디 남아 있지 않을까 하여 여기저기를 둘러보면서 적막한 거리를 건너자, 당시의 풍습에 따라 거리 쪽으로 창이 나 있지 않은 아담한 집의 아래층에서 한 번쯤 본 듯한 얼굴 하나가 보였다. 그는 꽃이 피어 있는 테라스를 거닐고 있었다. 플랑셰가 먼저 그를 알아보았다.

"보세요, 주인님." 그가 다르타냥에게 말했다. "저기서 멍하니 하늘을 쳐다보고 있는 저 사람의 얼굴이 생각나지 않으세요?"

"아니." 다르타냥이 말했다. "그렇지만 확실히 처음 보는 얼굴은 아닌 듯해."

"확실하다고 생각합니다요." 플랑셰가 말했다. "그 가련한 뤼뱅입니다. 한 달 전에 칼레에서, 항만 총독의 별장으로 가는 길에 주인님이 혼쭐을 내준 바르드 백작의 하인 말입니다."

"아, 그렇구나." 다르타냥이 말했다. "이제야 기억난다. 저 녀석이 네 얼굴을 알아볼까?"

"그때 저 녀석은 몹시 당황하고 있었으니까, 저를 똑똑히 기억하지는 않을 것 같습니다만."

"그렇다면 저 녀석한테 가서 말을 좀 걸어봐라." 다르타냥이 말했다. "그래서 주인이 죽었는지 살았는지 알아봐라."

플랑셰가 말에서 내려 뤼뱅에게로 걸어갔다. 정말로 뤼뱅은 그를 알아보지 못했다. 두 하인은 사이좋게 이야기를 나누기 시작했다. 그동안 다르타냥은 두 마리의 말을 골목으로 몰아넣었다. 그러고는 집을 한 바퀴 돈 다음, 개암나무 울타리 뒤에 숨어 그들의 이야기에 귀를 기울였다.

울타리 뒤에서 잠시 지켜보고 있노라니까, 마차 소리가 들리더니 맞은편에 밀레디의 마차가 와서 멈췄다. 분명히 밀레디의 마차였다. 거기에는 밀레디가 타고 있었다. 다르타냥은 말의 목에 몸을 딱 붙이고 들키지 않게 동정을 살폈다.

밀레디는 아리따운 금발 머리를 마차문 밖으로 내놓고 몸종에게 몇 마디 말을 일렀다.

몸종은 스물두어 살쯤 되어 보였다. 민첩하고 활발한 이 아가씨는 정말 귀부인의 하녀다웠다. 그 여자는 당시 관습에 따라 승강구의 발판에 앉아 있었는데, 거기에서 뛰어내려 아까 뤼뱅이 있던 테라스 쪽으로 향했다.

다르타냥이 그 몸종을 지켜보았다. 그 여자가 테라스 쪽으로 발걸음을 옮겼다. 그런데 때마침 뤼뱅이 집 안에서 부르는 소리를 듣고 들어가버리자 플랑셰 혼자 남게 되었다. 다르타냥은 그가 어느 쪽으로 사라졌는지 찾아보려고 두리번거리고 있었다.

몸종이 플랑셰 옆으로 다가가더니 그를 뤼뱅으로 착각하고 조그만 쪽지 하나를 그에게 내밀었다.

"주인 양반께 드리세요." 그 여자가 말했다.

"우리 주인님께요?" 플랑셰가 깜짝 놀랐다.

"예, 아주 급한 일이에요. 어서 받으세요."

그렇게 말하고는 먼저 왔던 길 쪽으로 돌아서서, 마차를 향해 얼른 달려가버렸다. 그 여자가 발판 위에 뛰어오르니 마차가 다시 출발했다.

플랑셰는 쪽지를 이리저리 뒤집어보았다. 명령을 그대로 실행하는 것이 버릇이었는지라, 테라스에서 뛰어내려 골목으로 들어가 스무 걸음쯤 갔을 때, 동정을 살피러 나온 다르타냥과 만났다.

"이걸 받으세요." 플랑셰가 주인에게 쪽지를 건네주었다.

"내게 온 거냐?" 다르타냥이 말했다. "틀림없지?"

"예, 틀림없습니다. 그 몸종이 '주인 양반께 드리세요.'라고 말했으니까요. 소인에겐 주인님 말고 다른 주인이 없거든요. 그러니까……. 그런데 그 하녀는 참으로 귀엽고 날씬한 아가씨더군요!"

다르타냥은 편지를 뜯어서 읽어보았다.

당신에게 말할 수 없이 깊은 관심을 갖고 있는 사람입니다. 언제 당신이 숲 속으로 산책을 나오실 수 있는지 알고자 합니다. 내일 '샹 뒤 드라 도르' 여관에서 검고 붉은 옷을 입은 하인이 회답을 기다리고 있을 것입니다.

"오! 이런!" 다르타냥이 혼자 중얼거렸다. "이거 좀 민감한 문제인데. 밀레디와 내가 같은 사람의 건강을 염려하고 있는 듯하군. 그런데 플랑셰, 바르드 씨는 어떻다든가? 죽지는 않았나 봐?"

"예, 몸에 네 군데나 칼을 맞고 간신히 살아났답니다. 주인님을 탓하려는 건 아니지만, 주인님이 그를 네 번이나 찔렀잖아요. 그때 출혈이 너무 심했기 때문에, 아직도 상태가 안 좋답니다. 아까도 말씀드렸듯이, 뤼뱅은 제 얼굴을 알아보지 못했기 때문에, 그때 상황의 자초지종을 제게 들려주었습니다."

"아주 잘했다, 플랑셰. 너는 하인들의 왕이다. 이제 말을 타라. 저 마차를 따라가자."

그다지 많은 시간이 걸리지 않았다. 오 분 후에 길가에 서 있는 마차가 눈에 띄었다. 옷을 잘 차려입은 기사 한 명이 마차의 문 앞에 서 있었다.

밀레디와 기사는 몹시 흥분하여 이야기를 나누고 있었다. 다르타냥이 마차의 반대쪽에 있는 것도 눈치 채지 못했다. 다르타냐의 존재를 알아차린 것은 아리따운 몸종뿐이었다.

그들은 영어로 이야기하고 있었다. 다르타냥은 영어를 알지 못했으나 말투로 보아 아름다운 영국 여자가 몹시 화를 내고 있다는 것 정도는 짐작할 수 있었다. 그 여자가 말을 끝마칠 때 한 몸짓으로 미루어 볼 때 화가 났음이 틀림없었다. 손에 들고 있던 부채를 사정없이 내리치자 그 자그마한 여성용 장식품은 산산조각 나버렸다.

기사가 너털웃음을 터뜨렸다. 이에 밀레디가 더욱 화를 내는 듯했다. 다르타냥은 지금이야말로 중재에 나설 때라고 생각했다. 그래서 반대쪽 문으로 다가가 공손히 모자를 벗으면서 말했다.

"부인, 제가 나서도록 허락해 주시겠습니까? 보아하니 저 양반에게 화를 내고 계시는 듯한데, 한마디만 하시면 제가 그의 무례함을 따끔하게 벌하고 싶습니다만."

밀레디가 이 말에 돌아보았다. 놀란 눈으로 젊은이를 바라보다가, 매우 정확한 프랑스어로 말했다.

"저와 다투는 사람이 저의 친척이 아니라면, 기꺼이 당신의 도움을 받아들이겠습니다만."

"아! 실례했습니다." 다르타냥이 말했다. "저는 그런 줄도 모르고 그만."

"도대체 무슨 참견이냐, 저 경솔한 자는?" 밀레디의 친척이라는 기사는 마차의 문까지 몸을 구부리고 외쳤다. "자기 갈 길이나 가지 않고 어딜 끼어드는 게야?"

"경솔한 자라니, 그건 바로 당신을 두고 하는 말이오." 다르타냥이 말의 목 위로 몸을 구부리고 문 너머로 대답했다. "여기서 있고 싶으니까 갈 길을 가지 않고 멈춘 것이오."

기사가 영어로 몇 마디를 계속했다.

"내가 프랑스어로 하니까, 당신도 프랑스어로 대답하시오." 다르타냥이 말했다. "당신이 이 부인의 친척인 모양이오만, 다행히 내 친척은 아니지 않소."

밀레디도 역시 여자인지라 겁이 나서 말다툼이 더 불거지지 않도록 중재하고 나서리라고 생각했을지 모른다. 그러나 정반대로 그 여자는 마차 안쪽으로 쏙 들어앉더니 단호한 말투로 마부에게 소리쳤다.

"저택으로 가자!"

아리따운 몸종이 다르타냥에게 걱정스러운 듯한 시선을 던졌다. 이 하녀는 다르타냥의 아름다운 용모에 깊이 빠진 듯했다.

마차는 떠나고, 두 사나이만이 마주 보고 있었다. 이제 그들 사이에는 아무런 장해물도 없었다.

기사가 마차를 따라가려고 움직이기 시작했다. 그러나 다르타냥이 곧장 말고삐를 움켜잡고 그를 막았다. 다르타냥은 이 사나이가 아미앵에서 자기 말을 빼앗고 아토스를 상대로 자기 다이아몬드 반지까지 딸 뻔한 영국인임을 알아보고는 더욱더 울화통이 치밀었다.

"아니, 이봐." 그가 말했다. "정말 당신은 경솔한 사람 같군. 우리가 먼젓번에 좀 옥신각신했던 일을 당신은 벌써 잊었나 보구려."

"아! 아니, 당신 아니오!" 그 영국인이 말했다. "그래, 또 한바탕 승부를 겨루어야 되겠단 말이오?"

"그렇소. 그러고 보니 복수를 하지 않으면 안 되겠소. 주사위와 마찬가지로 칼 솜씨도 능란한지 한번 봅시다."

"보다시피 나는 칼이 없소." 영국인이 말했다. "무기도 안 가진 사람을 상대로 용기를 뽐낼 요량이시오?"

"어딘가에는 있겠지." 다르타냥이 대답했다. "아무튼 나에게 두 자루가 있으니까, 괜찮다면 빌려드리겠소."

"그렇게까지 할 필요는 없소. 그런 연장은 나도 얼마든지 있으니까."

"그렇다면 좋소! 신사 양반." 다르타냥이 말을 이었다. "가장 긴 칼을 골라서 오늘 저녁에 보여주시오."

"그럼 어디서 만나겠소?"

"뤽상부르 뒤에서. 이런 종류의 산보를 하는 데에는 안성맞춤인 장소요."

"좋소. 그리로 가지요."

"시간은?"

"6시."

"그런데 친구도 한두 명 데려오겠죠?"

"나와 함께 시합하는 것을 영광으로 여길 친구가 세 명은 있소."

"세 명? 잘 됐소. 꼭 맞는군!" 다르타냥이 말했다. "나도 세 명이 있소."

"그런데 당신은 누구요?" 영국 사람이 물었다.

"다르타냥. 가스코뉴 출신 귀족으로, 데제사르 근위대 소속이오. 당신은?"

"나는 셰필드 남작, 윈터 경이오."

"좋소. 감사하오, 남작." 다르타냥이 말했다. "외우기 어려운 이름이군요."

그는 말에 박차를 가하면서 서둘러 파리로 돌아갔다.

다르타냥은 다른 때와 마찬가지로 곧바로 아토스의 집으로 갔다.

아토스는 커다란 안락의자에 누워 있었다. 그의 말대로 장비가 저절로 굴러들어오기를 기다리고 있었다.

다르타냥은 아토스에게, 바르드 백작의 편지를 제외하고, 조금 전에 있었던 일을 죄다 이야기했다.

아토스는 영국인과 싸우게 된다는 말을 듣고서 무척 기뻐했다. 이것은 그의 꿈이나 다름없었다.

당장에 하인들을 시켜 포르토스와 아라미스를 불러오게 했다. 그리고 그들에게 사정을 이야기해 주었다.

포르토스가 칼집에서 칼을 뽑아들었다. 벽에 대고 칼을 휘두르면서, 때때로 몸을 뒤로 빼기도 하고 춤을 추듯 무릎을 구부리기도 했다. 아라미스는 여전히 시를 쓰는 데 골몰했다. 아토스의 서재에 들어박혀, 칼을 뺄 때까지는 가만히 내버려두어 달라고 했다.

아토스가 그리모에게 술상을 차리라고 신호를 보냈다.

다르타냥은 마음속으로 혼자 작은 계획을 세우고 있었다. 나중에 실행에 옮겨질 때 알게 되겠지만, 그의 얼굴에 피어나는 미소로 짐작할 수 있듯이, 그 계획은 다르타냥에게 즐거운 모험을 기약해 주었다.

영국인과 프랑스인

 약속 시간이 다가왔다. 그들은 네 명의 하인을 거느리고 뤽상부르 뒤로 갔다. 그러고는 양을 기르는 울타리 안의 목초지로 들어갔다. 아토스가 양치기 아이에게 동전 한 닢을 던져주고 그를 내보냈다. 수종들이 망을 보았다.
 얼마 안 있어 한 무리의 사람들이 조용히 다가오더니 울 안으로 들어왔다. 그러고는 바다 건너의 관습에 따라 각자 자신을 소개하기 시작했다.
 영국인들은 모두 매우 지체 높은 사람들이었다. 그런 만큼 그들은 상대방의 기이한 이름을 듣자 놀랐을 뿐만 아니라 걱정이 되기까지 했다.
 "그것만으로는 당신들이 어떤 분들인지 알 수 없습니다." 삼총사가 이름을 밝히자 윈터 경이 말했다. "그런 이름을 가진 분들하고는 싸울 수가 없습니다. 그런 건 양치기에게나 어울리는 이름이니까요."
 "짐작하시는 바와 같이 가명입니다." 아토스가 말했다.
 "그렇다면 더욱 본명을 알고 싶습니다." 영국인이 대답했다.
 "당신들은 우리 이름을 모르고도 노름은 하지 않았습니까?" 아토스가 말했다. "그래서 말을 두 마리나 따지 않았소?"
 "맞는 말이오. 하지만 그것은 돈내기에 불과했어요. 그러나 이번에는 목숨을 걸고 하는 싸움입니다. 노름이라면 아무하고도 하겠지만 결투는 같은 신분이 아니고서는 할 수 없습니다."
 "당연한 말씀이오." 아토스가 말했다. 그러고는 네 명의 영국인들 중에서 자신의 상대가 될 사람을 따로 멀찌감치 데리고 가서 나직한 목소리로 자신의 이름을 알려주었다.
 포르토스와 아라미스도 역시 그렇게 했다.
 "이제 되었소?" 아토스가 자신의 적수에게 말했다. "그 정도면 결투의 상대로서 부족함이 없겠죠?"
 "예, 좋습니다." 영국인이 고개를 숙였다.
 "한마디 드리고 싶은 말씀이 있소." 아토스가 침착하게 말했다.
 "뭡니까?" 영국인이 물었다.
 "내 이름을 묻지 않는 편이 당신에게는 나았을 것이오."
 "왜 그렇습니까?"
 "사실 나는 죽은 사람으로 되어 있소. 내가 살아 있다는 것이 알려지지 않기를 바랄 만한 이유가 있습니다. 그러므로 내 비밀을 지키기 위해서는 어쩔 수 없이 당신을 죽이지 않으면 안 되기 때문이오."

영국인이 뚫어져라 아토스를 바라보았다. 그는 아토스의 말이 농담인 줄 알았다. 그러나 아토스는 결코 농담을 한 것이 아니었다.

"자, 여러분." 아토스가 동료들과 상대자들에게 동시에 말을 던졌다. "준비됐습니까?"

"그렇소." 모인 영국인들과 프랑스인들이 일제히 대답했다.

"그럼 시작합시다." 아토스가 말했다.

곧바로 여덟 개의 칼날이 저물어가는 햇살을 받아 번쩍였다. 두 번째로 적이 되었기 때문에 그만큼 더 싸움은 맹렬하였다.

아토스는 마치 도장에서 검술 연습이라도 하듯이, 평소의 솜씨대로 칼을 놀렸다.

포르토스는 아마도 샹티이의 사건으로 인해 지나친 자만을 반성하게 되었는지, 매우 신중하고도 침착하게 결투를 벌였다.

아라미스는 시의 제3장을 완성하지 않으면 안 되었기 때문에 몹시 서둘렀다.

상대를 제일 먼저 죽인 것은 아토스였다. 한 칼밖에 찌르지 않았지만, 결투가 시작되기 전에 예고한 대로, 치명적인 타격이었다. 그의 칼이 영국인의 심장을 꿰뚫었다.

다음으로 포르토스가 상대를 풀 위에 쓰러뜨렸다. 그의 칼은 넓적다리를 꿰뚫었다. 그러자 영국인은 더 이상 저항하려고 하지 않고 칼을 버렸다. 포르토스가 그를 안아 마차로 옮겨 놓았다.

아라미스의 공격은 매서웠다. 그의 상대는 쉰 걸음쯤 후퇴하더니 마침내 걸음아 나 살려라 하고 도망쳤다. 하인들의 야유를 받았다.

한편 다르타냥은 그저 방어만 했다. 상대가 매우 피로한 기색을 보이자 다르타냥이 몸통을 사정없이 찌르는 척하다가 상대의 칼을 날려버렸다. 무기를 놓친 남작은 서너 걸음 물러났다. 그 바람에 발이 미끄러져 나둥그러져버렸다.

다르타냥이 한 걸음 펄쩍 뛰어 그의 몸을 누르면서 칼로 그의 목을 겨누었다.

"이제 당신을 죽일 수도 있소." 그가 영국인에게 말했다. "당신 목숨은 내 손에 달렸지만, 당신의 누이에 대한 사랑 때문에 당신을 살려주겠소."

다르타냥은 기쁘기 한량없었다. 미리 세워두었던 계획이 실현되었기 때문이다. 그의 얼굴에 미소가 피어올랐다.

상대가 이처럼 관대한 적이라는 사실에 무척 기뻐한 영국인은 다르타냥을 얼싸안았다. 삼총사에게도 수없이 포옹을 해댔다. 포르토스의 상대는 이미 마차에 태워져 있었고 아라미스의 상대는 줄행랑을 놓아버렸으므로 죽은 사람만이 문제였다.

포르토스와 아라미스가 그의 옷을 벗겼다. 혹시 아직도 숨이 붙어 있는지 살펴보기 위해서였다. 그때 그의 허리띠에서 커다란 지갑 하나가 떨어졌다. 다르타냥이 그것을 주워서 윈터 경에게 건넸다.

"아니, 대관절 나더러 이걸 어떡하란 말씀이오?" 영국인이 말했다.

"이분의 가족에게 돌려주십시오." 다르타냥이 말했다.

"이분의 유족은 이런 하찮은 것은 거들떠보지도 않습니다. 1만 5,000루이나 되는 연금을 상속받게 되니까요. 그 지갑은 하인들에게나 주시오."

다르타냥이 지갑을 주머니에 넣었다.

영국인과 프랑스인

"그러면, 젊은 친구. 이렇게 부르는 것을 허락해 주기 바랍니다." 윈터 경이 말했다. "당신이 원한다면 오늘 저녁이라도 내 누이 클라릭 부인을 소개시켜 드리겠소. 누이도 당신에게 호의를 가져주면 좋겠군요. 그녀는 궁중에서 꽤 세력이 있으니까 아마 장래에 도움이 될지도 모릅니다."

다르타냥이 기쁨에 얼굴을 붉히면서 고개를 까딱하여 승낙의 뜻을 표시했다.

그러는 사이에 아토스가 다르타냥 옆에 다가와 있었다.

"지갑을 어떻게 할 생각인가?" 그가 다르타냥의 귀에 아주 낮은 목소리로 속삭였다.

"당신에게 주려고 하는데요, 아토스."

"나에게? 왜?"

"그야 당신이 그를 죽였잖아요. 이건 당신의 전리품인 셈이죠."

"나더러 적의 돈을 받으라고!" 아토스가 말했다. "대관절 나를 어떻게 보고 하는 말인가?"

"그건 전쟁의 관습이잖아요." 다르타냥이 말했다. "왜 결투에 응용해서는 안 된단 말이죠?"

"전쟁에서도 나는 한번도 그런 적 없었어."

포르토스가 어깨를 으쓱해 보였다.

아라미스는 입술을 움직여 아토스에게 동감의 뜻을 표했다.

"그렇다면 하인들에게 주죠." 다르타냥이 말했다. "윈터 경이 말한 것처럼 말이에요."

"그래, 그렇게 하세." 아토스가 말했다. "그러나 우리의 하인들이 아니라 영국인들의 하인에게 주자고."

아토스가 지갑을 집어 마부에게 던져주었다.

"자네와 자네 친구들이나 갖게."

돈 한 푼 없는 사람이 이렇게 배짱을 부리는 것을 보고 포르토스마저도 감격했다. 프랑스인의 이 관대한 조치가 윈터 경과 그의 친구들을 통해 전해졌다. 도처에서 칭송이 자자했으나 그리모, 무스크통, 플랑셰, 그리고 바쟁에게는 그렇지가 않았다.

윈터 경은 다르타냥과 헤어지면서 자기 누이의 주소를 그에게 주었다. 당시 인기가 있던 주택가 루아얄 광장 6번지였다. 게다가 윈터 경은 자기가 마중 나와 그를 소개해 주겠다고 약속했다. 다르타냥은 8시에 아토스의 집에서 그를 기다리기로 했다.

우리의 가스코뉴 젊은이는 머릿속에 밀레디에게 소개된다는 생각으로 가득 차 있었다. 그는 그 여자가 지금껏 자기 운명 속에 어떻게 야릇하게 끼어들었는지 회상해 보았다. 그 여자가 추기경의 앞잡이라는 것을 확신하기는 했지만, 어찌된 영문인지 그 여자에게 끌리는 것을 느꼈다. 단 한 가지 걱정되는 것은 밀레디가 묑과 도버에서 자신과 이미 만난 적이 있다는 것을 알아차리지나 않을까 하는 점이었다. 만약에 그렇다면 자신이 트레빌의 사람이라는 것을, 따라서 몸도 마음도 국왕에게 바치고 있는 사람이라는 것을 그 여자가 알게 될 터였다. 그렇게 되면 자신의 유리한 입장이 어느 정도 줄어들 것이다. 자기가 밀레디를 알고 있는 것처럼 그쪽에서도 자기를 알고 있다면 동등한 입장에서 승부를 겨루게 될 것이 뻔했다. 그러나 자신만만한 다르타냥은 그 여자와 바르드 백작 사이에 이미 사랑이 싹텄다는 사실이나 백작이 젊고 미남인 데다 부자이고 게다가 추기경의 신임도 두텁게 받고 있는 인물이라는 것을 알면서도 그다지 걱정하지 않았다. 스무 살이라는 나이와 특히 타르브에서 태어났다는 사실은 이런 경우에 막강한 힘을 발휘했다.

다르타냥은 우선 자기 집으로 돌아왔다. 그러고는 한껏 차려 입고 아토스 집으로 갔다. 여느 때와 같이 자초지종을 자세히 이야기했다. 아토스는 그의 계획을 듣고 나서 고개를 절레절레 흔들었다. 고통스러운 듯이, 신중하게 생각해 보라고 권했다.

"뭐라고!" 아토스가 다르타냥에게 말했다. "보나시외 부인에 대해 자기 입으로 친절하고 아름다울 뿐만 아니라 나무랄 데 없는 여자라고 말해 놓고, 그 여자가 사라진 지 얼마 되지도 않았는데 벌써부터 딴 여자를 따라가더니!"

다르타냥은 그러한 비난을 받아 마땅하다고 생각했다.

"보나시외 부인은 마음으로 사랑하는 것이고, 밀레디는 머리로 사랑하는 겁니다." 그가 말했다. "제가 그 여자의 집에 가는 것은 무엇보다도 그 여자가 궁중에서 어떤 역할을 하고 있는지 밝혀내고 싶어서입니다."

"그 여자의 역할! 그런 건 자네가 나에게 말한 것으로 미루어 쉽사리 짐작이 가네. 그 여자는 추기경의 밀정이야. 여자가 자네를 함정에 끌어들이려는데도 자네는 순진하게 빠져들고 있어."

"아니, 정말! 당신은 모든 것을 비관적으로만 보는 것 같아요, 아토스."

"나는 여자를 믿지 않아. 별수 있나! 그렇게 대가를 치렀는데. 더구나 금발의 여자는 그렇지. 밀레디가 금발이라고 했지?"

"세상에서 보기 드문 아름다운 금발이죠."

"아! 가련한 다르타냥." 아토스가 말했다.

"아무튼 조사해 봐야겠어요. 그리고 알고 싶은 것을 알고 나서 멀리하면 되잖아요."

"잘해 보게." 아토스가 냉정한 어조로 말했다.

약속 시간이 되자 윈터 경이 찾아왔다. 그러나 미리 귀띔을 해두어서 아토스가 옆방으로 건너가 버렸기 때문에, 윈터 경은 다르타냥이 혼자 있을 때 들어왔다. 8시가 가까웠으므로 그는 곧장 다르타냥을 데리고 나갔다.

멋진 마차가 아래에서 기다리고 있었다. 두 마리의 훌륭한 말이 이끄는 마차였다. 이 마차는 눈 깜짝할 사이에 루아얄 광장에 당도했다.

밀레디는 다르타냥을 상냥하게 맞았다. 저택은 굉장히 화려했다. 대부분의 영국인들은 전쟁이 끝난 뒤에 이미 도망치듯 프랑스를 떠났거나 떠나려고 할 때였다. 그런데도 밀레디는 최근에도 새로 돈을 들여 자신의 저택에 공사를 한 모양이었다. 이는 영국인들을 본국으로 돌려보내려는 일반적인 조치도 그녀와는 아무 관계가 없다는 증거였다.

"이분은 훌륭한 귀족이오." 윈터 경이 다르타냥을 소개했다. "나를 죽일 수도 있었는데 너그럽게도 나를 풀어주셨어요. 나는 이분에게 모욕을 주었고 게다가 영국인이니, 이분에게 두 배의 적이었는데도 말입니다. 나를 대신해서, 이분에게 감사하다고 말씀드려 주시오."

밀레디는 약간 눈살을 찌푸렸다. 눈에 띌 듯 말 듯한 검은 그림자가 그녀의 이마를 스치면서 이상야릇한 미소가 입술 위에 떠올랐다. 다르타냥은 이 세 가지의 미묘한 감정을 눈치 채고는 몸이 오싹해지는 느낌이었다. 남작은 아무것도 알아차리지 못했다. 밀레디가 애지중지하는 원숭이가 그의 윗도리를 끌어당기는 바람에, 돌아서서 원숭이와 장난을 치고 있었기 때문이다.

"잘 오셨습니다." 갑자기 밀레디가 이상하리만큼 부드러운 목소리로 말했다. 방금 다르타냥이 본 언짢아하던 표정과는 완전히 딴판이었다. "오늘 일로 평생 당신에게 감사드려야 하겠군요."

그러자 영국인이 몸을 돌려 결투의 경과를 빠짐없이 이야기했다. 밀레디는 유심히 귀를 기울였다. 그녀는 남작의 이야기를 들으면서 표정을 감추려고 몹시 애를 썼다. 그렇지만 그녀가 이야기를 기분 좋게 듣고 있지 않다는 것은 누구라도 쉽게 알 수 있었다. 그녀의 얼굴에는 핏대가 솟았고, 작은 발을 어쩔 줄 몰라하며 들썩이고 있었다.

윈터 경은 아무것도 알아차리지 못했다. 그는 이야기를 끝마치자 탁자로 다가갔다. 탁자 위의 쟁반에 에스파냐 포도주와 잔들이 놓여 있었다. 그가 두 잔에 술을 가득 따르고는 다르타냥에게 어서 들라는 시늉을 했다.

다르타냥은 영국인에게 건배를 거절하는 것은 두 사람 사이에 매우 무례한 행위라는 것을 알고 있었다. 그래서 탁자로 다가가 남아 있는 잔을 집었다. 그러면서도 밀레디에게서 조금도 눈을 떼지 않았다. 그녀의 표정이 곧장 변하는 모습을 거울을 통해 보았다. 이제 자기 얼굴이 누구에게도 보이지 않는다고 생각한 그녀의 표정에는 섬뜩한 기운이 감돌았다. 그러고는 손수건을 자근자근 깨물었다.

이때 예쁜 몸종 아가씨가 들어왔다. 다르타냥도 이미 얼굴을 본 적이 있는 그 아가씨였다. 이 몸종이 윈터 경에게 영어로 몇 마디 말했다. 윈터 경은 곧바로 다르타냥에게 급한 일로 가봐야겠으니 용서해 달라고 말했고, 자기 누이에게는 손님을 잘 부탁한다고 당부했다.

다르타냥은 윈터 경과 악수를 나누고 나서 밀레디 곁으로 돌아왔다. 그녀의 표정은 놀랄 만큼 변화가 빨랐다. 다시 상냥한 표정을 짓고 있었다. 다만 손수건에 조그만 붉은 얼룩이 여기저기 묻어 있는 것이 보였다. 피가 나도록 입술을 깨문 모양이었다.

그녀의 입술은 참으로 아름다웠다. 마치 산호와 같다는 찬사를 들을 만했다.

그들이 나누는 대화에 활기가 넘치기 시작했다. 밀레디가 이제야 진정이 된 듯했다. 그녀의 말에 의하면, 윈터 경은 오빠가 아니라 아주버니였다. 그러니까 밀레디는 그 가문의 둘째 아들과 결혼한 것이었다. 그러나 남편은 어린애 하나를 남겨놓고 세상을 떠났다. 만약 윈터 경이 결혼하지 않는다면 이 아이는 윈터 경의 유일한 상속자였다. 이 모든 이야기를 들은 다르타냥은 두 사람 사이에 무언가 감싸고 있는 베일 같은 것이 느껴졌다. 그러나 그 베일 아래 무엇이 있는지는 아직 파악하지 못했다.

게다가 반 시간쯤 대화를 나누고 나자 다르타냥은 밀레디가 프랑스 여자라는 것을 확신하게 되었다. 그녀는 순수하고 우아한 프랑스어를 구사했다. 이로 보아 그녀가 프랑스인이라는 점은 조금도 의심할 여지가 없었다.

다르타냥은 여자의 환심을 사는 말과 헌신의 맹세를 퍼부었다. 이 가스코뉴 청년의 입에서 흘러나오는 그 모든 말에 밀레디는 상냥한 미소로 답했다. 이윽고 물러갈 시간이 되었다. 다르타냥은 밀레디와 작별 인사를 하고 세상에서 가장 행복한 남자의 표정을 지으며 응접실에서 나왔다.

　계단을 내려가던 그는 예쁜 몸종 아가씨와 마주쳤다. 이 아가씨는 지나가면서 그의 몸과 살짝 스치자 얼굴이 홍당무가 되어 화들짝 놀라며 사과했다. 목소리가 너무나 부드러워서 당장 사과를 받아들이지 않을 수가 없을 정도였다.

　다르타냥은 이튿날 다시 찾아갔다. 그녀는 전날보다도 더 상냥하게 맞아주었다. 윈터 경이 와 있지 않았으므로, 이번에는 밀레디가 혼자서 접대해 주었다. 그녀는 그에게 깊은 관심을 보이는 듯했다. 어디 사는지, 어떤 친구들이 있는지, 추기경을 위해 일해 볼 생각은 없는지 등등 이것저것 물어보았다.

　다르타냥은 다 알다시피 스무 살 먹은 청년치고는 매우 신중한 사람이었으므로, 이때 밀레디에 대해 품고 있던 의혹이 새삼 머리에 떠올랐다. 그래서 온갖 말을 다하여 추기경을 찬양했다. 가령 트레빌이 아니라 카부아를 알고 지냈더라면 틀림없이 국왕의 근위대가 아니라 추기경의 근위대에 들어갔을 것이라고 말했다.

　밀레디는 아주 자연스럽게 화제를 돌리더니 다르타냥에게 영국에 가본 적은 없는지 넌지시 물었다.

　다르타냥은 트레빌의 명령으로 말을 사들이기 위해 영국에 파견되어 시험 삼아 네 마리의 말을 끌고 돌아온 적이 있다고 대답했다.

　밀레디는 이야기를 주고받는 동안 서너 번 입술을 깨물었다. 빈틈없는 이 가스코뉴 청년을 상대로 싸워야 한다는 사실에 놀란 듯했다.

　전날과 같은 시간에 다르타냥이 물러갔다. 복도에서 그는 또

아리따운 케티와 마주쳤다. 케티는 몸종의 이름이었다. 이 아가씨는 누가 보아도 눈치 챌 만큼 호의에 가득 찬 표정으로 그를 바라보았다. 그러나 그는 안주인에게 마음이 팔려 있었던지라, 이 아가씨에 대해서는 전혀 무신경했다.

다르타냥은 그 다음날도, 또 그 다음 다음날도 밀레디의 집을 방문했다. 그때마다 밀레디는 더욱더 상냥하게 맞아주었다.

그리고 또 그때마다 응접실이나 복도 또는 계단에서 예쁜 몸종과 마주쳤다.

그러나 다르타냥은 가련한 케티의 모습에 조금도 주의를 기울이지 않았다.

소송 대리인 집의 만찬

영국인들과의 결투에서 포르토스도 매우 큰 몫을 해냈다. 그렇다고 해서 그가 소송 대리인의 아내로부터 초대받은 만찬을 잊어버린 것은 아니었다. 이튿날 1시 무렵, 무스크통이 마지막으로 그의 옷을 손질하고 나자, 그는 두 가지 행운을 손에 넣은 사나이의 의기양양한 발걸음으로 우르스 가로 갔다.

그는 가슴이 두근거렸다. 그러나 다르타냥처럼 순진하고 성급한 사랑 때문이 아니라 물질적인 이해(利害) 때문에 피가 끓어올랐다. 마침내 그는 은밀한 문턱을 넘어, 코크나르의 돈이 한 푼 두 푼 올라갔던 미지의 계단을 이제 곧 오를 판이었다.

꿈속에서 골백번도 더 그려보았던 금고, 빗장을 걸고 자물쇠를 채워 방바닥에 고정시켜 놓은 길고 깊숙한 금고를 이제야 비로소 두 눈으로 볼 것이었다. 그는 이 금고에 대한 얘기를 자주 들었다. 이 금고가 감격에 겨워하는 그의 눈앞에서 소송 대리인 부인의 손, 사실 약간 말랐지만 아직 우아함이 남아 있는 그녀의 손에 의해 열린 터였다.

게다가 방황하는 돈 없는 사내, 가정 없는 남자이자 주막과 카바레와 선술집에 익숙해진 군인, 우연히 얻어먹은 한 입 분량의 음식으로 만족하지 않을 수 없었던 그가 집에서 만든 요리를 먹고 아늑한 집안 분위기를 만끽하며 나이든 병사들의 말대로 거칠게 사는 사람일수록 더 반긴다는 자질구레한 보살핌을 기꺼이 받아들일 생각이었다.

사촌 자격으로 날마다 찾아가서 맛있는 식사를 하고, 늙은 소송 대리인을 즐겁게 해주어 그의 주름진 이마를 펴주고, 젊은 서기들에게 바세트(카드놀이의 일종——옮긴이)와 파스 디스(주사위 세 개로 하는 놀이——옮긴이)와 랑스크네(독일 용병들의 카드놀이——옮긴이)를 하루 한 시간씩 가르쳐주는 사례비 명목으로 매달 그들의 저축금을 조금씩 뜯어내는 등, 포르토스는 이 모든 것이 생각만 해도 꿈만 같았다.

오래전부터 소송 대리인들에 대해 떠돌던 악소문이 있었다. 가령 인색하다느니 지저분하다느니 오랫동안 굶었다느니 하는 이런 소문들은 그들이 사라진 뒤에도 끈질기게 떠돌았다. 포르토스는 소송 대리인들에 관한 이런 악의적인 이야기들을 가끔씩 떠올리곤 했다. 코크나르 부인도 때때로 지나치게 인색한 경우가 있었다. 포르토스는 이렇게 갑작스레 인색한 모습이 느닷없게 느껴졌다. 그러나 그런 경우를 제외하면 그녀는 아무리 인색하기로 소문난 소송 대리인의 아내일지라도 꽤 후하게 돈을 썼다. 포르토스는 이런 사실을 알고 있었기 때문에, 집안 분위기가 풍족하리라 기대했다.

그렇지만 대문 앞에 서자 그는 약간 의심스러워지기 시작했다. 어귀에서부터 이상하다는 생각이 들었다. 어두컴컴한 골목길에서는 고약한 냄새가 났고, 계단은 난간의 틈 사이로 겨우 이웃집 마당에서 비추는 희멀건 햇빛이 스며들었다. 그리고 2층의 낮은 현관문에는 큼직큼직한 못이 박혀 있어 그랑 샤틀레의 정문을 연상시켰다.

포르토스가 현관문을 두드렸다. 손질 한번 하지 않은 더부룩한 머리털에 키가 크고 안색이 창백한 서기가 나와 문을 열어주었다. 힘이 세어 보이는 포르토스의 커다란 풍채, 신분을 나타내는 군복, 유복한 생활을 짐작하게 하는 혈색 좋은 얼굴을 보고는 존경하지 않을 수 없다는 표정으로 인사했다.

그 뒤에는 좀 더 키가 작은 서기, 두 번째 서기 뒤에는 좀 더 키가 큰 서기, 세 번째 서기 뒤에는 열두 살쯤 되어 보이는 사환이 줄지어 서 있었다.

서기가 모두 세 명 반인 셈이었다. 이로 보아 당시로서는 꽤나 번창한 사무소임을 알 수 있었다.

총사가 1시에 오기로 되어 있었는데도, 소송 대리인 부인은 정오부터 벌써 바깥을 내다보고 있었다. 연인의 마음에다 어쩌면 그의 주린 배가 보태져 그가 예정보다 빨리 오리라고 예상했다.

따라서 포르토스가 계단의 문으로 들어오는 동시에 코크나르 부인이 방문을 열고 나왔다. 그는 그녀의 모습을 보고서야 비로소 마음이 놓였다. 서기들이 호기심 어린 눈으로 그를 바라보자 그는 지위가 다른 서기들에게 무슨 말을 해야 좋을지 몰라, 꿀

먹은 벙어리 노릇을 하고 있었던 것이다.

"내 사촌 동생이야." 소송 대리인 부인이 외쳤다. "자, 어서 들어와요, 어서 들어와, 포르토스."

서기들이 포르토스라는 이름을 듣고 웃기 시작했다. 그러나 포르토스가 돌아보자, 다들 도로 정색을 했다.

소송 대리인의 서재에는 서기들이 있는 대기실과 그들이 일하는 사무실을 지나야 들어갈 수 있었다. 사무실은 쓸모없는 서류로 가득 찬 어두운 방이었다. 사무실에서 나오면 응접실로 통해 있었고, 오른쪽에는 부엌이 있었다.

포르토스는 이 모든 방들이 서로 연결되어 있다는 점이 마음에 들지 않았다. 문들이 열려 있어서 말소리가 멀리까지 들리게 되어 있었다. 그는 지나가면서 부엌을 얼른 살펴보았다. 성대한 식사를 준비할 때면 식도락가의 성소(聖所)에 감돌게 마련인 불기운이나 부산한 움직임이 없었다. 이는 소송 대리인 부인에게는 수치였고 포르토스에게는 섭섭한 일이었다.

소송 대리인은 미리 이 방문 소식을 들었는지 포르토스를 보고도 조금도 놀라지 않았다. 포르토스는 초연한 태도로 소송 대리인을 향해 걸어나가 깍듯이 인사를 했다.

"보아하니 우린 사촌 간이더군, 포르토스 군?" 소송 대리인이 팔에 힘을 주어 등나무 의자에서 몸을 일으키면서 말했다.

이 늙은이는 가녀린 몸을 헐렁헐렁한 검은 윗도리로 감싸고 있었다. 안색이 핼쑥하고 몸은 야위었다. 조그만 회색 눈이 석류알처럼 반짝거렸다. 그의 얼굴에서 오직 눈만이 찌푸린 입과 더불어 아직 생기를 잃지 않고 있는 듯했다. 불행히도 두 다리로 뼈만 앙상한 몸조차 더 이상 지탱할 수 없게 되었다. 그는 이렇게 쇠약해지는 증세가 시작된 대여섯 달 전부터 거의 아내의 노예나 다름없었다.
 그 때문에 사촌 처남을 체념하고 맞아들였던 것일 뿐, 다른 이유가 있었던 것은 아니었다. 다리만 정정했다면 포르토스와의 인척 관계를 일절 인정하지 않았을 것이다.
 "예, 사촌 간이죠." 포르토스가 그다지 당황하지 않고 말했다. 그에게서 열렬한 환영을 받으리라고는 처음부터 기대하지도 않았다.
 "처사촌이라고 봐야겠지, 안 그런가?" 소송 대리인이 심술궂게 말했다.
 포르토스는 이 빈정거림을 조금도 느끼지 못하고 그저 순진한 말이라고만 생각했다. 굵직한 콧수염을 움직이며 웃었다. 코크나르 부인은 소송 대리인에게 순진함을 기대할 수 없다는 것을 익히 알고 있었던 까닭에 살짝 미소를 짓는 듯하더니 얼굴을 붉혔다. 포르토스가 나타났을 때 코크나르는 떡갈나무 책상의 정면에 놓여 있는 커다란 붙박이장 쪽으로 걱정스러운 듯 시선을 던졌었다. 포르토스는 이 붙박이장이 꿈에 그리던 금고임이 틀림없다고 생각했다. 자신이 상상한 것과는 많이 달랐지만, 꿈속에서 그려본 것보다 1미터 이상 더 높다는 사실에 만족해했다.
 코크나르는 족보 캐묻기를 그만두었다. 대신 불안한 눈길을 붙박이장에서 포르토스 쪽으로 돌리면서 그저 한마디 하는 데에서 그쳤다.
 "우리 사촌이 전투에 나서기 전에 식사라도 한번 같이해야지. 안 그래, 여보?"
 이번에는 포르토스가 강한 식욕을 느꼈다. 시장기가 몰려왔다. 코크나르 부인도 비슷했다. 그녀가 덧붙였다.

"만약 대접이 나쁘다고 생각하면 우리 사촌은 다시는 오지 않을 거예요. 하지만 그렇지 않다면 파리에 있을 시간도 별로 많지 않고, 그래서 우리가 만날 기회도 없으니까, 파리를 떠날 때까지는 언제든지 와달라고 해야지요."

"아이고, 다리야, 내 불쌍한 다리! 너희들 어디 있냐?" 코크나르가 중얼거렸다. 그러고는 억지로 웃어 보이려 했다.

앞으로의 후한 식사 대접에 대한 기대가 무산되려는 순간 소송 대리인 부인이 이렇게 구원의 손길을 뻗쳐준 것에 대해 포르토스는 무척 고맙게 생각했다.

이윽고 식사 시간이 되었다. 모두들 부엌 맞은편에 있는 어두컴컴하고 넓은 식당으로 자리를 옮겼다.

보아하니 서기들은 집 안에서 여태껏 맡아본 적이 없는 냄새에 모두들 들뜬 듯했다. 군인처럼 절도 있는 자세로 등받이 없는 의자를 잡고 언제라도 앉을 태세를 갖추고 있었으며, 음식이 나오기도 전에 턱을 씰룩거렸다.

'빌어먹을!' 포르토스가 세 아귀(餓鬼)들을 쳐다보면서 생각했다. 사환은 주인과 같은 자리에서 식사를 하지 못하는 것이 당시의 상례였다. '빌어먹을! 나라면 이따위 대식가들을 들여놓지 않을 거야. 꼭 두 달쯤 굶은 조난자들 같군.'

코크나르가 나타났다. 그가 탄 휠체어를 코크나르 부인이 밀고 들어왔다. 포르토스가 얼른 다가가 코크나르 부인 대신 휠체어를 식탁까지 밀어주었다.

코크나르는 방에 들어오자 서기들처럼 코를 씰룩거렸다.

"오! 오!" 그가 말했다. "수프 맛이 썩 괜찮겠는데!"

"도대체 이런 수프가 뭐가 특별하다는 거지?" 포르토스가 희멀건 수프를 보고 중얼거렸다. 양은 많았으나 건더기라곤 아무 것도 없었다. 겨우 빵 껍질 몇 조각만이 바다에 떠 있는 섬처럼 듬성듬성 보일 뿐이었다.

코크나르 부인이 쌩긋 웃었다. 이 미소를 신호로 모두들 얼른 자리에 앉았다.

코크나르가 제일 먼저, 다음으로는 포르토스가 수프를 받았다. 뒤이어 코크나르 부인이 자신의 접시에 수프를 가득 덜었다. 그러고 나니 국물은 거의 없어지고 서기들 몫으로는 빵 껍질만 남았다.

이때 식당 문이 삐걱거리며 저절로 열렸다. 빼꼼히 열린 문틈으로 꼬마 서기의 모습이 포르토스의 눈에 띄었다. 그는 만찬에 참석하지 못하고 부엌과 식당에서 풍기는 냄새를 반찬 삼아 빵을 먹고 있었다.

수프를 다 먹고 나자, 하녀가 삶은 닭요리를 가져왔다. 다른 사람들에게는 굉장한 요리인 모양이었다. 눈이 휘둥그레지는 것이 눈알이 쏟아질 것만 같았다.

"당신은 친정 식구를 꽤나 아끼는군." 소송 대리인이 비장한 미소를 지으면서 말했다. "사촌 동생을 위해 정말 푸짐하게 준비했는걸."

암탉은 가엾게도 삐쩍 말라 있었다. 닭살이 돋은 껍질이 하도 두꺼워서 아무리 애를 써도 뼈가 보이지 않을 정도였다. 닭장에 들어앉아 늙어 죽기를 기다리고 있었던 이 암탉을 찾기 위해 한참 동안 땀깨나 뺐을 것이 틀림없었다.

'제기랄!' 포르토스가 생각했다. '이건 너무 지독한데. 나이

든 이를 존경하긴 하지만 삶거나 구운 것은 싫은데.'

그는 모두들 자신과 같은 생각인지 좌중을 둘러보았다. 그러나 다른 사람들은 생각이 정반대인 듯했다. 모두들 눈이 이글이글 타오르고 있었다. 그에게는 경멸의 대상인 이 숭고한 암탉을 다른 이들은 미리 눈으로 탐식했다.

코크나르 부인이 요리를 자기 앞으로 끌어당겼다. 크고 검은 다리 두 개를 요령 있게 뜯어내어 남편의 접시에 놓았다. 목은 잘라서 머리와 함께 자기 몫으로 따로 놓았다. 날개는 포르토스를 위해 떼어놓았고, 나머지는 방금 닭요리를 가지고 들어왔던 하녀에게 도로 내주었다. 닭의 몸통은 거의 손도 대지 않은 상태로 되돌아갔다. 저마다 실망하는 서기들의 표정을 포르토스가 살펴볼 겨를도 없이 닭요리는 자취를 감추었다.

암탉 대신 잠두콩 요리가 들어왔다. 커다란 접시에는 얼핏 보기에 고기가 붙어 있음 직한 양 뼈다귀 몇 개가 들어 있는 듯했다.

그러나 서기들은 이런 속임수에 넘어가지 않았다. 그들의 서글픈 표정이 이제는 체념으로 바뀌었다.

코크나르 부인은 살림 잘 하는 주부의 절도를 지켜 젊은이들에게 이 요리를 나눠주었다.

포도주가 나올 차례가 되었다. 코크나르가 아주 작은 술병을 들고 젊은이들의 잔에 골고루 3분의 1 정도씩 따랐다. 자기 몫도 거의 그만큼만 따른 뒤에, 곧바로 술병을 포르토스와 부인 쪽으로 넘겨주었다.

젊은이들은 3분의 1만 채운 술잔에 물을 가득 타서 절반만 마시고는 다시 물을 부어 술잔을 가득 채웠다. 이러기를 몇 번이고 되풀이했다. 식사가 끝날 무렵에 그들은 붉은 갈색에서 옅은 갈색으로 변한 술을 마시고 있을 뿐이었다.

포르토스는 머뭇머뭇 암탉의 날개를 먹었다. 식탁 아래에서 소송 대리인 부인의 무릎이 자기 무릎에 와닿는 것을 느끼자 몸이 떨렸다. 그도 역시 서기들이 아끼고 아끼면서 마시는 포도주를 반 잔쯤 마셔보았다. 포도주를 많이 마셔본 사람의 숙련된 입에는 공포의 대상인, 그 끔찍한 몽트뢰유 포도주라는 것을 알아차렸다.

코크나르는 그가 포도주를 물도 타지 않은 채 들이켜는 모습을 보고 한숨을 쉬었다.

"이 잠두콩도 좀 먹어보겠어, 포르토스?" 코크나르 부인이 말했다. 그 여자의 말투에는 '제발 먹지 마세요.'라는 뜻이 담겨 있었다.

"이런 걸 어떻게 먹는담!" 포르토스가 아주 나직한 목소리로 중얼거리더니 큰 소리로 말했다. "고맙습니다, 누님, 이젠 배가 부르군요."

잠시 침묵이 흘렀다. 포르토스는 어떻게 해야 할지 몰랐다. 소송 대리인은 여러 차례 똑같은 말을 되풀이했다.

"아! 여보, 부인! 찬사를 보내야겠구려. 참으로 음식 솜씨가 좋군. 이건 정말 잔칫상인데. 참 많이도 먹었다!"

코크나르는 수프, 암탉의 검은 다리 두 개, 그리고 유일하게 고기가 약간 붙어 있었던 양 뼈다귀를 먹었다.

포르토스는 속임수를 당하고 있다고 생각했다. 콧수염을 쓸어올리고 눈살을 찌푸리기 시작했다. 그러나 코크나르 부인이 참으라는 뜻으로 은밀하게 무릎을 갖다 댔다.

포르토스에게는 갑작스러운 침묵과 잠시 동안 식사가 중단되는 상황이 여전히 이해되지 않았다. 그러나 서기들에게는 가혹한 의미를 띠고 있었다. 소송 대리인의 시선과 코크나르 부인의 미소를 신호로 그들은 천천히 식탁에서 일어났다. 그리고 천천히 냅킨을 접더니 인사를 하고 나갔다.

"자, 젊은이들은 일을 하면서 소화를 시키게나." 소송 대리인이 아무렇지도 않다는 듯이 말했다.

서기들이 나가자 코크나르 부인이 일어나서 찬장을 열고는 치즈 한 조각, 마르멜로 열매의 설탕 조림, 그리고 복숭아와 벌꿀로 손수 만든 과자를 내왔다.

코크나르가 눈살을 찌푸렸다. 음식을 너무 많이 내놓는다고 생각했기 때문이다. 포르토스가 입술을 깨물었다. 먹을 것이 너무 없다고 생각했기 때문이다.

포르토스는 잠두콩 요리가 아직도 있나 하고 살펴보았다. 잠두콩 접시는 이미 사라졌다.

"굉장한 성찬이군." 코크나르가 의자 위에서 몸을 흔들며 외쳤다. "정말 진수성찬이야. '에풀라이 에풀라룸(epulœ epularum, 향연 중의 향연——옮긴이)'이라고. 루쿨루스(로마의 장군——옮긴이)가 루쿨루스와 식사를 하는군."

포르토스가 옆에 있는 술병을 보았다. 포도주와 빵과 치즈로 배를 좀 더 채우려고 했으나 술이 없었다. 코크나르 부부는 술병이 빈 것을 모르는 체하고 있었다.

'좋아, 이제 알겠어.' 포르토스가 속으로 생각했다.

그는 숟가락으로 잼을 조금 떠서 핥아 먹었다. 코크나르 부인이 만든 끈끈한 밀가루 과자에 이를 박아 넣었다.

'더 이상 참을 수 없어.' 그가 생각했다. '코크나르 부인과 함께 남편의 금고 속을 들여다본다는 희망이 없다면 이러고 있을 게 뭐 있어!'

코크나르는 자기 입으로 지나친 성찬이라고 말한 이 거창한 식사를 다 마치자 이제는 낮잠이나 한숨 자고 싶었다. 포르토스는 그가 이 방에서 당장 낮잠을 잤으면 싶었다. 그러나 망할 놈의 소송 대리인은 결코 그의 뜻대로 움직여주지 않았다. 붙박이장이 있는 그의 방까지 데려다주어야 했다. 방에 도착하자 이번에는 붙박이장 앞이 아니라고 소리소리 질러댔다. 그 앞까지 밀어다 주었는데도, 안심이 안 된다는 듯이 붙박이장의 가장자리에 발을 올려놓았다.

코크나르 부인이 포르토스를 옆방으로 데리고 갔다. 거기에서 포르토스와 화해를 시도했다.

"일주일에 세 번은 식사를 하러 와도 괜찮아요." 그 부인이 말했다.

"고맙지만 지나치게 신세를 지고 싶지는 않습니다." 포르토스가 말했다. "게다가 출전 준비도 해야 하니까요."

"참, 그렇죠." 코크나르 부인이 신음하듯 말했다. "큰일 났군요, 그놈의 장비가 문제겠어요."

"아, 정말 큰일입니다." 포르토스가 말했다.

"그런데 대관절 필요하신 장비가 무엇무엇인가요, 포르토스 씨?"

"오! 여러 가지가 있어요." 포르토스가 말했다. "총사대원들은 아시다시피 정예병이거든요. 근위대원이나 스위스 용병에게는 필요 없는 물건까지도 있어야 합니다."

"좀 더 자세하게 말해 주세요."

"다 해서 얼마쯤이냐면······." 포르토스가 말했다. 그는 구체적으로 무엇무엇이라고 말하기보다는 총액을 알려주고 싶었다.

코크나르 부인은 바르르 떨면서 기다렸다.

"얼마나 들까요?" 그 여자가 말했다. "너무 많이 들지······." 그 여자가 말을 멈추었다. 말문이 막힌 모양이다.

"오! 아닙니다." 포르토스가 말했다. "기껏해야 2,500리브르를 넘지 않습니다. 절약하면 2,000리브르만으로 해결될 것입니다."

"맙소사, 2,000리브르나!" 그 여자가 외쳤다. "큰돈인데요."

포르토스가 의도적으로 인상을 찌푸렸다. 코크나르 부인은 그의 표정이 무슨 뜻인지 이해했다.

"세부 항목을 말해 달라고 했잖아요." 그 여자가 말했다. "나는 장사를 하는 친척이나 의뢰인을 많이 아니까, 당신이 사는 것보다도 훨씬 싸게 살 수 있지 않겠어요?"

"아! 예!" 포르토스가 말했다. "그런 뜻이었군요!"

"그래요, 포르토스 씨! 우선 말이 필요하지 않겠어요?"

"예, 한 마리 필요합니다."

"그건 제가 어떻게 해드릴 수 있겠어요."

"아!" 포르토스가 얼굴을 반짝이면서 말했다. "그러면 말은 됐고요, 다음에 마구가 한 벌 필요합니다. 거기에 필요한 물건들은 총사만이 살 수 있습니다. 300리브르를 넘지는 않을 것입니다."

"300리브르, 그럼 300리브르라 치고요." 소송 대리인 부인이 한숨을 쉬었다.

포르토스는 미소를 지었다. 기억하다시피, 버킹엄 공작으로부터 받은 안장이 있으니, 이 300리브르는 슬그머니 그의 주머니 속으로 들어갈 터였다.

"그리고 하인이 탈 말과 여행 가방이 필요합니다." 그가 계속했다. "무기는 신경 쓰지 않아도 돼요."

"하인을 위한 말이라고요?" 소송 대리인 부인이 머뭇거리면서 말을 이었다. "내 친구는 대귀족이었군요."

"아니, 부인!" 포르토스가 도도하게 말했다. "제가 무슨 농부라도 되는 줄 아셨습니까, 혹시?"

"그럴 리가요. 다만 예쁜 당나귀가 말처럼 훌륭해 보이는 경우도 때로 있으니까, 무스크통에게는 예쁜 당나귀를 구해 주면 안 될까 싶어서……."

"그래요, 예쁜 당나귀로 하죠." 포르토스가 말했다. "당신 말이 맞습니다. 에스파냐의 대귀족들은 수행원을 당나귀에 태우고 다니더라고요. 그러나 당나귀에 깃털 장식과 방울을 달아야 합니다. 알고 있죠, 코크나르 부인?"

"걱정 마세요." 소송 대리인 부인이 대답했다.

"이제 남은 건 여행 가방인데……." 포르토스가 말을 이었다.

"오! 조금도 염려하지 마세요." 코크나르 부인이 외쳤다. "남편에게 대여섯 개 있으니까, 제일 좋은 걸 고르세요. 그중에서도 특히 남편이 여행할 때 꼭 들고 다니는 것이 하나 있는데, 코끼리라도 들어갈 만큼 커요."

"비어 있나요?" 포르토스가 천연덕스럽게 물었다.

"물론 비어 있어요." 코크나르 부인도 천연덕스럽게 대답했다.

"아! 하지만 내게 필요한 가방은 속이 가득 차 있는 가방이오, 사랑하는 부인!"

코크나르 부인이 또다시 한숨을 내쉬었다. 몰리에르가 『수전노』라는 희곡을 쓰기 전이니까, 코크나르 부인은 아르파공보다 한 세대 앞선 셈이다.

나머지 준비물에 관해서도 똑같은 식으로 의논했다. 그 결과 코크나르 부인이 남편으로부터 현금으로 800리브르를 뜯어내고, 포르토스와 무스크통을 영광의 전쟁터로 데려다 줄 말과 당나귀를 마련해 주기로 결정되었다.

모든 조건이 합의되었다. 이자와 상환 기한까지 정해졌다. 포르토스가 코크나르 부인과 작별 인사를 나누었다. 부인은 그에게 애교 섞인 눈짓을 보내며 그를 더 붙잡아 보려고 애를 썼으나 포르토스는 근무를 해야 한다는 핑계를 댔다. 결국 코크나르 부인은 국왕의 우위(優位)를 인정하고 포르토스를 놓아주지 않을 수 없었다.

총사는 허기와 불쾌한 기분을 느끼며 집으로 돌아갔다.

몸종과 여주인

그동안 다르타냥은 양심의 외침과 아토스의 충고에도 불구하고, 시간이 갈수록 밀레디에게 더욱 빠져들었다. 그래서 하루도 빠짐없이 그 여자를 찾아가서 환심을 사려고 했다. 대담한 가스코뉴 청년 다르타냥은 자신의 이러한 노력에 조만간 그녀가 응답을 하리라고 확신하고 있었다.

어느 날 저녁, 마치 황금 비라도 기다리는 사람처럼 의기양양하게 가뿐한 발걸음으로 찾아갔을 때, 정문 아래에서 밀레디의 몸종과 마주쳤다. 그런데 이번에는 이 예쁜 케티가 지나가면서 쌩긋 웃기만 하는 것으로 그치지 않고 가만히 그의 손을 잡았다.

'됐다!' 다르타냥이 속으로 말했다. '여주인으로부터 무슨 말을 전하라고 부탁을 받았겠지. 그녀는 차마 자기 입으로 말할

수가 없어서 밀회의 약속을 이렇게 전하는가 보다.'

그러면서 최대한 늠름한 태도로 아름다운 아가씨의 얼굴을 바라보았다.

"잠시 드릴 말씀이 있는데요, 기사님······." 몸종이 더듬더듬 말했다.

"말해 봐, 아가씨, 말해 봐, 어디 들어봅시다." 다르타냥이 말했다.

"여기서는 안 돼요. 제가 드릴 말씀은 너무 길고, 다른 사람이 들어서는 안 되는 얘기거든요."

"음! 그럼 어떻게 하는 것이 좋을까?"

"기사님께서 저와 함께 가셨으면······." 케티가 수줍은 듯 말했다.

"어디든지 좋아, 아름다운 아가씨."

"그럼 따라오세요."

케티는 다르타냥의 손을 놓지 않고 그를 좁은 나선 계단으로 이끌어갔다. 어두컴컴했다. 케티는 열댓 계단쯤 올라간 뒤에 문을 열었다.

"들어오세요, 기사님." 케티가 말했다. "여기는 우리밖에 없어요. 안심하고 이야기할 수 있을 겁니다."

"이 방은 도대체 무슨 방이지, 귀여운 아가씨?" 다르타냥이 물었다.

"제 방입니다, 기사님. 저 문으로 주인 마님의 방과 통하고 있지만 안심하세요. 이쪽에서 하는 얘기는 들리지 않을 뿐만 아니라, 마님은 자정에야 돌아와 주무시니까요."

다르타냥이 주위를 둘러보았다. 소박하고 깔끔한 작은 방이었다. 그러나 그의 시선은 자기도 모르게, 방금 케티가 밀레디의 방과 연결된다고 말한 문 쪽으로 쏠렸다.

케티가 젊은이의 속마음을 알아차리고 한숨을 쉬었다.

"저희 마님을 정말 사랑하고 계시는군요, 기사님!"

"아무렴! 말로 다할 수 없을 지경이다! 미칠 것만 같구나!"

케티가 다시 한 번 한숨을 쉬었다.

"아! 참 안타까운 일이네요!" 케티가 말했다.

"아니, 뭐가 그렇게 안타깝다는 말이냐?"

"마님은 기사님을 전혀 사랑하지 않으시니까요."

"뭐라고!" 다르타냥이 말했다. "마님이 너더러 나에게 그렇게 전하라고 이르더냐?"

"오! 아니에요! 그런 것이 아니라, 제가 기사님을 생각해서 알려드리려고 결심한 거예요."

"고맙구나, 케티. 네가 그렇게 걱정해 주는 건 참으로 고맙다. 그러나 너도 인정하겠지만, 방금 네가 한 얘기는 조금도 유쾌하지 않구나."

"제가 한 얘기를 곧이듣지 않으신다는 말씀이군요?"

"자존심 때문에라도, 그런 얘기는 누구나 믿으려 들지 않는 법이야."

"그러니까 기사님도 제 말을 믿지 않으시는군요?"

"네 주장을 받쳐줄 만한 증거가 없다면 그럴 수밖에 없지 않겠니……."

"이것에 대해 어떻게 생각하세요?"

케티가 가슴에서 조그만 쪽지 하나를 꺼냈다.

"나에게 전하라는 것이냐?" 다르타냥이 얼른 그 편지를 받아들었다.

"아니요, 다른 사람한테 갈 거예요."

"다른 사람한테?"

"예."

"누구냐? 그의 이름, 그의 이름은?" 다르타냥이 외쳤다.

"주소를 보세요."

"바르드 백작 귀하."

자존심이 강한 가스코뉴 청년의 머리에는 이내 생 제르맹에서의 광경이 떠올랐다. 그는 잽싸게 봉투를 찢었다. 케티는 비명을 질렀지만 소용없었다.

"어머나, 기사님! 무슨 짓을 하시는 거예요?"

"아무것도 아니야!" 다르타냥이 말하고 나서 편지를 읽었다.

첫 번째 편지에는 답장을 못 받았습니다. 몸이 편찮으신지요, 아니면 기즈 부인의 무도회에서 저를 어떤 눈으로 바라보셨는지 벌써 잊으셨는지요? 백작님, 다시 한 번 기회를 드리겠습니다. 놓치지 마십시오!

다르타냥은 얼굴이 새파래졌다. 자존심에 상처를 입은 그는 자신의 사랑이 모욕받았다고 생각했다.

"아, 가엾어라, 다르타냥 씨!" 케티가 연민에 가득 찬 목소리로 말하면서 또다시 젊은이의 손을 쥐었다.

"날 측은하게 생각하는구나, 네가!" 다르타냥이 말했다.

"그럼요! 진심으로! 저도 사랑이 무엇인지 알고 있거든요!"

"사랑이 무엇인지 알고 있다고?" 다르타냥이 말했다. 처음으로 케티를 유심히 바라보았다.

"예, 슬프게도 그렇습니다!"

"음, 그렇다면 나를 동정하지 말고 내가 네 주인에게 복수할 수 있도록 거들어준다면 더 좋겠는데."

"어떻게 복수하실 생각인데요?"

"이 연적을 제치고 그녀의 사랑을 얻고 싶구나."

"그렇다면 도와드릴 수 없어요, 기사님!" 케티는 딱 잘라 거절했다.

"왜 그렇지?" 다르타냥이 물었다.

"두 가지 이유 때문이에요."

"두 가지 이유라고?"

"첫째, 마님은 결코 기사님을 좋아하시지 않을 테니까요."

"네가 그것을 어떻게 알지?"

"나리는 마님의 가슴에 상처를 주었거든요."

"내가! 내가 무엇으로 그녀의 마음에 상처를 줄 수 있겠느냐? 그녀를 알게 된 후로 노예처럼 섬기고 있는 내가 말이다! 제발, 그 이유를 말해 봐."

"누구에게도 털어놓지 않을 겁니다. 제 마음을 진심으로 이해하는 사람이 아니라면……."

다르타냥이 다시 한 번 케티를 바라보았다. 이 아가씨는 많은 공작 부인들이 신분을 버리고서라도 탐낼 만한 젊음과 아름다움을 지니고 있었다.

"케티. 원한다면 네 마음속 밑바닥까지 읽어보겠어. 사랑스러운 아가씨, 그런 것은 아무래도 좋아!"

그가 케티에게 입을 맞추었다. 가엾은 소녀는 앵두처럼 새빨개졌다.

"싫어요!" 케티가 외쳤다. "당신은 저를 사랑하지 않아요! 당신이 사랑하는 사람은 마님이잖아요. 방금도 그렇게 말씀하셨는걸요."

"그러면 두 번째 이유는 알려주지 않을 건가?"

"두 번째 이유는……." 다르타냥의 입맞춤과 부드러운 눈길에 용기를 얻은 케티가 말을 이었다. "사랑엔 양보가 없기 때문이에요."

그때에야 비로소 다르타냥은 케티의 시름겨운 눈빛, 응접실이나 계단 또는 복도에서 마주친 장면, 마주칠 때마다 손을 스친 일, 한숨을 꾹 참으려는 듯한 표정이 새삼 생각났다. 그러나 그는 귀부인의 마음에 들려는 욕심에 사로잡혀 있었기 때문에 몸종 따위는 안중에도 없었다. 독수리를 쫓는 자는 참새를 거들떠보지 않는 법이니까.

그러나 이번에는 다르타냥도 케티가 방금 전에 그토록 솔직하게, 그토록 대담하게 고백한 사랑을 충분히 이용할 수 있다는 것을 한눈에 꿰뚫어 보았다. 바르드 백작에게 전해질 편지를 가로챌 수도 있고, 여주인의 방과 가까운 케티의 방에 언제든지 들어가 정보를 얻어낼 수 있다고 생각했다. 어떻게든 밀레디의 마음을 얻으려는 생각에 벌써부터 머릿속으로는 가엾은 아가씨를 희생시켰다.

"그래!" 그가 케티에게 말했다. "케티, 네가 나에게 없다고 생각하는 사랑의 증거를 보여줄까?"

"무슨 사랑 말씀이세요?" 아가씨가 물었다.

"너를 향해 내 가슴속에서 막 솟아나려는 사랑 말이다."

"그 증거란 뭔가요?"

"평소라면 네 마님과 보내는 시간을 오늘 저녁에는 너와 함께 보내면 어떻겠니?"

"아, 좋아요!" 케티가 손뼉을 치면서 말했다. "그럼 얼마나 좋을까요!"

"자, 이리 와." 다르타냥이 안락의자에 앉으면서 말했다. "너는 내가 본 하녀들 중에서 제일 어여쁘구나!"

그가 너무나도 달콤하게 속삭였기 때문에, 처음부터 무슨 말이든 믿고 싶었던 가엾은 아가씨는 이내 그를 믿어버리고 말았다. 그렇지만 다르타냥의 예상과는 달리 예쁜 케티는 결코 몸을 허락하지 않았다.

서로 몸싸움을 주고받는 사이에 시간이 빨리도 지나가버렸다. 괘종시계가 밤 12시를 쳤다. 거의 동시에 밀레디의 방에서 종소리가 들렸다.

"어머나!" 케티가 외쳤다. "마님이 불러요! 돌아가세요, 어서 돌아가요!"

다르타냥이 일어섰다. 모자를 집어 들고 나가려는 듯했다. 그러나 계단 쪽 문이 아니라 큰 옷장의 문을 얼른 열고는 밀레디의 옷 속에 웅크리고 앉아버렸다.

"도대체 뭘 하시는 거예요?" 케티가 외쳤다.

다르타냥은 미리 열쇠를 집어 들고 있었다. 안에서 말없이 옷장 문을 잠가버렸다.

"아니, 얘가!" 밀레디가 날카로운 목소리로 소리쳤다. "자고 있는 거냐, 종을 울려도 오지 않게?"

옆방 문이 왈칵 열렸다. 그 소리가 다르타냥에게 들렸다.

"지금 가요, 마님, 지금 가요!" 케티가 여주인에게 뛰어가면서 외쳤다.

두 여자가 침실로 들어갔다. 쪽문이 열린 채였다. 그래서 다르타냥은 한동안 밀레디의 꾸짖는 소리를 들을 수 있었다. 이윽고 그녀가 진정한 모양이었다. 케티가 여주인의 옷을 벗겨주었다. 그들 사이에 대화가 오가기 시작했는데, 바로 그가 화젯거리였다.

"그런데 말이다." 밀레디가 말했다. "그 가스코뉴 청년이 오늘 저녁에는 안 보이던데?"

"예, 마님." 케티가 말했다. "오지 않았어요! 아직 마님의 사랑을 얻기 전인데, 변덕스러운 사람일까요?"

"아니야, 그럴 리 없다! 틀림없이 트레빌 씨나 데제사르 씨가 막았을 거다. 나는 다 알고 있어, 케티. 그 사람은 내 손아귀에 들어 있거든."

"어떻게 하실 거예요, 마님?"

"어떻게 할 거냐고! 걱정 마라, 케티. 그와 나 사이에는 그가 모르는 일이 있거든……. 그가 끼어드는 바람에 추기경 예하의 신임을 잃을 뻔했다니까……. 오! 꼭 복수하고야 말겠어!"

"마님이 그를 사랑하시는 줄 알았는데요?"

"내가 그를 사랑한다고! 오히려 그를 싫어해! 바보 같은 자야. 윈터 경을 죽일 수 있었는데도 죽이지 않았어. 그 바람에 나만 30만 리브르의 연금을 잃게 됐지 뭐냐!"

"맞습니다." 케티가 맞장구쳤다. "마님의 아드님이 그분의 유일한 상속인이니, 성년이 되실 때까지는 마님께서 그의 재산을 마음대로 누리실 수 있었을 텐데 말이에요."

다르타냥은 뼛속까지 오싹해지는 느낌이 들었다. 그 상냥했던 여자가 여느 때와는 달리 저렇게도 날카로운 목소리로, 그토록 그녀에게 호의를 다했던 사나이를 죽이지 않았다고 다르타냥을 비난했기 때문이다.

"그러니까……." 밀레디가 계속했다. "추기경이 나에게 그를 관대하게 대하라고 당부하지만 않았더라면, 난 이미 그에게 복수했을 것이야. 한데 추기경이 왜 그랬는지 모르겠어."

"오, 그랬군요! 하지만 마님은 그가 사랑하는 하찮은 여자를 가만두지 않으셨잖아요."

"아! 포스와외르 가의 장사꾼 여편네 말이지? 그는 그 여자를 벌써 잊어버리지 않았을까? 정말 통쾌한 복수였어!"

다르타냥의 이마에 식은땀이 흘러내렸다. 이 여자는 정말 괴물이라는 생각이 들었다.

다시 귀를 기울여보았으나 불행히도 몸단장이 모두 끝나 버렸다.

"됐다." 밀레디가 말했다. "그만 네 방으로 돌아가거라. 내일은 어떻게든 내가 너에게 준 그 편지의 답장을 받아오도록 애써 보아라."

"바르드 씨에게 보내는 편지 말이죠?" 케티가 말했다.

"그래."

"바르드 씨는 그 가엾은 다르타냥 씨와는 정반대인 듯해요." 케티가 말했다.

"그만 나가라니까." 밀레디가 말했다. "쓸데없는 소리 그만두고."

문이 닫히는 소리가 들렸다. 밀레디가 혼자 있기 위해 안에서 빗장 두 개를 거는 소리도 들려왔다. 케티 쪽에서도 매우 조심스럽게 열쇠를 채웠다. 그러자 다르타냥이 옷장의 문을 밀었다.

"오, 맙소사!" 케티가 나직하게 말했다. "왜 그러세요? 얼굴이 얼마나 창백한지 몰라요!"

"가증스러운 계집이다!" 다르타냥이 중얼거렸다.

"조용히 하세요! 조용히! 그리고 어서 나가세요." 케티가 말했다. "이 방과 마님 방 사이에는 칸막이 한 장밖에 없어서 말소리가 다 들려요!"

"그러니까 더 안 나가겠다." 다르타냥이 말했다.

"뭐라고요?" 케티가 얼굴을 붉히면서 말했다.

"나가더라도…… 나중에."

그가 케티를 끌어당겼다. 이제는 더 이상 저항할 길이 없었다. 저항하면 소리가 나니까! 결국 케티는 몸을 맡겼다.

이것은 밀레디에 대한 복수였다. "복수는 신의 쾌락"이라고 들 하는 이유를 알 만했다. 그런 만큼 그에게 따뜻한 가슴이 조금 더 있었더라면, 그는 이 새로운 정복으로도 만족했을 것이다. 그러나 다르타냥에게는 야심과 자만밖에 없었다.

그가 처음으로 케티에게 물리력을 사용한 것은 보나시외 부인이 어떻게 되었는지 알아내려고 했기 때문이라는 사실을 짚고 넘어가야 한다. 그러나 이 가엾은 아가씨는 다르타냥에게 십자가를 걸고 보나시외 부인에 관해서는 아무것도 모른다고 맹세했다. 다만 그 여자가 죽지는 않았을 것이라는 말만 했다. 여주인이 비밀을 결코 내색하지 않기 때문이라는 것이었다.

밀레디가 추기경의 신임을 잃을 뻔한 이유에 관해서도 케티는 모르는 것이 많았다. 이 이유는 다르타냥이 더 잘 알고 있었다. 그가 영국을 떠나려고 했을 때 출항 정지를 당한 배에서 언뜻 밀레디를 보았으므로, 다이아몬드 장식끈이 문제가 되었을 것이라고 생각했다.

그러나 이 모든 것 중에서 가장 명백한 것은 밀레디가 다르타냥을 증오하는 진정한 이유는 그가 밀레디의 아주버니를 죽이지 않았기 때문이라는 것이었다.

다르타냥은 이튿날도 밀레디의 집으로 갔다. 그녀는 기분이 몹시 좋지 않은 상태였다. 그녀가 이렇게 안달을 하는 이유는 바르드 백작으로부터 답장이 없기 때문일 것이라고 생각했다. 케티가 들어왔으나 밀레디는 케티를 몹시 쌀쌀맞게 대했다. 케티가 다르타냥을 힐끗 쳐다보았다. '보다시피 당신 때문에 내가 이렇게 고통을 당하고 있다.'는 의미의 눈길이었다.

그러나 그날 저녁 헤어질 무렵에는 이 아름다운 암사자의 마음이 누그러졌다. 그녀는 미소를 지으면서 다르타냥의 달콤한 말을 들었다. 키스를 할 수 있게 손을 내밀기까지 했다.

다르타냥이 밀레디의 방에서 나왔다. 어떻게 생각해야 좋을지 갈피를 잡을 수 없었다. 그러나 여간한 일로는 이성을 잃을 다르타냥이 아니었으므로, 밀레디의 사랑을 얻으려고 수작을 부리면서도 머릿속으로는 작은 계획을 세워놓고 있었다.

현관문 앞에서 케티를 만났다. 전날과 같이 정보를 들으려고 케티의 방으로 올라갔다. 케티는 마님으로부터 몹시 꾸지람을 들었다고, 일에 소홀하다며 야단을 맞았다고 말했다. 밀레디로서는 바르드 백작이 답장을 주지 않은 까닭을 알 수 없었고, 그래서 케티에게 이튿날 아침 9시에 자기 방으로 와서 세 번째 편지를 가져가라고 명했다는 것이었다.

다르타냥은 케티에게 이튿날 아침 그 편지를 자기 집에 가져다주겠다는 다짐을 받아두었다. 가엾게도 이 아가씨는 애인이 바라는 것이라면 무엇이건 약속했다. 그 여자는 사랑에 눈이 먼 상태였다.

전날과 같은 과정이 반복되었다. 다르타냥은 옷장 속으로 들어가 숨었고, 밀레디는 케티를 불러 자기 몸단장을 시킨 다음에 케티를 내보내고는 문을 닫았다. 전날처럼 다르타냥은 새벽 5시에야 집으로 돌아갔다.

오전 11시에 케티가 왔다. 케티는 밀레디의 새 편지를 손에 들고 있었다. 이번에는 편지 때문에 다르타냥과 다투려고 하지도 않았다. 그가 하는 대로 지켜볼 뿐이었다. 케티는 몸도 마음도 이 아름다운 연인에게 바치고 있었다.

다르타냥이 편지를 꺼내 읽어 내려갔다.

당신을 사랑한다고 말하기 위해 쓰는 편지가 이번으로 세 번째입니다. 네 번째 편지에서는 당신을 증오한다고 쓰게 되지 않도록 조심하세요.

저에 대해 잘못했다고 뉘우치신다면, 이 쪽지를 전하는 아가씨가 당신에게 어떻게 용서받을 수 있는지 말해 줄 것입니다.

다르타냥은 편지를 읽으면서 몇 번이고 붉으락푸르락했다.
"아! 당신은 여전히 마님을 사랑하는군요!" 케티가 젊은이의 얼굴에서 잠시도 눈을 떼지 않고 있다가 말했다.
"아니야, 케티. 네가 잘못 생각하는 거야. 이제는 더 이상 이 여자를 사랑하지 않아. 다만 멸시당한 것에 대해 복수하고 싶을 뿐이야."

"그래요, 당신의 뜻은 잘 알고 있어요. 다 말씀해 주셨잖아요."

"너와는 상관없는 일이야, 케티! 내가 너만을 사랑하고 있는 건 너도 분명히 알고 있지!"

"어떻게 그런 걸 알 수 있어요?"

"내가 그 여자를 멸시하는 것으로."

케티가 한숨을 쉬었다.

다르타냥이 펜을 들고 편지를 썼다.

　부인, 저는 지금까지 당신의 편지 두 통이 과연 저를 상대로 쓰신 것이 맞는지 의심하고 있었습니다. 그만큼 저는 그 같은 영예를 받을 자격이 없다고 생각했습니다. 게다가 제 몸도 아직 회복되지 않았습니다. 아무튼 회답을 망설였습니다.

　그러나 오늘에서야 저는 당신의 과분한 호의를 믿게 되었습니다. 당신 편지뿐 아니라 당신의 몸종까지도 제가 당신으로부터 넘치는 사랑을 받고 있다고 확인시켜 주었기 때문입니다.

　신사라면 어떻게 용서받을 수 있는지 당신의 몸종으로부터 배울 필요도 없습니다. 오늘 저녁 11시에 용서를 빌러 가겠습니다. 이제 하루라도 늦어진다는 것은 또다시 당신에게 모욕이 되리라 생각합니다.

당신의 사랑으로 이 세상에서 가장 행복해진 사람
바르드 백작으로부터

이 쪽지는 가짜일 뿐만 아니라 부정한 것이었다. 오늘날 도덕의 관점에서 보면 비열한 행위이기도 했다. 그러나 당시에는 오늘날보다 덜 신중했던 모양이다. 게다가 다르타냥은 밀레디 자신의 입을 통해, 그녀가 더 중대한 일에서 배신의 죄를 범했다는 사실을 알고 있었기에, 그녀에게는 최소한의 경의조차도 품고 있지 않았다. 그렇지만 이처럼 그녀를 존경하지 않음에도 불구하고, 자기 몸을 태우는 어떤 엄청난 열정이 느껴졌다. 경멸로 가득 찬 정념이었다. 정념이라고 해도 좋고, 갈증이라고 해도 좋은 것이었다.

다르타냥의 계획은 아주 간단했다. 케티의 방을 통해 안주인의 방으로 들어간다, 놀라움과 부끄러움과 두려움에 떠는 순간을 틈타 그 여자를 정복한다, 어쩌면 실패할지도 모르지만 운에 맡기고 반드시 시도하겠다고 결심했다. 일주일이 지나면 전쟁이 시작될 터였다. 떠나야 할 때가 된 것이다. 다르타냥에게는 변함없는 사랑을 주고받을 시간이 없었다.

"자, 받아." 젊은이가 편지를 봉투에 넣어 봉한 다음 케티에게 건네주면서 말했다. "이 편지를 밀레디에게 주어라. 바르드 백작의 답장이야."

가엾은 케티는 금세 얼굴이 창백해졌다. 편지의 내용을 어렴풋이나마 짐작할 수 있었기 때문이다.

"내 말 들어봐." 다르타냥이 말했다. "너도 알겠지만, 어차피 다 들통이 나게 될 일이야. 네가 처음에 편지를 백작의 하인에게 주지 않고 내 하인에게 준 일, 바르드 백작이 받아보아야 할 그 후의 편지들을 내가 뜯어본 일을 밀레디가 알게 될지도 몰라. 그렇게 되면 그 여자는 너를 쫓아낼 것이고, 그걸로 복수를 끝낼 여자가 아니야."

"아! 내 신세야!" 케티가 말했다. "누구를 위해 제가 이런 위험한 꼴을 당하는 거지요?"

"나를 위해서지. 네 마음은 잘 알고 있단다." 젊은이가 대답했다. "그런 만큼 너에게 진심으로 감사하는 것 아니겠니."

"이 쪽지에는 무슨 사연이 들어 있죠?"

"밀레디가 너에게 말할 거야."

"아! 당신은 저를 사랑하고 있지 않아요!" 케티가 부르짖었다. "저는 참 불행한 여자예요!"

이런 비난에 대해서는 언제나 여자들이 속아 넘어가곤 하는 대답이 있으니, 이 방법으로 다르타냥은 케티가 더 큰 착각에 빠지도록 만들었다.

케티는 눈물을 흠뻑 흘린 후에야 이 편지를 밀레디에게 전하기로 결심했다. 모든 일이 다르타냥의 생각대로 진행되었다.

게다가 그는 케티에게 오늘 저녁 일찌감치 밀레디의 방에서 나와 곧장 케티의 방으로 올라가겠노라 약속했다.

이 약속으로 가엾은 케티의 마음이 완전히 가라앉았다.

아라미스와 포르토스의 장비

네 친구가 저마다 장비를 구하러 쏘다니기 시작한 뒤부터는 모임의 자리가 마련되지 않았다. 함께 모여서 식사하던 곳에서도 한두 사람이 꼭 빠지곤 했다. 시간이 쏜살같이 흘러갔다. 또 근무에도 그 귀중한 시간을 빼앗겼다. 단지 아토스가 자신의 맹세대로 문밖으로 나가지 않는 사정을 고려하여 일주일에 한 번씩 아토스의 집에서 1시경에 모이기로 약속했을 뿐이다.

케티가 다르타냥의 집으로 찾아온 날은 바로 이 모임의 날이었다. 케티가 돌아가자마자 다르타냥은 페루 가 쪽으로 향했다.

아토스와 아라미스는 공론을 벌이고 있었다. 아라미스가 성직으로 돌아갈까 하는 의향을 내비쳤다. 아토스는 여느 때처럼 만류도 하지 않았고 격려도 하지 않았다. 아토스는 각자의 자유의사에 맡겨야 한다는 입장이었다. 그는 상대방이 청하지 않으면 절대 먼저 충고하는 법이 없었다. 그것도 두 번 이상 청하지 않으면 그의 충고를 들을 수 없었다.

"일반적으로 사람들은 조언을 따르지 않기 위해서만 조언을 구한다네." 그가 말했다. "조언을 따른다 해도, 그렇게 조언했다고 비난받을 사람이 있었으면 해서야."

다르타냥이 도착하고 나서 곧바로 포르토스가 왔다. 네 친구가 모두 모인 셈이다.

네 사람의 얼굴에서 저마다 다른 네 가지 감정이 드러났다. 포르토스의 얼굴에는 평온이, 다르타냥의 얼굴에는 희망이, 아라미스의 얼굴에는 불안이, 아토스의 얼굴에는 무사태평함이 나타나 있었다.

대화가 시작된 지 얼마 되지 않아, 어떤 귀부인이 자기를 곤경에서 구해 주기로 했다고 포르토스가 넌지시 이야기하고 있을 때, 무스크통이 들어왔다.

그가 포르토스에게 집으로 돌아가자고 간청했다. 급한 일이 생겼다면서 울상을 지었다.

"내 장비에 관한 일이야?" 포르토스가 물었다.

"그렇기도 하고 그렇지 않기도 해요." 무스크통이 대답했다.

"그게 무슨 뜻이냐?"

"아무튼 가십시다, 주인님."

포르토스가 일어나서 친구들에게 인사를 하고는 무스크통을 따라 나갔다. 잠시 후에 이번에는 바쟁이 문 앞에 나타났다.

"무슨 일인가?" 아라미스가 부드럽게 물었다. 그는 성직을 생각할 때마다 말투가 부드러워지곤 했다.

"어떤 남자가 집에서 주인님을 기다리고 있습니다." 바쟁이 대답했다.

"어떤 남자가! 누군데?"

"웬 걸인입니다."

"적선이나 해주게나, 바쟁. 그리고 불쌍한 죄인들을 위해 기도를 드려달라고 말하게."

"그는 기어이 주인님과 이야기를 해야겠다면서 자기를 만나면 주인님이 무척 기뻐하실 거라고 합니다."

"내게 무슨 특별한 말을 하지는 않았겠지?"

"이러더군요. '아라미스 씨가 나를 만나기를 망설이면, 투르에서 온 사람이라고 말해 주오.' 라고요."

"뭐, 투르에서?" 아라미스가 외쳤다. "여러분, 잠깐 실례하겠네. 아마 그 사람은 내가 기다리던 소식을 가져온 모양이야."

그러고는 곧장 일어나서 황급히 떠났다. 이제 남은 것은 아토스와 다르타냥뿐이었다.

"저 녀석들은 일이 잘됐나 봐. 자넨 어떻게 생각하나, 다르타냥?" 아토스가 말했다.

"제가 알기로 포르토스는 순조로운 상태입니다." 다르타냥이 말했다. "아라미스에 대해서는, 사실 심각하게 걱정하지 않고 있었어요. 그런데 아토스 당신이야말로 정당한 전리품이었던 영국인의 돈을 아낌없이 나누어 줘버렸으니, 이제 어떻게 할 작정인가요?"

"나는 그 건달을 죽인 것으로도 무척 만족하고 있네, 이 사람아. 영국인을 죽인다는 건 퍽 기분 좋은 일이지만, 그의 돈을 주머니에 넣는다면 뒷맛이 개운치 않을 게 아닌가?"

"아니, 아토스! 당신은 정말 엉뚱하시군요."

"자, 그건 그렇다 치고 넘어가세, 넘어가! 어제 영광스럽게도 트레빌 씨가 나를 만나러 오셨네. 그때 나에게 무슨 말씀을 하셨는지 아는가? 추기경이 보호하는 수상한 영국인들을 자네가 자주 만난다던데 그게 무슨 말인가?"

"그건 제가 어떤 영국 여자의 집을 찾아간다는 얘깁니다. 언젠가 당신에게 말한 적이 있던 여자죠."

"아, 그래! 그 여자 말이지. 그 여자에 관해 내가 자네에게 충고한 적이 있었지. 물론 자네는 내 충고를 안 따랐지만 말이야."

"그럴 수밖에 없었던 이유는 당신에게 이미 말했지 않나요?"

"그래. 자네 말로는 장비를 갖추기 위해서라고 했지, 아마."

"천만에요, 그렇지 않아요! 그 여자가 보나시외 부인의 납치 사건에 연루되어 있다는 확증을 잡았어요."

"그래, 알겠네. 한 여자를 찾아내기 위해 다른 여자의 마음을 사자는 거지. 가장 멀리 돌아가는 길이긴 하지만 가장 재미있는 일이기도 할 거야."

다르타냥은 아토스에게 모든 것을 이야기해 버릴까 생각했다. 그러나 한 가지 문제 때문에 그만두었다. 아토스는 명예에 관한 한 엄격한 귀족이었다. 다르타냥이 밀레디를 상대로 세운 그 작은 계획 속에는 완고한 사나이의 동의를 얻어낼 수 없는 무언가가 있었다. 그래서 다르타냥은 침묵을 지키는 편이 낫겠다고 생각했다. 아토스는 호기심 같은 것은 조금도 없는 사람이었으므로 다르타냥의 고백은 거기서 그치고 말았다.

이 두 친구가 나누는 대화 속에는 중요한 이야기가 전혀 없었으므로 이제 아라미스를 따라가 보자.

자기와 이야기를 하고 싶어하는 사람이 투르에서 왔다는 소식에 아라미스가 얼마나 황급히 바쟁의 뒤를 따라나갔는지, 아니 오히려 얼마나 빨리 바쟁을 앞서갔는지는 앞에서 이미 얘기했다. 그는 페루 가에서 보지라르 가까지 단숨에 뛰어갔다.
　집에 들어가니 과연 어떤 남자가 기다리고 있었다. 키가 작고 눈이 총명해 보였다. 그러나 몸에는 누더기를 걸치고 있었다.
　"당신이 나를 만나자고 했소?" 총사가 물었다.
　"아라미스 씨를 만나고 싶은데 당신이 아라미스 씨입니까?"
　"그렇소, 내게 무슨 전갈이라도 있나요?"
　"예, 그렇습니다. 그렇지만 수놓은 손수건을 보여주셔야……."
　"여기 있소." 아라미스가 가슴에서 열쇠를 꺼내어 자개를 박은 조그만 흑단 상자를 열면서 말했다. "자, 여기 있소."
　"좋습니다." 그가 말했다. "하인을 내보내 주시오."
　실제로 바쟁도 주인을 열심히 따라와서 주인과 거의 동시에 도착했다. 그러고는 이 행색 초라한 사내가 주인에게 무엇을 원하는지 궁금해서 따라 들어왔던 것이다. 그러나 이 신속한 처신은 헛수고가 되어버렸다. 그의 요청에 따라 주인이 물러가라는 신호를 했고, 바쟁은 복종할 수밖에 없었다.
　바쟁이 나가고 나자, 그 사내는 얼른 주위를 둘러보고 엿보거나 엿듣는 사람이 아무도 없는 것을 확인한 뒤에야 가죽끈으로 느슨하게 맨 남루한 윗도리를 열고서 위쪽의 실밥을 뜯어내기 시작했다. 그러더니 거기서 편지 한 통을 꺼냈다.
　아라미스는 봉인을 보자 환성을 질렀고, 글자에 입을 맞추었으며, 경건한 태도로 편지를 뜯었다. 사연은 아래와 같았다.

사랑하는 이에게,

우리는 아직도 얼마 동안 헤어져 있어야 할 운명입니다. 그러나 아름다운 청춘의 날들이 영원히 가버린 것은 아닙니다. 전장에서는 부디 의무를 다하세요. 저는 다른 곳에서 저의 의무를 다하고 있습니다. 이 편지를 가져간 분이 건네드리는 것을 받으세요. 훌륭하고 멋진 귀족답게 출정하십시오. 그리고 당신의 검은 눈에 정답게 입맞추는 저를 생각해 주세요.

안녕히, 아니 또 만나요!

그 사내가 계속해서 실밥을 뜯어내고 있었다. 그의 더러운 옷에서 2피스톨짜리 에스파냐 금화를 한 닢 한 닢 꺼내더니 총 150개를 탁자 위에 늘어놓았다. 그러고는 문을 열고 인사했다. 아라미스가 어리둥절하여 미처 말을 걸 틈도 없이 나가버렸다.

그러자 아라미스가 다시 한 번 편지를 읽었다. 다음과 같은 추신이 있었다.

추신──편지를 전달해 주시는 분은 훌륭한 에스파냐 백작이니 잘 맞이하여 주십시오.

"황금의 꿈이여!" 아라미스가 외쳤다. "아! 아름다운 인생이여! 그렇고말고, 우리는 젊다! 아무렴, 그렇지, 아직도 우리에게는 행복한 날들이 있으리라. 오! 나의 사랑도, 나의 피도, 나의 생명도 당신에게, 당신에게! 모든 것을, 모든 것을, 모든 것을. 아, 나의 아름다운 연인이여!"

그는 탁자 위에서 번쩍이고 있는 금화를 거들떠보지도 않고 편지에 정열적으로 입을 맞추었다.

바쟁이 살며시 문을 두드렸다. 아라미스는 이제 그를 따돌릴 이유가 없었으므로 그를 들어오게 했다.

바쟁은 금화를 보고 어리둥절한 나머지, 다르타냥이 찾아왔다는 소식을 알리러 들어왔다는 것조차 잊었다. 다르타냥은 그 사내가 누군지 알고 싶어서 아토스 집에서 나와 아라미스의 집에 들른 것이다.

그런데 다르타냥은 아라미스와 허물없는 사이였으므로 바생이 주인에게 알리는 것을 잊었나 보다 생각하고는 스스로 자신의 도착을 알렸다.

"오, 이런, 이게 뭐죠! 아라미스." 다르타냥이 말했다. "투르에서 보내온 자라면 내 안부도 전해 주세요."

"자네가 잘못 생각한 거네." 아라미스가 여전히 신중하게 말했다. "지난번에 내가 쓰기 시작한 단음절 시의 원고료를 출판사에서 보내왔네."

"아! 그래요!" 다르타냥이 말했다. "참 후한 출판사로군요, 아라미스. 달리 할 말이 없네요."

"뭐라고요, 주인님!" 바쟁이 외쳤다. "시가 그렇게도 비싸게 팔리나요? 굉장하군요! 오! 주인님! 뭐든지 하고 싶은 대로 하시죠. 부아튀르 씨나 방스라드 씨와 어깨를 나란히 하실 수 있겠어요. 저는 시인도 좋습니다. 시인은 거의 사제나 다름없으니까요. 아! 아라미스 씨, 제발 훌륭한 시인이 되세요."

"바쟁, 이 친구야." 아라미스가 말했다. "쓸데없이 나서는구나."

바쟁은 자신의 실수를 깨닫고는 머리를 숙이고 나갔다.

"아!" 다르타냥이 입가에 미소를 띠고 말했다. "작품을 팔아 거액의 돈을 받을 수 있어서 참으로 다행이군요. 그런데 조심하세요. 윗도리에서 편지가 떨어지려고 하는데, 그러다간 잃어버리겠네요. 그것도 아마 출판사에서 온 것이겠죠."

아라미스는 얼굴이 새빨개졌다. 편지를 밀어 넣고는 윗도리의 단추를 다시 채웠다.

"여보게, 다르타냥." 그가 말했다. "어떤가, 친구들을 만나러 가지 않겠나? 내게 돈이 생겼으니 오늘은 오랜만에 같이 식사나 하세. 자네들에게도 머지않아 돈이 생기겠지만."

"좋아요!" 다르타냥이 말했다. "우린 오랫동안 그럴듯한 식사 한번 못했으니까요. 게다가 저는 오늘 저녁에 모험을 해볼 생각이거든요. 부르고뉴 포도주를 좀 마시고 기운을 내는 것도 나쁘지 않겠어요."

"좋은 생각이네. 나도 부르고뉴 포도주가 싫지는 않아." 아라미스가 말했다. 그는 금화를 보자 은둔할 생각이 싹 사라져버렸다.

우선 용돈으로 2피스톨짜리 금화를 서너 개 주머니에 집어넣었다. 나머지는 흑단 상자에 집어넣었다. 이 상자에는 그에게 부적의 구실을 하는 손수건이 들어 있었다.

두 친구는 우선 아토스의 집으로 갔다. 아토스는 두문불출하겠다는 맹세를 충실히 지켜야 했기 때문에, 자기 집으로 식사를 가져오게 준비해 놓았다. 요리에 관해서는 아토스가 훤했으므로, 다르타냥과 아라미스는 안심하고 이 중요한 일을 그에게 맡겼다.

그러고는 포르토스의 집으로 향했다. 바크 가의 모퉁이에서 무스크통을 만났다. 그는 민망해하는 얼굴로, 당나귀 한 마리와 말 한 마리를 몰아가고 있었다.

다르타냥이 깜짝 놀라 소리를 질렀다. 그의 외침에는 기쁨이 섞여 있었다.

"아! 내 노란 말!" 그가 외쳤다. "아라미스, 저 말 좀 보세요!"

"오! 정말 끔찍하군!" 아라미스가 말했다.

"음, 그래요." 다르타냥이 말을 이었다. "제가 파리에 나올 때 타고 왔던 말이에요."

"아니 뭐라고요, 이 말을 아세요?" 무스크통이 물었다.

"거 참 털 색깔이 묘하군." 아라미스가 말했다. "난 이런 털 색깔을 난생 처음 보네."

"아마 그럴 거예요." 다르타냥이 대답했다. "그래서 3에퀴를 받고 팔 수 있었죠. 털 색깔 덕분인 게 틀림없어요. 왜냐하면 골격을 따져서는 16리브르도 안 나갈 테니까요. 그런데 무스크통, 왜 네가 이 말을 몰고 가는 것이지?"

"아!" 하인이 말했다. "말도 마십시오. 우리 공작 부인의 남편이 고약한 농간을 부린 결과입니다요!"

"아니, 그게 무슨 말이야, 무스크통?"

"예, 사실은 어떤 고귀하신 공작 부인인데, 죄송합니다! 주인께서 입 밖에 내지 말라고 하셔서 그분의 존함은 말할 수 없습니다. 그 부인이 우리 주인님에게 호의를 품고 계셔서, 기념으로 훌륭한 에스파냐 말과 안달루시아 당나귀를 부득부득 보내주셨는데, 보기에도 참으로 훌륭한 말들이었습니다. 그런데 남편이 사정을 알아차리고는 그 멋진 두 마리를 도중에 압수했어요. 그러고는 이런 끔찍한 놈들로 바꿔쳐 버린 겁니다!"
"그래서 돌려주러 가는 길인가?" 다르타냥이 말했다.
"물론이죠!" 무스크통이 대답했다. "약속한 말들 대신에 이런 놈들을 받고 가만있을 수 있겠습니까?"
"하기야 그렇지. 나의 부통 도르(황금색 꽃이 피는 미나리아재비——옮긴이)를 포르토스가 타고 있는 꼴을 보면 참으로 장관이겠다만. 그런 꼴을 보면 내가 파리에 처음 도착했을 때 어떤 모습이었는지 나 자신도 상상할 수 있거든. 그건 그렇고, 너를 이렇게 붙들고 있어서는 안 되겠구나. 무스크통, 어서 가서 주인 양반이 시킨 일을 해라. 주인 양반은 댁에 계시지?"
"예." 무스크통이 대답했다. "그러나 몹시 기분이 안 좋으신 듯합니다. 어서 가보세요."
그가 그랑 조귀스탱 강둑 쪽으로 걸음을 재촉했다.
한편 두 친구는 불행한 포르토스의 집에 가서 초인종을 울렸다. 포르토스는 그들이 마당을 건너오는 모습을 보았지만, 문을 열어줄 생각을 하지 않았다. 그들이 아무리 초인종을 울려도 소용이 없었다.
그동안 무스크통은 가던 길을 계속 걸어갔다. 여전히 두 마리의 비쩍 마른 말을 몰고서 퐁 뇌프를 건너 우르스 가에 이르렀다. 거기서 주인의 명령대로 말과 당나귀를 소송 대리인의 집 대문에 매놓고는, 말들이야 어떻게 되든 아랑곳없이, 포르토스에게 되돌아와 일을 마무리지었다고 알렸다.
얼마 동안의 시간이 지나자 불쌍한 말 두 마리가 아침부터 아무것도 먹지 않았기 때문에 대문 손잡이가 덜컹거릴 정도로 요란을 떨었다. 그러자 소송 대리인이 사환에게 말과 당나귀가 누구의 것인지 이웃에 가서 알아보라고 일렀다.

코크나르 부인은 그것들이 자신이 포르토스에게 보낸 선물이라는 것을 알아보았지만 왜 되돌려보냈는지 알 수 없었다. 그러나 얼마 후에 포르토스가 찾아와서 그 까닭을 알게 되었다. 포르토스의 눈이 분노로 이글거렸다. 아무리 참으려고 해도 그의 분노는 감수성이 예민한 연인을 두렵게 만들었다. 실제로 무스크통이 주인에게, 도중에 다르타냥과 아라미스를 만났는데, 노란 말은 다르타냥이 파리에 올 때 타고 온 말이며 3에퀴에 팔았다더라고 숨김없이 보고했던 것이다.

포르토스는 소송 대리인 부인과 생 마글루아르 수도원 경내(境內)에서 만날 약속을 한 뒤에 소송 대리인의 집에서 나왔다. 소송 대리인은 포르토스가 돌아가려고 하는 것을 보고 식사에 초대했다. 총사는 위엄에 가득 찬 표정으로 이 초대를 거절했다.

코크나르 부인은 벌벌 떨면서 생 마글루아르 수도원으로 나갔다. 몹시 난처한 꼴을 당하리라는 것을 알기 때문이었다. 그러나 포르토스의 당당한 태도에 그만 매혹당했다.

포르토스는 자존심에 상처를 입은 사나이가 퍼부을 수 있는 온갖 욕설과 비난을 소송 대리인 부인의 푹 숙인 머리 위로 쏟아냈다.

"정말 억울해요!" 그 여자가 말했다. "저는 할 수 있는 데까지 최선을 다했어요. 우리 집에 오는 의뢰인 중에 말 장수가 있는데, 우리 사무실에 갚을 돈이 있어요. 그런데 좀처럼 내지 않았지요. 그래서 저는 돈 대신에 당나귀와 말을 받았어요. 두 마리 다 훌륭한 말이라고 나에게 약속했는데."

"음, 그래요, 부인?" 포르토스가 말했다. "하지만 받을 돈이

5에퀴 이상이라면 말 장수는 도둑놈이오."

"물건을 싸게 사려는 건 나쁜 일이 아니에요, 포르토스 씨." 소송 대리인 부인이 변명하려고 애썼다.

"그야 그렇죠. 하지만 싸구려를 사려는 사람은 남들이 좀 더 너그러운 친구를 찾는 마음을 이해해야 합니다."

포르토스가 홱 돌아서서 한 걸음 내디뎠다.

"포르토스 씨! 포르토스 씨!" 소송 대리인 부인이 외쳤다. "제가 잘못했어요. 당신 같은 기사의 장비를 갖춰드릴 때에는 물건 값을 깎지 말았어야 했어요!"

포르토스는 대답도 하지 않고 떠나려 했다.

소송 대리인 부인은 포르토스가 찬란한 공작 부인들과 후작 부인들에게 둘러싸여, 그들로부터 받은 황금의 주머니를 발아래 늘어놓고 있는 모습이 눈앞에 어른거리는 것만 같았다.

"좀 기다리세요. 제발 부탁입니다! 포르토스 씨." 그 여자가 외쳤다. "걸음을 멈추세요, 우리 얘기 좀 해요."

"당신과 얘길 하면 불행해질 뿐이오." 포르토스가 말했다.

"말해 주세요, 무엇을 원하세요?"

"아무것도 바라지 않습니다. 내가 아무리 말해 봤자, 헛수고니까."

소송 대리인 부인이 포르토스의 팔에 매달렸다. 그러고는 괴로움에 사무쳐 외쳤다.

"포르토스 씨, 저는 이 모든 것에 대해 아는 바가 없어요. 말이 뭔지 제가 어떻게 알겠어요? 마구가 뭔지 제가 어떻게 알겠어요?"

"그러니까 내게 맡겼어야죠. 나는 전문가니까요. 그런데 당신은 돈만 아끼려고 했단 말이오. 그렇게 고리대금이나 하려고 들고."

"잘못했어요, 포르토스 씨. 꼭, 꼭 보상하겠어요."

"어떻게요?" 총사가 물었다.

"들어보세요. 오늘 저녁에요. 저희 남편은 숀느 공작의 명으로 그 댁에 가요. 소송 자문 때문인데요. 적어도 두 시간은 걸릴 거예요. 그러니까 와주세요. 우리 둘뿐이니까요. 함께 의논해요."

"좋습니다! 그렇다면 얘기가 되겠군요, 부인!"

"용서하시는 거죠?"

"두고 봅시다." 포르토스가 위풍당당하게 말했다.

두 사람은 '저녁에 만나요.' 하고 인사를 나누면서 헤어졌다.

"에이, 제기랄!" 포르토스가 멀어지면서 속으로 말했다. "드디어 코크나르의 금고에 가까이 가게 될 듯하군."

밤에는 고양이가 모두 잿빛이다

포르토스와 다르타냥이 그토록 안타깝게 기다리던 그날이 마침내 저물었다.

다르타냥은 여느 때와 마찬가지로 9시 반쯤 밀레디의 집으로 갔다. 그녀는 기분이 좋아 보였다. 그를 이토록 반갑게 맞아준 적이 없었다. 다르타냥은 자신의 가짜 편지가 전달되었으며, 그 편지의 효과가 꽤 크다는 것을 한눈에 알아차렸다.

케티가 아이스크림을 들고 들어왔다. 여주인은 케티도 상냥한 얼굴로 대해 주었고 생글생글 웃어 보이기까지 했다. 그러나 가엾게도 이 아가씨는 너무나 침울한 나머지 밀레디의 친절한 태도도 몰라볼 정도였다.

다르타냥은 두 여자의 얼굴을 차례로 바라보았다. 자연이 이 두 여자를 만들어낼 때 아무래도 실수를 했다고 생각할 수밖에 없었다. 자연이 귀부인에게는 자신의 이익에 따라 처신하는 기만적인 영혼을 주었고, 몸종에게는 공작 부인에게 어울릴 법한 마음씨를 주었다는 생각이 들었다.

10시가 되자 밀레디가 불안한 기색을 보이기 시작했다. 다르타냥은 그 여자의 불안한 기색이 무엇을 뜻하는지 알고 있었다. 그 여자가 시계를 바라보고 일어섰다 앉았다 했다. 다르타냥에게 미소를 던지기도 했다. '당신은 아마 무척 친절한 사람일 터이지만, 지금 돌아가준다면 정말 더할 나위 없이 매력이 넘칠 거예요!' 하고 말하고 싶은 눈치였다.

다르타냥이 일어나서 모자를 집어 들었다. 밀레디가 손을 내밀어 키스를 허락했다. 다르타냥은 그 여자의 손이 자신의 손을 꼭 쥐는 느낌을 받았다. 그러나 애정의 표시가 아니라 그의 떠남에 대한 감사의 표시임을 깨달았다.

"이 여자는 그를 정말 사랑하는군." 그가 밖으로 나가면서 중얼거렸다.

이번에는 케티가 그를 기다리지 않았다. 응접실에서도, 복도에서도, 대문에서도 케티의 모습이 보이지 않았다. 그래서 다르타냥은 혼자 계단을 찾아 그 여자의 작은 방으로 올라가야 했다.

케티가 두 손으로 얼굴을 가리고 울고 있었다.

그녀는 다르타냥이 들어오는 발소리를 들었으나 고개를 들지 않았다. 다르타냥이 그녀에게 다가가서 손을 잡았다. 그러자 그녀가 울음을 터뜨렸다.

다르타냥의 추측대로, 밀레디는 편지를 받고서 기쁨에 들떠 몸종에게 모든 것을 말해 버렸다. 그러고 나서 이번에는 심부름 하느라 수고했다면서 돈주머니를 주었다. 케티는 자기 방으로 돌아가자 이 돈주머니를 한쪽 구석에 내팽개쳤다. 돈주머니가 풀어지면서 금화 서너 닢이 흘러나와 양탄자 위에 흩어져 있었다.

다르타냥의 목소리에 가련한 케티가 고개를 들었다. 다르타냥은 그녀의 얼굴에서 심한 동요를 보고는 오싹해졌다. 그녀는 두 손을 마주 잡고 애원하는 듯했으나 감히 한마디도 하지 못했다.

다르타냥의 마음이 아무리 매정하다 하더라도, 그녀가 말없이 괴로워하는 모습을 보자 동요하지 않을 수 없었다. 그러나 그는 자신의 계획, 특히 이날 저녁의 계획에 너무나 집착하고 있었으므로, 그 계획을 수정할 생각이 조금도 없었다. 그래서 케티의 결심이 흔들릴 만한 어떤 희망도 주지 않았다. 다만 자신의 행동이 단순한 복수에 지나지 않는다고 말해 주었다.

게다가 밀레디가 아마 자신의 부끄러운 모습을 애인에게 감추고 싶어서, 케티에게 자기 방뿐 아니라 케티의 방의 등불까지도 모조리 끄라고 시켜놓았기 때문에 그만큼 더 복수가 쉬워졌다. 바르드 백작은 반드시 날이 새기 전에 어둠 속에서 돌아갈 것이다.

잠시 후 밀레디가 침실로 돌아오는 소리가 났다. 다르타냥이 얼른 옷장 속으로 뛰어들어갔다. 그가 옷장 속에 웅크리고 앉자마자 종이 울렸다.

케티가 여주인의 방으로 들어갔다. 문을 꽉 닫았다. 그러나 칸막이가 허술했으므로 두 여자가 주고받는 말소리가 거의 다 들려왔다.

밀레디는 기쁨에 취해 있는 듯했다. 그녀는 몸종에게 바르드 백작을 만났을 때의 이야기를 몇 번이고 되풀이하여 물었다. 어떻게 편지를 받더냐, 어떻게 대답을 하더냐, 그때의 그분 표정은 어떠하더냐, 정말 사랑하고 있는 것같이 보이더냐 하는 물음이 이어졌다. 가련한 케티는 이러한 물음에 애써 침착하게 대답하느라, 숨이 막히는 듯했다. 그러나 여주인은 케티의 고통스러운 듯한 목소리조차 알아차리지 못했다. 그만큼 행복은 이기적인 법이다.

마침내 백작과 만날 시간이 다가왔을 때, 밀레디는 실제로 케티에게 자기 방의 등불을 다 끄게 하고, 방으로 돌아가 바르드 백작이 오면 곧바로 안내하도록 일렀다.

케티가 오래 기다릴 필요도 없었다. 옷장의 열쇠 구멍으로 집안이 온통 캄캄해지는 것을 보자마자, 다르타냥은 숨어 있던 옷장에서 뛰어나왔는데, 그때 마침 케티가 쪽문을 닫고 있었다.

"이게 무슨 소리냐?" 밀레디가 물었다.

"나요." 다르타냥이 작은 소리로 말했다. "바르드 백작입니다."

"오! 맙소사! 맙소사!" 케티가 중얼거렸다. "자기가 약속한 시간도 기다릴 수 없었단 말인가!"

"어머나!" 밀레디가 떨리는 목소리로 말했다. "왜 안 들어오지? 백작님, 백작님. 제가 당신을 기다리고 있다는 걸 잘 아시잖아요!"

이 부름에 다르타냥은 케티를 부드럽게 밀어내고 밀레디의 방으로 뛰어들었다. 노여움과 괴로움이 한 영혼에게 커다란 고통을 주게 마련이라면, 행복한 사랑의 맹세를 다른 사람의 이름으로 듣고 있는 이의 영혼이 바로 그런 고통에 빠진 영혼이다.

다르타냥은 미리 예상하지 못한 고통스러운 상황에 처했다. 질투로 가슴이 찢어지는 듯했다. 바로 이 순간 옆방에서 울고 있는 케티와 똑같이 괴로워했다.

"그래요, 백작님." 밀레디가 그의 손을 정답게 잡으면서 부드러운 목소리로 말했다. "그래요, 당신을 만날 때마다 당신이 눈과 입으로 저에게 보이신 사랑에 저는 행복하답니다. 저도 당신을 사랑하고 있어요. 오! 내일, 내일은 저를 생각하고 있다는 증거로 무언가를 받고 싶어요. 그리고 당신이 저를 잊을지도 모르니까, 자요, 이걸 드리겠어요."

그 여자가 자기 손가락에서 반지를 빼서 다르타냥의 손가락에 끼워주었다.

다르타냥은 밀레디의 손에서 이 반지를 본 기억이 났다. 브릴리언트 컷(58면으로 가공한 다이아몬드――옮긴이)들로 둘러싸인 멋진 사파이어 반지였다.

다르타냥이 처음에는 그것을 돌려주려고 했다. 그러나 밀레디가 가로막았다.

"아니에요, 그러지 마세요. 제 사랑의 표시로 간직하세요." 감동에 겨운 목소리가 이어졌다. "이걸 받아주신다면 당신이 상상하시는 것 이상으로 저는 행복할 수 있을 거예요."

'이 여자는 정말 의혹투성이로군.' 다르타냥이 마음속으로 생각했다. 그 순간 그는 모든 것을 털어놓고만 싶었다. 밀레디에게 자기가 누구인지, 그리고 어떤 목적으로 왔는지 말하려고 입을 열었다. 그러나 그 여자가 덧붙여 말했다.

"불쌍한 천사님, 하마터면 그 가스코뉴에서 온 괴한에게 죽임을 당할 뻔하셨죠!"

괴한은 바로 다르타냥 그를 가리키는 말이었다.

"오!" 밀레디가 계속했다. "상처는 아직도 아픈가요?"

"예, 많이." 다르타냥이 말했다. 그는 어떻게 대답해야 좋을지 도저히 알 수가 없었다.

"염려 마세요." 밀레디가 속삭였다. "제가 원수를 갚아드리겠어요, 잔인하게!"

'제기랄!' 다르타냥이 속으로 말했다. '아직은 비밀을 털어놓을 때가 아니군.'

다르타냥이 이 짧은 대화에서 정신을 추스르기 위해서는 시간이 좀 필요했다. 그러나 여태껏 품고 있던 복수심이 모조리 사라져버렸다. 그녀가 그에게 발휘하는 영향력이란 실로 엄청난 것이었다. 그는 이 여자를 증오하는 동시에 열렬히 숭배했다. 이토록 상반된 두 가지 감정이 한 사람의 마음속에 깃들 수 있다는 것, 그리고 하나로 합해져서 야릇하고 악마적인 사랑을 형성할 수 있다는 것을 다르타냥은 일찍이 상상조차 하지 못했다.

그러는 사이에 1시를 알리는 종소리가 들려왔다. 헤어져야 했다. 다르타냥은 밀레디를 떠나는 순간에 오직 헤어짐에 대한 미련만이 밀려왔을 뿐이었다. 정열적인 작별 인사를 주고 받는 가운데, 두 사람은 다음 주에 또 만나기로 약속했다. 가련한 케티는 다르타냥이 자기 방을 지나갈 때 그에게 몇 마디 말을 건넬 수 있으리라 기대했다. 그러나 밀레디가 어둠 속에서 몸소 그를 배웅했고 계단에서야 그를 떠나 보냈다.

이튿날 아침 다르타냥은 아토스의 집으로 달려갔다. 몹시도 기이한 모험을 감행하고 난 뒤라 그의 의견을 듣고 싶었다. 그가 털어놓는 이야기를 들으면서 아토스는 여러 차례 눈살을 찌푸렸다.

"밀레디란 여자는 내가 보기에 파렴치한 인간인 듯해." 아토스가 말했다. "하지만 자네가 그 여자를 속이는 것도 역시 잘못이야. 그나저나 자네는 무서운 적을 품에 안은 셈이네."

아토스는 이렇게 말을 하면서도 다르타냥이 손가락에 끼고 있는 다이아몬드로 둘러싸인 사파이어 반지를 유심히 들여다보고 있었다. 다르타냥이 왕비로부터 받은 반지는 보석 상자 속에 고이 넣어두고 그 대신 이 사파이어 반지를 끼고 있었던 것이다.

"이 반지를 보고 있군요?" 다르타냥이 말했다. 그는 이토록 화려한 선물을 친구 앞에서 자랑하는 것에 무척 자부심을 느꼈다.

"그래." 아토스는 말했다. "그것을 보니까 우리 가문의 보석이 생각나는군."

"어때요, 아름답죠?" 다르타냥이 말했다.

"정말 굉장하군!" 아토스가 대답했다. "이렇게 아름다운 광채를 내는 사파이어가 이 세상에 두 개나 있으리라고는 생각 못했네. 자네의 다이아몬드 반지와 바꾸었나?"

"아닙니다." 다르타냥이 말했다. "이건 영국 여인, 더 정확히 말하자면 프랑스 여인이 준 선물입니다. 물어보지는 않았지만, 그 여자가 프랑스인이라고 확신해요."

"그 반지를 밀레디한테서 받았단 말인가?" 아토스가 외쳤다. 그의 목소리가 몹시 흥분되어 있다는 것을 쉽게 알 수 있었다.

"그래요, 그 여자한테서 받았어요. 지난밤에 주더군요."

"어디 좀 볼까." 아토스가 말했다.

"자, 여기 있습니다." 다르타냥이 반지를 빼면서 대답했다.

아토스가 반지를 살펴보았다. 그의 얼굴이 매우 창백해졌다. 그러고는 왼손 약지에 끼어보았다. 반지는 마치 그를 위해 만들어진 것처럼 꼭 맞았다. 평소에는 평온하던 아토스의 이마에 분노와 복수의 그림자가 드리워졌다.

"같은 반지일 리는 없어." 그가 말했다. "어떻게 이 반지가 클라릭 부인의 수중에 들어갔을까? 그렇지만 두 보석이 이렇게 비슷하기는 정말 어려운 일일세."

"이 반지를 본 적이 있으세요?" 다르타냥이 물었다.

"본 적이 있다고 생각했어." 아토스가 말했다. "하지만 아마 내가 잘못 생각했을 거야."

그가 반지를 다르타냥에게 돌려주었다. 그렇지만 여전히 반지에서 눈을 떼지 않았다.

"이봐, 다르타냥." 잠시 후에 그가 말했다. "그 반지를 손가락에서 빼거나 보석을 안쪽으로 돌려놓게나. 그것을 보니까 몹시도 끔찍한 추억이 기억나서 자네와 이야기할 정신이 없네. 그런데 자네는 내게 무슨 조언을 구하러 오지 않았나? 어떻게 해야 좋을지 당혹스럽다는 말을 나에게 하지 않았었나? 잠깐만……. 그 사파이어 반지를 다시 한 번 이리 줘봐. 내가 말하려던 사파이어는 어떤 사고 때문에 한쪽 면에 틀림없이 흔적이 남아 있을 거야."

다르타냥이 다시 반지를 빼서 아토스에게 건네주었다.

아토스가 부르르 몸을 떨었다.

"자, 이것 봐, 이상하잖아?" 그가 말했다.

그는 분명히 거기에 남아 있을 것이라고 기억하는 흔적을 다르타냥에게 보여주었다.

"그런데 아토스, 당신은 이 사파이어를 누구에게서 받았죠?"

"어머니한테서. 어머니는 할머니한테서 물려받았다네. 그러니까 오래된 보석으로…… 가문 밖으로 유출될 수 없었던 거야."

"당신은 그걸…… 팔았었나요?" 다르타냥이 머뭇거리면서 물었다.

"아니." 아토스가 야릇한 미소를 지으면서 대답했다. "어느 밤에 사랑하는 이에게 선물했네. 자네처럼 말일세."

이번에는 다르타냥이 생각에 잠겼다. 그는 밀레디의 마음속에서 깊이를 알 수 없는 어두운 심연을 본 듯했다.

그가 반지를 손가락에 끼지 않고 주머니에 넣었다.

"여보게, 다르타냥." 아토스가 그의 손을 잡으면서 말했다. "내가 자네를 좋아하고 있다는 건 자네도 잘 알고 있겠지. 설령 내게 아들이 있다 하더라도 자네만큼 귀여워하지는 않았을 걸세. 그래서 말인데, 내 말을 믿고, 그 여자를 단념하게. 나는 그 여자를 모르지만, 그 여자는 타락한 여자이고 치명적인 무언가가 있을 거라는 직감이 드네."

"당신 말이 맞아요." 다르타냥이 말했다. "그래요, 헤어지겠어요. 당신에게 고백하는데, 저도 그 여자가 두려워요."

"자네에게 그럴 용기가 있을까?" 아토스가 말했다.

"용기를 내야죠." 다르타냥이 대답했다. "그것도 지금 당장."

"그래, 잘 생각했어, 역시 자네답군." 아토스가 거의 어버이와 같은 애정으로 다르타냥의 손을 꼭 쥐면서 말했다. "자네의 삶에 그 여자가 불길한 흔적을 남기지 않기를 하느님께 빌겠네!"

아토스가 다르타냥에게 고개를 숙여 인사했다. 이는 방해받지 않고 혼자 생각하고 싶다는 뜻이었다.

다르타냥이 집에 돌아와 보니 케티가 기다리고 있었다. 한 달 동안 열병에 시달린 사람일지라도 하룻밤을 괴로움으로 지새운 이 아가씨만큼 창백하지는 않았을 것이다.

그녀는 여주인의 분부로 가짜 바르드 백작에게 심부름을 왔다. 여주인이 사랑에 들뜨고 기쁨에 취해 있으며 백작이 언제 다시 만나줄 것인지 알고 싶어한다는 것이었다. 가엾은 케티가 창백한 얼굴로 몸을 떨면서 다르타냥의 회답을 기다렸다.

아토스는 다르타냥에게 커다란 영향력을 발휘했다. 자기 마음속의 외침에 친구의 충고가 더해져서, 다르타냥으로 하여금 이제 자존심도 살렸고 원수도 갚았으니 다시는 밀레디를 만나지 않겠다고 결심하게 만들었다. 그래서 그는 펜을 들어 답장을 썼다.

다음 약속에 대해서는 저에게 기대를 걸지 마십시오. 상처가 낫고 보니, 제가 나서서 정리해야 할 일들이 너무나 많습니다. 기회가 되면, 기꺼이 연락드리겠습니다.

당신께 입맞춤을 보냅니다.

바르드 백작

사파이어 반지에 관해서는 한마디도 하지 않았다. 다르타냥은 만일을 대비해 무기를 간직하고 싶었을까? 아니면 장비를 마련하기 위한 마지막 재원으로 그 반지를 챙겨둔 것일까?

어느 한 시대의 사건을 다른 시대의 관점으로 판단하는 것은 잘못일 것이다. 오늘날이라면 신사의 수치로 여겨질 것도 그 시대에는 아주 단순하고 매우 당연한 일이었으며, 훌륭한 가문의 자제일지라도 애인의 지원을 받는 일이 예사롭게 여겨졌다.

다르타냥이 봉투에 넣지 않은 채로 케티에게 편지를 주었다. 그녀는 처음에 무슨 영문인지 모르고 읽었으나, 다시 한 번 읽어보고는 떨 듯이 기뻐했다.

케티는 이 행복을 믿을 수가 없었다. 그래서 다르타냥은 편지에 씌어 있는 내용을 다시 한 번 구두로 그녀에게 다짐해야 했다. 밀레디의 성마른 성격 때문에, 가련한 처녀가 이 편지를 전달하면서 위험을 감수해야 할 판이었지만, 그래도 케티는 빠른 걸음으로 루아얄 광장으로 돌아갔다. 아무리 착한 여자일지라도 연적의 고통에 대해서는 냉혹해지기 마련이다.

밀레디는 케티가 편지를 건네주자 재빠르게 열어보았다. 그러나 첫마디를 읽자마자 얼굴이 잿빛으로 변했다. 편지를 구겨 버리더니 눈에 불을 켜고 케티 쪽을 돌아보았다.

"이 편지가 뭐냐?" 그 여자가 말했다.

"마님의 편지에 대한 답장인데요." 케티가 벌벌 떨면서 대답했다.

"말도 안 돼!" 밀레디가 외쳤다. "귀족이 여자에게 이런 편지를 써 보내다니 당치 않아!"

그러고는 갑자기 몸을 부르르 떨면서 또다시 소리쳤다.

"맙소사! 혹시 그가 알았을까……." 그녀가 말을 멈췄다.

그녀는 부득부득 이를 갈았다. 얼굴이 잿빛이었다. 바깥 공기를 쐬기 위해 창가로 한 걸음 내디디려 했다. 그러나 겨우 팔만 뻗을 수 있었을 뿐, 다리가 후들거려 안락의자에 쓰러져버리고 말았다.

케티는 여주인이 편찮은 줄 알고 얼른 달려가 블라우스 단추를 열어주려고 했다. 그러나 밀레디가 벌떡 일어섰다.

"뭘 하려는 거냐?" 그녀가 말했다. "그리고 왜 내 몸에 손을 대느냐?"

"마님이 편찮으신 줄 알고 응급 조치를 하려던 거예요." 하녀가 여주인의 매서운 얼굴 표정에 잔뜩 겁을 집어먹고 말했다.

"내가 편찮다고 생각해? 내가? 내가? 내가 연약한 여자라고 생각하느냐? 난 모욕을 당해도 아무렇지도 않아, 나는 원수를 갚는단 말이다, 알겠느냐!"

그러고는 케티에게 나가라는 손짓을 했다.

복수의 꿈

 밀레디는 저녁에 여느 때처럼 다르타냥이 오면 곧바로 안내하라고 일렀다. 그러나 그는 오지 않았다.
 이튿날 케티가 또다시 다르타냥을 만나러 왔다. 전날 밤에 있었던 일을 모두 전하자 다르타냥이 빙그레 웃었다. 밀레디의 그 질투 어린 분노가 그의 복수였다.
 저녁이 되자 밀레디는 전날 저녁보다 훨씬 더 초조해했다. 다르타냥이 오면 안내하라는 명령을 다시 내렸으나 전날과 마찬가지로 그녀의 기다림은 수포로 돌아갔다.
 이튿날 케티가 다르타냥의 집에 나타났다. 이전의 이틀처럼 즐겁고 활발해 보이지는 않았다. 오히려 몹시 침통한 표정이었다.
 다르타냥이 가련한 아가씨에게 무슨 일이냐고 물었다. 그러나 이 아가씨는 대답 대신 주머니에서 편지 한 통을 꺼내 그에게 내밀었다.

밀레디가 쓴 편지였다. 이번에는 바르드가 아니라 다르타냥 앞으로 보내는 편지였다.

그가 편지를 뜯어 읽었다.

다르타냥 씨에게,

이렇게 친구를 소홀히 하는 건 좋지 않은 태도예요. 특히 오래지 않아 오랫동안 헤어져 있을 친구에게는 말이에요. 아주버니와 함께 어제도 그저께도 기다렸으나 허사였습니다. 오늘 저녁도 마찬가지일까요?

당신에게 늘 감사하고 있는

클라릭 부인

"아주 간단하군." 다르타냥이 말했다. "이런 편지가 오기를 기다리고 있었지. 바르드 백작에 대한 믿음이 깨지니까 나를 기다리는군."

"가실 겁니까?" 케티가 물었다.

"이봐, 귀여운 아가씨." 다르타냥이 말했다. 아토스와의 약속을 어기는 것에 대해 자신에게 애써 변명이라도 하는 듯했다. "너도 알겠지만, 이렇게 분명히 초대하는데도 가지 않는 건 서툰 행동이야. 밀레디는 내가 다시 오지 않으리라는 것을 알면, 내가 왜 발을 끊었는지 모르고 있으니 무언가를 의심할지도 모르잖아. 그렇게 되는 날에는 그 여자의 기질로 보아 어디까지 복수가 미칠지 누가 알겠어."

"오! 맙소사!" 케티가 말했다. "당신은 언제나 자신이 옳게 보이게끔 그럴싸한 이유를 대시는군요. 또다시 마님의 총애를 받게 되겠죠. 그리고 이번에 진짜 이름과 진짜 얼굴로 마님의 사랑을 얻는다면, 상황이 처음보다 훨씬 더 나빠질 텐데요!"

가련한 케티는 본능적으로 장차 일어날 일을 꿰뚫어 보았다.

다르타냥은 최선을 다해 케티를 안심시켰고, 밀레디의 유혹에 절대로 넘어가지 않겠다고 약속했다.

그는 케티에게 밀레디의 호의에 더할 나위 없이 감사하며 명령대로 가겠다는 전갈을 보냈다. 감히 밀레디에게 직접 편지를 쓰지는 못했다. 밀레디의 예리한 눈을 생각해 보건대 그녀에게 자신의 필적을 들킬까 두려웠기 때문이다.

종소리가 9시를 알렸을 때 다르타냥은 루아얄 광장에 이르렀다. 하인들이 대기실에서 기다리고 있었다. 그들은 그가 올 것을 미리 알고 있던 것이 분명했다. 다르타냥이 나타나자마자, 그가 묻기도 전에 하인 한 사람이 그의 도착을 알리러 뛰어갔다.

"들어오시라고 해라." 밀레디가 말했다. 그녀의 목소리는 무뚝뚝하나 매우 날카로워서 대기실의 다르타냥에게까지 들렸다.

누군가가 그를 안내했다.

"다른 사람은 아무도 들여보내지 마라." 밀레디가 말했다. "알겠느냐? 아무도."

하인이 물러갔다.

다르타냥은 호기심 어린 눈으로 밀레디를 바라보았다. 얼굴이 창백했다. 울기라도 했는지 잠을 못 잤는지 눈이 잔뜩 충혈돼 있었다. 방 안의 등불이 평소보다 훨씬 어두운 것도 의도적인 조치였다. 그래도 이틀 전부터 그녀를 괴롭혀 온 열병의 흔적이 완전히 감추어지지는 않았다.

다르타냥이 여느 때와 같이 은근한 태도로 그녀에게 다가갔다. 그러자 그녀는 그를 반갑게 맞이하려고 애를 쓰는 기색이 역력했다. 그러나 아무리 상냥한 미소라도 당황한 표정을 숨길 수는 없었다.

다르타냥이 건강이 어떠냐고 물었다.

"좋지 않아요." 그 여자가 대답했다. "아주 좋지 않아요."

"그렇다면 세가 신중하지 못했군요." 다르타냥이 밀했다. "휴식이 필요할 텐데 말입니다. 이만 물러가겠습니다."

"아니에요." 밀레디가 말했다. "그렇지 않아요. 가지 말아요, 다르타냥 씨. 당신이 다정하게 계셔주시면 기분이 좋아질 거예요."

'오! 이런!' 다르타냥이 생각했다. '이 여자가 이렇게 애교를 떠는 건 처음 보는데. 조심해야겠는걸.'

밀레디는 가능한 한 다정하게 굴려고 애썼고, 대화에 한껏 흥을 돋우려 했다. 이와 동시에 조금 전까지만 해도 전혀 찾아볼 수 없었던 활기가 되살아났다. 그녀의 눈이 반짝이기 시작했다. 뺨에는 혈색이 돌아왔다. 입술이 다시 붉어졌다. 그녀에게서 키르케의 모습이 다시 나타나자 다르타냥은 그 마력에 휩싸여 버렸다. 그는 자신의 사랑이 완전히 사라진 줄 알았다. 그러나 사실은 잠시 가라앉은 것뿐이었다. 그의 가슴속에서 사랑이 되살아났다. 밀레디가 미소를 짓고 있었다. 다르타냥은 그 미소 때문에 저주를 받게 될지도 모른다는 느낌이 들었다. 그녀를 향해 벌인 일에 대해 한순간 후회 비슷한 감정을 느끼기도 했다.

점차 밀레디가 마음을 터놓기 시작했다. 다르타냥에게 애인이 있느냐고 물었다.

"아! 유감스럽군요!" 다르타냥이 가능한 한 가장 감상적인 표정으로 말했다. "어떻게 그렇게 매정할 수 있습니까! 그 같은 질문을 하시다니요! 당신을 만난 뒤로는 오직 당신 때문에만, 그리고 오직 당신을 위해서만 숨을 쉬고, 한숨짓는 저에게 말입니다."

밀레디가 야릇한 미소를 지었다.

"그럼 저를 사랑하시나요?" 그녀가 말했다.

"제가 굳이 말해야 하나요? 조금도 눈치를 채지 못하셨나요?"

"아니, 알고 있었어요. 하지만 아시다시피, 자존심이 강한 여자일수록 손에 넣기가 더 어렵답니다."

"오! 어렵다는 이유로 기가 죽지는 않습니다." 다르타냥이 말했다. "불가능하다면 또 모르겠지만 말입니다."

"진실한 사랑을 한다면 어떤 일도 불가능하지 않답니다." 밀레디가 말했다.

"어떤 것도요, 부인?"

"어떤 것도." 밀레디가 되풀이했다.

"저런!" 다르타냥이 밀레디에게 들리지 않게 혼잣말을 했다. "말투가 바뀌었네. 이 변덕쟁이가 혹시 나에게 반한 걸까? 바르드 백작인 줄 알고 주었던 것과 같은 사파이어 반지를 또 나에게 주려는 걸까?"

다르타냥이 얼른 밀레디 곁으로 의자를 당겨 앉았다.

"자, 그렇다면······." 그녀가 말했다. "당신이 말씀하시는 사랑을 무엇으로 입증하시겠어요?"

"뭐든지 말하세요. 명령만 하세요. 전 무엇이든 할 각오가 되어 있으니까요."

"모든 것을?"

"예, 모든 것을!" 다르타냥이 외쳤다. 그는 이렇게 약속한다고 해서 그렇게 큰 위험을 감수하지는 않으리라는 것을 사전에 알고 있었다.

"아, 그래요! 그렇다면 이야기를 좀 나눌까요." 이번에는 밀레디가 다르타냥의 의자 옆으로 자신의 안락의자를 당기면서 말했다.

"말씀하세요." 다르타냥이 말했다.

밀레디가 잠시 걱정스러운 표정으로 망설이는 듯했다. 그러다가 이윽고 결심한 것처럼 보였다.

"저에겐 원수가 한 사람 있어요." 그녀가 말했다.

"당신에게!" 다르타냥이 짐짓 놀란 체하면서 외쳤다. "설마 그럴 리가? 당신처럼 아름답고 착한 분에게!"

"철천지 원수예요."

"정말로요?"

"저를 모욕한 사내여서 그와 저는 사생결단을 내야 해요. 당신의 도움을 청해도 되겠습니까?"

다르타냥은 앙심을 품은 이 여자의 목적이 무엇인지 단번에 알아차렸다.

"좋습니다." 그가 힘차게 말했다. "저의 사랑처럼 저의 팔도, 저의 생명도 당신의 것입니다."

"그렇다면……." 밀레디가 말했다. "당신은 다정하실 뿐 아니라 너그럽기까지 한 분이니까……."

그녀가 말을 끊었다.

"그래서요?" 다르타냥이 물었다.

"그러니까……." 밀레디가 잠시 입을 다물고 있다가 말을 이었다. "오늘부터는 불가능이란 말씀은 하지 마세요."

"저에게 지나친 행복을 베풀지 마세요." 다르타냥이 얼른 무릎을 꿇고 가만히 내미는 그 여자의 손에 키스를 퍼부으면서 외쳤다.

'파렴치한 바르드에게 원수를 갚아주리라.' 밀레디가 속으로 다짐했다. '그런 뒤에는 너를 제거할 테다, 멍청하고도 멍청한 바보, 눈엣가시 같은 놈!'

'그토록 뻔뻔스럽게 나를 조롱했으니 내 품에 떨어져라, 앙큼하고 고약한 계집.' 다르타냥도 나름대로 생각하고 있었다. '그런 다음에 네가 내 손을 빌려 죽이고 싶어하는 자와 함께 너를 비웃어주마.'

다르타냥이 고개를 들었다.

"각오가 되어 있습니다." 그가 말했다.

"그러니까 저를 이해하시겠죠, 다르타냥 씨!" 밀레디가 말했다.

"당신의 눈만 봐도 충분히 알 수 있습니다."

"이미 그토록 많은 명성을 얻은 당신의 팔을 써주시겠어요?"

"당장이라도."

"하지만 그런 희생에 대해 제가 어떻게 사례를 해야 좋을까요?" 밀레디가 말했다. "저는 사랑에 빠진 사람들을 잘 알고 있어요. 그들은 대가가 없으면 아무것도 하지 않잖아요?"

"제가 바라는 단 하나의 대답, 당신과 저에게 어울릴 만한 유일한 대답을 잘 아시잖습니까." 다르타냥이 말했다.
그가 그녀를 가만히 끌어당겼다.
그녀는 그다지 저항하지 않았다.
"욕심꾸러기!" 그녀가 미소 지으면서 말했다.
"아!" 다르타냥이 외쳤다. 그는 이 여자가 능란한 솜씨로 그의 가슴속에 부추긴 정념에 사로잡히고 말았다. "아! 저의 이 행복은 사실이 아닌 것 같습니다. 꿈처럼 날아가버릴까 봐 늘 두려워했었는데, 이제는 현실로 만들고 싶습니다."
"자, 당신이 스스로 주장하는 그 행복에 어울리는 일을 해주세요."
"분부대로 하겠습니다." 다르타냥이 말했다.
"정말 믿어도 되나요?" 밀레디가 마지막으로 의심스럽다는 듯이 물었다.
"당신의 아름다운 눈에 눈물을 흘리게 만든 그 파렴치한 놈의 이름을 말해 주시오."
"내가 울었다고 누가 그러던가요?" 그 여자가 말했다.
"그냥 저의 느낌에……."
"나 같은 여자는 울지 않아요." 밀레디가 말했다.
"다행입니다! 자, 그의 이름이 무엇입니까?"
"그의 이름은 저의 비밀이라는 걸 명심하세요."
"그래도 이름을 알아야……."
"그래요, 그래야겠죠. 제가 당신을 신뢰한다는 걸 잊지 마세요!"
"정말 기쁘기가 이를 데 없습니다. 그의 이름이 뭡니까?"
"당신도 아는 사람이에요."

복수의 꿈   263

"그래요?"

"예."

"설마 내 친구는 아니겠죠?" 다르타냥이 자신의 무지를 믿게 하기 위해 짐짓 망설이는 체하면서 말을 이었다.

"혹시 친구라면 망설이실 거란 말인가요?" 밀레디가 외쳤다. 그녀의 눈에서 위협의 기운이 섬광처럼 스쳐갔다.

"아닙니다. 설령 내 형제일지라도 망설이지 않을 것입니다." 다르타냥이 열정에 사로잡힌 듯이 외쳤다.

우리의 가스코뉴 청년은 어차피 결말을 알고 있었기에 두려움 없이 약속했다.

"당신의 헌신을 사랑해요." 밀레디가 말했다.

"아니, 나에게서 그것밖에 사랑하지 않습니까?"

"당신을 사랑해요, 당신을." 그녀가 그의 손을 잡으면서 말했다.

그러고는 그의 손을 꼭 쥐었다. 다르타냥의 몸이 떨렸다. 마치 밀레디를 태우는 불길이 이 손길을 통해 그에게 옮겨붙은 듯했다.

"당신이 나를 사랑하다니, 당신이!" 그가 외쳤다. "오! 이것이 사실이라면 난 정말 미쳐버릴 것이오."

그가 두 팔로 그 여자를 그러안았다. 그녀는 그의 입술을 피하려고 하지도 않았다. 그러나 키스를 되돌리지는 않았다.

그녀의 입술은 싸늘했다. 다르타냥은 돌부처에게 입을 맞춘 기분이었다.

그래도 그는 여전히 기쁨에 취하고 사랑에 빠져 있었다. 밀레디의 사랑을 온전히 믿어버릴 지경이었다. 그리고 바르드 백작의 무례도 의심 없이 굳게 믿었다. 그때 바르드가 옆에 있었다면, 다르타냥은 그를 죽였을 것이다.

밀레디는 기회를 놓치지 않았다.

"그의 이름은……." 이번에는 그녀가 말했다.

"드 바르드, 알고 있어요." 다르타냥이 말했다.

"아니, 어떻게 알았어요?" 밀레디가 물었다. 그러고는 그의 두 손을 덥석 잡았다. 그의 눈을 들여다보면서 마음을 밑바닥까지 읽어내려고 했다.

다르타냥은 자신이 너무 흥분한 나머지 실수를 했다고 생각했다.

"말해요, 말해요, 어서 말해요!" 밀레디가 재촉했다. "어떻게 그걸 아세요?"

"어떻게 그걸 아느냐고요?" 다르타냥이 말했다.

"그래요."

"어제 어느 살롱에 갔는데, 드 바르드가 반지를 하나 보여주면서 당신한테서 받았다고 하더군요."

"비열한 놈!" 밀레디가 외쳤다.

이 욕설은 다르타냥의 마음속까지 울려 퍼졌다.

"그래서요?" 그 여자가 계속했다.

"그 비열한 놈에게 당신의 원수를 갚아드리겠소." 다르타냥이 돈 자페 다르메니(17세기의 희극 주인공——옮긴이) 같은 표정을 지으면서 말을 이었다.

"고마워요, 나의 용감한 친구!" 밀레디가 외쳤다. "그럼 언제 원수를 갚아주시겠어요?"

"내일, 아니 당신이 원한다면 지금 당장."

복수의 꿈

밀레디는 '지금 당장'이라고 외칠 태세였다. 그러나 이렇게 급히 서두르는 것은 다르타냥의 눈에 좋게 보이지 않으리라는 생각이 들었다.

게다가 그녀는 여러 가지 신중하게 생각해야 할 일이 있었다. 자신의 수호자가 결투의 증인들 앞에서 백작에게 설명을 요구하는 일이 없도록, 그에게 여러 가지 충고를 해둘 필요도 있었다. 그러나 다르타냥의 한마디로 이 모든 것이 해결되었다.

"내일 당신이 원수를 갚거나 아니면 내가 죽거나 할 것이오." 그가 말했다.

"아니에요!" 그녀가 말했다. "저의 원수를 갚게 될 거예요. 당신은 죽지 않을 거예요. 그는 비겁한 놈이니까요."

"여자에게는 비겁한 사람일지 모르지만 남자에게는 그렇지 않소. 나도 그를 좀 알고 있어요."

"하지만 언젠가 당신이 그와 싸웠을 때에도 당신은 운을 탓할 필요가 없었잖아요."

"운이란 화류계 여자와도 같습니다. 어제는 다정했다가도 내일이면 배신할지 모르거든요."

"그럼 이제 와서 망설여진다는 뜻이군요."

"아닙니다, 망설이지 않아요, 절대로. 그러나 어쩌면 죽게 될지도 모르는데, 적어도 희망보다는 좀 더 나은 것을 주셔야 마땅하지 않겠습니까?"

밀레디가 의미심장한 눈짓을 보냈다.

"그뿐인가요? 그럼 시작하세요."

그러고 나서 이 눈짓에 설명을 덧붙였다.

"너무나 당연한 말씀이에요." 그 여자가 부드럽게 말했다.

"오! 당신은 천사입니다." 다르타냥이 말했다.

"그럼 이야기가 끝난 거죠?" 그 여자가 말했다.

"제가 당신에게 바라는 것을 제외하고는."

"하지만, 저의 사랑을 믿어달라고만 말한다면?"

"내일을 기약할 수 없는 몸인걸요."

"가만, 아주버니가 오나 봐요. 당신이 여기 계시는 걸 들켜서 좋을 건 없어요."

그녀가 종을 울렸다. 케티가 나타났다.

"이 문으로 나가세요." 그녀가 작은 비밀문을 밀면서 말했다. "11시에 다시 오세요. 그때 얘기를 끝내도록 하죠. 케티가 내 방으로 안내할 거예요."

가련한 케티가 이 말에 뒤로 넘어갈 뻔했다.

"아니, 뭘 하고 있느냐, 왜 우두커니 서 있는 거야? 자, 기사 양반을 배웅해 드려라. 그리고 오늘 저녁 11시에, 알았지!"

'이 여자의 밀회는 11시로 정해져 있는가 보다.' 다르타냥이 생각했다. '습관인가 보군.'

밀레디가 그에게 손을 내밀었다. 그가 그녀의 손에 정답게 입을 맞추었다.

'자, 정신 차리자.' 그가 물러나오면서 속으로 생각했다. 케티의 책망에는 대답을 하는 둥 마는 둥 했다. '자, 바보짓을 해서는 안 된다. 확실히 이 여자는 예사로운 악녀가 아니다. 조심해야지.'

복수의 꿈 267

밀레디의 비밀

　다르타냥은 곧장 케티의 방으로 올라가지 않고 케티를 뒤로 하고 저택 밖으로 나왔다. 두 가지 이유 때문이었다. 첫째로는 잔소리와 비난과 애원을 피하기 위해서였다. 둘째로는 방해받지 않는 상태에서 자신의 생각을 좀 더 깊이 심사숙고해 보고 가능하다면 그녀의 의중도 좀 더 자세히 읽어내기 위해서였다.
　두 사람에게 가장 분명한 것은 다르타냥이 밀레디를 미칠 듯이 사랑하는 반면에 밀레디는 다르타냥을 손톱만큼도 사랑하지 않는다는 사실이었다. 다르타냥은 어떻게 하는 것이 가장 좋은 방법일까 생각해 보았다. 이대로 집에 돌아가서 밀레디에게 장문의 편지를 써 보내, 여태껏 자신과 바르드가 동일 인물이었다는 것, 따라서 바르드를 죽인다는 것은 자기를 죽이는 것이므로 바르드와 결투할 수 없다는 것을 고백할까 한동안 생각하기도

했다. 그러나 그도 역시 맹렬한 복수욕에 이끌리고 있었다. 또 다른 사람이 아닌 바로 자신의 이름 아래 그녀를 손에 넣고 싶었다. 이런 복수에는 어떤 쾌감이 있을 것만 같아 단념하고 싶지 않았다.

그는 밀레디 방의 겉창에 비치는 등불을 간간이 돌아보면서 루아얄 광장을 대여섯 바퀴나 돌았다. 이번에는 밀레디도 지난번과는 달리 침실에 들어가기를 서두르지 않고 있는 것이 분명했다.

마침내 등불이 꺼졌다. 등불의 희미한 빛과 더불어 다르타냥의 마음속에서도 마지막 망설임이 사라졌다. 첫날밤의 기억이 생생하게 떠올랐다. 그는 가슴이 두근거리고 머리가 불에 타는 듯했다. 저택으로 돌아가 케티의 방으로 급히 올라갔다.

케티는 얼굴이 새파래져서 팔다리를 와들와들 떨었다. 사랑하는 남자를 만류하려고 했다. 그러나 바짝 귀를 기울이고 있던 밀레디가 다르타냥의 발소리를 듣고는 문을 열었다.

"들어오세요." 그녀가 말했다.

이 모든 일이 어찌나 엄청나게 파렴치하고 끔찍하고 뻔뻔스럽게 벌어지고 있는지, 다르타냥은 자신이 보고 듣는 것이 믿어지지 않을 지경이었다. 마치 꿈처럼 환상적이고 혼란스러운 상황 속으로 끌려들어가고 있는 듯했다. 그래도 자석이 쇠를 끌어당기는 듯한 힘에 굴복하여 밀레디 쪽으로 뛰어갔다.

그가 들어가자 문이 다시 닫혔다. 이번에는 케티가 문 쪽으로 뛰어갔다. 질투와 격분, 상처 입은 자존심, 그리고 사랑하는 여자의 마음을 뒤흔드는 모든 감정에 휩쓸려 모조리 폭로해 버릴까 생각했다. 그러나 음모를 거들었다고 자백하면 자신도 역시 파멸하고 말 터였다. 그리고 무엇보다도 다르타냥의 목숨이 위태로워질 것이었다. 사랑으로 말미암은 마지막 이유 때문에 케티는 결국 자신이 희생하자는 쪽으로 마음을 굳혔다.

한편 다르타냥은 드디어 모든 소원을 풀었다. 상대방은 더 이상 그가 아닌 다른 사람을 사랑하고 있지 않았다. 상대방이 사랑하는 대상은 다르타냥 자신이었다. 그때 은밀한 목소리 하나가 그의 마음속 밑바닥에서 들려왔다. 그녀는 네가 바르드를 죽일 때까지만 너를 애지중지할 것이고, 너는 한낱 복수의 도구에 지나지 않는다고 속삭였다. 그러나 자만심, 자존심, 그리고 사랑에 넋이 나간 마음 때문에 이 목소리는 잦아들더니 이내 사라졌다. 그리고 나서 다르타냥은 강한 자신감에 이끌려, 자신을 바르드와 비교하며 자신이 사랑받지 못할 이유가 무엇인지 자문했다.

따라서 그는 순간의 관능에 온몸을 맡겼다. 그에게 밀레디는 더 이상 치명적인 악의를 품고 있는 여자가 아니었다. 스스로 사랑을 느끼고 사랑에 탐닉하는 열렬한 정열의 연인이었다. 이렇게 거의 두 시간이 흘렀다.

그 사이에 두 연인의 격정이 가라앉았다. 둘 다 무아지경에 빠졌다 해도, 밀레디는 다르타냥과 다른 감정이었기 때문에 먼저 현실로 돌아왔다. 다르타냥에게 이튿날 바르드와 만나 결투하기 위한 계책을 미리 생각해 두었는지 물었다.

그러나 바보처럼 완전히 다른 생각에만 빠져 있던 다르타냥은 결투에 대해 생각하기에는 너무 늦은 시각이라고 점잖게 대답했다.

밀레디는 자신의 유일한 관심사가 그렇게 무시당하고 있다는 사실에 깜짝 놀라 더욱더 다급하게 묻기 시작했다.

다르타냥은 그 불가능한 결투를 결코 진지하게 생각하지 않았던 탓에 화제를 바꾸려 했으나 쉬이 가능한 일이 아니었다.

밀레디가 성마른 기질과 완강한 의지로 그를 막았다. 자신이 염두에 둔 한계에서 그가 벗어나지 못하도록 가로막았다.

다르타냥이 혼자 생각하기에는 밀레디에게 바르드를 용서하고 그녀가 세운 잔혹한 계획을 포기하라고 권하는 것이 현명한 일일 듯했다.

그러나 그가 한마디 꺼내자마자 밀레디는 몸을 바르르 떨면서 그의 곁에서 멀어졌다.

"겁나나요, 다르타냥?" 그 여자의 조롱하는 듯한 날카로운 목소리가 어둠 속에서 묘하게 울렸다.

"설마 그렇기야 하겠소!" 다르타냥이 대답했다. "하지만 불쌍한 바르드 백작에게 당신 생각만큼 죄가 있지 않다면……."

"아무튼 그는 나를 속였어요." 밀레디가 정색을 하고 말했다. "나를 속인 순간부터 죽어 마땅해요."

"그렇다면 죽여버리겠소. 당신이 그에게 선고를 내렸으니!" 다르타냥이 단호한 어조로 말했다. 다르타냥의 이 말이 밀레디에게는 불굴의 헌신으로 보였다. 곧바로 그녀가 다시 그에게로 다가갔다.

이 밤이 밀레디에게 얼마나 길게 느껴졌을지 말할 수 없을 것이다. 그러나 다르타냥은 그녀와 함께한 시간이 기껏해야 두 시간밖에 되지 않았다고 생각했다. 그런데도 벌써 겉창 사이로 먼동이 터 오는 것이 보였다. 이윽고 방 안이 어슴푸레한 여명으로 밝아졌다.

다르타냥이 그만 떠나려고 하자 밀레디가 바르드에 대한 복수의 약속을 또다시 상기시켰다.

"완전히 각오가 되어 있소. 하지만 한 가지 확실히 해두고 싶은 것이 있소."

"뭔데요?" 밀레디가 물었다.

"당신이 나를 사랑한다는 점 말이오."

"이미 확증되지 않았나요?"

"그렇소, 그러니까 나는 몸도 마음도 당신 것이오."

"고마워요, 내 용감한 사랑! 하지만 이렇게 내가 당신에게 내 사랑을 입증한 것처럼 이번에는 당신이 나에게 사랑을 입증해야죠, 그렇지 않나요?"

"물론이오. 하지만 당신이 말하듯이 당신이 나를 사랑한다면, 나를 위해 조금은 걱정해야 되지 않소?" 다르타냥이 말을 이었다.

"내가 뭘 걱정해야 하죠?"

"내가 치명상을 입을지도 모르고, 어쩌면 죽게 될지도 모르지 않겠소."

"있을 수 없는 일이에요." 밀레디가 말했다. "당신은 그토록 용감한 분인 데다가 칼 솜씨도 아주 좋은걸요."

"결투가 아니더라도 원수를 갚을 방법은 있소. 그런데도 당신은 그런 수단은 아예 생각하지도 않으니 참."

밀레디가 말없이 애인의 얼굴을 들여다보았다. 그녀의 맑은 눈이 새벽의 햇살을 받아 묘하게 불길한 기운을 띠었다.

"정말 속이 상해요." 그녀가 말했다. "이제 와서 당신이 망설이시다니."

"아니요, 망설이지 않습니다. 다만 당신이 바르드 백작을 더 이상 사랑하지 않으니까, 그가 정말 불쌍하다는 생각을 떨쳐버릴 수 없소. 당신의 사랑을 잃은 것만으로도 충분히 벌을 받은 셈이니, 또다시 벌할 필요는 없을 것 같소."

"내가 그를 사랑했다고 누가 그러죠?" 밀레디가 물었다.

"자만심에서 이런 말을 하는 건 아니지만, 적어도 당신이 지금은 백작 아닌 다른 사람을 사랑한다고는 생각할 수 있어요." 다르타냥이 다정한 어조로 말했다. "다시 한 번 말하지만 나는 백작에게 관심이 있다오."

"당신이?" 밀레디가 물었다.

"예, 그렇소."

"당신이 왜?"

"왜냐하면 나만이 알고 있는……."

"그게 뭐죠?"

"겉으로 보이는 것처럼 그 사람이 당신에게 그렇게 죄가 있는 것은 아니오. 더 정확히 말하자면 잘못을 저지르지 않았소."

"정말인가요!" 밀레디가 불안한 표정으로 말했다. "설명해 줘요. 당신이 무슨 말을 하는지 정말 모르겠어요."

그녀가 다르타냥의 품에 안긴 채로 불타오르는 듯한 눈으로 그의 얼굴을 물끄러미 바라보았다.

"좋소, 신사답게 말하겠소." 다르타냥이 결말을 짓기로 작정하고 말했다. "당신의 사랑은 나의 것이니까, 내가 당신의 사랑을 차지했다고 확신하니까……. 왜냐하면 내가 당신의 마음을 가졌기 때문이오, 그렇지 않소?"

"예, 온전히 당신 것이에요, 계속 말하세요."

"음, 좋소! 흥분되지만 한 가지 고백할 것이 있어서 마음이 무겁소."

"고백이라고요?"

"내가 당신의 사랑을 의심했다면 고백이란 말은 꺼내지도 않았을 것이오. 그러나 당신은 아름다운 나의 연인으로서 나를 사랑하니까……. 그렇지요? 나를 사랑하죠?"

"확실합니다."

"그렇다면 내가 당신을 지나치게 사랑한 탓에 당신에게 잘못을 저질렀다 해도, 나를 용서할 수 있죠?"

"그렇겠지요!"

다르타냥이 가능한 한 다정한 미소를 지으면서 자신의 입술을 밀레디의 입술에 가까이 대려고 했다. 그러나 그녀가 그를 밀쳤다.

"그 고백이란 뭐예요?" 그녀가 창백해진 얼굴로 말했다. "그 고백이란 게?"

"당신은 지난주 목요일에 바로 이 방에서 바르드와 만났지요?"

"내가요? 아니요, 그런 일 없어요!" 밀레디가 말했다. 말투가 너무나 단호하고 표정도 태연해서, 만약 다르타냥에게 그토록 완벽한 확증이 없었더라면 밀레디의 말을 의심하지 않았을 것이다.

"거짓말하지 말아요, 내 아름다운 천사." 다르타냥이 미소를 흘리면서 말했다. "소용없을 테니까."

"어떻게 그런 일이? 어서 말하세요! 나를 애태워 죽일 생각인가요!"

"오! 안심하시오. 당신이 나에게 잘못을 저지른 것은 아니니까. 그리고 나는 이미 당신을 용서했소!"
"그래서요? 그 다음은요?"
"바르드 백작은 자랑스럽게 여길 필요가 하나도 없소."
"왜요? 당신도 말하지 않았어요, 그 반지가……."
"내 사랑, 그 반지는 바로 내가 가지고 있소. 목요일의 바르드 백작과 오늘의 다르타냥은 동일인이오."

그는 그녀가 수치심에 몹시도 경악하고, 화를 내다가 눈물을 보이는 정도일 거라고 예상했다. 그러나 그는 완전히 잘못 생각한 것이었다. 그의 오산은 곧 현실로 드러났다.

밀레디가 창백한 얼굴에 섬뜩한 표정을 짓더니 벌떡 일어나 다르타냥의 가슴을 힘껏 떼밀고는 침대에서 뛰어내렸다.

밖이 훤히 밝아오고 있었다.

다르타냥이 용서를 빌려고 그 여자의 얇은 인도산 리넨 잠옷을 잡았다. 그녀는 거칠고 단호한 몸놀림으로 빠져나가려고 했다. 그러자 잠옷이 찢어지면서 그녀의 어깨가 훤히 드러났다. 포동포동하고 하얀 아름다운 한쪽 어깨 위에서 다르타냥은 백합꽃을 알아보았다. 형리의 더러운 손에 의해 찍히는 영원한 낙인이었다. 다르타냥은 형언할 수 없는 오싹한 전율을 느꼈다.

"하느님 맙소사!" 다르타냥이 이렇게 외치면서 그녀를 놓았다. 그러고는 말도 하지 못하고 침대 위에 얼어붙은 듯이 우두커니 서 있었다.

밀레디는 다르타냥의 질겁하는 모습을 보고 자신의 정체가 드러났음을 깨달았다. 그는 틀림없이 다 보았을 것이다. 이제 이 다르타냥은 아무도 모르는 그녀의 비밀, 그 끔찍한 비밀을 알게 된 것이다.

그녀가 돌아섰다. 이제는 단지 분노한 여자가 아니라 상처 입은 암표범의 모습이었다.

"야! 이 비열한 놈!" 그 여자가 말했다. "너는 비겁하게도 나를 배반했다. 게다가 내 비밀까지 알아버렸으니 널 살려두지 않겠다!"

그녀는 화장대 위에 놓인 상감 세공된 보석함으로 뛰어갔다. 떨리는 손으로 뚜껑을 열고 거기에서 단도를 꺼냈다. 황금 손잡이가 달려 있었고 칼날이 예리했다. 밀레디는 이 단도를 집어 들고 반쯤 벌거벗은 다르타냥에게 달려들었다.

그는 용감한 청년이긴 했지만 그녀의 무섭게 부릅뜬 눈, 창백한 볼, 핏발 선 입술, 흉포한 얼굴을 보자 소름이 끼쳤다. 마치 기어오는 뱀에 몰리듯 침대와 벽 사이로 물러났다. 땀으로 젖은 손에 마침 칼이 잡히자 얼른 칼을 빼들었다.

그러나 밀레디는 칼에도 아랑곳하지 않고 침대로 뛰어올라 그를 치려고 했다. 상대방의 날카로운 칼끝이 목 앞에 바싹 닿을 때까지 막무가내로 계속 덤벼들었다.

그녀가 두 손으로 칼을 움켜쥐려 했다. 다르타냥은 그녀의 손을 피해 때로는 그 여자의 눈앞으로, 때로는 그 여자의 가슴 앞으로 칼끝을 내밀면서 침대 아래로 미끄러져 내려갔다. 그는 케티의 방으로 통하는 문으로 빠져나가려 했다.

그동안에도 밀레디는 무시무시하게 아우성치면서 미친 듯이 그에게 달려들었다.

이 싸움은 거의 결투나 마찬가지였다. 다르타냥이 차츰 냉정을 되찾았다.

"자! 자! 아름다운 부인!" 그가 말했다. "자! 제발 진정하시오. 그렇지 않으면 다른 쪽 어깨에 두 번째 백합꽃을 그려주겠소."

"야비한 놈!" 밀레디가 고래고래 울부짖었다.

다르타냥은 여전히 문을 찾으면서 방어 자세를 갖추었다.

밀레디가 그에게 덤벼들려고 가구를 뒤집어엎었다. 그는 가구 뒤에 숨었다. 이렇게 두 사람이 난동을 부리는 소리에 케티가 문을 열었다. 다르타냥은 이 문에 다가가기 위해 계속 벼르고 있었으므로, 이미 문에서 서너 걸음밖에 떨어져 있지 않았다. 그는 단번에 펄쩍 뛰어 밀레디의 방에서 몸종의 방으로 건너가 번개처럼 재빨리 다시 문을 닫았다. 그가 힘껏 문에 기대 있는 동안 케티가 열쇠를 채워버렸다.

그러자 밀레디가 여자로서는 엄두도 못 낼 힘으로 두 방 사이의 문설주를 넘어뜨리려 했다. 그러나 불가능하다고 느껴지자 이번에는 단도로 문을 마구 찍어댔다. 때로는 칼끝이 문짝을 꿰뚫기도 했다.

그녀는 칼로 문을 찍을 때마다 무시무시한 욕지거리를 퍼부었다.

"빨리, 빨리, 케티." 문에 빗장이 걸리자 다르타냥이 작은 목소리로 말했다. "나를 저택 밖으로 나가게 해줘. 저 여자에게 여유를 주면 하인들을 시켜 나를 죽일 거야."

"하지만 그런 꼴로는 나갈 수 없어요." 케티가 말했다. "완전히 벌거벗은 꼴이잖아요."

"그래, 그렇군." 다르타냥이 말했다. 그때야 비로소 그는 자기가 어떤 차림인지 알아차렸다. "그렇군. 아무 옷이나 다오,

어서. 서두르자. 알겠지, 죽느냐 사느냐 하는 판이야!"

케티는 사태를 너무나 잘 이해하고 있었다. 눈 깜짝할 사이에 그에게 꽃무늬의 여자 옷을 입히고 커다란 모자를 씌운 뒤 짤막한 망토를 걸쳐주었다. 그러고는 실내화를 내주었다. 그가 맨발로 실내화를 신고 나자 그의 손을 잡아끌고 계단을 내려갔다. 위기일발이었다. 밀레디가 이미 비상종을 울려 온 집안 사람들을 깨웠던 것이다. 문지기가 케티의 목소리를 듣고 문을 열었다. 바로 그때 밀레디가 반쯤 발가벗은 모습으로 창가에 서서 고함을 질렀다.

"열어주지 마!"

아토스, 가만히 앉아서 장비를 갖추다

밀레디가 무력한 몸짓으로 여전히 다르타냥을 위협하는 동안, 그는 줄행랑을 놓아버렸다. 그의 모습이 보이지 않게 되자 밀레디는 자기 방에서 쓰러져 기절했다.

다르타냥은 너무나 당황해서 케티가 어떻게 되었는지 신경 쓸 겨를도 없이 줄곧 뛰어서 파리 시내의 절반을 가로질렀다. 마침내 아토스의 집 대문에 다다르자 그제야 비로소 달리기를 멈추었다. 혼미한 정신, 몰려드는 공포, 뒤쫓던 순찰대원들의 고함 소리, 꼭두새벽부터 일터로 나가는 몇몇 행인들의 아우성 소리, 이 모든 것에 떠밀려 더욱더 빨리 달려왔다.

그가 마당을 건너 3층으로 올라가서는 아토스의 방문을 부서져라 두드렸다.

그리모가 부은 눈을 비비면서 문을 열었다. 다르타냥이 어찌나 황급하게 응접실로 뛰어들었는지 하마터면 그리모를 넘어뜨릴 뻔했다.

언제나 말이 없는 이 하인도 이번에는 입을 열었다.

"어, 저런, 이봐!" 그가 외쳤다. "도대체 어쩌자는 거야, 이 바람둥이 여자야? 대관절 무슨 일이야, 이 뻔뻔스런 여편네 같으니."

다르타냥이 모자를 추켜올리면서 망토 아래로 손을 내밀었다. 하인은 그의 콧수염과 칼을 보고 상대가 남자임을 알아차렸다. 그러자 이번에는 암살자라고 생각했다.

"사람 살려! 도와줘요! 사람 살려!" 그가 외쳤다.

"조용히 해! 이 딱한 친구야!" 다르타냥이 말했다. "다르타냥이야. 몰라보겠어? 주인은 어디 계시나?"

"다르타냥 씨라고요?" 겁을 잔뜩 집어먹은 그리모가 외쳤다. "그럴 리가!"

"그리모!" 아토스가 잠옷 바람으로 나오면서 말했다. "아침부터 웬 소란이냐?"

"아! 주인님! 다름이 아니라……."

"좀 조용히 해!"

그러자 그리모는 손가락으로 자기 주인에게 다르타냥을 가리키기만 했다.

아토스는 한눈에 다르타냥을 알아보았다. 아무리 냉정한 아토스일지라도 이 얄궂게 변장한 모습을 보고는 하도 어이가 없어 폭소를 터뜨리지 않을 수 없었다. 모자를 비스듬히 쓰고, 치맛자락은 신발 위까지 질질 끌렸으며, 소매를 걷어올리고 있었다. 게다가 흥분해서 콧수염까지 곤두서 있었다.

"웃지 마세요." 다르타냥이 외쳤다. "제발 웃지 마세요. 웃을 일이 절대 아니에요."

그의 표정이 너무나 근엄하고 공포에 질려 있어 아토스가 곧 그의 손을 잡고 외쳤다.

"어디 다쳤나, 친구? 얼굴이 아주 창백하군!"

"아니에요, 하지만 조금 전에 끔찍한 일을 당했어요. 당신 혼자인가요, 아토스?"

"물론이지. 이 시간에 도대체 누가 있다고 그런 말을 해?"

"좋아요, 좋아."

다르타냥이 서둘러 아토스의 방으로 들어갔다.

"어서 말해 보게나!" 아토스가 문을 닫고 아무도 들어오지 못하도록 빗장을 걸면서 말했다. "국왕이 돌아가셨나? 아니면 추기경이 죽었는가? 몹시 당황한 모양이군. 자, 자, 어서 말하게나. 정말 불안해 죽겠네."

"이봐요, 아토스." 다르타냥이 여자 옷을 벗어던지고 셔츠 차림으로 말했다. "생전 듣도 보도 못한 믿을 수 없는 이야기를 지금부터 하겠어요. 각오하세요."

"우선 이 옷이라도 입게나." 아토스가 다르타냥에게 말했다.

다르타냥은 아토스가 건네준 옷을 받아서는 좌우를 뒤집어 입을 정도로 아직까지 정신이 혼미했다.

"그런데?" 아토스가 물었다.

"글쎄 말이죠." 다르타냥이 허리를 굽혀 아토스의 귀에 머리를 갖다대고 목소리를 낮추어 말했다. "밀레디의 어깨에 백합꽃 낙인이 있더라고요."

"아!" 아토스가 마치 심장에 총알이라도 한 방 맞은 것처럼 소리를 질렀다.
"이봐요." 다르타냥이 말했다. "'그 여자' 말이에요, 죽었다고 확신하세요?"
"그 여자라니?" 아토스가 되물었다. 너무나 목소리가 낮아서 다르타냥에게 간신히 들릴 정도였다.
"그래요, 당신이 언젠가 아미앵에서 제게 얘기했던 여자요."
아토스가 신음하면서 두 손으로 머리를 감쌌다.
"제가 말하려는 여자는 스물여섯이나 스물여덟 살쯤 되는데……" 다르타냥이 계속했다.
"금발이라고 했지?" 아토스가 말했다.
"네."
"눈이 맑고 푸르며 묘하게 반짝거리지? 눈썹은 검고?"
"네."
"키가 크고 몸매가 좋아? 위턱의 왼쪽 송곳니 옆에 이가 하나 빠져 있고?"
"그래요."
"백합꽃은 조그맣고 갈색인데, 분을 발라놓아 지워져 있는 것같이 보이고?"
"맞았어요."
"그렇지만 영국 여자라고 하지 않았나!"
"밀레디라고들 부르지만, 프랑스 여자인지도 몰라요. 게다가 윈터 경은 그 여자의 아주버니일 뿐이거든요."
"그 여자를 만나보고 싶군, 다르타냥."
"조심해요, 아토스. 당신은 그 여자를 죽이려고 했잖아요. 당신에게 앙갚음을 하고도 남을 여자예요. 당신에게 해코지를 할 거라고요."

"감히 말하지 못할 거야. 그랬다가는 정체가 드러날 테니까."

"아니에요, 무슨 짓이든 할 수 있는 여자예요! 그 여자가 화내는 모습을 본 적이 있나요?"

"아니." 아토스가 말했다.

"꼭 암호랑이나 암표범 같아요! 아, 아토스! 우리 두 사람이 그런 여자와 원수가 된 것이 전 두려워요!"

다르타냥은 밀레디가 미친 듯이 날뛰면서 죽여버리겠다고 으르렁대던 일을 비롯하여 모든 것을 이야기했다.

"자네 말이 옳아. 그렇지만 나에게 목숨이란 한낱 지푸라기에 지나지 않아. 죽는 건 아무렇지도 않네." 아토스가 말했다. "다행히 우리는 모레 파리를 떠날 걸세. 아마 라 로셸로 가게 되겠지. 일단 떠나면……."

"그 여자가 당신을 알아본다면 이 세상 끝까지라도 쫓아올 겁니다. 그러니까 그 여자의 증오가 저에게만 향하도록 하죠."

"아! 이보게! 그 여자가 나를 죽인다 해도 난 상관없네." 아토스가 말했다. "혹시라도 자네는 내가 목숨을 아끼고 있다고 생각하는가?"

"이 모든 것에는 어떤 무서운 비밀이 있어요, 아토스! 그 여자는 추기경의 밀정이에요, 틀림없어요."

"그렇다면 자네도 조심해야겠네. 추기경은 런던의 일에 대해 자네를 높이 평가할 리가 없으니, 아마 자네를 무척이나 증오하고 있을 거야. 그러나 모든 상황을 고려해 볼 때 드러내 놓고 자네를 비난할 수는 없겠지. 그러나 원한은 어떻게든 풀려고 할 거네. 특히 추기경의 원한일 때는 더더욱 말이야. 자네, 조심해야겠어! 자네는 혼자 바깥에 나가면 안 돼. 밥 먹을 때에도 경계해야 해. 모든 것을, 심지어 그림자까지도 경계해야 하네."

"다행히 모레 저녁까지만 무사하면 돼요." 다르타냥이 말했다. "일단 싸움터로 나가면 두려워해야 하는 건 적병들뿐이니까요."

"당분간 나도 칩거 생활을 그만두고 어디건 자네와 함께 다녀야겠어." 아토스가 말했다. "지금 포스와외르 가로 돌아가야 하지 않나. 내가 바래다주겠네."

"하지만 여기서 아무리 가깝다 하더라도, 이런 꼴로는 돌아갈 수 없지 않겠어요?" 다르타냥이 말했다.

"맞아." 아토스가 말했다. 그러고는 초인종 줄을 잡아당겼다.

그리모가 들어왔다.

다르타냥의 집에 가서 옷을 가져오라는 신호를 보냈다. 그리모도 잘 알아들었다는 신호를 보내고는 나갔다.

"아, 참! 그러고 보니 우리의 장비 문제는 아무런 진전이 없군." 아토스가 말했다. "내 생각이 맞는다면, 자네는 옷을 고스란히 밀레디의 집에 두고 왔겠지. 밀레디가 돌려줄 리는 만무하잖아. 다행히도 자네에겐 사파이어 반지가 있군."

"사파이어 반지는 당신 것이에요, 아토스! 당신 집안에 대대로 내려오는 반지라고 하지 않았나요?"

"그래, 옛날 우리 아버지 말로는 2,000에퀴에 샀다더군. 결혼 선물로 어머니에게 드렸다네. 참으로 아름다운 반지야. 나는 어머니한테서 그걸 받았는데, 내가 미쳤지, 그 반지를 소중히 간직하기는커녕 그 몹쓸 년에게 줘버렸거든."

"그럼 이 반지를 받아요. 친구로서 당신에게 돌려주겠어요. 당신이 더 애착을 느낄 테니까요."

"내가 그 반지를 도로 받는다! 파렴치한 계집이 끼던 것을! 천만에. 그 반지는 더럽혀졌어, 다르타냥."

"그렇다면 팔아버려요."

"어머니한테서 받은 걸 팔다니! 그런 짓을 한다면 그야말로 신성모독으로 간주하겠네."

"그러면 전당포에 맡기세요. 1,000에퀴는 충분히 받을 겁니다. 그만한 돈만 있으면 이번 일은 해결될 것 아닌가요? 그랬다가 언제라도 돈이 생기면 곧바로 돌려받으면 되잖아요. 그렇게 하면 옛날의 오점도 깨끗이 씻겨나가는 셈입니다. 일단 전당포를 거쳤으니까요."

아토스가 빙그레 웃었다.

"자네는 참 매력적인 친구야, 다르타냥." 그가 말했다. "언제나 변함없이 쾌활해서 불행한 사람들에게 기운을 불어넣어 주니 말일세. 그래! 좋아, 그 반지를 전당포에 맡기세. 그러나 한 가지 조건이 있어!"

"뭐죠?"

"500에퀴는 자네가 갖고 500에퀴는 내가 갖기로 하지."

"왜 그런 생각을 하죠, 아토스? 전 반의 반도 필요 없어요. 근위대원인 데다가, 안장을 팔면 그만한 돈은 생기거든요. 저에게 필요한 것은 플랑셰의 말뿐이에요. 게다가 저에게도 반지가 하나 있잖아요?"

"내가 보기에는 자네가 그 반지에 무척 애착을 가지고 있는 것 같은데. 내가 이 반지에 애착을 느끼고 있는 이상으로 말일

아토스, 가만히 앉아서 장비를 갖추다 **285**

세. 적어도 내 눈에는 그렇게 보였네."

"그래요. 비상시에 우리를 곤경에서 구해 줄 수 있을 뿐만 아니라 우리를 위험에서도 지켜줄 수 있을 거예요. 귀중한 보석일 뿐만 아니라 마술의 부적이라고도 할 수 있죠."

"자네 말이 무슨 뜻인지 모르겠네만, 나는 자네의 말을 믿고 있네. 그러니 다시 내 반지, 정확히 말하자면 자네 반지에 관해 다시 이야기하세. 그것을 전당포에 잡히고 받을 돈의 절반을 자네가 받지 않는다면, 차라리 그 반지를 센 강에 던져버리겠어. 그러면 폴리크라테스(기원전 6세기 사모스의 참주——옮긴이)의 반지처럼 물고기의 뱃속에 들어갔다가 돌아오지 않을까?"

"음, 할 수 없군요! 그럼 그러도록 하죠!" 다르타냥이 말했다.

그때 그리모가 플랑셰를 데리고 돌아왔다. 플랑셰는 주인의 일이 몹시 걱정되었다. 무슨 일이 일어났는지 궁금하던 차에 마침 잘 되었다 싶어서 직접 옷을 가지고 따라왔다.

다르타냥이 옷을 입었다. 아토스도 옷을 차려입었다. 두 사람이 막 나가려고 할 때, 아토스가 그리모에게 총을 겨누는 시늉을 했다. 그리모가 곧바로 총을 들고 나와 주인을 따라갈 준비를 갖추었다.

아토스와 다르타냥이 하인들을 거느리고 포스와외르 가에 무사히 당도했다. 문 앞에 서 있던 보나시외가 다르타냥을 조롱하듯 바라보았다.

"어이, 세입자 양반!" 그가 말했다. "아름다운 아가씨가 댁에서 기다리고 있습니다. 잘 아시겠지만 여자란 기다리는 것을 좋아하지 않지요!"

"케티다!" 다르타냥이 외쳤다. 그러고는 골목으로 뛰어갔다. 과연 케티였다. 방으로 통하는 문 앞 층계에서 문에 기댄 채 웅크리고 앉아 있었다. 가엾게도 몹시 떨고 있었다. 그러다가 다르타냥을 보자마자 말했다.

"당신은 저를 지켜주겠다고 약속하셨죠. 마님의 노여움에서 저를 구해 주겠다고 약속하셨어요. 당신 때문에 제가 이렇게 되었다는 것을 잊지 마세요!"

"그래, 똑똑히 기억해." 다르타냥이 말했다. "걱정하지 마라, 케티. 그런데 내가 떠난 뒤에 무슨 일이 있었지?"

"제가 어찌 알겠어요?" 케티가 말했다. "마님의 고함 소리를 듣고 하인들이 달려왔어요. 마님은 미친 듯이 화를 내면서 당신에게 온갖 욕지거리를 퍼부었어요. 저는 당신이 제 방을 통해 마님 방으로 들어가셨다는 것을 마님이 알아차릴 것이라고 생각했어요. 그래서 저도 한통속이라고 생각할지 모르겠다 싶어서, 갖고 있던 돈 조금과 귀중한 옷가지만 몇 벌 챙겨서 도망쳤어요."

"불쌍한 케티! 그런데 너를 어쩌면 좋지? 난 모레면 떠나는데."

"어떻게 하시든 괜찮아요, 기사님. 파리를 떠나게만 해주세요. 프랑스를 떠나게만 해주세요."

"그렇다고 해서 너를 라 로셸의 진지로 데려갈 수는 없어." 다르타냥이 말했다.

"그럴 수야 없지요. 하지만 시골로 가게 해주실 수는 있잖아요. 누구라도 좋으니까, 당신이 아시는 귀부인 댁에 있게 해주시면 좋겠어요. 가령 당신의 고향에 말이에요."

"아! 케티! 내 고향에는 몸종을 둘 만한 귀부인이 없단다. 잠깐 기다려봐. 내가 해결해 줄 테니까. 어이, 플랑셰, 아라미스께 가서 곧장 여기로 오시라고 해라. 아주 중요한 이야기를 해야겠다."

"이해가 가는군." 아토스가 말했다. "그런데 왜 포르토스는 안 되는가? 내 생각으로는 그의 후작 부인이……."

"포르토스의 후작 부인은 남편의 서기들이 시중을 들어주죠." 다르타냥이 웃으면서 말했다. "게다가 케티도 우르스 가에서 살고 싶지는 않을 거야, 안 그래, 케티?"

"아무 데나 상관없어요." 케티가 말했다. "아무도 모르게 숨어 지낼 수만 있다면 좋겠어요."

"케티, 이제는 우리도 곧 헤어질 테니까, 나를 두고 더 이상 질투하지 않겠지……."

"기사님, 멀리서나 가까이서나 저는 당신을 끝까지 사랑할 거예요." 케티가 말했다.

"다음에는 도대체 그의 마음이 어디에 머물까?" 아토스가 중얼거렸다.

"나도 그럴 게다." 다르타냥이 말했다. "언제까지나 너를 사랑할 테니, 안심해라. 그런데 물어볼 것이 있어. 내게는 아주 중요한 일이야. 혹시 어느 날 밤에 납치당한 젊은 여자에 관한 이야기를 들어본 적이 없나?"

"잠깐만요……. 오, 맙소사, 당신은 아직도 그 여자를 사랑하시나요?"

"아니야, 그 여자를 사랑하고 있는 사람은 내 친구야. 자, 바로 여기 계시는 아토스 이 양반이지."

"나라고!" 아토스가 이게 웬 날벼락이냐는 표정으로 소리를 질렀다.

"그래요, 당신 말이에요!" 다르타냥이 아토스의 손을 잡고 말했다. "가련한 보나시외 부인을 우리 모두가 걱정하고 있지 않나요? 게다가 이 점에 관해서는 케티도 함구할 거예요. 안 그래, 케티?" 다르타냥이 계속했다. "이해하지? 그 여자는 이 아래 문 앞에 서 있는 못생긴 남자의 아내야. 아까 여기 들어오면서 봤지?"

"오, 맙소사!" 케티가 외쳤다. "당신 말씀을 들으니 겁나요. 그가 저를 알아보지 못했다면 좋겠는데!"

"뭐라고, 너를 알아본다고! 아니, 그럼 전에도 그를 본 적이 있구나?"

"저희 집에 두 번쯤 왔어요."

"그래, 그거야. 언제쯤이지?"

"대략 보름쯤 전에요."

"바로 그거야."

"그리고 어제저녁에도 왔어요."

"어제저녁?"

"예, 당신이 오시기 직전에요."

"이봐요, 아토스, 우리는 첩자들의 그물에 둘러싸여 있었네요! 그래서, 케티, 그가 너를 알아봤을까?"

"그를 보자마자 망토 자락으로 얼굴을 가렸지만, 어쩌면 너무 늦었을지도 몰라요."

"아토스, 당신이 내려가 보세요. 보나시외는 나만큼 당신을 경계하지는 않으니까요. 아직도 문 앞에 있는지 좀 보고 오실래요?"

아토스가 내려갔다가 곧 다시 올라왔다.

"떠나고 없어. 그리고 집은 닫혀 있네." 그가 말했다.

"보고를 하러 갔을 거예요. 새들이 지금 모두 새장 속에 있다고 말이에요."

"이런! 자, 그러면, 빠져나가세." 아토스가 말했다. "여기에는 플랑셰만 남겨두었다가 무슨 일이 생기면 알리라고 하고."

"잠깐만요! 아라미스를 불렀잖아요."

"아 참, 그렇지." 아토스가 말했다. "아라미스를 기다리세."

때마침 아라미스가 도착하여 그에게 사정을 이야기했다. 지체 높은 친지들 중에 케티를 맡아줄 사람을 찾는 일이 매우 시급하다고 설명했다.

아라미스가 한동안 곰곰이 생각하더니 얼굴을 붉히면서 말했다.

"자네에게 정말 중요한 일인가, 다르타냥?"

"평생 은혜를 잊지 않겠어요."

"음, 실은 부아 트라시 부인의 요청이 들어왔네. 지방에 사는 친구를 위해 그러는 모양인데, 믿음직한 몸종 한 사람을 구해달라고 나에게 부탁했어. 다르타냥, 자네가 아가씨에 대해 보증을 한다면……."

"오! 염려 마세요." 케티가 외쳤다. "파리를 떠나게 해주시는 분이라면 정말 헌신적으로 모실 테니까요."

"그렇다면 더욱 잘된 일이군." 아라미스가 말했다.

그가 탁자에 앉아 쪽지에 몇 마디 적었다. 그 위에 반지로 봉인을 찍고는 그 쪽지를 케티에게 주었다.

"자, 케티." 다르타냥이 말했다. "너도 알다시피, 여기 있으면 너를 위해서나 우리를 위해서나 좋을 게 없어. 이제 그만 헤어지기로 하자. 좋은 날이 오면 또다시 만날 거야."

"언제 어디서 다시 만나더라도 오늘처럼 당신을 사랑할 거예요. 그런 저를 다시 보실 수 있을 거예요." 케티가 말했다.

"꼭 노름꾼 같은 맹세로군." 다르타냥이 케티를 계단까지 바래다주러 간 사이 아토스가 이렇게 말했다.

잠시 후에 세 젊은이는 4시에 아토스의 집에서 만나기로 약속하고는 플랑셰만 남겨놓고 뿔뿔이 흩어졌다. 아라미스는 집으로 돌아갔고, 아토스와 다르타냥은 사파이어 반지를 전당포에 맡기려고 돌아다녔다.

다르타냥의 예상대로, 300피스톨은 거뜬히 받을 수 있었다. 게다가 전당포에서는 만약에 판다면, 훌륭한 귀고리용 보석으로 사용할 수 있으니까, 500피스톨까지도 줄 수 있다고 했다.

아토스와 다르타냥은 군인다운 민첩함과 감식안으로 채 세 시간도 지나기 전에 모든 장비를 구했다. 아토스는 대범하고 대귀족다운 면모가 많았다. 그는 어떤 물건이 마음에 들기만 하면 값을 깎으려 하지 않고 달라는 대로 돈을 지불했다. 그럴 때마다 다르타냥은 참견을 하고 싶었다. 그러면 아토스는 빙그레 웃으면서 그의 어깨에 손을 올려놓았다. 다르타냥은 자신 같은 가스코뉴의 소귀족이라면 흥정하는 것도 무방하겠으나 제후의 풍모를 풍기는 아토스에게는 흥정이 어울리지 않는다는 것을 깨달았다.

아토스는 안달루시아 산의 훌륭한 말을 한 마리 발견했다. 털 색깔이 칠흑같이 새까만 말이었다. 불같이 새빨간 콧구멍에 다리가 날씬하고 아름다운 여섯 살짜리 말이었다. 그가 자세히 살펴보았으나 흠잡을 데라곤 없었다. 값은 1,000리브르였다.

더 싼 값으로 살 수 있었을지도 모른다. 그러나 다르타냥이 말장수와 값을 흥정하고 있는 동안, 아토스가 아무 말 없이 금화 100피스톨을 내놓았다.

그리모에게는 오동통하고 실한 피카르디 산 말을 300리브르에 사주었다.

그리모가 탈 말의 안장과 무기를 사고 나니 아토스의 돈 150피스톨이 한 푼도 남지 않았다. 다르타냥이 자기 몫의 돈을 우선 쓰고 나중에 돌려달라고 제안했다.

그러나 아토스는 대답 대신에 어깨만 으쓱해 보였다.

"전당포의 유대인이 사파이어를 얼마에 사겠다고 했지?" 아토스가 물었다.

"500피스톨요."

"다시 말해서 아직도 200피스톨은 더 받을 수 있다는 얘기군. 자네 몫으로 100피스톨, 내 몫으로 100피스톨. 정말 한 재산이 되겠는데. 다시 한 번 전당포에 들러주게나."

"아니, 아토스, 설마……."

"그 반지는 분명히 나에게 너무나도 슬픈 추억을 떠올리게 할 것이네. 게다가 언제 우리가 300피스톨을 마련해서 돌려받을 수 있겠는가. 그렇게 되면 200피스톨을 고스란히 잃어버리는 셈이네. 자네가 전당포 주인에게 반지를 팔아버리고 200피스톨을 받아오게, 다르타냥."

"좀 더 생각해 보세요, 아토스."

"현재로서는 현금이 필요하네. 포기할 줄도 알아야 하는 법이야. 자, 갔다 오게, 다르타냥. 그리모에게 총을 들고 따라가게 할 테니까."

 삼십 분 후에 다르타냥이 무사히 2,000리브르를 가지고 돌아왔다. 이렇게 아토스는 뜻밖의 자금을 앉은 자리에서 모두 마련했다.

유령

 4시에 네 친구 모두 아토스의 집에 모였다. 장비에 관한 걱정은 깨끗하게 해결되었다. 이제 그들의 얼굴에는 저마다 마음속에 은밀히 품고 있는 불안만이 감돌 뿐이었다. 현재의 행복 뒤에는 언제나 다가올 불안이 감춰져 있는 법이다.
 그때 갑자기 플랑셰가 들어오더니 다르타냥의 앞으로 온 편지 두 통을 가져왔다.
 하나는 세로로 곱게 접은 조그만 쪽지였다. 예쁜 초록빛 밀랍 봉인에는 푸른 잔가지를 입에 문 비둘기 그림이 새겨져 있었다.
 다른 하나는 커다랗고 네모난 편지였다. 추기경 예하의 무시무시한 문장이 찬란하게 찍혀 있었다.
 다르타냥은 작은 편지를 보는 순간 가슴이 두근거렸다. 필적을 알아볼 수 있을 것 같았기 때문이다. 한 번밖에 본 적이 없지만, 이 필적에 대한 기억이 마음속 깊이 새겨져 있었다.

그래서 그는 조그만 편지를 집어 들고 얼른 뜯어보았다.

다음 수요일 오후 6시에서 7시 사이에 샤요 가를 산책하시다가, 지나가는 사륜마차를 눈여겨보십시오. 그러나 당신의 목숨과 당신을 사랑하는 사람들의 목숨을 중히 여기신다면, 한마디도 해서는 안 됩니다. 그리고 온갖 위험을 무릅쓰고 잠깐만이라도 당신을 뵙고 싶어하는 여자를, 당신이 알아보았다는 행동을 절대로 내보이지 마십시오.

서명은 없었다.
"함정이야." 아토스가 말했다. "가지 마, 다르타냥."
"그렇지만 낯익은 필적이에요." 다르타냥이 말했다.
"위조된 필적일지도 모르잖아." 아토스가 다시 말을 이었다. "요즘의 6시나 7시라면, 샤요 가에 인적이 완전히 끊길 시간이야. 봉디 숲을 산책하는 거나 다름없네."
"하지만 우리가 모두 간다면요!" 다르타냥이 말했다. "설마 네 사람이 모두 잡히진 않겠죠. 더구나 수종도 네 명이나 있는 데다가 말도 있고 무기도 있잖아요."
"게다가 우리의 장비를 과시할 기회도 되겠지." 포르토스가 말했다.
"그러나 이 편지를 쓴 사람이 바로 그녀이고……." 아라미스가 말했다. "그녀가 사람 눈에 띄지 않기를 바란다면, 다르타냥, 자네가 그녀를 위태롭게 만들지도 모른다는 것을 염두에 두게나. 그건 귀족으로서 할 일이 아니지 않은가.”

"우리는 뒤에 있자고.” 포르토스가 말했다. "다르타냥만 앞으로 나가면 되지 않겠나.”

"그래, 하지만 전속력으로 달리는 마차에서 바로 권총을 쏠 수도 있어.”

"말도 안 돼요!” 다르타냥이 말했다. "저를 쏘지는 못할 거예요. 만약 쏜다면, 우리가 마차를 쫓아가서 안에 타고 있는 놈들을 전멸시켜 버리죠 뭐. 그만큼 적의 수가 줄어들지 않겠어요.”

"맞네.” 포르토스가 말했다. "전투를 벌이는 거야. 게다가 우리의 무기를 시험할 필요도 있잖아.”

"좋아! 재미 삼아 해보자고.” 아라미스가 온화롭고 태연한 어조로 말했다.

"자네들 뜻대로 하세.” 아토스가 말했다.

"여러분!” 다르타냥이 말했다. "지금 4시 반이니까 샤요 가까지 가려면 시간이 빠듯해요.”

"게다가 늦게 나가면 안 되지.” 포르토스가 말했다. "늦은 시간에는 구경꾼도 없을 거야. 그렇게 되면 안타까운 노릇이지. 자, 어서 준비하세, 친구들.”

"편지가 또 한 통 있지 않는가!” 아토스가 말했다. "봉투를 보니 열어볼 만한 가치가 있을 듯해. 나는 솔직히 말해서, 다르타냥, 자네가 방금 슬그머니 품 안에 집어넣은 하찮은 물건보다 두 번째 편지가 더 염려되네.”

다르타냥의 얼굴이 빨개졌다.

"음, 그러면, 여러분.” 다르타냥이 말했다. "자, 추기경 예하가 저에게 무엇을 원하는지 보죠.”

다르타냥이 편지를 뜯은 후 읽어 내렸다.

　　데제사르 부대, 국왕의 근위대원, 다르타냥 씨는 오늘 저녁 8시에 추기경 관저로 출두하시오.

　　　　　　　　　　　　　　　　　근위대장
　　　　　　　　　　　　　　　　　우디니에르

　"제기랄!" 아토스가 말했다. "또 다른 걱정이 되는 호출인 걸."
　"첫 번째 만남이 끝나면 두 번째 호출 장소에 가겠어요." 다르타냥이 말했다. "첫 번째는 7시고 두 번째는 8시니까 시간은 충분해요."
　"흠! 나라면 안 가겠네." 아라미스가 말했다. "점잖은 기사로서 부인이 만나자는데 안 나갈 수는 없지. 하지만 신중한 귀족이라면 추기경 관저에 가지 않아도 변명이 되거든. 특히 칭찬을 받을 리 없다고 생각될 때는 말일세."
　"나도 아라미스와 같은 생각이야." 포르토스가 말했다.
　"전에도 카부아 씨를 통해 추기경 예하의 초대를 받은 적이 있었어요." 다르타냥이 대답했다. "그때는 무시해 버렸죠. 그랬더니 이틀날 커다란 불행이 저에게 닥쳤어요! 콩스탕스가 사라진 거예요. 이번에는 무슨 일이 있더라도 가야겠어요."
　"단단히 결심했군. 그럼 그렇게 하게나." 아토스가 말했다.
　"그러나 바스티유 감옥에 갇히게 되면?" 아라미스가 말했다.
　"뭐, 당신들이 꺼내주겠죠." 다르타냥이 대답했다.
　"물론이지." 아라미스와 포르토스가 별것 아니라는 듯이 놀랍도록 태연하게 말했다. "확실히 우리들이 꺼내줄 테지만, 모레 떠나기로 되어 있으니까, 바스티유 감옥에 들어갈 위험은 겪지 않는 편이 더 낫겠지."

"이렇게 하세." 아토스가 말했다. "오늘 저녁에는 이 친구 곁을 절대로 떠나지 말자고. 각자 세 명의 총사를 거느리고 추기경 관저의 각 출입문 앞에서 기다리자. 그러다가 수상한 마차가 나오면 기습하는 거야. 하도 오랫동안 추기경의 근위대와 싸우지 않아서 트레빌 씨는 틀림없이 우리가 죽은 것 같다고 생각할 거네."

"아토스, 정말이지 자네는 장군감일세. 자네들은 이 계획에 대해 어떻게 생각하는가?" 아라미스가 말했다.

"경탄할 만한 계획이야!" 다들 일제히 외쳤다.

"자, 빨리 움직이세." 포르토스가 말했다. "나는 본부로 달려가서 대원들에게 8시까지 준비하고 있으라고 하겠네. 집합 장소는 추기경 관저 앞 광장이야. 자네들은 그동안 수종에게 말을 준비시켜 놓게."

"그런데 저는 말이 없어요." 다르타냥이 말했다. "트레빌 씨 댁에 가서 한 마리 가져오게 해야겠어요."

"그럴 필요 없어." 아라미스가 말했다. "내 말을 타면 되네."

"대관절 당신은 몇 마리나 가지고 있는 거죠?" 다르타냥이 물었다.

"세 마리." 아라미스가 빙그레 웃으면서 대답했다.

"여보게, 아라미스!" 아토스가 말했다. "자네는 프랑스와 나바르 두 왕국을 통틀어 가장 말을 잘 타는 시인임이 틀림없어."

"이봐, 아라미스, 그 말들을 갖고 어쩌려는 거야? 자네가 왜

세 마리나 구입했는지 모르겠네."

"산 건 두 마리뿐이네." 아라미스가 대답했다.

"그럼 한 마리는 하늘에서 떨어졌나?"

"아닐세, 바로 오늘 아침에 어느 하인 하나가 끌고 왔네. 제복도 안 입은 하인이었어. 누구 집에서 왔다는 말도 없었네. 그저 제 주인의 분부를 받고 왔다고만 말하더라고……."

"안주인의 분부였겠죠." 다르타냥이 가로막고 나섰다.

"누구의 분부면 어때……." 아라미스가 얼굴을 붉히면서 말했다. "하인이 어디서 왔다는 말은 하지 말고 내 마구간에 넣어놓고만 오라는 분부를 받았다고 그러더군."

"시인들에게만 일어나는 일이지." 아토스가 진지한 표정으로 말했다.

"자, 그렇다면 더욱 좋아요." 다르타냥이 말했다. "두 마리 중에서 당신은 어느 걸 탈 건가요? 당신이 구입한 말이오, 아니면 선물받은 말이오?"

"물론 받은 놈이지. 다르타냥, 자네도 알겠지만, 나로선 그런 실례를 범할 수는 없으니까……."

"이름도 모르는 기증자에게 말이죠." 다르타냥이 말을 이었다.

"아니, 베일에 싸인 여성 기증자에게 말이지." 아토스가 말했다.

"그러니까 당신이 산 말은 필요가 없게 됐군요?"

"그런 셈이네."

"당신이 직접 골랐겠죠?"

"아무렴, 그것도 여간 신경 써서 고른 게 아냐. 자네도 알다시피 기수의 안전은 대부분의 경우 말에 달려 있거든."

"그럼 구입한 가격으로 저한테 넘기세요!"

"자네에게 줄까 하던 참이야, 다르타냥. 그 푼돈은 자네가 아무 때나 갚으면 되잖아."

"얼마 드셨어요?"

"800리브르."

"자, 여기 2피스톨짜리 금화 40닢 받아요." 다르타냥이 금화를 주머니에서 꺼내면서 말했다. "당신이 받은 원고료와 비슷한 성격의 돈이에요."

"아니, 자네가 돈을 가지고 있다니?" 아라미스가 말했다.

"부자예요, 거부죠!"

다르타냥이 주머니 속의 나머지 금화를 짤랑짤랑 울려 보였다.

"자네 안장을 총사대 본부로 보내게. 자네 말도 이리로 끌고 올 테니까."

"좋아요. 곧 5시가 되겠네요. 빨리 서두르세요."

십오 분 후 페루 가의 한쪽 끝에서 포르토스가 훌륭한 에스파냐 산 말을 타고 나타났다. 무스크통은 작으나마 튼실한 오베르뉴 산 말을 타고 그 뒤를 따라오고 있었다. 포르토스는 기쁨과 자부심으로 환한 표정이었다.

동시에 반대쪽 끝에서 아라미스가 영국산 준마를 타고 나타났다. 바쟁은 흰색, 갈색, 검은색 털이 섞인 말을 타고 그 뒤를 따랐다. 한 손으로는 강건한 메클렘부르크 산 말의 고삐를 잡고 있었는데, 바로 다르타냥의 말이었다.

두 총사가 문 앞에서 만났다. 아토스와 다르타냥이 창문을 통해 그들을 바라보고 있었다.

"야, 포르토스, 굉장한 말인데!" 아라미스가 말했다.

"그래." 포르토스가 대답했다. "애당초 이놈을 보내주기로 되어 있었던 거야. 남편의 농간으로 잠시 바뀌었지. 하지만 이제 그 남편은 벌을 받았고 결국 모든 것이 내 뜻대로 됐어."

그때 이번에는 플랑셰와 그리모가 주인의 말을 끌고 나타났다. 다르타냥과 아토스가 아래로 내려가 말에 올라타고 친구들과 나란히 출발했다. 아토스는 옛 아내 덕분에 얻은 말을, 아라미스는 애인 덕분에 얻은 말을, 포르토스는 소송 대리인 부인 덕분에 얻은 말을, 그리고 다르타냥은 행운이라는 가장 좋은 애인 덕분에 얻은 말을 제각기 타고 있었다.

수종들이 그 뒤를 따랐다.

포르토스의 생각대로 이 기마 행렬은 실로 장관이었다. 만약 포르토스가 가는 길에 코크나르 부인이 이 훌륭한 에스파냐 산 말을 탄 그의 늠름한 모습을 봤더라면, 남편의 금고에서 돈을 얻어낸 것을 결코 후회하지 않았을 것이다.

네 사람이 루브르 궁 옆을 지나갈 때, 마침 트레빌이 생 제르맹에서 돌아오다가 그들과 마주쳤다. 대장은 그들을 멈춰 세우고는 그들의 장비를 칭찬해 주었다. 이 바람에 수백 명의 구경꾼들이 순식간에 그들 주위에 모여들었다.

다르타냥은 이 기회를 타서, 공작의 문장과 커다란 붉은 봉인이 찍힌 편지에 관해 트레빌에게 이야기했다. 물론 다른 편지에 관해서는 한마디도 입 밖에 내지 않았다.

트레빌이 그의 결심에 찬성했다. 만약 다음날 그가 나타나지 않으면 어디를 뒤져서든 꼭 찾아내겠다고 다짐했다.

그때 사마리텐의 큰 시계가 6시를 쳤다. 네 사람은 약속이 있다는 핑계로 트레빌과 헤어졌다.

그들은 한동안 말을 달린 뒤에 샤요 가에 당도했다. 해가 뉘엿뉘엿 지고 있었다. 마차가 몇 대 오갔다. 다르타냥이 몇 걸음 떨어져 있는 친구들의 호위를 받으면서 마차의 안쪽까지 몇 번 들여다보았다. 그러나 아는 얼굴은 아직 나타나지 않았다.

마침내, 십오 분쯤 지나 완전히 땅거미가 졌을 때, 마차 한 대가 세브르 가도 쪽에서 쏜살같이 달려왔다. 다르타냥은 이 마차를 보고 자기를 불러낸 사람이 이 마차 속에 있으리란 예감에 자신도 놀랄 정도로 몹시 가슴이 두근거렸다. 거의 동시에 마차의 문밖으로 여자 얼굴이 나타났다. 잠자코 있으라는 뜻인지, 아니면 키스를 보내려는 것인지 두 손가락을 입에 대고 있었다. 다르타냥이 가벼운 환성을 질렀다. 쏜살같이 지나가는 마차에 타고 있는 그 유령처럼 보이는 여자는 바로 보나시외 부인이었다.

다르타냥은 편지의 권고에도 불구하고 무의식적인 충동에 이끌려 말을 내달아 마차를 뒤쫓아갔다. 그러나 마차의 창문은 꼭 닫혀 있었고, 그 유령은 어느새 사라져 보이지 않았다.

그때야 비로소 다르타냥은 그 권고가 생각났다. '당신의 목숨과 당신을 사랑하는 사람들의 목숨을 중히 여기신다면, 움직이지 마시고 아무것도 보지 못한 듯이 가만히 계셔야 합니다.'

그래서 멈추었다. 몸이 떨렸다. 자신의 안위를 걱정해서가 아니었다. 커다란 위험을 무릅쓰면서까지 자기를 만나보려고 했던 가련한 여자 때문이었다.

마차는 계속해서 전속력으로 달려갔다. 곧 파리 시내로 들어서더니 이내 사라졌다.

다르타냥은 당황하여 그 자리에 우두커니 서 있었다. 어떻게 생각해야 할지 알 수가 없었다. 만약 보나시외 부인이 맞다면, 그녀가 파리로 되돌아오는 길이라면, 왜 이렇게 순식간에 만났다가 헤어져야 한다는 말인가? 왜 이렇게 단 한 번 눈길을 보내고 사라져야 하는 걸까? 왜 쓸데없는 키스를 보내기만 하는 걸까? 황혼의 희미한 빛으로는 잘못 볼 가능성이 충분히 있으므로 만약 그녀가 아니라면, 자기가 그녀를 사랑하고 있다는 사실이 널리 알려져 있으니, 그녀를 미끼로 무슨 음모가 꾸며지고 있다는 의미가 아닐까?

세 친구가 그에게 다가왔다. 그들도 모두 마차의 창문에 나타난 여자의 얼굴을 똑똑히 보았다. 그러나 아토스를 제외하고는 아무도 보나시외 부인의 얼굴을 아는 사람이 없었다. 아토스가 보기에는 틀림없이 그녀였다는 것이다. 그러나 그는 다르타냥처럼 그 어여쁜 얼굴에만 정신을 팔고 있지 않았으므로, 마차 안쪽에서 또 하나의 얼굴, 어떤 남자 얼굴을 보았다고 했다.

"그렇다면, 그녀는 아마 다른 감옥으로 이감되는 중일 거예요." 다르타냥이 말했다. "대관절 그녀를 어떻게 할 작정일까요? 어떻게 해야 그녀를 구해 낼 수 있을까요?"

"이봐, 친구." 아토스가 진지하게 말했다. "죽어서 이 세상 사람이 아닌 다음에야 꼭 만날 수 있다네. 이 점에 관해서는 자네도 나와 마찬가지로 생각나는 일이 있지 않는가? 만약 자네 애인이 죽지 않고 살아 있다면, 그리고 방금 우리가 본 여자가 그 여자라면, 언젠가는 다시 만나게 될 거야." 그가 특유의 염세적인 어조로 덧붙였다. "그리고 어쩌면, 자네가 바라는 것보다도 더 일찍 말일세."

시계가 7시 반을 알렸다. 마차가 약속 시간보다도 이십 분쯤 늦게 지나간 셈이었다. 친구들이 다르타냥에게 또 한 군데 갈 곳이 있다는 사실을 환기시켜 주었다. 그러면서 그만둘 테면 아직도 늦지 않다는 점을 상기시켰다.

그러나 다르타냥은 고집이 셀 뿐 아니라 호기심도 강한 사람이었다. 그는 추기경 관저에 가서 추기경이 무슨 말을 하는지 알아봐야겠다고 단단히 마음먹고 있었다. 그 무엇도 그의 결심을 바꿀 수 없었다.

그들이 생 토노레 거리에 도착했다. 추기경 관저 앞 광장에는 소집된 총사 열두 명이 이리저리 거닐면서 그들을 기다리고 있었다. 그제야 그들을 소집한 이유가 설명되었다.

다르타냥은 국왕의 명예로운 총사대에서 유명한 인물이었다. 언젠가는 그가 총사대에 들어오리라는 것을 누구나 알고 있었다. 그는 진작부터 동료로 대접받고 있었기에 다들 별 이의 없이 집합하라는 전갈에 응했다. 게다가 아무리 생각해도 추기경과 그의 일당을 골탕먹이는 일일 것이 분명했다. 이 같은 모험을 위해서라면 언제나 응할 태세를 갖추고 있었다.

아토스가 그들을 세 무리로 나누었다. 한 무리는 그가 지휘했고, 아라미스와 포르토스에게도 각각 한 무리씩 맡겼다. 각각의 무리들이 출구 맞은편에 잠복했다.

다르타냥이 정문으로 당당히 들어갔다.

젊은이는 강력한 지원군이 지키고 있다는 것을 알면서도, 높다란 계단을 한 걸음 한 걸음 올라가면서 불안을 느끼지 않을 수가 없었다. 밀레디를 상대로 벌인 사건은 어떤 면에서 보면 배반 행위라고 말할 수 있었다. 다르타냥은 그 여자와 추기경의 사이에 정략적인 관계가 있으리란 의심이 강하게 들었다. 게다가 그가 욕을 보인 바르드는 추기경의 심복이었다. 다르타냥은 추기경이 적에게는 무서운 사람이지만 자기 사람은 무척 아낀다는 것도 잘 알고 있었다.

'만약 바르드가 사건의 전모를 추기경에게 알렸다면, 이건 의심할 여지가 없는 일이잖아. 그리고 만약 그가 나를 알아보았다면, 이것도 역시 있음 직한 일인데, 그렇다면 나는 거의 죄인 취급당할 것이 틀림없어.' 다르타냥이 머리를 흔들면서 생각했다. '하지만 왜 추기경이 오늘까지 기다렸을까? 뻔하군. 밀레디가 나에 관해 추기경에게 하소연했을 것이다. 그럴싸하게 고통스러운 표정을 지어 보이면서 추기경의 동정을 얻고, 마침내는 추기경도 지대한 관심을 보이게 되었겠지. 이 마지막 사건 때문에 급기야 그의 인내심이 폭발했을 테고.'

그러면서 그가 덧붙여 생각했다. '그러나 다행히도 내 친구들이 아래서 기다리고 있으니까, 내가 끌려가는 걸 그냥 내버려두지는 않을 거야. 그렇지만 트레빌 씨의 총사대만으로는 추기경과 싸울 수 없어. 추기경은 프랑스 전체의 무력을 좌지우지할 수 있는 사람이야. 추기경 앞에서는 왕비도 무력하고 국왕도 마음대로 못해. 이봐, 다르타냥, 너는 용감하고 제법 뛰어난 구석도 있지만, 여자 때문에 망할지도 몰라!'

그가 이 같은 우울한 결론에 이르렀을 때 부속실 문이 보였다. 그는 안으로 들어가 안내인에게 편지를 내주었다. 안내인이 그를 응접실로 들여보내더니 관저의 내실로 들어갔다.

응접실에는 추기경 휘하의 근위대원 대여섯 명이 있었다. 그들은 다르타냥의 얼굴을 알아보았다. 그가 쥐사크에게 상처를 입혔다는 것도 알고 있었다. 그 때문인지, 야릇한 미소를 지으면서 그를 바라보았다.

그 미소가 다르타냥에게 불길한 전조처럼 보였다. 그렇지만 우리의 다르타냥은 쉽사리 겁을 먹는 사람이 아니었다. 가스코뉴 사람들에게서 흔히 볼 수 있는 자존심으로 공포심 따위는 좀처럼 내색하지 않는 사람이었다. 그는 이 근위대원들 앞에서 허리에 손을 짚고 위엄을 잃지 않는 당당한 자세로 서서 기다렸다.

안내인이 돌아오더니 다르타냥에게 따라오라고 손짓을 했다. 근위대원들은 그가 멀어지는 모습을 보고 저희들끼리 수군거렸다.

그가 복도를 지나고 홀을 건너 서재로 들어갔다. 한 사나이가 책상 앞에 앉아서 글을 쓰고 있었다. 그는 이 사나이의 맞은편에 섰다.

안내인이 그를 인도하고는 아무 말 없이 물러갔다. 다르타냥은 서서 이 사나이를 살펴보았다.

처음에는 서류를 조사하고 있는 재판관인 줄로만 알았다. 그러나 자세히 보니 글을 쓰고 있었다. 더 정확히 말하자면 손가락으로 음절을 세면서 길고 짧은 글을 수정하고 있었다. 그래서 다르타냥은 자신 앞에 있는 사람이 시인임을 알았다. 잠시 후 그 사나이가 원고를 덮었다. 표지에 '미람 5막극(1641년에 공연된 비극, 리슐리외의 작품은 아님——옮긴이)'이라고 씌어져 있었다. 그러고는 고개를 살며시 들었다.

다르타냥이 추기경을 알아보았다.

추기경

 추기경이 원고 위에 팔꿈치를 짚고 얼굴을 손으로 괴고서 잠시 젊은이를 바라보았다. 리슐리외 추기경의 눈만큼 깊이 꿰뚫어 보는 듯한 눈을 지닌 사람은 아무도 없었다. 다르타냥은 그의 시선이 자신의 혈관 속을 꿰뚫는 듯한 느낌에 사로잡혔다.
 그렇지만 그는 의연함을 잃지 않았다. 모자를 손에 들고 태연하게 추기경의 말을 기다렸다. 교만한 태도는 조금도 보이지 않았으나 그렇다고 비굴하게 굴지도 않았다.
 "자네가 베아른 출신의 다르타냥인가?" 추기경이 그에게 말했다.
 "예, 그렇습니다, 예하." 젊은이가 대답했다.
 "타르브와 그 인근에는 다르타냥이란 집안이 여럿 있는데, 자네는 어느 집안인가?" 추기경이 말했다.

"저는 선왕이신 앙리 대왕을 모시고 종교 전쟁에 참가했던 사람의 아들입니다."

"옳아, 일고여덟 달쯤 전에 출세의 길을 찾아 파리로 나왔다는 젊은이가 바로 자네인가?"

"예, 그렇습니다."

"자네는 묑을 지나왔어, 거기서 자네에게 무언가 사고가 있었지. 무슨 일인지는 모르겠네만, 아무튼 어떤 일이 있었지."

"예하, 실은 이렇게 된 일입니다……." 다르타냥이 말했다.

"아니야, 얘기할 필요 없어." 추기경은 다르타냥이 이야기를 하려는 내막을 잘 알고 있다는 듯이 빙그레 웃으면서 말했다. "트레빌 씨 앞으로 추천을 받았지, 그렇지 않은가?"

"예, 예하. 그런데 바로 묑에서 그 불행한 사건 때문에……."

"소개장을 잃어버렸단 말이지." 추기경이 말을 이었다. "그래, 나도 알고 있네. 그런데 트레빌 씨는 한눈에 인물을 알아보는 능력이 대단한 분이셔서, 자네를 자신의 의제 데제사르 씨의 근위대에 넣어주었지. 언젠가는 총사대에 편입시켜 주겠다고 약속하면서 말일세."

"예하께서 말씀하신 그대롭니다." 다르타냥이 말했다.

"그 후로 자네에게는 많은 일이 일어났지. 어느 날인가는 샤르트뢰 수도원 뒤에서 산책을 했어. 다른 곳에 있는 편이 더 나았을 텐데 말이야. 그리고 친구들과 함께 포르주 광천으로 여행을 떠났지. 친구들은 도중에서 쉬게 되었는데, 자네는 그대로 여행을 계속했지. 뻔한 일이야. 자네는 영국에 볼일이 있었던 거야."

"예하." 꽤나 당황한 다르타냥이 말했다. "제가 그곳에 간 이유는……."

"사냥하러 갔었단 말이지, 윈저 숲으로. 아니 딴 데로 갔다고 해도 괜찮아. 그런 건 전혀 중요하지 않으니까. 나는 다 알고 있네. 직책상 뭐든지 다 알고 있어야 한다네. 자네는 돌아와서 어느 귀하신 분의 알현을 받았어. 그분께 받은 기념품을 자네는 그렇게 고이 간직하고 있지 않는가!"

다르타냥이 왕비로부터 받은 다이아몬드 반지를 얼른 손으로 돌려놓았다. 그러나 이미 너무 늦어버렸다.

"그 이튿날 자네는 카부아의 방문을 받았겠다." 추기경이 계속했다. "이 관저로 들러달라는 전갈을 전해 받았지. 그런데 자네는 오지 않았어. 그건 자네 잘못이었네."

"저는 예하의 노여움을 사지나 않았을까 두려웠습니다."

"아니, 그건 왜? 자신의 상관이 내린 명령을 영리하고 용감하게 수행했는데 칭찬을 받을망정 내 노여움을 사다니. 내가 벌을 주는 것은 명령을 거역하는 사람들이지 자네처럼 잘 복종하는, 지나치게 잘 복종하는 사람들이 아닐세. 그 증거로 나를 만나러 와달라고 전했던 그날의 일을 생각해 보게. 그리고 바로 그날 저녁에 무슨 일이 일어났었는지 기억을 잘 더듬어보게나."

보나시외 부인이 납치당한 것은 그날 밤의 일이었다. 다르타냥은 소름이 끼쳤다. 그리고 바로 삼십 분 전에 그 가엾은 여자가 자기 옆을 지나갔던 일이 생각났다. 아마도 그 여자를 납치했던 사람들 손에 또 어디론가 끌려갔을 것이다.

"끝으로, 요즈음 한동안은 자네 얘기를 못 들었어." 추기경이 계속했다. "그래서 자네가 요즈음 뭘 하고 있는지 알고 싶었던 거야. 게다가 자네는 내게 감사를 표해야 할 일이 좀 있네. 자네도 알겠지만 나는 여러모로 자네를 아끼고 있어."

다르타냥이 공손히 고개를 숙였다.

"그것은 공정을 기하고자 하는 생각에서뿐만 아니라……." 추기경이 계속했다. "실은 자네를 쓰려는 내 계획과도 관계가 있네."

다르타냥은 더욱더 놀랐다.

"전번에 자네를 불렀을 때도 이 계획을 알려주려 했었는데 자네가 오지 않았어. 다행히 아직도 늦지는 않았으니 오늘 이야기를 하겠네. 우선 거기 앉게나, 다르타냥 군. 훌륭한 귀족을 계속 세워두고 이야기를 듣게 할 수는 없지."

추기경이 손가락으로 의자 하나를 가리켰다. 다르타냥은 너무나 놀라, 추기경이 두 차례나 손짓을 한 뒤에야 비로소 알아차리고 명령대로 했다.

"다르타냥 군, 자네는 용감한 청년이야." 추기경이 계속했다. "그리고 신중해. 이 점이 더 훌륭한 자질이라네. 나는 지혜도 있고 용기도 있는 사람을 좋아하지. 두려워하지 말게." 추기경이 빙그레 웃으면서 말했다. "용기 있는 사람이란 대담한 사람이라는 뜻이네. 그러나 자네는 아직 젊고 이제 겨우 세상에 발을 내딛기 시작했어. 게다가 강한 적이 많아. 주의하지 않으면 큰일 나네!"

"정말 슬픈 일입니다, 예하!" 젊은이가 대답했다. "저는 아무런 힘도 없습니다. 적들은 강할 뿐만 아니라 든든한 배경까지 가지고 있지만 저는 외톨이니까요."

"그래, 사실이야. 그러나 자네는 그럼에도 불구하고 이미 꽤 많은 일을 해냈어. 앞으로도 더 많은 일을 해내겠지. 나는 그걸 믿어 의심치 않네. 그렇지만 자네의 모험적인 생활에도 무슨 지표가 있어야 할 거야. 내가 잘못 생각한 게 아니라면, 자네는 청운의 뜻을 품고 파리에 왔을 테니까."

"예, 아직 젊어서 무모한 희망을 품을 나이입니다." 다르타냥이 말했다.

"무모한 희망이란 어리석은 자들에게나 해당되는 말일세. 자네는 예사로운 재주꾼이 아니야. 어떤가, 내 근위대의 기수를 맡아보면? 그리고 전쟁이 끝난 뒤에는 부대장을 시켜주도록 하지."

"아! 예하!"

"수락하는 건가?"

"예하." 다르타냥이 난처한 표정으로 같은 말만 되풀이했다.

"뭐라고, 거절하는 건가?" 추기경이 놀라 외쳤다.

"저는 폐하의 근위대에 소속되어 있고 현재의 신분에 조금도 불만이 없습니다."

"하지만 나의 근위대도 결국 폐하의 근위대라네." 추기경이 말했다. "프랑스 군대에 복무하는 이상 국왕을 섬기는 건 마찬가지야."

"예하께서 제 말을 오해하신 듯합니다."

"구실이 있어야 한다는 거지? 알겠네. 구실이라면 충분히 있어. 곧 전쟁이 시작되니까 내가 승진할 기회를 만들어주겠네. 그만하면 체면은 서겠지. 또 자네 자신을 위해서는 확실한 보호가 필요해. 자네도 알아두는 것이 좋을 텐데, 실은 자네에 대해 몇 가지 중대한 고소장이 내게 와 있단 말일세. 다르타냥 군, 자네는 밤낮으로 국왕만을 위해 정성을 다하고 있는 것 같지만은 않던데."

다르타냥의 얼굴이 빨개졌다.

"게다가 여기 이렇게 자네에 관한 서류가 올라와 있네." 추기경이 서류 뭉치에 손을 올려놓으면서 말을 계속했다. "이걸 읽기 전에 자네와 얘기해 보고 싶었던 거야. 나는 자네가 과단성 있는 사람이란 걸 알고 있네. 자네가 그릇된 길로 나가지 않고 올바른 방향으로만 나간다면 자네를 위해서도 썩 좋은 결과를 가져다줄 거야. 자, 잘 생각해서 결심하게."

"예하의 호의에 어떻게 감사해야 할지 모르겠습니다." 다르타냥이 대답했다. "예하께 위대한 영혼의 힘을 몸소 느끼니 이 몸은 벌레처럼 작게만 느껴집니다. 그러나 솔직히 말씀드리는 것을 허락하여 주신다면……."

다르타냥이 말을 끊었다.

"좋아, 말해 보게."

"그럼 말씀드리겠습니다. 저의 친구들은 모두 총사대나 국왕의 근위대에 소속되어 있습니다. 그리고 무슨 얄궂은 운명인지 알 수 없으나 저의 적들은 모두 예하의 휘하에 있습니다. 그러하오니 만약 제가 예하의 제의를 받아들인다면 이쪽에서도 손가락질을 받을 것이고 저쪽에서도 눈총을 받을 것입니다."

"벌써부터 내 제의가 자네에게 부족하다는 오만한 생각을 한단 말인가?" 추기경이 경멸의 미소를 지으면서 말했다.

"천만의 말씀입니다, 예하. 예하의 후의는 저에게 너무나도 과분한 것입니다. 도리어 저는 예하의 이러한 후의를 받을 만한 일을 아직 아무것도 하지 못했다고 생각하고 있습니다. 라 로셸의 공격전도 머지않아 시작되니, 그때는 저도 예하께서 보시는 앞에서 일을 하게 될 터인데, 만약 다행히도 거기서 예하의 주목을 끌 만한 공훈이라도 세운다면, 적어도 그러한 공훈 덕분에 예하의 보호를 받을 명분도 생기지 않을까 생각합니다. 무슨 일에도 다 때가 있는즉, 저에게도 후일엔 몸을 바칠 자격이 생길지 모르겠습니다만, 지금으로서는 지조를 파는 것같이 보일 것입니다."

"다시 말해서 나를 섬기지 못하겠단 말이지." 추기경이 원망스런 어조로 말했다. 그러나 그의 어조에서는 일종의 경의 같은 감정도 엿보였다. "그럼 마음대로 하게. 그리고 자네의 원한도 호의도 그대로 품고 있게."

"예하······."

"좋아, 좋아······." 추기경이 말했다. "난 자네를 원망하지 않네. 자네도 알다시피, 자기편이라면 얼마든지 지켜도 주고 보답도 해주겠지만, 적에 대해서는 아무런 의무도 없는 거야. 그러나 자네에게 한 가지 충고를 해두겠네. 부디 잘 알아서 하게, 다르타냥 군. 내가 일단 자네한테서 손을 떼면, 자네 목숨을 보호하는 데 한 푼도 내놓지 않을 테니까."

"명심하겠습니다, 예하." 다르타냥이 굳건한 다짐을 내보이면서 대답했다.

"후일 언제건 자네가 불행을 당하는 날······." 리슐리외가 결연하게 말했다. "내가 자네를 찾은 일이 있었다는 것을, 그리고 그런 불행이 자네에게 닥치지 않도록 나로선 할 수 있는 데까지는 했다는 점을 생각해 주게."

"무슨 일이 일어날지라도······." 다르타냥이 가슴에 손을 대고 고개를 숙이면서 말했다. "지금 예하께서 저에게 보여주시는

후의에 대해서는 평생 감사한 마음 잊지 않겠습니다.”

“좋아! 그러면 자네 말마따나 전쟁이 끝나면 또 만나세, 다르타냥 군. 자네를 늘 지켜보고 있겠네. 나도 전장에 나갈 테니까.” 추기경이 전장에 나갈 때 입을 훌륭한 갑옷을 다르타냥에게 손가락으로 가리키면서 말했다. “그리고 돌아와서, 그래, 돌아와서 결말을 짓도록 하세!”

“아! 예하!” 다르타냥이 외쳤다. “예하의 뜻을 거역한 죄가 큽니다만, 용서하여 주시기 바랍니다. 제가 귀족답게 처신한다고 생각하신다면, 예하, 계속 공정하게 대해 주십시오.”

“젊은이!” 리슐리외가 말했다. “오늘 내가 한 말을 다시 한번 자네에게 말할 수 있는 기회가 온다면 꼭 그렇게 할 것을 약속하네.”

리슐리외의 이 마지막 말은 무서운 의혹의 냄새를 풍겼다. 다르타냥은 이 말을 듣고 협박을 받은 것보다 더 얼떨떨했다. 어떤 예고처럼 느껴졌기 때문이었다. 추기경은 그에게 닥쳐올 불행에서 그를 지켜주려 했던 것이다. 다르타냥이 입을 열어 무어라 말을 하려고 했다. 그러나 추기경이 끼어들 틈도 없이 민첩한 몸짓으로 물러가라고 명했다.

다르타냥은 밖으로 나왔다. 문밖으로 나오자마자 용기가 꺾였다. 하마터면 도로 들어갈 뻔했다. 그러나 아토스의 준엄한 얼굴이 눈앞에 어른거렸다. 만약 추기경의 제의를 수락한다면 아토스는 결코 용서하지 않으리라. 그는 친구로도 인정해 주지 않을 것이다.

이런 두려움 때문에 그는 다시 들어가지 않았다. 진정으로 위대한 성품이 주위에 미치는 영향은 참으로 대단한 것이다.

다르타냥이 들어갔을 때와 같은 계단을 내려왔다. 그러고는 곧장 대문 앞으로 나와보니, 아토스와 총사 네 명이 그를 기다리고 있었다. 그들은 슬슬 걱정이 되기 시작하던 참이었다. 다르타냥이 한마디 말로 그들을 안심시켰다. 플랑셰는 다른 무리들이 모여 있는 장소로 달려가 주인이 무사히 나왔으니 더 이상 잠복할 필요가 없다고 알렸다.

네 사람은 아토스의 집으로 돌아갔다. 아라미스와 포르토스가 이 이상한 호출을 한 이유를 물었다. 다르타냥은 리슐리외 추기경이 근위대 기수로 들어오라고 권했으나 거절했다는 이야기만 해주었다.

"잘 했네." 포르토스와 아라미스가 이구동성으로 외쳤다.

아토스는 한마디도 하지 않고 깊이 생각에 잠겨 있었다. 그러나 다르타냥과 단 둘만 있게 되자 말을 꺼냈다.

"자네는 마땅히 해야 할 일을 했네. 아니 어쩌면 잘못했는지도 몰라."

다르타냥이 한숨을 내쉬었다. 왜냐하면 커다란 불행이 너를 기다리고 있다고 속삭이는 마음속의 내밀한 목소리와 아토스의 목소리가 서로 통했기 때문이다.

이튿날은 하루 종일 출발 준비로 바빴다. 다르타냥은 트레빌에게 작별 인사를 고하러 갔다. 이때까지만 해도 근위대와 총사대의 이별이 일시적인 것이라고 생각했다. 국왕이 바로 이날 고등법원에서 몸소 죄인을 심문했고 다음날 출정하기로 되어 있었기 때문이다. 그래서 트레빌도 다르타냥에게 도와줄 일이 없는지 물었을 뿐이고 다르타냥도 필요한 것은 다 갖추었다고 의기양양하게 대답했다.

그날 밤은 서로 의좋게 지내던 데제사르의 근위대와 트레빌의 총사대가 모두 한자리에 모여 연회를 벌였다. 모두들 잠시의 이별을 아쉬워하며 다시 만날 것을 서로 기약했다. 밤새도록 소란이 그치지 않았다. 당연한 일이다. 이런 경우 앞날에 대한 극도의 불안을 극복하기 위해서는 세상만사를 잊어버리고 떠들어대는 것밖에는 별수가 없기 때문이다.

이튿날 첫 나팔 소리가 들려오자, 모두들 헤어졌다. 총사들은 트레빌의 저택으로, 근위대원들은 데제사르의 저택으로 달려갔다. 두 대장은 각각 자신의 대원들을 이끌고 곧 루브르 궁으로 가서 국왕께 인사를 고할 예정이었다.

국왕은 몸이 불편했는지 침울한 표정이었다. 그래서 평소 같은 위엄이 좀 없어 보였다. 실제로 전날 고등법원의 옥좌에 앉았을 때 신열이 났었다. 그래도 출발은 이날 오후로 정해졌다. 모두들 만류했음에도 불구하고, 국왕은 기운을 내면 달려들기 시작하는 병도 물리칠 수 있다면서 출발을 고집했다. 열병이 끝나자 근위대만 출발했고 총사대는 국왕과 함께 떠나기로 했다. 그래서 포르토스는 완벽한 장비를 갖추고 우루스 가를 한 바퀴 돌 수 있었다.

포르토스가 새 제복으로 차려입고 아름다운 말을 타고 지나가는 광경을 소송 대리인 부인이 보았다. 그녀는 포르토스를 너무나 사랑한 나머지 이대로 그냥 떠나보낼 수가 없었다. 그래서 포르토스에게 말에서 내려 가까이 오라고 손짓했다. 포르토스는 풍채가 당당했다. 박차는 쩌렁쩌렁 울렸고, 갑옷은 번쩍번쩍 빛났으며, 장검은 늠름하게 다리를 치고 있었다. 이번에는 서기들도 웃을 수가 없었다. 그만큼 포르토스의 위풍이 당당했다.

포르토스가 코크나르 옆으로 안내되었다. 소송 대리인의 조그만 회색빛 눈이 새 옷으로 쫙 빼입은 사촌 처남을 보고 분노로 반짝였다. 그러나 그는 마음속으로 바라는 바가 하나 있었는데, 그 생각을 하면 약간 위안이 되었다. 이번 전쟁은 치열할 것이라는 소문이 도처에 떠돌고 있었던 것이다. 그는 포르토스가 전사할지도 모른다는 기대를 은근히 품고 있었다.

포르토스가 코크나르에게 작별 인사를 했다. 코크나르도 그의 무운을 빌었다. 코크나르 부인은 눈물을 참을 수가 없었다. 그러나 그녀의 슬픔을 이상한 눈으로 보는 사람은 아무도 없었다. 그녀가 친정 식구를 여간 생각하지 않으며, 그 때문에 남편과 늘 심하게 싸웠다는 것을 누구나 알고 있었기 때문이다.

그러나 사실은 코크나르 부인의 침실에서 이미 진짜 이별이 이루어졌다.

참으로 비통한 이별이었다. 소송 대리인 부인은 연인의 모습이 보이는 동안 마치 뛰어내리기라도 하려는 듯이 창밖으로 몸을 내밀고 손수건을 흔들었다. 포르토스는 그저 예사로운 일이라는 듯이 애틋한 애정의 표시를 받아넘겼지만, 길 모퉁이를 돌아갈 때만은 모자를 벗어 이별의 표시로 흔들었다.

한편 아라미스는 긴 편지를 쓰고 있었다. 누구에게 쓰는 것인지는 아무도 몰랐다. 옆방에서는 그날 저녁 투르로 떠나기로 예정된 케티가 이 비밀 편지를 기다리고 있었다.

아토스는 마지막 한 병 남은 에스파냐 포도주를 찔끔찔끔 마시고 있었다.

그동안 다르타냥은 근위대의 대열에 끼어 행진하고 있었다.

대열이 생 탕투안 성문 밖에 당도했을 때, 그는 고개를 돌려

즐거운 마음으로 바스티유 감옥을 바라보았다. 그러나 그가 본 것은 바스티유뿐이었다. 크림색 말을 탄 밀레디의 모습은 보지 못했다. 밀레디가 인상이 고약한 두 사나이에게 손가락으로 다르타냥을 가리켜 보였다.

그러자 그들이 곧장 대열에 접근하여 그의 얼굴을 확인했다. 그들이 눈짓으로 묻는 질문에 밀레디는 바로 그 사람이라고 대답했다. 그러고는 자신의 명령이 실수 없이 집행되리라 확신하고서 말을 몰아 자취를 감추었다. 그러자 두 사나이가 부대의 뒤를 따라가다가 생 탕투안 성 밖의 언저리에 미리 준비해 놓은 말에 올라탔다. 제복을 입지 않은 한 하인이 고삐를 잡고 그들을 기다리고 있었다.

라 로셸 공격

라 로셸 공격은 루이 13세 치하의 정치적 대사건 가운데 하나이자 추기경이 도모한 대대적인 군사 작전이었다. 그러므로 이에 관해 몇 마디 설명해 두는 것은 흥미로운 일일 뿐만 아니라 필요한 일이기도 하다. 게다가 이 공격에 관한 몇 가지 사실은 우리의 이야기와도 중요한 관련이 있으므로 그냥 지나쳐버릴 수 없다.

추기경이 이 포위 공격을 기도했을 때, 그의 정치적 의도는 여간 광대한 것이 아니었다. 우선 이것을 설명하기로 하자. 그 다음에 아마 정치적 의도에 못지않게 추기경의 마음을 움직였을 개인적인 야심에 관해 이야기해 보자.

앙리 4세가 신교도들에게 안전한 장소로서 제공한 주요 도시들 중에서 아직도 남아 있는 것은 라 로셸뿐이었다. 그러므로 이 칼뱅주의의 마지막 보루, 위험한 씨앗을 없애는 일이 중요했다. 내부 반란과 대외 전쟁의 요인들이 끊임없이 라 로셸로 흘러들었기 때문이다.

에스파냐, 영국, 이탈리아 등 온갖 나라들의 불평분자들, 풍운의 뜻을 품은 온갖 군인들이 신교도의 깃발 아래 재빨리 호응해 왔고 거대한 조직을 형성하여 유럽 전역에 서서히 가지를 뻗치고 있었다. 다른 신교도 도시들이 파멸하자 라 로셸은 새로운 요지로 급부상했고 분쟁과 야심의 도가니로 변했다.

게다가 이 도시의 항만은 프랑스에서 영국 사람들에게 열려 있는 마지막 해상 통로이기도 했다. 그러므로 이 항구를 프랑스의 영원한 적인 영국을 상대로 봉쇄시킨 추기경은 잔다르크와 기즈 공작 못지않은 업적을 이룩한 셈이었다.

그런데 바송피에르는 신앙상으로는 신교도였으나 생 테스프리 훈장을 받았다는 것을 생각해 보면 구교도였다. 출신은 독일인이지만 마음만은 프랑스인이었다. 간단히 말해 라 로셸 공격에서 특수 부대의 지휘를 맡게 된 그는 자신과 마찬가지로 신교도인 다른 여러 제후의 선두에서 공격을 하면서 그들에게 이렇게 말하곤 했다.

"여러분, 우리가 라 로셸을 점령하는 것은 몹시 어리석은 짓이라는 것을 여러분은 알게 될 것이오!"

바송피에르의 말이 옳았다. 왜냐하면 레 섬에 대한 포격은 루이 14세 때 세벤에서 신교도 박해가 벌어질 것을 예고했고, 라 로셸의 점령은 낭트 칙령 폐지의 서막이었기 때문이다.

그러나 앞에서 말했듯이, 평등주의자이자 획일주의자인 이 재상의 역사적인 목적과는 별도로 연대기 작가로서는 사랑에 빠진 사람과 질투에 불타는 연적의 사소한 목표에도 눈길을 주지 않을 수 없다.

리슐리외는 누구나 알고 있듯이 왕비에게 애정을 품었었다. 이 사랑이 단순히 정치적인 목적에서 기인한 것인지, 아니면 안느 왕비가 주위 사람들의 마음속에 흔히 불러일으켰던 열렬한 연정에서 연유한 것인지는 여기서 다룰 수 있는 문제가 아니다. 그러나 어쨌든 이제까지 전개된 이야기에서 이미 드러났듯이, 번번이 버킹엄이 그를 이겼다. 특히 다이아몬드 장식끈 사건에서는 버킹엄 공작이 삼총사의 충성과 다르타냥의 용기에 힘입어 추기경을 가차 없이 바보로 만들었다.

그러므로 리슐리외로서는 프랑스에서 단지 하나의 적을 물리치는 것만이 아니라 연적에게 복수하는 것도 중요한 문제였다. 게다가 이 복수는 위대하고 찬란해야 했으며, 한 왕국 전체의 무력을 손에 쥐고 있는 사나이에게 여러모로 걸맞은 일이어야 했다.

영국군과 싸우는 것은 버킹엄과 싸우는 것이고, 유럽 사람들의 눈앞에서 영국을 욕보이는 것은 왕비의 눈앞에서 버킹엄을 욕보이는 것이라는 점을 리슐리외는 잘 알고 있었다.

버킹엄 쪽에서도 영국의 명예를 명분으로 내세우고 있기는 했지만 사실은 추기경과 똑같은 목적으로 움직이고 있었다. 버킹엄이 노리는 것도 어디까지나 개인적인 복수였다. 어떠한 평계로도 다시는 프랑스 주재 대사가 될 수 없었기에 당당한 정복자로서 프랑스에 돌아오려는 것이었다. 따라서 사랑에 빠진 두 사나이의 뜻대로 강력한 두 왕국이 겨루는 이 승부의 진정한 관건은 오로지 안느 왕비의 눈길이었다.

처음에는 버킹엄 공작이 유리했다. 그는 90척의 선박과 약 2만의 군사를 거느리고 느닷없이 레 섬에 나타나 프랑스 군을 지휘하던 투아라스 백작을 기습했다. 버킹엄의 군대는 혈전 끝에 상륙 작전에 성공했다.

여기서 잠깐 짚고 넘어갈 점은, 이 전투에서 샹탈 남작이 전사했다는 것이다. 샹탈 남작은 생후 18개월밖에 안 되는 계집아이를 고아로 남겼다. 이 여자아이는 나중에 세비녜 부인이 되었다.

투아라스 백작은 수비대와 함께 생 마르탱 성채로 후퇴했다. 그러고는 라 프레 요새라는 작은 보루에 백 명가량의 군사를 배치했다. 이 사건으로 말미암아 추기경의 출정 결정이 앞당겨졌다. 국왕과 자신이 라 로셸 공격을 직접 지휘하러 가기 전에 우선 왕제(王弟) 전하를 출발시켜 제1차 작전을 지휘하도록 했고, 이를 위해 자신이 동원할 수 있는 모든 군대를 싸움터로 내보냈다. 선봉대로 파견된 부대에 바로 다르타냥이 속해 있었다.

앞에서 말했듯이, 국왕은 고등법원에서 심문이 끝나는 대로 따라가기로 되어 있었는데, 6월 28일 심문 중에 열병이 났다. 그래도 출발했으나 병세가 차츰 악화되어 부득이하게 빌루아에서 멈추지 않을 수 없었다.

그런데 국왕이 멈춘 곳에서 총사대도 멈추었다. 그 때문에 근위대에 속해 있던 다르타냥은 잠시 동안 세 친구 아토스, 포르토스, 그리고 아라미스와 헤어지게 되었다. 이 이별에 그는 그다지 불안해하지 않았다. 그러나 만약 어떤 위험에 처해 있는지 짐작할 수 있었더라면 틀림없이 크게 걱정했을 것이다.

그래도 1627년 9월 10일 무렵, 라 로셸의 정면에 설치된 진영에 무사히 도착했다. 전황에는 아무런 변화도 없었다. 레 섬을 점령하고 있는 버킹엄 공작 휘하의 영국군은 생 마르탱과 라 프레 요새를 계속 공격했으나 함락시키지는 못했다. 라 로셸 공략은 이삼 일 전부터 시작되었다. 얼마 전에 당굴렘 공작이 라 로셸 근처에 구축한 요새로부터 전투가 개시되었다.

데제사르가 지휘하는 근위대는 미님에 주둔하고 있었다. 그런데 다르타냥은 총사대로 옮겨갈 생각에 골몰하고 있었기 때문에 근위대 동료들과는 별로 어울리지 못했다. 그래서 동료들과는 따로 떨어져서 자신만의 생각에 잠겨 있었다.

그의 생각은 결코 유쾌한 것이 아니었다. 그는 파리에 나온 지 일 년이 지났건만 공적인 사건에만 말려들었을 뿐, 연애나 출세 같은 사적인 문제에서는 그다지 진전이 없었다.

연애로 말할 것 같으면 유일하게 사랑한 여자가 보나시외 부인이었는데, 보나시외 부인이 자취를 감추어버린 뒤로는 아직 어찌 되었는지조차 알 수 없었다.

출세로 말하자면 졸지에 추기경을 적으로 만들어버렸다. 추기경 앞에서는 국왕을 비롯하여 왕국의 귀족들도 벌벌 떨었으니, 그만큼 무서운 인물의 적이 된 것이다.

추기경은 다르타냥을 얼마든지 파멸시켜 버릴 수 있는 사람이었다. 그렇지만 아직 그냥 내버려두고 있었다. 다르타냥 같은 총명한 사람의 눈으로 볼 때 이러한 아량은 그의 장래를 위해 그나마 희망적인 일이었다.

그 후에도 그는 또 하나의 적을 만들었다. 추기경만큼 두렵지는 않지만, 그래도 결코 무시할 수만은 없는 적이었다. 바로 밀레디였다.

이 모든 대가로 그는 왕비의 비호와 호의를 얻었다. 그러나 현재로서는 왕비의 호의는 오히려 박해의 원인이 되었으며, 누구나 알다시피 왕비의 비호도 아무런 소용이 없었다. 그 증거로 샬레와 보나시외 부인을 들 수 있었다.

그가 얻은 가장 눈에 띄는 소득은 손가락에 끼고 있는 5,000~6,000리브르짜리 다이아몬드 반지였다. 그러나 이 반지도 다르타냥이 자신의 야심찬 계획들에 따라 훗날 왕비에 대한 감사의 표시로 이용하기 위해 그냥 간직하고 싶어한다면, 팔아치울 수 없는 것이니 당분간은 그가 발아래 밟고 다니는 조약돌만큼의 가치도 없는 셈이었다.

그가 발아래 밟고 다니는 조약돌이라고 말한 이유는 다르타냥이 숙영지에서 앙구탱 마을로 통하는 아름다운 오솔길을 혼자 산책하면서 그렇게 생각했기 때문이다. 그런데 이러저러한 생각에 잠겨 산책하는 사이에 예상보다 더 멀리 가게 되었다. 날도 저물고 있었다. 그때 생울타리 뒤에서 소총의 총신이 석양의 햇살에 반짝이는 것이 언뜻 보였다.

다르타냥은 날카롭고 판단력이 예민한 사람인지라, 총이 저절로 저런 곳에 있을 리도 없고, 총의 주인이 호의적인 의도로 울타리 뒤에 숨어 있을 리도 만무하다는 것을 이내 깨달았다. 그래서 넓은 곳으로 벗어나려고 했다. 그러자 이번에는 반대편 바위 뒤로 또 한 자루의 총대가 보였다.

함정이었다.

다르타냥이 첫 번째 총에 힐끗 시선을 던졌다. 총이 그를 겨냥하고 있음을 본능적으로 알아차렸다. 총구가 딱 멈추는 것을 보자마자 얼른 땅바닥에 엎드렸다. 이와 동시에 총알이 발사되었다. 머리 위로 총알이 날아가는 소리가 들렸다.

잠시도 머뭇거릴 여유가 없었다. 다르타냥이 벌떡 일어났다. 동시에 또 하나의 총에서 탄환이 발사되었다. 그가 방금 전까지 얼굴을 대고 있었던 길바닥의 조약돌에 총알이 날아들었다.

다르타냥은 후퇴할 줄 모르고 개죽음을 당할 무모한 사람이 아니었다. 게다가 지금은 함정에 빠진 상황이기 때문에, 용기가 중요한 것도 아니었다.

"세 번째 총알이 날아온다면 나는 죽은 목숨이다!" 그가 중얼거렸다.

곧장 숙영지 쪽을 향해 부리나케 도망쳤다. 몸이 날쌔기로 유명한 가스코뉴 출신답게 잽싸게 달렸다. 그래도 처음에 총을 쏜 사나이는 다시 탄환을 장전할 겨를이 있었으므로 그를 향해 두 번째 총알을 날려 보냈다. 이번에는 겨냥이 아주 정확했다. 다르타냥의 모자가 총에 맞아 그에게서 열 걸음쯤 떨어진 곳까지 날아갔다.

그렇지만 다르타냥에게는 여분의 모자가 없었으므로, 그는 온 힘을 다해 뛰면서도 모자를 주워 들었다. 마침내 숙소에 당도했을 때에는 몹시 숨이 찼고 얼굴은 새파랗게 질려 있었다. 그는 이 사건에 관해 어느 누구에게도 말하지 않았다. 그저 혼자 생각하기 시작했다.

이 사건에는 세 가지 원인이 있을 수 있었다.

첫 번째 원인은 가장 그럴듯한 것으로서, 라 로셸 주민의 매복일 수 있었다. 그들은 국왕 편의 병사를 하나라도 더 죽이고 싶어했을 것이다. 그만큼 적의 수효가 줄어들 것이고, 다음으로는 이 적의 지갑에 돈이 듬뿍 들어 있을 수 있었기 때문이다.

다르타냥은 모자를 집어 들고 구멍을 살펴보았다. 그러고는 고개를 가로저었다. 보통의 탄환이 아니라 화승총의 탄환이었다. 그 정확한 겨냥으로 미루어 볼 때 특수한 무기를 사용한 것이 아닌가 하는 생각도 했었지만, 분명히 구경(口經)이 다르므로 적의 매복은 아니었다.

어쩌면 추기경의 못된 선물일 수도 있었다. 누구나 기억하듯이, 그는 고마운 햇살 덕분에 소총의 총대를 언뜻 보았던 바로 그 순간 추기경의 참을성에 대해 놀라워하고 있었다.

그러나 다르타냥은 고개를 흔들었다. 손을 뻗치기만 하면 될 사람들에게 추기경이 그런 수단을 쓴다는 것은 좀처럼 있을 수 없는 일이었다.

밀레디의 복수일 수도 있다. 그쪽이 더 있음 직한 일이었다.

그는 암살자들의 인상이나 복장을 기억해 보려 했으나 소용이 없었다. 정신없이 도망쳐 왔기 때문에 그 무엇도 눈여겨볼 겨를이 없었다.

"아! 내 친구들!" 다르타냥이 중얼거렸다. "당신들은 어디 있나요? 저는 당신들이 없어서 얼마나 아쉬운지 모릅니다!"

다르타냥은 매우 불안한 밤을 보냈다. 누군가 자기를 칼로 찔러 죽이려고 다가오는 것만 같아서 서너 번이나 소스라쳐 일어났다. 그렇지만 밤에는 아무 일도 일어나지 않았다. 날이 밝았다.

그러나 다르타냥은 잠시 상황이 연기되었을 뿐이지 끝난 것은 아닐 것이라고 생각했다.

다르타냥은 스스로에게 날씨가 나쁘다는 핑계를 대면서 하루 종일 숙소에 머물러 있었다.

그 다음 다음 날 9시에 집합을 알리는 북소리가 울렸다. 왕제인 오를레앙 공작이 부대를 방문했다. 근위대원들이 무장을 갖추었다. 다르타냥도 대열 속에 줄을 섰다.

오를레앙 공작이 전선을 시찰했다. 그러고 나자 고위 장교들이 모두 그에게 다가가 인사를 드렸다. 그중에는 근위대장 데제사르도 있었다.

잠시 후 다르타냥은 데제사르가 가까이 오라는 손짓을 하는 듯했다. 혹시 잘못 보았을지도 모르겠다 싶어서 다시 무슨 신호가 있기를 기다렸다. 데제사르가 다시 한 번 똑같은 손짓을 했다. 그는 대열을 떠나 앞으로 나가서 명령을 기다렸다.

"전하께서는 위험하지만 잘만 수행하면 큰 명예일 임무를 위해 지원자를 모집하실 거야. 그래서 자네더러 미리 마음의 준비를 하라고 불렀네."

"감사합니다, 대장님!" 다르타냥은 대답했다. 그는 국왕을 대신하는 사람의 눈에 띈다면 더 바랄 것이 없었다.

실제로 라 로셸 측에서 간밤에 포위망을 뚫고 이틀 전에 왕당파 군대가 장악한 보루를 탈환했다. 따라서 적군이 이 보루를 어떻게 방어하고 있는지 파악하기 위해 비밀 정찰대를 보내는 일이 무엇보다 시급했다.

과연 얼마 후에 오를레앙 공작이 목소리를 높여 말했다.

"이 임무를 위해 서너 명의 지원자와 믿음직스러운 지휘관이 필요할 것이오."

"믿음직스러운 지휘관이라면 제 부대에 있습니다, 전하." 데제사르가 다르타냥을 가리키면서 말했다. "전하의 뜻만 알려지면 곧장 네댓 명의 지원자가 모여들 것입니다."

"나와 함께 죽을 네 명의 자원 용사!" 다르타냥이 칼을 치켜 들고 외쳤다.

당장 근위대에서 두 명이 뛰어나왔고, 다시 두 명의 병사가 가담했다. 이로써 필요한 인원수가 찼다. 다르타냥은 우선권을 존중하여 이후에 모여든 지원자는 모두 거절했다.

라 로셀 측에서 보루를 점령한 후에 철수했는지 아니면 수비 병을 남겨두었는지는 아무도 알지 못했다. 그러므로 최대한 가까이 접근하여 진상을 살펴볼 필요가 있었다.

다르타냥이 네 명을 거느리고 출발했다. 그들이 참호 속으로 전진했다. 근위대원 두 명이 그와 나란히 걸어갔고, 두 명의 병사가 뒤를 따랐다.

이렇게 둑을 보호물로 이용하여 전진하다가 보루에서 약 75미터 정도 떨어진 곳에 이르렀다. 거기서 다르타냥이 뒤를 돌아보았다. 두 병사가 사라지고 보이지 않았다.

그는 그들이 겁나서 뒤에 쳐져 있다고 생각하고 계속 전진했다.

바깥쪽 둑의 모퉁이까지 나아갔다. 이제는 보루에서 약 45미터밖에 떨어져 있지 않았다. 아무도 보이지 않았다. 보루는 버려진 듯했다.

그들 세 명은 더 전진할 것인지 의논하기 시작했다. 그때 갑자기 성채의 주변에 띠 모양의 연기가 솟았다. 그러기가 무섭게 여남은 방의 총알이 다르타냥과 그의 두 동료 주위로 날아왔다.

그들은 알고자 했던 것을 이제 알아냈다. 보루가 방어되고 있었던 것이다. 따라서 이 위험한 곳에 더 이상 머물러 있을 필요가 없었다. 다르타냥과 두 대원이 도주하듯 퇴각하기 시작했다.

방어물이 되어줄 참호의 모퉁이에 당도했을 때 한 사람이 쓰러졌다. 한 방의 총알이 그의 가슴을 꿰뚫은 것이다. 다른 한 명은 무사했다. 계속 진영을 향해 뛰어갔다.

다르타냥은 동료를 내버려두고 싶지 않았다. 그를 안아서 본대로 데리고 돌아가려고 몸을 구부렸다. 그 순간 두 방의 총알이 날아왔다. 한 방은 이미 부상당한 근위대원의 머리를 부수었고 다른 한 방은 다르타냥 바로 옆을 스쳐 바위에 맞았다.

다르타냥이 얼른 돌아보았다. 이 총격이 보루에서 날아온 것일 리가 없었다. 참호의 모서리 때문에 이곳은 적군에게는 보이지 않았다. 그러자 도중에 사라졌던 두 병사가 생각났다. 뒤이어 곧바로 이틀 전의 사건이 생각났다. 그는 이번에야말로 어떻게 된 일인지 알아내야겠다고 마음먹고는 동료의 몸 위로 쓰러져 죽은 체하고 있었다.

이윽고 거기에서 20미터가량 떨어져 있는 버려진 방어 진지 위로 두 사람의 머리가 슬그머니 나타났다. 바로 사라진 두 병사의 머리였다. 다르타냥의 생각이 맞았다. 이 두 사나이가 다르타냥의 죽음을 적군 탓으로 돌릴 수 있기를 기대하고 그를 암살하기 위해 따라온 것이다.

혹시 부상만 당한 것이라면 그가 그들의 죄를 폭로할 수도 있으므로, 그들은 그의 죽음을 확인하기 위해 서서히 다가왔다. 다행히 다르타냥의 술책에 걸려든 것이다. 그들은 미처 총을 재장전해 놓지 않은 채였다.

그들이 7미터쯤 되는 거리까지 다가오자, 쓰러질 때도 칼을 놓지 않았던 다르타냥이 벌떡 일어나 그들 곁으로 한걸음에 뛰어들었다.

암살자들은 다르타냥을 죽이지 않고 우군 진영으로 달아났다 가는 나중에 고발당할 것이 두려웠던 모양이었다. 그래서 그들은 적군 쪽으로 도망치려 했다. 그중 한 사람이 총대를 쥐고 곤봉처럼 휘둘러 다르타냥을 사정없이 내리쳤다. 그가 옆으로 비켜 곤봉을 피하자, 이 틈에 길을 열고 보루 쪽으로 잽싸게 뛰어가 버렸다. 보루를 지키고 있던 라 로셸 측에서는 이 사내가 왜 달려오는지 몰랐으므로 그를 향해 총을 쏘았다. 그가 어깨에 총을 맞고 쓰러졌다.

　그동안 다르타냥은 칼을 휘두르면서 또 한 명의 병사에게 달려들었다. 싸움은 오래가지 않았다. 이 악당은 탄환도 남아 있지 않은 화승총 말고는 다른 무기가 없었다. 다르타냥의 칼이 전혀 쓸모 없는 화승총의 총열 옆을 스쳐 암살자의 넓적다리를 꿰뚫었다. 그가 쓰러졌다. 다르타냥이 재빨리 칼끝을 그의 목에 들이댔다.

　"아이고! 제발 목숨만 살려주시오!" 그가 외쳤다. "제발 자비를! 장교님! 그러면 뭐든지 다 실토하겠습니다."

　"네 목숨을 살려줄 만큼 그렇게 중요한 비밀이냐?" 다르타냥이 그의 팔을 누르면서 물었다.

　"그럼요. 장교님처럼 스물두 살의 젊은 나이일 때에는 삶이 소중하다고 생각하신다면요. 그리고 장교님처럼 미남이고 용감한 분은 그 무엇도 이룰 수 있다는 것을 생각하신다면 말입니다."

　"비열한 놈!" 다르타냥이 말했다. "자, 빨리 말해, 누가 시켜서 나를 죽이려고 했나?"

　"저는 잘 모르는 여자인데, 밀레디라고들 합니다."

　"그 여자를 모른다면서 어떻게 이름은 알고 있나?"

"제 동료가 그 여자를 알고 있는데 그렇게 불렀습니다. 부탁을 받은 것도 제 동료이지 제가 아닙니다. 그의 주머니에는 그 여자한테서 받은 편지도 들어 있습니다. 그의 말을 들어보니 틀림없이 장교님께 아주 중요한 사람의 편지인 듯합니다."

"그런데 너는 어떻게 이 흉계에 가담했느냐?"

"제 동료가 같이하자고 제안해서 응했습니다."

"이 고약한 짓을 하는 데 얼마나 받았느냐?"

"100루이입니다."

"그래! 잘됐군!" 다르타냥이 껄껄 웃으면서 말했다. "그 여자가 내 가치를 상당히 인정하고 있구나. 100루이라! 너희 같은 악당에겐 큰 돈이다. 그러니 네가 응할 만도 하구나. 용서해 주마. 그러나 한 가지 조건이 있다!"

"무슨 조건입니까?" 병사는 아직 이야기가 끝나지 않은 것을 알고는 불안한 표정으로 물었다.

"네 동료의 주머니에서 편지를 찾아와라."

"하지만 그건 저더러 죽으라는 말씀이나 다름없습니다." 그 병사가 애원했다. "보루에서 총알이 무수히 날아올 텐데 어떻게 편지를 찾으러 가라는 것입니까?"

"단단히 각오하고 찾아와야 한다. 그렇지 않으면 내 손에 죽을 줄 알아라."

"제발 용서해 주십시오. 장교님이 사랑하시는 그 젊은 여자를 생각해서라도 제발 측은하게 여겨주십시오. 그 여자가 죽은 줄 알고 계실지 모르지만, 그렇지 않습니다!" 그 병사가 무릎을 꿇고 그의 손에 매달리면서 외쳤다. 출혈 때문에 기운이 빠지기 시작한 듯했다.

"도대체 어디서 그런 말을 들었느냐? 내게 사랑하는 젊은 여자가 있다는 걸, 그 여자가 죽은 줄 알고 있다는 걸 말이다?" 다르타냥이 다그쳤다.

"제 동료가 지니고 있는 편지에섭니다."

"거 봐라, 그러니까 더더욱 그 편지가 꼭 있어야겠다." 다르타냥이 말했다. "자, 이제 지체할 시간이 없다. 더 이상 머뭇거리지 마라. 그렇지 않으면 너 같은 악당의 피로 또다시 내 칼을 더럽히고 싶지는 않다만, 할 수 없다, 기어이 네 목을……."

다르타냥이 죽일 듯이 위협하니 부상자가 일어섰다.

"잠깐만요! 잠깐만요!" 그가 질겁하여 억지로 기운을 내면서 외쳤다. "가겠습니다……. 가겠어요!"

다르타냥이 병사의 화승총을 빼앗은 다음 그를 앞장세웠다. 칼끝으로 허리를 찌르면서 그를 친구 쪽으로 몰아댔다.

이 처참한 몰골을 보는 것은 끔찍한 일이었다. 부상당한 병사는 길바닥에 핏자국을 남기면서, 죽음이 가까이 다가왔다는 생각에 새파랗게 질린 얼굴로, 스무 걸음 정도 떨어진 곳에 누워 있는 동료 옆까지 기어가면서 적군에게 들키지 않도록 애썼다.

그의 얼굴에서 식은땀이 철철 흘렀다. 얼굴에는 공포의 표정이 역력했다. 다르타냥도 측은한 마음을 금할 길이 없었다. 그래서 경멸의 눈빛으로 그를 바라보면서 말했다.

"이런, 얼어 죽을! 용감한 사람과 너 같은 겁쟁이의 차이를 내가 보여주마. 여기 가만있어라. 내가 가겠다."

다르타냥이 날쌘 발걸음으로, 적의 동정을 살피면서 온갖 지형지물을 이용하여 두 번째 병사 옆까지 갔다.

목적을 달성하는 데에는 두 가지 방법이 있었다. 하나는 그

자리에서 병사의 몸을 뒤지는 것이었고, 다른 하나는 그의 몸뚱이를 방패 삼아 참호까지 메고 와서 뒤지는 것이었다.

다르타냥은 후자의 방법을 택하기로 하고 병사를 어깨에 멨다. 이와 동시에 적군이 총을 쏘았다.

가벼운 흔들림, 살을 꿰뚫는 세 방의 둔한 총소리, 마지막 비명, 단말마의 떨림이 다르타냥의 등으로 전해졌다. 이로써 다르타냥은 자신을 암살하려던 자가 이제는 자신의 목숨을 구해 주었다는 것을 알았다.

다르타냥이 참호에 당도했다. 죽은 사람처럼 얼굴이 새파래진 부상자 옆에 시체를 내려놓았다.

그는 곧장 소지품 검사를 시작했다. 가죽 서류 봉투, 틀림없이 이 병사가 보수로 받은 돈 일부가 들어 있는 지갑, 주사위와 주사위통. 이것이 죽은 자의 전 재산이었다.

주사위와 주사위통은 떨어진 곳에 그대로 내버려두었다. 지갑은 부상자에게 던져주었다. 그러고 나서 급히 서류 봉투를 열었다.

몇 가지 너절한 서류 조각 사이에 편지가 들어 있었다. 그가 목숨을 걸고 찾으러 간 편지였다.

당신은 그 여자의 행방을 놓쳐버렸소. 그리고 그 여자는 지금 수도원에 안전하게 숨어 있소. 당신은 그 여자가 수도원으로 가는 것을 막았어야 했소. 그러니 적어도 그 남자만은 놓치지 않도록 하시오. 만약 일을 그르친다면, 당신도 내 힘이 어느 정도인지 알고 있을 것인즉, 내게서 받은 100루이의 값을 톡톡히 치러야 될 것이오.

서명은 없었으나 밀레디한테서 온 편지임이 분명했다. 따라서 그는 편지를 증거물로 간직했다. 그리고 참호 모퉁이 뒤의 안전한 곳에서 부상자를 심문하기 시작했다. 이 부상자는 방금 죽은 친구와 더불어, 라 빌레트 성문을 통해 파리를 떠나기로 되어 있었던 한 젊은 여자를 납치하는 임무를 맡았었는데, 술집에서 한잔 하려고 들어가 있다가 십 분쯤 늦는 바람에 그만 마차를 놓쳐버렸다고 자백했다.

"그 여자를 어떻게 할 작정이었느냐?" 몹시 불안해진 다르타냥이 물었다.

"루아얄 광장의 어느 저택으로 데려다주기로 되어 있었습니다." 부상자가 말했다.

"그래! 맞아!" 다르타냥이 중얼거렸다. "바로 거기가 밀레디의 집이다."

다르타냥은 그 여자가 자신뿐만 아니라 자신을 사랑하는 사람들까지도 죽여버리려 할 정도로 무서운 복수심을 품고 있으며, 그에 관해 모든 것을 알아낼 정도로 궁정 사정에 밝다는 사실을 깨닫고 몸서리를 쳤다. 그 여자는 추기경으로부터 그런 정보를 얻고 있음이 틀림없을 듯했다.

그러나 이런 불쾌한 정보들에도 불구하고 가엾게도 충성심 때문에 감옥에 감금되어 있던 보나시외 부인을 마침내 왕비가 찾아내어 구해 준 것을 알고는 정말 기뻤다. 그러자 이 젊은 여인으로부터 받은 편지도, 그 여자가 샤요 가를 유령처럼 지나가 버린 일도 이제 이해할 수 있었다.

그렇다면 아토스가 예언한 대로, 보나시외 부인을 다시 만날 수도 있으리라는 희망이 생겼다. 수도원이라면 난공불락의 요새는 아니었다.

이 같은 생각에 마침내 그의 마음이 다시 너그러워졌다. 그가 부상자 쪽으로 돌아섰다. 그는 두려워하며 다르타냥의 표정을 살피고 있었다. 다르타냥이 그에게 팔을 내밀었다.

"자, 너를 이대로 내버려두고 싶지는 않다." 그가 말했다. "나에게 기대라. 진영으로 돌아가자."

"예." 병사가 그토록 관대한 말을 곧이듣기 어렵다는 듯이 말했다. "하지만 저를 목 매달아 죽이려는 건 아닙니까?"

"내 말을 믿어라. 다시 한 번 네 목숨을 살려주겠다." 그가 말했다.

병사가 그자리에서 무릎을 꿇고 구원자의 발에 입을 맞추었다. 그러나 다르타냥은 이토록 적군 가까이에 머물러 있을 이유가 없었으므로, 부상자에게 감사는 그만두라고 했다.

라 로셸 측으로부터 처음 총격을 받았을 때 도망친 근위대원은 네 명의 동료가 전사했다고 보고했다. 그래서 다르타냥이 무사히 돌아오는 것을 보고는 모두 깜짝 놀라며 매우 기뻐했다.

다르타냥은 같이 돌아온 사나이의 칼자국에 관해서는 적당히 얼버무렸다. 또 한 병사의 죽음과, 그들이 겪었던 위험한 상황에 관해서만 이야기했다. 이 이야기로 그는 크게 명성을 떨치게 되었다. 군대 내에서 모두가 온종일 이 정찰 이야기로 꽃을 피웠다. 오를레앙 공작으로부터도 칭찬을 들었다.

게다가 훌륭한 행위에는 보답이 따르게 마련이어서, 다르타냥은 이 훌륭한 행위 덕분에 마음의 평정을 되찾았다. 자신의 두 적 중에서 한 사람은 죽었고 나머지 한 사람은 자신의 심복이 되기를 청했으니, 마음이 평온할 수밖에 없었다.
 그러나 이러한 마음의 평온은 다르타냥이 아직도 밀레디를 잘 알지 못하고 있다는 사실을 증명하는 것이었다.

앙주 포도주

　국왕의 건강에 대해 가장 절망적인 소식들만 전해져 오다가, 이제는 국왕의 회복에 관한 소식이 진영 내에 퍼지기 시작했다. 그리고 국왕이 몸소 공격에 나서기를 서두르기 때문에 다시 말을 탈 수 있게만 되면 곧바로 출발한다고들 했다.
　그동안 왕제인 오를레앙 공작은 그다지 적극적으로 활동하지 않고 정찰이나 하면서 나날을 보냈다. 오래지 않아 지휘권이 다른 사람에게 넘어가리라는 것을 알고 있었기 때문이다. 당굴렘 공작이나 바송피에르 또는 숌베르크가 지휘권을 노리고 있었다. 이런 상황인 만큼 레 섬의 영국군을 쫓아내는 대작전은 감히 엄두도 내지 못했다. 프랑스군이 라 로셸을 포위하고 있는 동안, 레 섬에서는 여전히 영국군이 생 마르탱 성채와 라 프레 요새를 공격하고 있었다.

앞에서 말했듯이 다르타냥은 마음이 한결 평온해졌다. 위험이 지나갔거나 사라진 듯할 때에는 마음이 편안해지는 것이 인지상정이다. 이제 그의 걱정거리는 단 한 가지뿐, 곧 친구들로부터 아무런 소식이 없다는 것뿐이었다.

그런데 11월 초의 어느 날 아침 빌루아에서 편지가 왔다. 이 편지로 모든 것이 뚜렷해졌다.

다르타냥 씨,

아토스, 포르토스, 아라미스 씨 세 분이 소인의 여관에서 주연을 열고 흥을 돋우다가 너무 소란을 피운 탓으로, 지극히 엄격한 이곳 관리로부터 며칠 동안 금족 처분을 받았습니다. 그러나 그분들의 분부대로, 그분들이 매우 즐겨 마시던 소인의 앙주 포도주 열두 병을 나리님께 보내드립니다. 이 술을 그분들의 건강을 축복하며 마셔주시기를 바랍니다.

저는 큰 존경심으로 그분들의 명령을 따르고 있습니다.

당신의 미천하고 순종하는 종복이자
총사대원 나리들의 여관 주인
고도

"참으로 고마운 일이로군!" 다르타냥이 외쳤다. "내가 따분할 때 친구들을 생각하던 것처럼 친구들도 즐거울 때 나를 생각하는구나. 물론 그들의 건강을 축원하여 기꺼이 마셔야겠지. 그러나 혼자 마시고 싶지는 않군."

다르타냥은 가장 친한 두 명의 근위대원에게 달려갔다. 빌루아에서 보내온 앙주 포도주가 있으니 같이 한잔 하자고 그들을 초대했다. 한 사람은 바로 그날 저녁 다른 곳에서 이미 초대를 받았고, 나머지 한 사람은 이튿날 약속이 있기 때문에, 모임 날짜가 이틀 후로 정해졌다.

다르타냥은 숙소로 돌아와서 열두 병의 포도주를 간이 식당으로 보냈다. 물론 잘 보관해 달라는 당부를 덧붙였다. 그 후 모임 날이 되자 다르타냥은 술잔치를 벌일 시간을 정오로 정했으니 9시에 플랑셰에게 모든 준비를 갖추게 했다.

플랑셰는 급사장의 지위로 승진한 것을 자랑스럽게 생각하고 모든 것을 빈틈없이 준비하겠다고 다짐했다. 이를 위해 한 손님의 수종인 푸로, 그리고 다르타냥을 죽이려 했던 사나이까지 조수로 들였다. 이 사나이는 본래 어느 부대에도 소속되어 있지 않은 가짜 병사여서 다르타냥이 목숨을 살려준 이래 그의 하인이라기보다는 플랑셰의 하인으로 들어와 일하고 있었다.

연회 시간이 되었다. 두 손님이 도착하여 자리에 앉았다. 식탁에 요리가 차려졌다. 플랑셰는 팔에 냅킨을 걸치고 식사를 날랐고, 푸로는 포도주병의 마개를 땄으며, 이름이 브리즈몽인 부상병은 운반 중에 흔들려서 침전한 듯한 포도주를 소형 유리병에 따랐다. 첫 번째 병의 밑바닥에 깔린 술이 상당히 흘렀다. 브리즈몽이 찌꺼기까지 술잔에 따랐다. 다르타냥이 그에게 포도주 찌꺼기를 마셔도 좋다고 허락했다. 왜냐하면 이 불쌍한 녀석은 아직 기력이 회복되지 않았기 때문이다.

사람들이 수프를 먹고 나서 첫 잔을 마시려는 순간, 별안간 루이 요새와 뇌프 요새에서 포성이 울렸다. 곧바로 근위대원들은 성내의 적군이건 영국군이건 적의 기습이 틀림없다고 생각하고는 재빨리 뛰어가 칼을 집었다. 다르타냥이 남들에게 뒤처질 리 없었다. 세 사람은 모두 각자 위치로 가기 위해 달려나갔다.

그러나 간이식당에서 나가자마자 포성의 이유를 똑똑히 알 수 있었다. "국왕 만세! 추기경 만세!" 하는 환호성이 여기저기서 우렁차게 들렸고 북소리가 사방에서 울려 퍼졌다.

실제로 국왕은 초조한 나머지, 도중에 숙영지를 두 군데나 지나쳐버린 끝에, 왕가 일족과 만 명의 지원군을 이끌고 지금 막 도착했다. 총사대가 국왕을 앞뒤에서 호위하고 있었다. 다르타냥은 대원들과 함께 늘어서서, 제일 먼저 자기를 알아본 트레빌과 자기에게 눈짓으로 인사하는 친구들에게 반가운 인사를 보냈다.

환영식이 끝나자마자 네 친구가 서로 얼싸안았다.

"정말 잘 왔어요! 이렇게 딱 맞춰 오기도 어려울 거예요." 다르타냥이 외쳤다. "고기가 아직 식지도 않았을 거예요! 안 그런가요!" 그가 두 근위대원을 돌아보면서 말했다. 그러고는 그들을 세 친구에게 소개했다.

"아! 아! 맛있는 음식을 실컷 먹을 수 있을 듯하군." 포르토스가 말했다.

"술자리에 여자들은 없겠지!" 아라미스가 말했다.

"이런 작은 요새에 마실 만한 술이 있나?" 아토스가 물었다.

"물론 있고말고요! 당신들의 술이 있지 않나요!" 다르타냥이 대답했다.

"우리 술?" 아토스가 놀란 표정으로 말했다.

"그래, 당신들이 보내준 술 말이에요."

"우리가 술을 보내줬다고?"

"아니, 글쎄 앙주의 언덕에서 나는 포도주를 몰라요?"

"물론 그런 포도주가 있다는 건 알고 있지."

"당신들이 좋아하는 포도주 말이에요."

"그야 그렇지. 샹파뉴도 샹베르탱도 없을 때는 말야."

"이런! 샹파뉴도 샹베르탱도 없으니까 그걸로 만족할 수밖에 없어요."

"그래서 앙주 포도주를 주문했단 말이지?" 포르토스가 말했다.

"아니, 그게 아니라, 당신네들이 보내준 술 말이에요."

"우리가 보냈다고?" 삼총사가 한꺼번에 말했다.

"자네가 보냈나, 아라미스?" 아토스가 물었다.

"아니, 자넨가, 포르토스?"

"아니, 그럼 자넨가, 아토스?"

"아니."

"당신들이 아니라면 당신들의 여관 주인인가 보네요." 다르타냥이 말했다.

"우리의 여관 주인?"

"그래요! 당신들의 여관 주인, 총사대원들의 여관 주인 고도 말이에요."

"정말 왜 이러나, 어디서 왔건 무슨 상관인가." 포르토스가 말했다. "맛이라도 보자고. 맛이 좋으면 마시지 뭐."

"안 돼!" 아토스가 말했다. "출처를 모르는 술이라면 안 마시는 게 좋아."

"아토스 말이 옳아요." 다르타냥이 말했다. "당신들 중에서 아무도 여관 주인 고도에게 포도주를 저에게 보내라고 부탁하지 않았단 말이죠?"

"아니야! 그런데도 우리가 시켜서 보냈다는 말인가?"

"여기 편지가 있어요!" 다르타냥이 말했다.

그가 친구들에게 쪽지를 보였다.

"그 사람의 필적이 아니다!" 아토스가 외쳤다. "난 알아. 출발 전에 일행의 계산을 내가 치렀으니까."

"가짜 편지다." 포르토스가 말했다. "우리는 금족 처분을 받은 적이 없어."

"다르타냥! 우리가 소란을 피웠다는 말을 어떻게 곧이들었나?" 아라미스가 나무라듯이 물었다.

다르타냥은 얼굴이 새파래지면서 팔다리가 와들와들 떨렸다.

"네가 나를 불안하게 만드는구나." 여간해서는 '너'라고 하지 않는 아토스가 말했다. "대관절 어떻게 된 일이냐?"

"자, 모두들 빨리 뛰어가 봅시다!" 다르타냥이 외쳤다. "끔찍한 생각이 제 머리를 스쳤어요! 이번에도 그 여자의 복수가 아닐까요?"

이번에는 아토스의 얼굴이 창백해졌다.

다르타냥이 간이식당으로 뛰어갔다. 삼총사와 두 근위대원들도 그 뒤를 따랐다.

다르타냥이 식당에 들어갔을 때 가장 먼저 그의 눈에 띈 것은 마룻바닥에 누워서 심한 경련을 일으키며 뒹굴고 있는 브리즈몽의 모습이었다.

플랑셰와 푸로가 죽은 사람들처럼 창백한 얼굴로 그를 돌보고 있었다. 그러나 아무리 손을 써봐도 소용없었다. 위독한 병자의 얼굴이 단말마의 고통으로 온통 일그러져 있었다.
"이럴 수가!" 그가 다르타냥을 보자 부르짖었다. "아니, 세상에 이럴 수가! 용서해 주는 체하면서 이렇게 독약을 먹이다니!"
"내가!" 다르타냥이 외쳤다. "내가! 도대체 무슨 말을 하는 거야?"
"저 술을 준 건 당신이야. 그걸 나더러 마시라고 한 것도 당신이야. 당신은 내게 복수를 하려고 한 거야. 세상에 어떻게 이럴 수가 있난 말이오!"
"절대로 그렇지 않아, 브리즈몽." 다르타냥이 말했다. "절대로 그렇게 생각하지 마. 맹세코 그렇지 않아……."
"하지만 하느님이 보고 계시오! 하느님이 당신에게 벌을 내리실 거요! 오, 하나님! 내가 지금 당하는 고통을 언젠가는 저 사람도 받게 하소서!"
"성경을 걸고 맹세한다." 다르타냥이 외치면서 다 죽어가는 환자 쪽으로 재빨리 뛰어갔다. "이 술에 독이 든 줄은 나도 몰랐어. 나도 마시려던 참이었단 말이야."
"당신 말은 못 믿어." 병사는 이렇게 소리치고는 점점 더해가는 고통 속에서 숨을 거두었다.
"끔찍한 일이다! 참으로 끔찍한 일이야!" 아토스가 중얼거렸다. 그사이에 포르토스는 술병을 부숴버렸고, 아라미스는 좀 늦었지만 고해 신부를 불러오도록 일렀다.
"정말 여러분들이 다시 한 번 제 목숨을 살려주었습니다." 다르타냥이 말했다. "저뿐 아니라 이분들의 목숨까지도 말이에요. 그런데 두 분!" 그가 두 근위대원에게 말을 계속했다. "이 사건에 관해서는 일체 소문내지 마시오. 이번 일에는 고위층이 관계하고 있을지도 모르니까요. 이 일이 알려지면 우리에게 또다시 해악이 미칠 수 있소."

"아이고! 주인님!" 플랑셰가 죽을상을 지으며 더듬거렸다. "아이고! 주인님! 저도 하마터면 큰일 날 뻔했습니다."

"아니, 이 녀석이……." 다르타냥이 외쳤다. "너도 그 술을 마시려고 했구나?"

"누군가 저를 부른다고 푸로가 말해 주었기 망정이지, 그렇지 않았던들 국왕의 건강을 축원하면서 한 잔 마실 뻔했습니다."

"아이고, 아슬아슬해라!" 푸로가 겁이 나서 이를 덜덜 떨면서 말했다. "실은 제가 혼자 슬그머니 한 잔 하려고 저 애를 쫓아낼 생각이었습니다."

"두 분!" 다르타냥이 근위대원들에게 말했다. "보시다시피 이런 일이 일어나고 보니 연회 자리도 어렵게 되었군요. 무척 미안하지만 후일로 미루어주었으면 좋겠소."

두 근위대원이 흔쾌히 다르타냥의 사과를 받아들였고, 네 친구끼리만 남아 있고 싶어하는 분위기를 눈치 채고는 순순히 물러갔다.

이제 다르타냥과 삼총사만이 남게 되었다. 그들은 정말 사태가 심각하다는 것을 모두 깨달았다는 듯이 서로 마주 보았다.

"우선 여기에서 나가세." 아토스가 말했다. "죽은 사람, 그것도 비명횡사한 사람과 같이 있는 건 기분 좋은 일이 못 되니까."

"플랑셰!" 다르타냥이 말했다. "이 가엾은 녀석의 시체를 네게 맡긴다. 묘지에 묻어줘라. 죄를 지은 건 사실이지만 회개했으니까."

네 친구는 플랑셰와 푸로에게 브리즈몽의 매장을 당부하고 방을 나갔다.

간이식당의 주인이 방 하나를 내주었다. 그들은 간이식당에서 차려온 반숙란과 아토스가 직접 샘에서 길어온 물로 식사를 했다. 다르타냥이 포르토스와 아라미스에게 간단히 사정을 설명했다.

"그러니까 말이죠." 그가 아토스에게 말했다. "당신도 보다시피, 이건 죽느냐 사느냐의 싸움입니다."

아토스가 머리를 끄덕였다.

"그래, 그래, 똑똑히 보았네. 하지만 정말로 그 여자라고 생각하나?"

"확신합니다."

"그렇지만, 솔직히 말해서 난 아직도 의심스러워."

"하지만 어깨의 그 백합꽃은요?"

"프랑스에서 다른 악행을 저질러 범죄자로 낙인이 찍힌 영국 여자일지도 모르지."

"아토스, 당신의 아내라니까요 글쎄." 다르타냥이 되풀이했다. "두 여자의 인상이 똑같다는 걸 잊었나요?"

"그렇지만 그 여자는 죽었을 거야. 확실히 목을 매달았거든."

이번에는 다르타냥이 고개를 끄덕였다.

"도대체 이제 어떻게 해야 할까요?" 다르타냥이 말했다.

"언제 떨어질지 모르는 칼을 가만히 내버려둘 수는 없는 노릇이네." 아토스가 말했다. "무슨 수를 써서라도 벗어나야지."

"하지만 어떻게요?"

"자, 들어봐. 어떻게든 그 여자를 만나서 따지도록 해봐. 이렇게 말하면 좋을 거야. '평화냐, 전쟁이냐! 어느 쪽을 택하겠느냐! 귀족의 명예를 걸고, 당신 얘기는 아무에게도 하지 않을 것이고, 당신에게 해로울 일은 절대로 하지 않겠다. 그 대신 당신 쪽에서도 나에 대해서는 중립을 지킬 것을 엄숙히 맹세해 주기 바란다. 그렇지 않으면 나는 추기경을 만나고, 국왕을 만나고, 형리도 만나겠다. 궁정을 부추겨서 당신을 배척하도록 하고, 당신이 낙인 찍힌 전과자라는 사실을 폭로해서, 재판에 회부하겠다. 만약 당신이 무죄를 선고받는다면, 그때는 어느 길모퉁이에서 미친개를 죽이듯이 당신을 죽여주겠다.' 이렇게 말이야."

"참 좋은 방법이네요." 다르타냥이 말했다. "하지만 어떻게 그 여자를 만나죠?"

"시간이 약이네. 시간이 기회를 가져다줄 거야. 기회란 노름에서 잃은 돈의 갑절을 거는 일이나 마찬가지라네. 기다릴 줄만 안다면, 돈을 많이 걸면 걸수록 따는 액수도 많지."

"맞아요. 그렇지만 암살자들과 독살자들에 둘러싸여 있는데 기다리고만 있는다는 게……"

"어허!" 아토스가 말했다. "이제까지 하느님이 지켜주셨으니, 앞으로도 지켜주시겠지."

"그럼요! 우리야 그렇죠. 우리는 사나이니까요. 뭐니뭐니 해도 위험을 무릅쓰는 것이 우리의 일이니까요. 하지만 그 여자는 그렇지가 않단 말이죠!" 그가 나직한 목소리로 덧붙였다.

"그 여자라니, 누구를 말하는 건가?" 아토스가 물었다.

"콩스탕스 말입니다."

"보나시외 부인! 아, 참 그렇지!" 아토스가 말했다. "자네가 사랑에 빠졌다는 걸 깜빡 잊고 있었군."

"이봐!" 아라미스가 말했다. "죽은 악당의 몸에서 찾아낸 편지를 보니까 그 여자는 수도원에 있다고 적혀 있던데 뭐가 걱정인가? 수도원이라면 걱정할 필요 없어. 라 로셸 공격이 끝나기만 하면 내가 꼭……."

"좋아! 그래!" 아토스가 말했다. "아라미스, 자네는 성직에 들어가는 것이 소원이었지."

"난 그저 잠시만 총사대에 몸담고 있을 뿐이네." 아라미스가 겸손하게 말했다.

"오랫동안 애인으로부터 소식이 없는 모양이군." 아토스가 나직한 목소리로 말했다. "하지만 너무 염려하지 말게. 자네 기분은 알겠네만."

"자! 자!" 포르토스가 말했다. "아주 간단한 방법이 하나 있을 듯해."

"뭔데요?" 다르타냥이 물었다.

"그 여자가 수도원에 있다고 그랬지?" 포르토스가 말을 이었다.

"네."

"그렇다면 이번 공격이 끝나는 대로 곧장 수도원에서 빼내세."

"하지만 어느 수도원에 있는지를 알아야……."

"하긴 그렇군." 포르토스가 말했다.

"음, 그러니까……." 아토스가 말했다. "어이, 다르타냥, 왕비께서 수도원을 고르셨다고 했지?"

"네, 그렇게 믿고 있어요."

"그래, 그러면 포르토스가 도움을 줄 거야."

"어떻게요?"

"자네의 후작 부인인지, 백작 부인인지, 공작 부인인지 하는 연인을 통해 알아낼 수 있을 걸세. 그런 여자라면 틀림없이 그럴 만한 힘이 있을 테니까."

"쉿!" 포르토스가 입술에 손가락을 대고 말했다. "그 여자는 추기경 편일 거야. 그러니까 아무것도 모를걸."

"그렇다면 정보를 빼내는 일은 내가 책임지겠네." 아라미스가 말했다.

"아니, 아라미스, 자네가?" 세 친구가 외쳤다. "자네가 어떻게?"

"왕비의 구호물 분배 사제를 통해서. 난 그분과 아주 긴밀한 사이거든……." 아라미스가 얼굴을 붉히면서 말했다.

아라미스의 말을 듣고 난 뒤 네 친구가 간단한 식사를 끝마쳤다. 그들은 바로 그날 저녁에 다시 만나기로 약속하고는 헤어졌다. 다르타냥은 미님으로 돌아갔고 삼총사는 숙소를 마련하기 위해 국왕의 병영으로 돌아갔다.

콜롱비에 루주 주막

　국왕은 서둘러 적과 대면하기를 바랐다. 그리고 버킹엄 공작에 대한 원한이 추기경보다 더 하면 더 했지 덜 하지는 않았다. 그래서 주둔지에 도착하자마자 전군을 배치시키려고 했다. 우선 레 섬에서 영국군을 몰아낸 다음, 바로 라 로셸 공격을 서두를 작정이었다. 그러나 국왕의 뜻에도 불구하고, 바송피에르와 숌베르크가 당굴렘 공작과 의견 대립이 발생하면서 국왕의 계획이 지연되었다.

　바송피에르와 숌베르크는 프랑스군의 원수들이었다. 그들은 국왕의 명령 아래 프랑스군을 지휘하는 권리를 요구했다. 이와 반대로 추기경은 당굴렘 공작을 추천했다. 사실은 신교도인 바송피에르가 종교상의 형제들, 곧 영국인들과 라 로셸 주민들을 약하게 밀어붙이지나 않을까 염려했기 때문이다. 추기경의 권유로 당굴렘 공작이 이미 국왕 대리관으로 임명되었다. 그래서 이대로 가다가는 바송피에르와 숌베르크가 군대를 포기해 버릴까 염려하여 그들에게 따로 지휘권을 주지 않을 수 없었다. 바송피에르는 라 뢰에서 동피에르까지 도시의 북쪽에, 당굴렘 공작은 동피에르에서 페리니로 이르는 동쪽에, 숌베르크는 페리니에서 앙구탱으로 이르는 남쪽에 각각 진을 치게 되었다.

왕제 오를레앙의 숙영지는 동피에르에 있었다.

국왕의 본진은 에스트레와 라 자리를 왔다 갔다 했다.

끝으로 추기경의 숙영지는 퐁 드 라 피에르 근처의 모래 언덕 위에 있었는데, 아무런 방어 진지도 없는 보통의 민가였다.

이런 식으로 왕제 오를레앙은 바송피에르를, 국왕은 당굴렘 공작을, 추기경은 숌베르크를 각각 감독하고 있었다.

이런 체제가 짜여지자 곧바로 레 섬의 영국군을 몰아내는 작전이 개시되었다.

상황은 유리했다. 병사들의 전투력을 유지시키기 위해서는 무엇보다도 풍부한 식량이 필요한데, 영국군은 소금에 절인 고기와 질이 안 좋은 건빵밖에 먹지 못한 탓에 병자가 많았다. 게다가 일 년 중 이맘때는 연안의 물살이 어디나 매우 거칠어 날마다 작은 배가 부서졌다. 에기용 곶으로부터 참호에 이르는 해변은 조수가 밀려올 때마다 작은 배와 로베르주 호(號), 펠러커 호의 파편으로 온통 뒤덮였다. 그런 까닭에, 국왕의 군사들이 진영에 가만히 틀어박혀 있더라도 버킹엄의 군대는 공연한 고집을 부려 레 섬에 주둔하고 있던 탓에 결국은 철수하게 될 것이 뻔했다.

그러나 적진에서는 새로운 공격 준비가 다 갖추어져 있다고 투아라스가 보고했다. 국왕은 결단을 내려야 할 때라고 판단하고 결전의 명령을 내렸다.

우리의 목적은 라 로셸 공격기를 작성하는 것이 아니라, 오직 이야기와 관계가 있는 사건만을 적는 것이므로, 여기서는 다만 이 작전이 국왕도 크게 놀랄 정도로 성공을 거두었고 추기경도 크게 명성을 떨치게 되었다는 것만을 말해 두기로 하자. 영국군은 한 걸음 한 걸음 물러났다. 전투마다 패했고, 루아 섬으로 건너가는 도중에 박살났다. 영국으로 돌아가기 위해 다시 승선하지 않을 수 없었는데, 결국 연대장 5명, 중령 3명, 중대장 250명, 20명의 상층 귀족을 포함한 2,000명의 군사와 대포 4대, 군기 60개를 어쩔 수 없이 전쟁터에 내버려두고 철수했다. 이 군기들은 클로드 드 생 시몽에 의해 파리로 운반되어 노트르담의 둥근 천장에 화려하게 내걸렸다.

주둔지에는 「테 데움(Te Deum, 감사와 찬송의 라틴어 노래——옮긴이)」이 울려 퍼졌고 프랑스 전역으로 퍼져나갔다.

그러므로 추기경은 적어도 지금은 영국군 쪽에 신경 쓸 필요 없이 오로지 포위 공격에만 힘을 기울일 수 있었다.

그러나 앞서 말한 것처럼 휴식은 일시적일 뿐이었다.

버킹엄 공작의 밀사 몬터규가 체포되었다. 신성 로마 제국, 에스파냐, 영국, 그리고 로렌 사이에 동맹 관계가 있다는 증거를 거기서 끌어낼 수 있었다. 물론 프랑스에 대항하는 동맹이었다.

게다가 예상보다 더 급하게 철수하지 않을 수 없었던 버킹엄 공작의 숙영에서도 이 같은 동맹이 있다는 것을 뒷받침하는 서류가 발견되었다. 추기경이 자신의 회고록에 기록해 놓은 바에 따르면, 이 서류는 또한 슈브뢰즈 부인이 연루되어 있으며 따라서 왕비까지 관련되어 있음을 입증하는 증거였다.

모든 책임은 추기경에게 있었다. 책임을 지지 않는다면 절대 권력을 지닌 재상이 아니기 때문이다. 그런 만큼 추기경은 자신의 광범위한 재능을 밤낮없이 발휘해야 했다. 그는 유럽의 강력한 왕국들에서 들려오는 소문이라면 아무리 사소한 것이라도 놓치지 않으려고 애썼다.

추기경은 버킹엄 공작의 활력과 증오심을 익히 알고 있었다. 프랑스를 위협하고 있는 동맹이 성공한다면 그의 영향력은 사라질 것이다. 에스파냐와 오스트리아의 정책을 대변하는 자들이 루브르 궁의 내각에 있다. 지금은 그들이 지지자에 지나지 않지만 그들에 의해 프랑스의 대신이자 국가의 재상인 그가 실각할 수도 있다. 국왕은 어린애처럼 그의 말을 듣고 있지만, 또한 어린애가 제 선생을 미워하듯이 그를 미워하고도 있다. 왕제와 왕비가 힘을 합쳐 그에게 복수하려 해도 내버려둔다. 그렇게 되는 날에는 영영 파멸이다. 그리고 프랑스도 아마 멸망할 것이다. 이 모든 것에 대비해야 한다.

그런 만큼 추기경이 거처하는 퐁 드 라 피에르 옆의 조그만 숙사에는 밤낮으로 사자들이 들락거렸으며, 그 숫자도 자꾸만 늘어갔다.

법의를 걸쳤으나 서투른 차림새로 보아 진짜 사제가 아니라는 것을 금방 알 수 있는 신부가 드나드는가 하면, 시동의 옷을 어색하게 입고는 있으나 헐렁한 바지로도 포동포동한 몸집을 감쪽같이 감추지 못한 여자도 있었고, 손은 검지만 다리가 가늘어서 아무리 봐도 귀족처럼 보이는 농부도 있었다.

또한 그다지 유쾌하지 못한 손님들도 찾아들었다. 추기경이 하마터면 암살당할 뻔했다는 소문도 서너 차례 퍼졌다.

이렇게 서툰 자객을 풀어놓는 것도 사실은 추기경 자신의 소행이었다. 만일의 경우에 보복할 구실을 마련해 놓기 위한 것이라는 적들의 분석이 있었다. 그러나 대신들이 말하는 것도, 그들의 적이 말하는 것도 믿을 수 없었다.

어쨌든 추기경은 여전히 밤중에 자주 돌아다녔다. 아무리 추기경을 중상하는 사람일지라도 그의 대담함에는 혀를 내둘렀다. 어떤 때는 당굴렘 공작에게 중대한 명령을 전달하기 위해서, 또 어떤 때는 국왕과 의논하러 가기 위해서 야간에 외출을 하는 것이었다. 때로는 자신의 거처로 맞아들이고 싶지 않은 밀사를 만나러 가기 위해 밤중에 나가기도 했다.

한편 총사들은 공격에 크게 참여할 일도 없고 엄격한 규율에 묶여 있지도 않았으므로, 즐거운 나날을 보내고 있었다. 더구나 삼총사는 트레빌과 친한 만큼, 특별 허가를 얻어 야간 외출을 하는 것도 어려운 일이 아니었다.

그런데 어느 날 저녁, 다르타냥이 참호에서 근무 중이었을 때, 다르타냥을 뺀 나머지 세 친구, 아토스, 포르토스, 그리고 아라미스가 콜롱비에 루주라는 주막에서 돌아오고 있었다. 이 주막은 이틀 전에 아토스가 라 자리 가도에서 찾아낸 술집이었다. 그들은 군마를 타고 있었다. 망토로 몸을 감싸고 한쪽 손을 권총의 손잡이에 올려놓은 자세였다. 혹시나 복병이라도 있을까 싶어서 경계를 늦추지 않았다. 그때 부아노 마을에서 1킬로미터쯤 떨어진 곳에서 그들은 다가오는 말발굽 소리를 들은 듯싶었다. 세 사람은 그 자리에서 멈추고 서로 꼭 붙어서 길 한복

판에 서 있었다. 잠시 후, 마치 구름 속에서 달이 나오듯 길 모퉁이에서 두 명의 기사가 불쑥 나타나는 것이 보였다. 두 명의 기사도 이쪽 사람들을 보고는 가던 길을 멈추고 계속 전진할 것인지, 아니면 되돌아갈 것인지에 대해 의논하는 듯했다. 세 친구는 망설이는 듯한 이들의 태도에 무슨 일인가 싶었다. 그래서 아토스가 서너 걸음 앞으로 나아가 단호한 목소리로 외쳤다.

"누구냐?"

"너희들이야말로 누구냐?" 두 사람 중의 한 사람이 대꾸했다.

"너희가 먼저 대답해라!" 아토스가 말했다. "누구냐? 대답해. 그렇지 않으면 공격하겠다."

"경거망동은 삼가라!" 그때 지휘를 많이 해본 듯한 우렁찬 목소리 하나가 말했다.

"야간 순찰을 나오신 상급 장교이시군요." 아토스가 말했다. "어떻게 하시려는 겁니까?"

"그대는 누구인가?" 같은 목소리가 여전히 명령조로 말했다. "대답하라. 그렇지 않으면 거역죄를 범하는 꼴이 될 것이다."

"국왕의 근위 총사입니다." 아토스가 말했다. 그는 질문하는 상대방에게 물을 권리가 있다고 더욱 확신하게 되었다.

"소속은?"

"트레빌 부대입니다."

"앞으로 나와라. 이 시간에 여기에서 뭘 하고 있는지 내게 보고하게."

삼총사는 상대가 자기들보다 상관임을 확신하고는 약간 풀이 죽어 앞으로 나갔다. 그리고 아토스가 대표로 말하도록 했다.

두 사람들 중에서 두 번째로 입을 열었던 기사가 열 걸음쯤 앞으로 나왔다. 아토스도 포르토스와 아라미스에게 뒤에 남아 있으라고 손짓하고 혼자만 앞으로 나갔다.

"죄송합니다, 장교님!" 아토스가 말했다. "당신들이 누구이신지 몰랐으니까요. 보시다시피 우리는 순찰을 돌고 있는 중입니다."

"이름은?" 장교가 말했다. 망토로 얼굴을 가리고 있었다.

"하지만……." 아토스가 말했다. 그는 심문하는 듯한 상대방의 태도에 조금씩 화가 나기 시작했다. "당신에게 심문할 권리가 있다는 증거를 보여주시오."

"이름은?" 기사가 망토를 내려뜨려 얼굴을 보이면서 되풀이했다.

"아, 추기경 예하!" 총사가 깜짝 놀라 외쳤다.

"이름은?" 추기경이 세 번째로 물었다.

"아토스입니다." 총사가 대답했다.

추기경이 손짓을 하자 수행원이 다가왔다.

"이 세 명의 총사가 우리 뒤를 따라올 것이다." 그가 낮은 목소리로 말했다. "내가 진영을 벗어났다는 걸 누구도 알아서는 안 돼. 이 사람들이라면 우리를 따라오더라도 후에 발설하지 않을 거야."

"각하, 저희는 귀족입니다." 아토스가 말했다. "약속하라고 하신다면 염려하실 것 없습니다. 저희도 비밀을 지킬 줄은 압니다."

추기경이 당돌하게 말하는 그를 날카롭게 쏘아보았다.

"귀가 밝군, 아토스 군." 추기경이 말했다. "자, 들어봐. 자네들을 못 믿어서가 아니라 나를 호위해 달라는 뜻이야. 저 두 친구는 포르토스와 아라미스겠지?"

"예, 그렇습니다." 아토스가 대답했다. 그사이에 뒤에 있던 두 총사가 모자를 벗어 손에 들고 다가왔다.

"난 자네들을 잘 알고 있어." 추기경이 말했다. "자네들이 완전한 내 편이 아닌 건 섭섭한 일이네만, 자네들이 용감하고 성실하며 믿을 수 있는 귀족이라는 걸 나는 알고 있어. 그러니 아토스 군, 두 친구와 함께 나를 따라와주게. 자네들의 호위를 받는 걸 폐하께서 보신다면 부러워하실 거야."

삼총사는 말의 목까지 닿도록 고개를 숙여 인사했다.

"정성껏 수행하겠습니다." 아토스가 말했다. "예하께서 저희들을 데리고 가시는 건 현명하신 처사라고 생각합니다. 오는 도중에 험상궂게 생긴 놈들을 만났고, 콜롱비에 루주 여관에서도 험상궂은 놈들 네 명과 한바탕 싸우기까지 했으니까요."

"싸움이라, 왜?" 추기경이 말했다. "내가 싸움을 좋아하지 않는다는 건 자네들도 알 터인데!"

"바로 그 때문에 제가 미리 예하께 아뢰는 겁니다. 예하께서 남들에게 이야기를 듣게 되신다면, 그들의 그릇된 보고를 곧이들으시고 저희들의 잘못이라고 생각하실지도 모르니까요."

"그래, 싸움의 결과는 어찌 되었나?" 추기경이 눈살을 찌푸리면서 물었다.

"여기 있는 친구 아라미스가 팔을 좀 찔렸습니다. 그러나 내일이라도 예하께서 공격 명령을 내리신다면 즉시 출전할 것입니다."

"하지만 자네들도 칼에 찔리고 가만있을 사람들이 아닌데." 추기경이 말했다. "솔직히 말하게. 복수를 했겠지. 자백하게.

자네들도 알겠지만, 나는 사면을 내릴 권리도 있다네."

"저는 손에 칼도 잡지 않았습니다." 아토스가 말했다. "다만 상대방이 제게 덤벼들기에 창밖으로 내던졌을 뿐입니다. 그랬더니 떨어지면서……." 아토스가 약간 머뭇거리다가 말을 계속했다. "넓적다리뼈가 부러진 것 같았습니다."

"저런! 그리고 포르토스 군, 자네는?" 추기경이 말했다.

"저는 결투가 금지되어 있다는 사실을 알고 있었으므로, 의자를 들고 한 놈을 패주었습니다. 그랬더니 어깨뼈가 부러진 것 같습니다."

"좋아." 추기경이 말했다. "그리고 아라미스 군, 자네는?"

"저는 천성이 유순할 뿐만 아니라, 이건 예하께서도 아마 모르시겠지만, 성직으로 돌아가는 것이 저의 꿈인지라, 친구들을 말리려 했습니다. 그러자 고약한 놈 하나가 그 틈을 타서 제 왼쪽 팔을 칼로 찔렀습니다. 그래서 더는 참을 수가 없었습니다. 저도 칼을 뺐습니다. 상대방이 또다시 덤벼들었는데, 아무래도 저를 향해 달려들면서 스스로 저의 칼에 찔려버린 듯합니다. 그 자가 쓰러졌다는 것만 알고 있습니다. 다른 두 놈과 함께 일당들이 데려간 모양입니다."

"원, 그럴 수가!" 추기경이 말했다. "술집에서 시비 끝에 세 녀석을 맥도 못 추게 만들어놓다니. 자네들에게 걸렸다간 큰일나겠군. 그런데 왜 싸움이 벌어졌나?"

"그 파렴치한 놈들은 술에 취해 있었습니다." 아토스가 말했다. "저녁에 여자 한 사람이 왔다는 소리를 듣고는 그 여자가 있는 방의 문을 억지로 열려고 했습니다."

"문을 억지로 열다니!" 추기경이 말했다. "왜 그런 짓을 해?"

"아마 몹쓸 짓이라도 하려던 것이겠지요." 아토스가 말했다. "조금 전에도 말씀드렸습니다만, 그 못된 놈들은 술에 취해 있었습니다."

"그 여자가 젊고 예쁘던가?" 추기경이 좀 걱정스럽다는 듯이 물었다.

"여자는 못 보았습니다." 아토스가 말했다.

"여자는 못 봤다……. 아! 아주 좋아!" 추기경이 얼른 말을 이었다. "자네들은 그 여자의 명예를 잘 지켜주었네. 나도 지금 바로 콜롱비에 루주 주막에 가는 길이네, 자네들 말이 사실인지 아닌지 알게 되겠지."

"예하!" 아토스가 당당하게 말했다. "저희들은 귀족입니다. 설령 목숨을 위해서라도 거짓말을 하지는 않습니다."

"자네들의 말을 의심하지는 않네, 아토스 군. 조금도 의심하지 않네. 그런데……." 그가 화제를 바꾸려고 덧붙였다. "그 여자는 혼자던가?"

"기사 한 명이 같이 있었습니다." 아토스가 말했다. "그 기사는 그토록 떠들썩한데도 얼굴도 내밀지 않았습니다. 겁쟁이임이 틀림없습니다."

"성경에도 경솔한 판단은 금하라고 나와 있어." 추기경이 반박했다.

아토스가 고개를 숙였다.

"좋아!" 추기경이 계속했다. "이제 알 만한 건 다 알았어. 나를 따라오게."

삼총사가 추기경의 뒤에 섰다. 추기경은 또다시 망토로 얼굴을 가리고 다른 일행보다 열 걸음쯤 앞서서 말을 몰았다.

얼마 안 가서 여관에 도착했다. 여관은 고요하고 적막했다. 아마도 여관 주인은 높으신 양반이 찾아온다는 것을 알고 있었는지, 방해가 될 만한 자들을 죄다 쫓아버린 뒤였다.

문에서 열 걸음쯤 떨어진 거리에서 추기경이 시종과 삼총사에게 정지하라고 손짓했다. 안장을 얹은 말 한 마리가 덧문에 묶여 있었다. 추기경이 무슨 신호처럼 문을 세 번 두드렸다.

그러자 곧바로 망토를 두른 한 사나이가 나왔다. 추기경과 빠르게 몇 마디를 주고받았다. 그러고는 말을 타고 쉬르제르 방향으로, 다시 말해서 파리를 향해 떠났다.

"앞으로 오게." 추기경이 말했다.

"자네들 말이 사실이었어." 그가 삼총사를 향해 말했다. "오늘 저녁에 우리가 만났다는 이유 때문에 자네들에게 좋지 않은 일이 생기더라도 나하고는 아무 관계도 없네. 하여튼 따라오게."

추기경이 말에서 내렸다. 삼총사도 말에서 내렸다. 추기경이 말고삐를 시종의 손에 던졌다. 삼총사는 각자 말고삐를 덧문에 맸다.

여관 주인이 문간에 나와 서 있었다. 그는 추기경이 여자 손님을 만나러 온 장교에 지나지 않을 것이라고 생각했다.

"이분들이 불이나 쬐면서 기다릴 만한 방이 아래층에 없을까?" 추기경이 말했다.

주인이 커다란 방의 문을 열었다. 마침 최근에 커다랗고 멋진 벽난로를 새로 설치한 방이었다.

"이 방이 어떻습니까요?" 그가 말했다.

"좋아." 추기경이 말했다. "자, 모두 이 방에 들어가서 기다려 주게. 반 시간 이상은 걸리지 않을 테니까."

　삼총사가 1층에 있는 이 방으로 들어가는 동안, 추기경은 더 묻지도 않고 안내도 필요 없다는 듯이 성큼성큼 계단을 올라갔다.

이규현

서울대학교 불어불문학과를 졸업하고 같은 과 대학원에서 박사학위를 받았다. 프랑스 부르고뉴 대학에서 철학 DEA를 취득했다. 현재 서울대학교와 덕성여자대학교에 출강하고 있다. 지은 책으로 『한국근현대문학의 프랑스 문학 수용』(공저)이, 옮긴 책으로 『카뮈를 추억하며』, 『헤르메스』, 『성의 역사 Ⅰ - 앎의 의지』, 『기호의 정치경제학 비판』, 『프로이트와 문학의 이해』, 『알코올』 등이 있다.

삼총사 2

1판 1쇄 펴냄 2002년 10월 21일
1판 7쇄 펴냄 2011년 2월 8일
2판 1쇄 펴냄 2011년 9월 26일

지은이 알렉상드르 뒤마
옮긴이 이규현
발행인 박근섭, 박상준
편집인 장은수
펴낸곳 (주)민음사

출판등록 1966. 5. 19. (제16-490호)
서울 강남구 신사동 506 강남출판문화센터 5층 (135-887)
대표전화 515-2000 / 팩시밀리 515-2007
www.minumsa.com

ⓒ 이규현, 2002, 2011. Printed in Seoul, Korea

ISBN 978-89-374-8005-8   04860
ISBN 978-89-374-8003-4   (전3권)